DUMONT NOIR

Die deutsche Bibliothek – CIP-Einheitsaufnahme
James Russel: Underground / Russel James.
Christain Jentzsch (Übers.). – Köln : DuMont, 1999
(DuMont Noir ; Bd. 2) Einheitssacht.: Underground <dt.>
ISBN 3-7701-4851-7

Die Originalausgabe erschien 1989 unter dem Titel Underground
bei Victor Gollancz, London

Deutsche Erstausgabe

Erste Auflage 1999

Umschlag- und Reihengestaltung: Groothuis+Malsy
Gesetzt aus der Elzevir und der Antique Olive
Gedruckt auf säurefreiem und chlorfrei gebleichtem Papier
Satz: Greiner & Reichel, Köln
Druck und Verarbeitung: Clausen & Bosse, Leck

Printed in Germany
ISBN 3-7701-4851-7

Russell James

Underground

DuMont Noir 2

Mit einem Nachwort
von Martin Compart

Aus dem Englischen übersetzt
von Christian Jentzsch

Für meine Frau Jill

1

Wissen Sie, was ich meine? Sie haben ihn nicht gesehen, aber die Nackenhaare sträuben sich unter Ihrem Kragen. Es läßt Sie erbeben. Alles sieht normal aus, ist es aber nicht. Als habe man eine Bauchtänzerin hinter sich, die Türkischen Honig lutscht, während sie einem ihren heißen Atem in den Nacken bläst. Das ist unverwechselbar.

Vielleicht ist es ein Echo auf Ihre Schritte. Vielleicht erkennt Ihr Unterbewußtsein ein bestimmtes Schrittmuster wieder: derselbe Kerl in denselben Schuhen, der immer noch soundso weit hinter einem ist.

Aber er ist auf dem Holzweg, weil er Ihnen in der U-Bahn nicht folgen kann. Nicht, wenn Sie einen Schatten hinter sich vermuten. Sogar dann nicht, wenn Sie knapp einsneunzig groß sind wie ich und ihr Kopf aus jeder normalen Menschenmenge herausragt. Sie können ihn abschütteln.

Wir fahren in die U-Bahn-Station Embankment ein. Ich will die Bakerloo-Linie verlassen und in die District-Linie umsteigen. Aber ich bleibe im Zug, stehe nur an der Tür und starre dumpf auf den Bahnsteig. Als sich die Türen schließen, springe ich hinaus und beobachte den Zug vom Bahnsteig aus. Er ist überfüllt. Eine der Türen hat sich nicht geschlossen, und der Schaffner drückt auf Öffnen und dann auf Schließen. Ein paar Beinahe-Verspätete auf dem Bahnsteig springen noch schnell durch die Lücke zwischen den Türen auf. Die Türen beben und bleiben geschlossen, und ich achte darauf, wer noch ausgestiegen ist. Ich habe ihn nicht gesehen, aber wie ich schon sagte, der Bahnsteig ist überfüllt. Wahrscheinlich ist er ausgestiegen, als ich in die andere Richtung geschaut habe. Alle hasten eilig über den Bahnsteig, während ich an der Wand herumtrödle. Ich suche den Kerl, der nirgendwohin will. Ich suche den Kerl, der auf mich wartet.

In der Stoßzeit ist es nie leicht, einen Burschen zu entdecken. Überall sind Leute. Ich warte ab, bis der nächste Zug einfährt. Ich steige ein und entferne mich von der Tür. Ich dränge mich durch den überfüllten Gang zur nächsten Tür und bleibe zwei Schritte davor stehen. Als sich die Türen schließen, springe ich wieder hinaus. Niemand folgt mir. Alle Türen bleiben geschlossen, keine öffnet sich wieder, und der Zug rumpelt los. Also ist er mir nicht wieder in den Zug gefolgt. Aber wenn er Erfahrung hat, würde er das auch nicht tun. Er würde den Bluff durchschauen. Er würde abseits des Bahnsteigs warten. Welche Spielchen ich mir auch einfallen lasse, er weiß, daß ich entweder den Untergrund hier verlasse oder umsteige, also wartet er einfach ab.

Also schlendere ich zum Ausgang, und als ich dicht davor bin, mache ich blitzschnell kehrt und gehe in die andere Richtung. Ich beobachte alle Leute. Ich habe ihn noch nicht entdeckt. Er ist nicht auf diesem Bahnsteig. Nicht mehr.

Aber ich kann hier nicht bleiben.

Ich gehe die Treppe herauf, als sei ich ein ganz normaler U-Bahn-Passagier. Ich biege nach links und dann nach rechts ab und nehme die Rolltreppe nach oben. Eine Ebene höher biege ich nach rechts ab wie alle anderen auch und schlendere in die schmutzige Bahnhofshalle. Es gibt sechs verschiedene Ausgänge, weil Embankment ein Bahnhof ist, in dem sich drei Linien treffen.

Auf meinem Weg durch die Bahnhofshalle wende ich mich nach links, flitze im Gegenuhrzeigersinn um eine Säule und gehe in die Richtung zurück, aus der ich gekommen bin. Ich ignoriere die Northern, die nach Süden fährt, und gehe weiter zur Treppe, die zum

Bahnsteig der District Richtung Osten führt. Jetzt erhöhe ich mein Tempo. Die harten Stufen hinauf, scharf nach rechts, und dann bin ich auf dem Bahnsteig. Ich spüre frische Luft. Ich eile zehn Schritte nach rechts und springe die Stufen einer düsteren Treppe mit der Aufschrift »Kein Ausgang« hinauf.

Ich bin allein auf dieser Treppe, und sie ist das, wofür ich sie gehalten habe: eine Brücke über die District-Linie, die einen auf die andere Seite des Bahnsteigs bringt, wo die Züge in westlicher Richtung fahren. Nach Westen will ich. Aus dem Osten bin ich gekommen.

Als ich die Brücke überquert habe, springe ich nicht gleich auf den Bahnsteig. Schließlich ist das eine nette, leere Fußgängerbrücke, ein wenig abgelegen, so gemütlich, wie man nur hoffen kann, um sich gegen eine Wand zu lehnen, bis der Zug kommt.

Ich höre, wie einer einfährt und sich seine Türen öffnen. Eigentlich will ich mein Glück auf die Probe stellen und zehn Sekunden warten, aber nach fünf laufe ich los, springe die letzten Stufen herunter und rase über den Bahnsteig und in den Zug. Nicht schlecht abgepaßt. Ich quetsche mich durch die Türen, als sie sich gerade schließen, und drehe mich um, so daß ich den Bahnsteig durch das Fenster beobachten kann.

Eine Frau von etwa fünfundzwanzig ist aus einem Ausgang auf den Bahnsteig gerannt, und sie bleibt vor der geschlossenen Tür stehen. Sie ist kräftig gebaut, und sie ist nicht erfreut. Sie ist so feminin wie eine Bulldogge. Sie hält durch die Fenster nach mir Ausschau, und unsere Blicke begegnen sich für weniger als eine Sekunde. Sie fährt fort, sich umzusehen – schaut überallhin, außer zu mir. Als der Zug abfährt, hoffe ich, daß ich ihr noch ein Abschiedslächeln gönnen kann. Aber ihre Blicke schweifen umher, als habe sie das Interesse verloren. Ich sehe, daß sie Adidas-Turnschuhe trägt. Sie dürfte körperlich ziemlich fit sein. Aber sie hat mich verloren.

Als ich an der Victoria Station aussteige, springe ich schnell die Treppe herauf und in den Eingang zum eigentlichen Bahnhof. Ich bleibe vor einer Reihe von Telefonen an der Wand stehen, die nur durch Plexiglaswände voneinander getrennt sind, und nehme einen Hörer ab. Ich muß die Treppe noch weitere fünf Minuten beobachten, um festzustellen, ob sie sich vielleicht gedacht hat, wohin ich fahre, und den nächsten Zug genommen hat. Wenn man beschattet wird, kann man nie wissen, wieviel der Schatten weiß.

Aber ich sehe sie auch nach zehn Minuten nicht und komme mir langsam auffällig vor, wie ich hier mit dem Hörer in der Hand stehe, und außerdem habe ich kalte Füße. Also gehe ich in den Bahnhof und mache mich auf die Suche nach Victor.

Ich muß in meinem Leben wohl schon in fünfundzwanzig Büchern gelesen haben, daß man sich in einem Bahnhof unter der Uhr trifft. Haben Sie das mal ausprobiert? Zunächst einmal muß man die Uhr finden. Dann stellt man fest, daß es eine Digitaluhr auf einer großen Tafel ist, auf der die Züge und ihre Abfahrtszeiten angezeigt werden. Wenn man unter dieser Tafel wartet, wird man von einer Masse gelangweilter Pendler beobachtet, die darauf warten, daß ihr Zug auf der Tafel auftaucht. Und wenn diese fünfundzwanzig Bücher auch noch von anderen Leuten gelesen wurden, steht man zusammen mit fünfzehn anderen Leuten unter der Uhr, die alle einen Strauß roter Rosen in der Hand halten und sich *ihre* Ausgabe des *Daily Telegraph* unter den Arm geklemmt haben.

Also muß man sich in einem Bahnhof woanders mit einem Freund treffen. Nicht auf der Toilette, weil man verhaftet wird, wenn man sich dort zu lange aufhält. Und das auch nur, wenn man

Glück hat. Nein, man geht einfach in die Cafeteria, bestellt einen Kaffee, setzt sich und geht schlafen.

Ich hole mir meinen und sehe Victor, während ich noch anstehe. Er sieht einmal kurz in meine Richtung und dann gleich wieder weg, während er seinen Kaffee umrührt. Er ist kalt. Aus der Tasse steigt kein Dampf auf.

Ich nehme meine Tasse mit zu einem fünf, sechs Meter entfernten Tisch und setze mich. Ich trinke. Meiner ist heiß. Er schmeckt sogar wie Kaffee. Kurz darauf steht Victor auf und schlendert hinaus. Er läßt eine Tasse mit erstarrtem Kaffee zurück, die auf seinem Tisch festklebt. Ich bleibe sitzen und unternehme nichts. Das heißt, ich bleibe sitzen und achte darauf, wer nach Victor aufsteht. Da ist ein Pärchen, ungefähr dreißig, das harmlos aussieht. Beschatter arbeiten normalerweise nicht paarweise: es ist zu teuer. Und da ist dieser gelangweilt aussehende, dicke Kerl, der mir bis jetzt noch gar nicht aufgefallen ist. Er schlendert hinaus und sieht dabei noch verträumter aus als Victor. Er nimmt den anderen Ausgang und wandert dann ziellos in dieselbe Richtung wie Victor. Ich stürze kochendheißen Kaffee herunter und gehe zielstrebig zu Victors Ausgang. Ich platze mit besorgter Miene durch die Tür, als der gelangweilte Bursche vorbeischlendert, und renne ihn über den Haufen. Einen Augenblick später liegen wir beide auf dem schmutzigen Bahnhofsboden.

Ich entschuldige mich und halte ihn an der Hose fest, als er aufzuspringen versucht. Ich sage: »Ich muß einen Zug erwischen und – hey, sehen Sie sich mal Ihre Jacke an – oh, Mann, das tut mir schrecklich …«

Er läßt sie sich nicht von mir abklopfen. Er eilt Victor hinterher, der natürlich nicht mehr da ist. Nur fünf Sekunden sind vergangen, und Victor hat sich in Luft aufgelöst. Jetzt sieht mein Fettkloß nicht mehr so gelangweilt aus. Er hastet über den Beton wie ein rugbyspielender Buchmacher und rast die Treppe zum Männerklo hinunter, neben dem Victor verschwunden ist. Ich nicke bedrückt. Der Bursche denkt nach.

In der Zwischenzeit ist Victor die Treppe auf der anderen Seite hochgeflitzt und außen herum gelaufen, so daß er nun außer Sicht am Ansatz derselben Treppe steht, die der Fettkloß heruntergesprungen ist. Zwei Sekunden später taucht der Bursche ebenfalls an der ersten der beiden Ecken auf, und ich nicke Victor zu, der noch einmal die Treppe herunter und auf der anderen Seite wieder hinauf geht.

Ich nehme den normalen Weg durch die Halle und komme gerade noch rechtzeitig, um Victor an der Sperre zu Bahnsteig fünfzehn stehen zu sehen. Auf dem Bahnsteig wartet ein Zug, und Leute halten durch die Fenster nach leeren Plätzen Ausschau. Niemand Bemerkenswertes kommt die Treppe zum Bahnsteig heraufgerast, also nehme ich an, daß unser dicker Freund in den Katakomben unter die Türen lugt und sich in Kürze im Mittelpunkt einer ganzen Menge Aufmerksamkeit wiederfinden wird. Victor steigt in den Zug ein.

Eine Signalpfeife verkündet, daß der Zug abfährt, also rase ich durch die Sperre, wobei ich die Frage eines wütenden Asiaten ignoriere, wo mein Fahrschein sei, und ich sehe Victors Kopf ein Stück weit entfernt, als er aus dem Fenster schaut, damit ich weiß, wo er ist, bevor er ihn wieder einzieht. Ich steige ein paar Türen vor ihm ein und schaue selbst aus dem Fenster und zur Sperre, um mich zu vergewissern, daß unser Fettkloß es tatsächlich nicht auf den Bahnsteig geschafft hat. So lehne ich mich hinaus wie ein sitzengelassener Liebhaber, als Victor mir auf die Schulter klopft und sagt: »Wir haben nicht lange Zeit, es sei denn, du willst bis Brighton fahren.« Ich frage ihn, warum er mich angerufen hat.

Wie es scheint, hat Timmy sich von einer Wagenladung des anderen Vereins schnappen lassen. Er ist wie vom Erdboden verschluckt. »Sie wollen herausfinden, was wir tun«, sagt Victor zu mir, während wir eingequetscht im Gang stehen. »Sie bearbeiten ihn, bis er redet.«

»Wie haben sie ihn gefunden?«

Victor hat, gelinde gesagt, ein langes Gesicht, als er also die Achseln zuckt, sieht es so aus, als nehme sich ein Ackergaul eine Verschnaufpause bei der Fütterung. »Timmy war ziemlich exponiert, mein Lieber. Manchmal müssen wir etwas riskieren.«

Ich sage, ich sei überrascht, daß sie keinen Schatten auf ihn angesetzt hätten, um festzustellen, wohin er sie führte. Dann halte ich inne, um abzuwarten, bis der Groschen fällt, während Victor wie eine Katze lächelt. »Danke, daß du mir den Rücken freigehalten hast«, sagt er.

Während wir uns unterhalten, beobachte ich den Bahnsteig, und ich frage Victor, ob er glaube, daß der Fettkloß noch in der Bahnhofshalle warte. Victor erwidert, das wisse er nicht, aber er fahre ohnehin bis Clapham mit dem Zug und steige dann dort aus. »Die Fahrkarten werden nicht vor East Croydon kontrolliert«, sagt er.

Also stehen wir dort auf dem Gang: ich mit dem Kopf aus dem Fenster und Victor, der sich unbeliebt macht, indem er sich eine kleine Zigarre anzündet. Sie stinkt wie ein angebrannter Teppich. Ich frage Victor, ob er Geld dafür bezahlt habe, und er antwortet mir, es sei eine türkische Zigarre, aber ich sage, daß er das falsch verstanden haben müsse. »In der Türkei werden keine Zigarren hergestellt«, sage ich. »Nur Zigaretten.«

»Vielleicht *ist* es eine Zigarette«, erwidert er. Er bläst mir einen Mundvoll Senfgas ins Gesicht und grinst mich durch die Wolke an.

»Es gibt Feuerwerk, das ist genauso wie das Ding«, sage ich. »Je kleiner es ist, desto lauter der Knall.«

Er nimmt das Stück Holzkohle aus dem Mund und betrachtet es eingehend. Dann drückt er es vorsichtig mit seinen Stummelfingern und rollt es zwischen den Fingern. »Ich glaube, die Zigarre ist ganz ordentlich. Ich habe sie gekauft. Es war kein Geschenk.«

»Du wirfst sie besser aus dem Fenster«, sage ich. Der Zug verläßt jetzt Victoria Station und fährt über die Grosvenor Bridge. Die Themse führt nur wenig Wasser, da Ebbe ist, und auf den Uferböschungen glänzt Schlamm wie feuchtes Blei. Es ist eine gute Stelle für Victor, um seine Zigarre wegzuwerfen.

Aber er rollt sie immer noch vorsichtig zwischen den Fingern. Dann trifft er eine Entscheidung, ritzt das Deckblatt mit dem Daumennagel auf und starrt auf den Tabak darunter. »Völlig korrekte Zigarre«, seufzt er und runzelt die Stirn, da er die Schweinerei in seiner Hand betrachtet.

»Brösel alles in deine Hände und laß es glimmen«, sage ich zu ihm. »Dann saugst du den Rauch ein, als sei es Marihuana. Mal sehen, ob du daran erstickst.«

»Ich zünde mir noch eine an, wenn du nicht aufhörst. Ich steige in Clapham aus. Was ist mit dir?«

»Sollten wir uns zusammen sehen lassen? Die Leute werden über uns reden. Sie werden sagen, daß wir es ernst miteinander meinen.«

»Das *ist* ernst, mein Lieber. Timmy ist geschnappt worden. Sie werden ihn nicht gut behandeln. Am Ende wird er ihnen sagen müssen, wo du wohnst.«

»Er weiß nicht, wo ich wohne, nur wo wir uns treffen. Was hat er ihnen über dich erzählt? Du wurdest gerade beschattet.«

»Er weiß auch nicht, wo ich wohne.«

Das will mir alles nicht sonderlich einleuchten, also frage ich Victor, wohin sie Timmy seiner Ansicht nach gebracht hätten. »Ich bin kein Hellseher«, sagt er.

»Ich mochte Timmy.«

»Er war ein guter Mann.«

Womit wir das Gespräch in etwa so weit entwickelt haben, wie es möglich ist, also hören wir auf zu reden und starren hinaus in die Nacht. Ich denke an Timmy, versuche mich daran zu erinnern, was er weiß. Wie ich schon sagte, Timmy hat nie erfahren, wo ich wohne, also kann er ihnen das nicht verraten. Aber er weiß, daß es Deptford ist. Und ich bin ebenfalls beschattet worden.

Vielleicht lag es daran, daß ich mich mit Victor getroffen habe. Vielleicht auch nicht. Vielleicht haben sie sich in Deptford auf die Lauer gelegt, bis sie sich an mich hängen konnten. Vielleicht haben sie den Bahnhof überwacht. Vielleicht.

Vielleicht haben sie das Telefon abgehört, als Victor angerufen hat. Aber wir haben nicht viel gesagt. Das tun wir nie. Wir haben nur den üblichen Code benutzt. Er hat den Buchstaben V erwähnt, also war es Victoria Station. Er sagte neunzehn, also habe ich eins abgezogen und achtzehn daraus gemacht. Achtzehn Uhr. Und wir treffen uns immer zwanzig Minuten vor der vollen Stunde.

Okay, das mag kompliziert klingen. Aber tatsächlich ist es simpel und funktioniert. Man hebt einen Buchstaben hervor, und man läßt beiläufig eine Zahl fallen. Der Buchstabe verrät den Treffpunkt – welchen von den sechsundzwanzig bevorzugten Orten –, und die Zahl nennt den Zeitpunkt. Wenn man einen Tag festmachen will, sagt man das. Abgesehen davon, daß man auch dabei einen Tag abziehen muß. Wie bei der Zeit. Kinderkram, aber sehr nützlich.

Wir laufen in Clapham ein, und Victor steigt aus. Er grinst mich aus der Dunkelheit an. Er schlägt den Kragen hoch und geht über den Bahnsteig. Ich beobachte ihn, und er wird nicht verfolgt. Ich ziehe den Kopf wieder ein, stehe auf dem Gang, und denke nach, als der Zug abfährt.

Wir verlassen East Croydon, als ich einen Sitzplatz für mich finde. Ich schaue drein, als sei ich gerade befördert worden. Dabei muß ich in einem Raucherabteil sitzen, weil der Zug überfüllt ist mit Büroangestellten, die nach Hause in die Vororte fahren.

Sie haben müde Gesichter, diese Leute. Die Männer haben die Krawatten gelockert, und die Augen der Frauen sind halb geschlossen. Sie haben diese trockene, harte Miene, die daher rührt, daß sie den ganzen Tag über vergnügt und munter sind. Aber jetzt haben sie den Strom abgeschaltet, während sie sich zurück zu ihrer heimischen Tretmühle in Crawley New Town schleppen: zurück zu den Eltern, wo sie immer noch wohnen, weil sie sich keine eigene Wohnung leisten können; zurück zu ihrem frischgebackenen Ehemann, der sie noch nicht geschwängert hat, weil sie ihr Gehalt sparen. Warten, bis sie sich etwas Besseres leisten können.

Irgendein Bursche läßt seinen Walkman auf voller Lautstärke dröhnen. Es ist derselbe Rocksong, den sie alle spielen – kreischende Becken zischen wie eine undichte Gasleitung über dem Rattern des Zuges. Ich schließe die Augen und versuche es zu ignorieren. Das Rattern verblaßt zu einem Hintergrundmurmeln, aber das Zischen ist immer noch da. Ich gehe meine Entspannungsübung durch und fange an, mich zu distanzieren.

Meine Augen öffnen sich, als habe jemand einen Schalter umgelegt. Auf der anderen Gangseite beginnt ein Streit. Eine junge Frau hat diesen Burschen gebeten, den Walkman leiser zu stellen. Sie sitzt ihm gegenüber und versucht ein Taschenbuch zu lesen. Es war ein langer Tag, und er geht ihr auf die Nerven.

Was meine Augen geöffnet hat, ist die Art, wie er sie anschnauzt. Er wird seinen Walkman laufen lassen, und zum Teufel mit allen anderen. Ein paar Geschäftsleute runzeln die Stirn und schauen weg. Er sieht wie ein Arschloch aus, und Genaueres wollen sie gar nicht wissen. Sie bittet ihn noch einmal, und er starrt sie nur an. Dann zieht er die Nase hoch und beschimpft sie wieder. Ich sehe, daß sie Anstalten macht, ihren Platz zu verlassen, und ich bin verärgert über diesen Burschen. Ich bin verärgert über sie alle, weil sie zulassen, daß diese Art Abschaum zu einer Belästigung wird, und sie alle zu schwach sind, ihn dazu zu bringen, damit aufzuhören. Der ganze Zug ist voller Leute, und sie könnten ihn zerquetschen.

Ich bin der einzige, der sich nicht einmischen sollte. Aber ich stelle fest, daß ich bereits aufgestanden bin und im Mittelgang stehe, bevor ich richtig darüber nachgedacht habe, und ich beuge mich vor und ziehe den Stecker des Kopfhörers aus seinem kleinen Plastikrekorder. Ich hole Luft, um ihm einen kurzen Vortrag zu halten, aber er ist dabei aufzuspringen und sieht ziemlich wütend aus. Er hat ein Problem mit dem Tisch, der ihn aufhält, und da ich keinen Kampf in der Öffentlichkeit austragen will, versetze ich ihm einen raschen Hieb gegen den Adamsapfel, worauf er sich schnell wieder hinsetzt. Er hält sich den Hals, und sein Mund steht auf, und er gibt ein Geräusch von sich, das schlimmer ist als der Mist, den wir uns aus seinem Kopfhörer anhören mußten.

Den nehme ich mit der rechten Hand weg, um ihn mit der linken fest an den Haaren zu packen und seinen Kopf in den Nacken zu ziehen. »Mach mich nicht wütend, Sohn. Nimm einfach dein kleines Spielzeug und such dir ein anderes Abteil. In einem anderen Wagen.«

Er blinzelt mich mit feuchten Augen an, und ich hoffe, daß er nicht dumm sein wird, aber er ist es. Er packt meine Hand mit seinen beiden und springt wieder von seinem Sitz hoch wie ein Wasserball aus dem Wasser. Also verpasse ich ihm eine Gerade in den ungeschützten Solarplexus, und er sinkt mit einem Keuchen zusammen, als habe der Wasserball ein Loch bekommen. Ich hoffe, er hat den Bauch nicht voll Bier.

Ein paar Idioten fangen an, mir zu applaudieren, und ich denke, daß ich mich vielleicht doch wie all die anderen Burschen aus der Sache hätte heraushalten sollen. Aber jetzt habe ich diesen angeschlagenen Flegel am Hals, der nach Luft schnappt wie ein gestrandeter Fisch, und ich weiß, daß ich es nicht einfach dabei bewenden lassen kann. Ich zerre ihn auf die Beine und tue so, als helfe ich ihm den Gang entlang, aber er wehrt sich immer noch, und ich muß ihm den Arm verdrehen, bis er beinahe bricht, während ich dreinschaue, als täte ich überhaupt nichts. Dann schreit er auf und verdirbt alles.

Als wir das Abteil verlassen haben und vor der Toilette stehen, versucht er mir einen Kopfstoß zu versetzen, also verpasse ich ihm einen Schwinger ans Kinn und lasse ihn zu Boden gleiten. Ich will ihn auf der Toilette abladen, aber der Zug fährt gerade in einen Bahnhof ein, und ich frage mich, ob ich ihn aus dem Zug werfen oder selbst aussteigen soll.

Hinter mir öffnet sich die Abteiltür, und ich werfe einen raschen Blick zurück, um mich zu vergewissern, daß er keinen Freund hat.

Es ist die Frau, die ihm gegenüber saß. »Also brauchen Sie wohl keine Hilfe«, sagt sie sehr nett und sehr kühl. »Steigt er hier aus?«

Andere Leute kommen, die hier aussteigen wollen, und der Zug schüttelt sich und hält. Ich öffne die Tür und schleife ihn wie einen Aussteiger aus einem Herrenabend zu einer feuchten Holzbank. Ich sehe, daß wir in Horley sind, und eine Handvoll Passagiere schlurft den Bahnsteig entlang, um nach Hause zu kommen und einen Abendtee zu trinken. Die Leute sehen uns nicht an. Betont nicht.

Der Klotz ist jetzt halb bewußtlos. Sein Kopf schwankt hin und her, und er stöhnt, und ich frage mich, was er wohl tun wird. Die Frau läßt den Walkman in seinen Schoß fallen. »Er hatte keine Jacke oder irgendwas«, sagt sie.

»Keine Tasche?«

»Nichts.«

Ich versuche mir eine Moralpredigt einfallen zu lassen, die ich diesem Schwachkopf halten kann, damit er keine Anzeige erstattet oder sonst irgendwas unternimmt, das jemanden veranlassen könnte, mir ein paar Fragen stellen zu wollen.

»Bleiben Sie hier in Horley?« fragt die Frau.

Ich schüttle den Kopf und wende mich wieder an meinen Patient. Er sagt mir, ich solle mich verpissen. »Und dir das Hemd dabei naß machen?« frage ich.

Ich komme zu dem Schluß, daß er die ganze Sache abhaken und den nächsten Zug nehmen wird. Er gehört nicht zu der Sorte, die mit Polizisten redet. Er gehört zu den Hoffnungslosen, die jemandem auf die Nerven gehen müssen, nur um zu zeigen, daß sie noch leben. Einer von den Millionen von der Schule gelangweilten, der abgegangen ist, keinen Job bekommen und daher beschlossen hat, ohnehin nicht zu arbeiten – nur um der Gesellschaft eins auszuwischen und allen zu zeigen, daß es seine Entscheidung war. Wahrscheinlich hat er den Walkman gestohlen.

Fast könnte ich mich für den Burschen erwärmen. Aber die Frau und ich gehen zurück und besteigen den Zug, als dieser wieder abfährt. »Wir suchen uns besser einen anderen Wagen«, sagt sie. Sie hat recht. Wir wollen niemanden in Verlegenheit bringen.

Also gehen wir einen Wagen weiter nach vorne, in dem ein weiterer Haufen müder Büroangestellter auf dem Heimweg sitzt. Wir bekommen zwei Plätze an einem Tisch für vier, wo eine Frau den *Standard* liest und ein fünfzigjähriger Mann irgendeinen Bericht aus seiner Aktentasche durchgeht und sich dabei mit einem Bleistift Notizen auf dem Rand macht. Ab und zu nimmt er den Bleistift in den Mund und lutscht daran, während er aus dem Fenster starrt. Er beobachtet das Spiegelbild der Frau im Fenster, während sie liest, was im Fernsehen läuft. Dann gibt er auf und widmet sich wieder seinem Bericht. Ich kann sehen, wie seine Augen langsam glasig werden, und er macht sich immer weniger Notizen am Rand. Schließlich hört er auf zu lesen und schläft mit offenen Augen ein. Sie blättert ihre Zeitung um und behält Flecken von der Druckerschwärze an den Fingerspitzen.

Die junge Frau und ich sagen nicht viel. Sie ist ziemlich groß, sieht auf eine attraktive Art hungrig aus, und ihre Haare machen den Eindruck, als habe sie sie selbst mit einer Blechschere geschnitten. Sie lächelt so, wie man es einem Mann schuldet, der einem die Tür öffnet, und liest weiter in ihrem Buch. Es ist ein ziemlich hochgestochenes Stück Belletristik, und ich versuche mir eine gewitzte Bemerkung einfallen zu lassen, als plötzlich ein Kerl in Uniform vor mir steht und irgend etwas sagt. Er redet mit dem ganzen Tisch und ist

Fahrkartenkontrolleur. Ich entspanne mich und greife in meine Tasche, um mein Scheckheft herauszuholen, aber beim Anblick einer blauen Uniform spannt sich in mir immer unwillkürlich alles an.

Ich höre, die Frau hat einen Fahrschein bis Brighton, also sage ich zu ihm, daß ich auch einen dorthin nehme. Er fragt mich: »Einfach oder Rückfahrkarte?«, und ich sage: »Einfach.« Man kann nie wissen. Als er den Fahrschein ausgestellt hat und zum nächsten Tisch geht, wirft sie mir einen neugierigen Blick zu und fragt: »Einfach?«

»Ja. Sie sind doch nicht verheiratet, oder?«

Sie deutet achselzuckend ein Lächeln an und widmet sich wieder ihrem Buch. Ich blase die Wangen auf und lasse langsam die Luft entweichen, wobei ich mich frage, wie ich mir die Zeit bis Brighton vertreiben soll. Ich wünschte, ich hätte ein Buch. Oder auch nur den *Standard*. Sobald es draußen auf der anderen Seite des Fensters dunkel wird, ist man bereit, alles zu lesen. Ich werfe noch einen Blick auf die junge Frau. Sie sieht nicht wie eine Jungfrau aus, die aus einer Notlage befreit wurde: Sie sieht eher so aus, als hätte sie einen Kampf mit ihrem Friseur ausgetragen. Sie muß sich die Haare selbst geschnitten haben. Im Dunkeln. Mit einer stumpfen Schere. Also schaue ich aus dem Fenster.

Ich kann die Lichter von Häusern hier und da in der Schwärze sehen. Manchmal begegnet uns ein anderer Zug, und dann kann ich in die erleuchteten Fenster schauen, als sähe ich mir ein Video im schnellen Vorlauf an. Aber die meiste Zeit ist es nur dunkel. Wenn ich meine Augen anders fokussiere, funktioniert das Fenster wie ein Spiegel, und ich beobachte die junge Frau dabei, wie sie ihr Buch liest.

»Wollen Sie irgendwas trinken?« frage ich sie, und sie sagt: »Ja, Kaffee«, also schlendere ich durch den Zug und bin froh, daß ich etwas zu tun habe. Mir gefällt die Art, wie sie um den Kaffee gebeten hat. Sie war ganz natürlich, hat kaum von ihrem Buch aufgeschaut, dabei aber gerade so sehr gelächelt, daß es so aussah, als würden wir einander kennen. Ich nehme an, so verhalten sich Paare, wenn sie sich in gegenseitiger Gesellschaft wohl fühlen. Aber genau weiß ich das nicht.

Während ich in der kurzen Schlange stehe und auf unseren Kaffee warte, denke ich über den Haarschnitt der jungen Frau und über die Art nach, wie sie gelächelt hat, als sie sagte, daß sie gern einen Kaffee hätte. Der Bursche hinter dem Tresen zieht zwei Plastiktassen aus dem Halter an der Wand und verschwindet kurz hinter einer Trennwand, um heißes Wasser auf das Pulver zu gießen. Er setzt einen Deckel auf die Tassen und krönt sie jeweils mit einem kleinen Plastikbehälter, der zur Hälfte mit dem Zeug gefüllt ist, das hier als Milch durchgeht. Ich frage mich, ob sie wohl Schokolade oder irgendwas mag, aber sie haben nur Mars-Riegel und Kit-Kats. Ich nehme einen von jeder Sorte und komme zu dem Schluß, daß die Schokoriegel ohnehin besser sind als eine Schachtel Pralinen. Sonst würde sie vielleicht noch denken, ich versuchte irgend etwas.

Ich lege die Süßigkeiten vor ihr neben dem Kaffee ab und setze mich. Die anderen beiden an unserem Tisch sind in Gatwick ausgestiegen, und der Zug wird leerer. Ich deute auf die Süßigkeiten. »Mehr hatten sie nicht, nur Sandwiches.«

»Das ist prima«, sagt sie und bricht das Kit-Kat an der Bruchstelle in zwei Hälften. Sie bietet es mir an. Ich nehme ein Stück. »Macht den Kaffee erträglich«, sagt sie.

Wir essen die Süßigkeit und sehen dabei einander immer wieder an. »Mögen Sie Mars?« fragt sie. Ich sage, sie könne meine Hälfte haben. »Jeder mag Mars«, lächelt sie und reißt das Papier auf. Dann leckt sie daran und beißt das Ende des Riegels ab. Sie wissen, daß dieses Karamel-Zeugs darin sich niemals sauber abbeißen läßt, sondern immer zwei klebrige Fäden zieht, die einem zwischen den Zähnen hängen bleiben und, wenn man nicht aufpaßt, über die Unterlippe fallen und einem das Kinn verschmieren? Nun, das passiert ihr, und obwohl sie die Fäden mit der Zunge auffangen und in den Mund schieben will, hat sie zwei Schokoladeflecken unter der Lippe. Sie sind nah genug, um sie abzulecken, aber sie hat den Mund voller Mars und lacht ein wenig, während sie kaut. Sie grinst mich von unterhalb ihrer Wimpern an, als habe sie etwas Unanständiges getan, und gibt mir das Mars, während sie sich die Flecken ableckt. Ich beobachte die Bewegungen ihrer Zunge. Sie glänzt und ist rosa unter den Schokoladeresten, und ich betrachte den Rest des Schokoriegels in meiner Hand.

Ich kann die Spuren ihrer Zähne im Karamel und im Schokoladenüberzug sehen und vielleicht auch eine Spur Feuchtigkeit von ihren Lippen. Ich bin froh, daß sie ein Stück abgebissen hat. Ich schiebe mir den Riegel langsam in den Mund und lasse meine Zunge in den Furchen ruhen, die ihre Zähne hinterlassen haben. »Beißen Sie ab«, sagt sie leise. »Das ist kein Eis am Stiel.«

Also schaue ich ihr in die Augen, als ich ein Stück von dem Mars abbeiße, und als ich ihn vom Mund nehme, bleiben mir keine Karamelfäden am Kinn kleben. Sie reißt noch mehr von dem knisternden Einwickelpapier ab und betrachtet, was sie offengelegt hat. »Ich könnte den ganzen Rest aufessen«, sagt sie. »In einem Bissen.« Ich habe den Mund voll Karamel und lutsche es bedächtig. »Aber das tue ich nicht«, sagt sie und beißt genau die Hälfte von dem ab, was noch übrig ist.

Sie schiebt den Rest über den Tisch, und als ich danach greife, berühren sich unsere Finger. Aber ich nehme an, wir sind beide zu alt für dieses Spiel, und wir ziehen rasch die Hand weg und tun so, als sei nichts geschehen. Ich esse das letzte Stück, und es ist, als sei soeben ein Höhepunkt erreicht worden. Ich genieße ihn, aber am Ende ist es doch nur ein Mars-Riegel.

Wir reden nicht viel, während der Zug weiterfährt. Wir haben diese Abendlethargie – vom gleichmäßigen Rattern der Räder, dem Neonlicht und der Nacht draußen. Aber wir fühlen uns behaglich in der Wärme des Zuges. Wir machen uns namentlich miteinander bekannt und wechseln ab und zu ein Wort, aber mir ist nicht danach, irgend etwas voranzutreiben. Ich denke mir, sie muß nach Hause zu jemandem in Brighton fahren, und was interessiert mich das überhaupt?

»Wo wohnen Sie?« fragt Rachel plötzlich.

»Deptford.«

Sie runzelt die Stirn. »Besuchen Sie Freunde?«

Ich habe keinen Koffer oder irgendwas bei mir, und normalerweise würde ich sagen, ja, ich besuche Freunde, und wahrscheinlich das Thema wechseln, weil es so leichter ist, doch ich sage: »Nein, ich mußte einfach nur weg.«

Sie hebt eine Augenbraue, und ich weiß, daß sie das mit der Tasche bemerkt hat, aber ich gehe nicht näher darauf ein, sondern frage sie, wohin sie fahre. »Zurück in meine Wohnung«, sagt sie. »Ich war heute einen Tag in der Stadt.«

Ich frage mich, ob sie einen Job hat, aber ich will sie nicht ins Kreuzverhör nehmen, also dringe ich nicht weiter in sie. Wir fahren jetzt durch die Vororte von Brighton, und überall im Wagen erheben sich die Leute, legen ihre Zeitungen und Illustrierten weg und greifen in die Gepäckfächer, um ihre Mäntel herunterzuholen. Ein oder zwei Leute verlassen schon das Abteil, um an der Tür zu warten, so daß sie in der gleichen Sekunde aussteigen können, in der der Zug hält. Um sieben Uhr abends kommt mir das ziemlich witzlos vor. Aber ich nehme an, daß sie sich auf diese Art aufwecken.

Ich denke an Ehefrauen, die ihren Männern noch ein spätes Abendessen zubereiten. Heute abend kommt mir so ein eintöniges Leben irgendwie doch nicht so schlecht vor. Ich gelange zu der Überzeugung, daß ich gern heim in ein warmes Haus und zu einer Frau ginge, die neben meinem Essen säße und mich anstrahlte.

Wir steigen alle aus, und ich schlage den Kragen hoch, um mich vor der Kälte zu schützen, und ich weiß, daß die Zeit des Abschieds gekommen ist, und das tut mir leid. Vielleicht liegt es daran, wie Victor mich aus einem gewöhnlichen Tag gerissen und mich hier in diesem Zug nach Nirgendwo allein gelassen hat. Vielleicht liegt es an dem nagenden Gefühl, daß ich nicht zurückkehren kann. Oder vielleicht liegt es auch daran, daß ich mich unbeschwert mit Rachel unterhalten habe, während eine weitere einsame Nacht vor mir liegt.

Sie ist ohnehin zu jung für mich. Ich verlasse den Zug in dem Wissen, daß es an der Zeit ist abzutauchen, während ich mir überlege, was ich als nächstes tun soll.

Ich entferne mich rasch von dem Zug und eile über den Bahnsteig, durch die Halle und dann nach draußen auf die Straße. Zwei Taxis warten vor dem Bahnhof, aber ich gehe an ihnen vorbei über einen viereckigen Platz und in eine Straße, die hinunter zum Meer führt. Hier in der Nähe des Bahnhofs gibt es billige Pensionen, aber heute abend kann ich weder die Restgerüche nach Mittagessen noch das Ächzen der Züge in der Nacht ertragen, also gehe ich die Hauptstraße entlang, um dem Meer näher zu sein.

Ich betrachte Schaufenster und frage mich dabei, wer mich um diese Zeit ohne Gepäck aufnehmen wird, als sich zum zweitenmal an diesem Tag meine Nackenhaare sträuben. Jemand folgt mir. Ich bleibe stehen, mache ein paar Schritte und bleibe wieder stehen. Wenn es die massige Frau in den Adidas-Turnschuhen nach Brighton geschafft hat, verdient sie einen Orden. Und ich werde ihn ihr anheften. Also drehe ich mich um und sehe Rachel mitten auf dem Gehsteig. Wir stehen da und sehen einander an, dann setzt sie sich wieder in Bewegung. Sie kommt näher und sagt: »Ich wußte, Sie konnten nirgendwohin, warum sind Sie also weggelaufen?«

»Ich bin nicht gelaufen.«

»Dieser Weg führt nur zum Meer.«

»Dorthin will ich.«

Einen Augenblick glaube ich, sie wird umkehren, aber dann grinst sie und sieht mich wieder so an wie im Zug, als sie das Mars gegessen hat, und sie schüttelt den Kopf. »Laufen Sie weg, oder laufen Sie nur?«

»Ich laufe nur.«

»Versuchen Sie es mit etwas Gesellschaft«, sagt sie. »Ich begleite sie zum Meer.«

Wir gehen weiter bergab, und zuerst glaube ich, daß sie meine Hand nehmen wird. Aber das tut sie nicht, obwohl wir Seite an Seite gehen, als würden wir uns schon lange kennen. Ich kann mich erinnern, daß ich dieses Gefühl schon im Zug hatte. Sie hat diese Eigenschaft, die mich dazu bringt, daß ich mich gelöst fühle.

Sie biegt von der Hauptstraße ab in eine Gasse zwischen einigen Geschäften mit kalten, hell erleuchteten Schaufenstern, deren

Schein auf nackten Asphalt fällt, und dann auf eine breite Durchgangsstraße mit gepflegten Gärten auf beiden Seiten, die Old Steine genannt wird, wie sie mir sagt. Ich kann das Meer riechen.

Als wir die Kaimauer erreichen, wechseln wir auf die Strandpromenade. Die Lichter reichen bis auf das Meer, aber es sieht aus wie das Umfeld einer Party, zu der niemand gehen will, also schwenken wir nach links ab und gehen zum Strand. Er ist dunkel, und der kalte Nachtwind gibt mir das Gefühl, als sei meine Jacke aus Papier, aber das Meer gluckert auf dem Kies, und der Salzgeruch bringt Erinnerungen mit sich, bei denen ich anfangen möchte zu weinen. Ich atme das Ozon ein, und sie kuschelt sich an mich, und ich lege ihr einen Arm um die Schulter und ziehe sie an meine Seite.

Wir stehen da und betrachten die Splitter aus Licht, die auf dem dunklen Wasser funkeln, und ich spüre die erfrischende Luft auf der einen und ihre Wärme auf der anderen Seite. Ich bin glücklich, eine Minute so zu stehen. Dann wende ich mich ab, hebe einen Stein auf und werfe ihn weit hinaus ins Wasser. Es ist leicht, ihn fliegen und ins Wasser fallen zu sehen, und ich habe das Gefühl, als hätte ich wieder Kontakt zu etwas Realem hergestellt.

2

Wir verlassen den Strand und gehen in einen Pub in einer Gasse, die vor dem Meer geschützt ist. Sie trinkt Wein, und ich nehme ein Glas Bier. Wir reden über viele Dinge. Dann gehen wir in eine Pizzeria und essen Pizza bei einer Flasche Wein. Wir reden immer noch, und wir sagen nichts darüber, wohin das alles führen soll. Ich habe keinen Koffer. Es wird langsam spät.

Tja, sollen wir den Kaffee hier trinken, oder gehen wir in ihre Wohnung? Ich zahle die Rechnung, und wir beschließen zu gehen. Sie sagt, daß ein Bus zu ihr fahre, aber um diese Zeit fährt er nur jede Stunde. In der kalten Nachtluft vermischt sich das Meersalz mit dem Geruch nach Fisch und Chips und dem Abendessen der Leute. Wir gehen durch Straßen mit kleinen Vorgärten, die sich im Dunkeln verlieren. Unsere Schuhe klackern auf stillem Pflaster.

Ihre Wohnung ist im Obergeschoß eines Hauses, das zu klein für eine Familie ist. Sie hat zwei kleine möblierte Zimmer, eine Art Küche und das alte Familien-Wohnschlafzimmer aus den dreißiger Jahren. Ich sitze auf dem harten Sofa, während sie Kaffee macht, und sehe mir ihre Bilder an der Wand an. Es sind Poster, die mit Reißzwecken befestigt sind. Sie beißen sich mit der Tapete des Vermieters. Alles würde sich mit ihr beißen.

Als sie mir eine Tasse dampfenden Kaffees in die Hand drückt, zögert sie einen Augenblick. Dann gibt sie den Versuch auf, sich nette Formulierungen auszudenken, und spricht geradeheraus: »Sie können hier schlafen, aber das ist Ihr Zimmer, und meines ist dort drüben. Das ist keine Einladung.«

»Nur Übernachtung mit Frühstück«, sage ich. »Keine Extras.«

Sie nickt und setzt sich dann auf den Sessel. Mir wird klar, daß dies ein Versprechen ist, das mir vielleicht noch leid tun wird.

Wir hören keine Musik, und die guten Leute hier in der Umgebung sorgen dafür, daß die Gegend ziemlich leise ist. Eine Uhr tickt. Das gefällt mir. Wir sitzen friedlich da und trinken unseren Kaffee wie ein altes Ehepaar. Wir brauchen keine Worte, und unsere Gesichter verziehen sich auch nicht zu geheuchelten Mienen.

Als sie unsere leeren Tassen wegnimmt, stehe ich auf und sehe mir das Sofa an, um festzustellen, wie man es in ein Bett verwandelt. Ich ziehe an der Rückenlehne, als sie zurückkommt, um mir zu helfen. Es kann zu der üblichen dünnen Matratze auseinandergeklappt werden, und es bedarf nur eines Federbetts und zweier Kissen, um ein Bett daraus zu machen. »Sie gehen zuerst ins Badezimmer«, sagt sie und verschwindet dann in ihrem Schlafzimmer. Fünf Sekunden starre ich mit der Art Sehnsucht auf die geschlossene Tür, die Sie sich gut vorstellen können. Dann gehe ich ins Badezimmer und wasche mir das Gesicht. Es gibt nur eine Zahnbürste, und ich glaube, es wäre ihr nicht recht, wenn ich die benutzte, also spüle ich mir nur den Mund mit lauwarmem Wasser aus. Dann presse ich mein Gesicht zu lange in ihr Handtuch, um ihren Duft einzuatmen, bis ich wieder ins Wohnzimmer gehe und ihr zurufe, daß ich fertig sei. »Sagen Sie Bescheid, wenn Sie im Bett liegen«, sagt sie.

Da ich meine Kleidung morgen noch brauche, falte ich sie sorgfältig auf einem Sessel zusammen, bevor ich nackt unter das Federbett krieche. Ich rufe, ich läge jetzt im Bett, aber meine Stimme klingt heiser.

Sie taucht nicht sofort auf. Dann rauscht sie in einem langen Morgenmantel durch das Zimmer. Ich frage mich, ob er einem Mann gehört, während ich dem rauschenden Wasser lausche. Ich habe kein Buch, und das Licht ist an, so daß ich nicht umhinkomme, sie anzusehen, als sie wieder auftaucht. Sie ist so sauber wie ein Engel. Als sie in der Tür innehält, um mir leise eine gute Nacht zu wünschen, ist meine Kehle wie zugeschnürt, und ich kann nicht antworten. Ich liege einfach nur da und sehe sie an.

»Gehen Sie jetzt schlafen«, sagt sie und schließt die Tür. Es ist wie bei all den Müttern, von denen man in Kinderbüchern gelesen hat, die ihre Familie tapfer durchbringen, weil der Vater nicht mehr da ist. Ich könnte an Magie und Feen im Feuerschein glauben, und mir ist so behaglich unter dem Federbett, daß ich weinen könnte.

Es war wieder der Anfang dieses Traums. Ein warmes altes Cottage am Meer, und der Wind draußen so beruhigend wie eine zweite Haut. Das tiefe Atmen des Meeres auf dem Kiesstrand durchdrang meine Knochen mit einer gelösten Schläfrigkeit. Ich hatte mich in einem Armsessel zusammengerollt, wo ich die brennenden Holzscheite beobachtete und dem Klirren der Teller in der Küche lauschte, da meine Mutter eine Mahlzeit zubereitete. Die Düfte verschiedener Gerichte vermischten sich mit dem süßlichen Rauch des Holzfeuers. Der Tisch war mit einem weißen Tuch und funkelndem Besteck gedeckt, und wenn ich mir ausreichend Mühe gab und angestrengt genug hinstarrte, konnte ich Kristallgläser und Porzellanteller und jenen alten silbernen Samowar entstehen lassen. Während ich dort saß und zuschaute, füllten sich die Teller mit Knödeln, und die Gläser füllten sich, und eine randvolle Obstschale tauchte auf, deren blaue Trauben bis auf das Tischtuch herunterreichten.

Der süßlich-verbrannte Duft nach gebratenem Lamm drang in meine Nase, und während ich von meinem Platz aus auf den wartenden Tisch starrte, empfand ich plötzlich Trauer. Heute war eine

Feier. Meine jungen Arme ruhten anmutig in den weißen Ärmeln eines guten Hemdes von der Art, wie ich sie nie besessen hatte. Doch in dem Traum schien es sich schon seit einer Ewigkeit im Besitz der Familie zu befinden. Ich glaube, es wurde nur zu besonderen Anlässen herausgeholt, um die Person hervorzuheben, die es trug.

Doch was für eine Feier es auch war, es würden keine Gäste kommen. Nur für die Familie gab es Gedecke. An dem kleinen Tisch war nur Platz für etwa vier Personen, aber wenn ich versuchte, mich auf ihr Besteck zu konzentrieren, kräuselte sich das Bild und wurde unscharf. Wenn ich zu zählen versuchte, war es so, als krieche ich durch Sirup, und es war immer noch ein Gedeck mehr zum Zählen da, und doch waren es nie mehr als vier oder fünf insgesamt. Ich spürte, wie der Traum verblaßte, und ich versuchte mich an ihn zu klammern, weil ich wissen mußte, wie viele Leute es waren und wer sich verabschiedete.

Der Traum entgleitet mir, ohne daß ich in der Lage wäre, seinen Verlauf zu ändern. Als ich in meinem Behelfsbett auf dem Sofa erwache, ist es Tag. Ich sehe Rachel vollständig angekleidet vor einem gesprungenen Spiegel an der Wand stehen und sich das Haar kämmen. Sie sieht, daß ich sie beobachte, und sagt: »Ich habe Ihnen etwas Tee gemacht.«

Ich danke ihr, und mein Mund ist verklebt. Ich strecke die Hand aus und nehme die Tasse und setze mich auf, um einen Schluck zu trinken. Normalerweise trinke ich Kaffee, aber das sage ich ihr nicht. Ich lasse mir von dem heißen Tee mit Milch den Filz von der Zunge spülen, und ich komme zu dem Schluß, daß Tee vielleicht doch kein so erbärmliches Getränk ist. Man könnte sich daran gewöhnen. »Was ist mit Ihren Haaren passiert? Oder sollen sie so aussehen?«

»Ich hatte sie satt. Da habe ich angefangen, sie mir abzuschneiden.«

»Warum haben Sie mitten darin aufgehört?«

»Ich habe meine Meinung geändert.«

Sie geht in die Kochnische, während ich mich anziehe. Dann plansche ich im Badezimmer herum, und schließlich gehe ich zum Frühstückstisch, um zu sehen, was sie zubereitet hat. Es gibt Frühstücksflocken und verschiedene gut aussehende Brotsorten, und sie fragt, ob sie mir irgendwas kochen solle, aber ich verneine. Wir lächeln einander an und mümmeln an den Sachen auf dem Tisch herum, und ich frage sie, wie ihre Pläne für den heutigen Tag aussähen.

Sie zuckt die Achseln. Ich frage sie, ob sie nicht zur Arbeit müsse, und sie verzieht das Gesicht, als sei dies keine Frage, die man stellen kann. Beim Essen erzählt sie mir, daß sie sich ihren Lebensunterhalt im Sommer verdiene, wenn die Urlauber kämen, aber wenn der Herbst in der Luft liege, blieben ihr wie den Eichhörnchen nur die Nüsse, die sie gesammelt habe. Als ich sage, ich müsse zurück nach London, nickt sie, als sei das unvermeidlich, und steht auf, um den Tisch abzuräumen.

Sie kann sich den Fahrschein nicht leisten und sagt mir, ich solle ihr ja nicht anbieten, ihr einen Fahrschein zu kaufen. Wir haben damit begonnen, dem Blick des anderen auszuweichen. Ich frage, ob ich irgendwann wiederkommen könne, und sie sagt beiläufig: »Sicher.« Aber ich glaube, sie ist froh, daß ich gefragt habe.

Ich habe nichts einzupacken, also stehe ich praktisch einen Augenblick später an der Tür. »Seien Sie vorsichtig da unten«, sagt sie.

Sie hat wunderschöne Augen.

Aber ihre Haare sind eine Schande.

3

Ich fahre mit dem Gedanken in London ein, daß sich die Lage in Deptford für mich verschärfen könnte. Gestern muß mein Schatten sich dort an meine Fersen geheftet haben, und es dürfte nicht allzu schwierig für ihn sein, sich wieder an mich zu hängen. Er braucht nur den Bahnhof in Deptford unter Beobachtung zu halten.

Also fahre ich nicht mit dem Zug zurück. Ich nehme die U-Bahn bis zur Station Elephant & Castle, kämpfe mich durch das Labyrinth der feuchten unterirdischen Gänge und warte gegenüber dem Coronet-Kino auf einen Bus. Wahrscheinlich wissen Sie, daß das Umfeld der Station Elephant verbessert worden ist. Man hat all die kleinen Gebäude abgerissen und eine knallige Einkaufsgalerie gebaut. Man hat die Straße aufgerissen, um eine Stadtautobahn zu bauen. Dann hat man die Leute aus dem Gebiet umgesiedelt, so daß die Schickeria dorthin ziehen konnte. Nur, daß die Schickeria nicht kam. Es liegt südlich des Flusses. Niemand will etwas davon wissen.

Ich warte an einer schmutzigen, windigen Straße auf den Bus, und mit mir warten magere alte Damen, verkümmerte weiße Männer und unterbezahlte Schwarze. Die Weißen sind, was die Touristen Cockneys nennen – verhutzelte kleine Leute, Londoner Kobolde, alte Südost-Londoner, die sich einen Umzug nicht leisten können. Die Schwarzen können sich auch keinen Umzug leisten, aber sie begnügen sich damit, ein Fleckchen Erde zu bewohnen, aus dem sie ein ewiges Trinidad machen, indem sie die grimmige Kälte ignorieren, versuchen, anständige Familien aufzuziehen, und sich amüsieren.

Ich steige in einen 188er und quetsche mich zwischen die Leute, mit denen ich zusammenlebe. Die Weißen sagen nichts, mit Ausnahme zweier alter Damen, die über ihre Nachbarn herziehen, aber die Schwarzen lachen und rufen sich ständig etwas zu. Das Geräusch lachender Schwarzer trägt mich heim.

In diesem ärmsten südöstlichen Viertel Londons hat man uns nie eine U-Bahn gegeben. Damals in den Viktorianischen Zeiten bekamen die reichen Viertel die U-Bahn, und jede neue U-Bahn, die seitdem gebaut wurde, haben sie ebenfalls bekommen. Aber die Reichen können sich ein Auto leisten. Und an U-Bahnen hatten sie bereits die Linien Circle, Metropolitan, District, Picadilly und Northern, wobei die Linie Bakerloo noch eine nützliche Abkürzung ist. Also legten die weisen Stadtväter noch die Linie Victoria drauf, für den Fall, daß sie irgendwo etwas ausgelassen hatten, und dann noch die Linie Jubilee, um die Queen glücklich zu machen – und was bekamen wir in den Elendsvierteln?

Tja, *fast* nichts. Sie richteten eine kleine Nebenlinie ein, die an das Hauptsystem angehängt wurde, und diese Linie durfte sogar den Fluß überqueren und zu einem Ort namens Surrey Docks fahren. Vor ein paar Jahren hat man die Station gebaut. Wissen Sie, warum? Weil man diese Müllkippe mit dem Etikett Sanierungsgebiet versah und bunte Pläne zeichnete und Spekulanten großzügige Darlehen gewährte, damit sie über den Fluß kommen und Bürogebäude und nette Unternehmervillen bauen würden. Und weil diese Villen einen prächtigen Ausblick auf den Fluß boten, verkauften sie sich zu guten Preisen.

Also beschloß man daraufhin, den alten Bahnhof zu renovieren. Denn wenn einer dieser wackeren Pioniere seine aufstrebenden Yuppie-Freunde zum Essen einladen wollte – auf die andere Seite des Flusses ins Niemandsland –, und wenn diese Freunde nicht riskieren wollten, daß ihre BMWs geklaut wurden, oder wenn sie

Deptford auf dem Stadtplan nicht finden konnten, würde es eine nette, neue, saubere U-Bahn-Station für sie geben, die sie ansteuern konnten. Wie ein Konsulat im Dschungel.

Der Bus fährt an der Station Surrey Docks vorbei, und sie sieht sehr hübsch aus. Obwohl niemand sie benutzt.

Ich schaue aus dem Fenster und betrachte die verfallenen alten Häuser. Sie brauchen nur einen neuen Außenanstrich und neue Fenster, um eine geschmackvolle Fassade zu bekommen. Aber sie sind vor jeder Sanierung sicher. Das ist etwas für die andere Seite des Flusses, wo die Möglichkeit besteht, daß sich die Grundstückspreise erhöhen. Nördlich des Flusses ist kein Slum vor einer Sanierung sicher.

Hier unten ist es zu deprimierend für zartbesaitete Leute. Wir haben zu viel Verkehr und zu viel Dreck, und wir haben überhaupt kein Geld und keine schmucken Weinstuben. Man kann ein georgianisch aussehendes, zu Viktorianischen Zeiten erbautes Haus in jeder beliebigen Größe kaufen, aber man kann dem Verkehr nicht entkommen, man kann die hochaufragenden Wohnblocks nicht übersehen, und man kann *uns* nicht entrinnen. Wir wohnen hier. Wir sind schwarz, gelb, weiß und braun, aber wir stehen mit beiden Füßen auf der Erde und wissen, wohin wir gehören.

Ich betrachte gerade einen dieser Wohnblocks, während ich das denke. Auf den Balkonen hängt Wäsche. Aber was einem sofort ins Auge fällt, ist ein ungefähr zwanzig Meter langes Banner, das etwa in der Mitte der Fassade im Wind flattert. Auf dem Banner steht: »1472 Tage und noch kein Lift«. Wollen Sie mal darüber nachdenken? Dieser Wohnblock gehört der Stadt. Diese Leute haben einen defekten Lift und latschen seit über vier Jahren die Treppe hinauf. 1472 Tage sind über vier Jahre. Ich fahre in dem Bus vorbei, und ich sehe, daß die Zahl auf diesem Banner immer größer wird, und ich frage mich: Was, zum Teufel, geht hier eigentlich vor? Existieren diese Leute nicht?

Sie sehen schon, daß ich ziemlich gereizter Stimmung bin, als ich auf den Summer drücke und an der Evelyn Street aussteige. Nicht weit von hier wohne ich. Ich genieße die Lebendigkeit. Mir gefällt die Tatsache, daß hier echte Leute leben, mit denen man reden und die man anfassen kann. Ich sehe nicht gern, daß man sie verdammt.

Als ich ins Black Horse schleiche und ein Pint Trumans bestelle, klinge ich so mürrisch, als fluchte ich. Dann lächle ich die Dame hinter dem Tresen an und sage, es täte mir leid und ob sie einen Port für sich wolle? Sie nimmt an. Ich sage ihr, ich hätte gerade auf die Stadtverwaltung geflucht. Also sagt sie mir, was *sie* von diesen Leuten hält, und ein alter Knabe mit einer Zeitung von gestern gibt seine Meinung zum besten, und ehe man sich's versieht, lachen wir alle, und ich bin froh, daß ich wieder zu Hause bin.

Es ist ein Uhr, und der Pub ist gut gefüllt, als ich Harry hereinkommen sehe. Er bleibt auf der anderen Seite des großen Mitteltresens stehen, um ein Wort mit zwei großen Burschen zu wechseln, die saubere T-Shirts unter Wolljacken tragen. Sie sind nicht aus einem Büro gekommen, um ihre Mittagspause hier zu verbringen. Ihre Gesichter sind wie Betonklötze, und ihre Hände umschließen ihre Biergläser, so daß man kaum das Glas sehen kann. Womit ich sagen will, daß sie große Hände haben.

Ich beobachte sie, um festzustellen, was sie von Harry wollen, aber sie schlagen nur die Zeit tot. Er kennt eine Menge Leute, und jeder kennt ihn. Zwei Schritte weiter bleibt er wieder stehen, um mit einem wieseligen Kerl zu quatschen, der seinen neuen Wintermantel spazierenführt. Sie stecken die Köpfe zusammen, und ich kann zwar nicht hören, was sie sagen, aber ich weiß, daß sie leise reden, um einen Handel abzuwickeln. Sie zucken beide die Achseln und geben vor, dem anderen so weit entgegengekommen zu sein, wie es ihnen möglich ist, aber als Harry Anstalten macht, ihn zu verlassen, überlegt das Wiesel es sich anders, und die Feilscherei beginnt von neuem.

Ich bestelle noch ein Pint für mich und eines für Harry. Als die Wirtin es vor ihm abstellt, wirft er einen Blick über den Tresen und nickt. Er sieht das Wiesel an, als ob er sagen wolle: Ich bin ein beschäftigter Mann, und willst du jetzt kaufen, oder was? Ich stehle mich davon und setze mich an einen ruhigen Tisch im hinteren Teil, und zwei Minuten später gesellt er sich mit halb leerem Glas zu mir. Er pflanzt seinen massigen Leib auf den Stuhl mir gegenüber, seufzt und fragt, was es Neues gibt.

So quatschen wir über dieses und jenes – hauptsächlich jenes –, dann bestellen wir, weil wir beide hungrig sind und das Black Horse die richtigen Vorstellungen hinsichtlich Essen hat, Eier, Schinken und Chips mit braunen und roten Soßen, ein Glas Senf und eine Lage Brot und Butter obendrein. Während wir auf unser Essen warten, fragt er, ob ich etwas brauche.

Er hat eine Beweglichkeit im Gesicht, die man bekommt, wenn man südlich des Flusses geboren wurde und sein Leben lang hier gewohnt hat. Seine Wangen und Augenbrauen tanzen, aber seine Miene ist ausdruckslos. Wir diskutieren über die Art Waffen, an die er herankommen kann.

Seine Augen bekommen einen traurigen Ausdruck, wenn man ihn nach etwas Massivem fragt, aber würde man ihn vom Tresen aus beobachten, glaubte man höchstens, das Gespräch habe sich den Enttäuschungen des Ehelebens zugewandt. Er würde lieber eine Kiste Whisky oder eine Palettenladung Videos auftreiben, aber er muß an sein Auskommen denken, und wenn er weiß, daß man richtig ist und etwas Besonderes braucht, verkauft er.

Er fragt, ob ich die Absicht habe, die Dinger auch zu benutzen, oder nur mit ihnen herumwedeln wolle. Ich sage, ich müsse vielleicht abdrücken. Während zwei Teller mit dem Frühstück des Black Horse auf unseren Tisch gleiten, blinzelt er mich an und nimmt seine Brille ab. »Ich will nicht, daß sie beschlägt«, sagt er und verstaut sie in seiner Brusttasche.

Er sticht in sein Spiegelei und sagt: »Die meisten Kerle sagen, daß sie sie nicht benutzen – sie brauchen sie nur, um jemandem Angst einzujagen. Aber sie verlangen immer scharfe Munition.«

Wir machen uns über unsere dampfenden Portionen her und tunken das Eigelb mit Brot auf. Harry verdrückt eine Scheibe Schinken und empfiehlt zwei ordentlich benutzte Smith & Wessons aus Armeebeständen. »Ordentlich benutzt?« frage ich.

»Genau. Die Polizei hat Unterlagen über sie. Sie muß bei der einen oder anderen Gelegenheit Kugeln aus ihnen eingesammelt haben.«

»Wie hilft mir das?«

»Es verwirrt sie, oder nicht? Das letztemal sind die Waffen in Newcastle auffällig geworden, wenn sie also eine Kugel finden, halten sie dich für jemanden aus dem Norden. Immer vorausgesetzt, du glaubst den ganzen Quatsch.«

»Welchen Quatsch?«

»Diesen Quatsch, was sie alles mit der Ballistik anstellen können.«

»Glaubst du das nicht?«

Er hebt beide Augenbrauen und sieht mich sehr ernst an. Dann widmet er sich wieder den Resten seiner Chips. Eine Augenbraue bleibt hochgezogen, als er es mir erklärt. »Ich will mal so sagen … Wenn du in eine Tonne mit Sägemehl schießt, wie sie es tun, und wenn du die Kugel dann aus dem Sägemehl holst, dann trägt sie vielleicht noch die Spuren, mit denen man beweisen kann, aus welcher Waffe sie abgeschossen wurde. Aber wenn deine Kugel von der Decke abprallt oder einen Knochen zerschmettert, verformt sich das kleine Stück Blei derart, daß keine brauchbaren Spuren mehr übrigbleiben, oder? Und, weißt du, der menschliche Körper ist voller Knochen.«

Wir trinken unser Bier, während ich darüber nachdenke. Dann nennt er einen Preis, und wir reden darüber. »Bei Schießeisen feilsche ich nicht«, sagt er zu mir. »Weil es feste Preise gibt. Nimm sie, oder laß es sein.« Also nehme ich sie.

»Es wird ein paar Tage dauern«, sagt er.

»Ich brauche sie morgen.«

»Schwierig, Sohn, sehr schwierig.«

»Es muß sein, Harry.«

»Dann kann ich sie nicht überprüfen.«

»Das kann ich machen.«

Er trinkt sein Bier aus und stellt das Glas neben seinen leeren Teller. »Wo willst du sie übernehmen?«

»Das überlasse ich dir.«

»Dir ist klar, daß morgen Sonntag ist? Sollen wir uns vielleicht in der Kirche treffen?«

»Gibt es einen besseren Ort? Andererseits könnten wir zwischen vier alten Damen und dem Vikar auffallen.«

Er schlägt den Deptford Park vor. Das kommt mir ziemlich exponiert vor. Er sagt: »Ich stehe auf freie Flächen. Um welche Zeit?«

»Morgens?«

»Zur Teezeit. Aber bevor es dunkel wird. Im Dunkeln gehe ich nicht in den Park – da wimmelt es von komischen Leuten.«

Er steht auf, schlägt mir auf die Schulter und geht wieder zum Tresen. Ein Mädchen fragt ihn, ob er wisse, wo sie einen anständigen gebrauchten Kühlschrank bekommen könne, und er setzt sich zu ihr.

»Warum nicht einen neuen?« fragt er. »Eine deutsche Marke, das sind die besten.«

Ich gehe durch das Industriegebiet und unter den Brückenpfeilern der Bahnlinie durch und biege in die schmalen Straßen ein, die ich so gut kenne. Im Rastafari-Gemeindezentrum sind die Fenster vernagelt, aber sie veranstalten nachts trotzdem Discos. Die Wände sind mit Graffiti beschmiert, auf dem Boden liegt Abfall, und nirgendwo hat das Geld für Surrey Docks irgendeinen Eindruck hinterlassen. Aber auf den Straßen spielen Kinder, es gibt ein paar gepflegte Vorgärten, und die meisten Türen sind in fröhlichen Farben gestrichen.

Es gibt nicht viel Grün, und das Pflaster kommt einem härter vor als anderswo, und ich nehme an, Sie würden sagen, daß dies eine harte Gegend ist. Vielleicht stimmt das, aber sie ist auch ehrlich. Die Leute hier sind meinesgleichen. Sie mögen nicht ehrlich vor den Gesetzen sein, die von Toten gemacht wurden, aber sie sind es in einem anderen Sinn. Wir sind wie Sie darauf bedacht, das Beste für uns zu tun. Wir kämpfen, wir feilschen, aber wir sind nicht darauf aus, Ihnen in die Eier zu treten. Wir wollen Sie nicht in der Gosse sehen, wie Sie zu uns auf dem sauberen Gehsteig aufschauen.

Wir glauben, daß sogar Verlierer ein Recht darauf haben, etwas vom Leben zu haben. Wie in einem Boxkampf: Der Sieger bekommt das Preisgeld, aber der Verlierer wird zusammengeflickt. Man sagt ihm, er habe gut gekämpft, und er behält seinen Stolz. Man könnte sagen, daß wir uns hier unten mit Verlieren auskennen. Wir haben unser Leben lang verloren. Für die meisten von uns ist das der Grund, warum wir immer noch hier sind.

Ich verlasse gerade die Woodpecker Road, als ein kleiner schwarzer Junge meinen Arm festhält. Er muß ungefähr zehn sein. Er hat den größten Teil seines Lebens hier draußen auf der Straße verbracht, und er lächelt, als liege er an einem Strand in der Karibik. »Hey! Darius will dich sprechen. Es ist dringend, Mann.«

»Ich komme vorbei. Ist er zu Hause?«

»Du mußt ihn sprechen, *bevor* du nach Hause gehst. Du mußt ins Robin gehen. Ich bring ihn hin.«

»Er kann mich in meiner Bude sprechen.«

»Sei nicht dämlich, Mann. Wenn er dich in deiner Bude sprechen wollte, würde er an deine Tür klopfen. Von uns ist ’ne ganze Bande unterwegs, um dich zu suchen, Mann.«

Ich sehe den Jungen an und sage ihm, daß ich im Robin sein werde. »Er soll mich nicht zu lange warten lassen.«

»Er läßt einen nie lange warten. Dein Tee wird noch warm sein. Du trinkst doch Tee, oder, Mister?«

Ich schüttle den Kopf. »Kaffee. Zwei Stück Zucker.« Aber er hat sich schon umgedreht, hüpft über die Straße und verschwindet um die Ecke. Ich hoffe, er weiß, wo er Darius findet.

Ich bin fünfzig Meter von der Tür des Robin entfernt, als noch ein schwarzer Junge auftaucht und vor mir herumhüpft, als sei das Pflaster zu heiß. »Darius sucht dich.«

»Ich warte drinnen.«

Ich hole mir eine Tasse Kaffee und ein Stück trockenen Sandkuchen und setze mich hinten an einen Tisch. Darius hält, was er verspricht. Ich nippe immer noch vorsichtig an dem heißen Kaffee und habe das Stück Kuchen erst halb aufgegessen, als er zur Tür hereinkommt und sich auf den Stuhl mir gegenüber setzt. Er ist zwölf Jahre alt – gewitzt und lustig und so schwarz wie eine Kohlezeichnung. Er wohnt bei mir nebenan und steht mir so nah wie ein Sohn. Jedesmal, wenn ich ihn sehe, schnürt sich meine Kehle zusammen. Natürlich verheimliche ich das vor ihm. Er lacht mich an, als sei ich nur irgendein Lehrer, aber manchmal glaube ich, er weiß, was ich empfinde, und begrüßt es. Sein Vater hat sich aus dem Staub gemacht, bevor ich ihn kennenlernte, als Darius noch klein war.

»Mum sagt, es sind Leute in deiner Bude.«

»Leute?«

»Sie kamen in der Nacht. Wir haben sie nicht reinkommen gehört, aber heute morgen waren sie da. Sie sind immer noch da, und wir glauben, sie warten auf dich.«

Ich nicke zögernd und trinke einen Schluck Kaffee, während ich darüber nachdenke. »Wie viele Leute?«

Er zuckt die Achseln. »Bist du in Schwierigkeiten, Mann?«

Ich reagiere mit einer Art Lächeln. »Ich bin froh, daß du mich gewarnt hast, Darius.«

»Was wirst du tun?«

»Das weiß ich noch nicht.«

»Willst du zu uns kommen? Wenn wir die andere Treppe nehmen, wissen sie nicht, daß du da bist.«

Er hat recht. Jede Seite des Hauses hat eine Treppe. Man nimmt die linke Treppe zu meiner Wohnung und die rechte zu seiner.

Auf der Vorderseite verläuft ein Gang, was einen langen Balkon ergibt.

Also gehen wir und nehmen die rechte Treppe. Er benutzt seinen Schlüssel, um uns einzulassen, und wir bleiben im Wohnzimmer, weil es am weitesten von der Trennwand entfernt ist. Ich sitze mitten auf dem Teppich wie ein Pfarrer auf Besuch, als Jancey aus der Küche hereinkommt. »Sie sind immer noch da«, sagt sie. Sie und ich setzen uns auf ihr Sofa, und Darius hockt sich zu unseren Füßen auf den Boden.

»Woher wußtest du es?«

Sie fixiert mich mit ihren dunkelbraunen Augen, die aussehen wie mit Wachs poliertes Glas. »Mein Schlafzimmer ist an der Wand zu deiner Wohnung. Ich hör das eine oder andere.«

»Darauf würde ich wetten. Zum Beispiel?«

»Zum Beispiel die Toilettenspülung. Und ein- oder zweimal Stimmen, leise Stimmen. Ich dachte erst, das wärst du, spät nach Hause gekommen.«

»Woher wußtest du, daß ich es nicht bin?«

»Weil, als ich heute morgen bei dir geschellt hab, bist du nicht an die Tür gekommen. Ich hab durch den Briefkastenschlitz gerufen, und es war so still wie ein Grab. Ich wollte schon an die Schlafzimmerwand klopfen, aber dann hab ich's mir anders überlegt. Eine halbe Stunde später hörte ich wieder die Toilettenspülung.«

»Ich wußte gar nicht, daß man die hören kann.«

»Du würdest dich wundern, was ich alles höre. Das sind dünne Wände hier.«

»Warum hast du bei mir geschellt?« Ich hätte diese Frage nicht zu stellen brauchen. Ich muß nur auch einmal etwas hören, bei dem ich mich gut fühle.

»Um dich zum Frühstück einzuladen«, sagt sie.

Wir frühstücken ziemlich oft zusammen. Ich lebe allein, und sie hat nur Darius. Wir kennen einander seit drei Jahren, und in gewisser Hinsicht sind wir jetzt eine Familie. Abgesehen davon, daß wir keine sind. Wir haben uns nicht zusammengetan. Wir haben einander ein paarmal angesehen – vielleicht sogar ziemlich oft –, aber dann war es schnell zu spät für einen raschen Sprung in die Federn. Wir hätten von Heirat oder irgendwas gefaselt, bevor wir wieder aufgestanden wären. Also schlichen wir ein Jahr oder so umeinander herum, bis es zu dieser Beziehung kam.

»Was ist passiert, als du bei mir geschellt hast?«

»Nichts. Ich hab geschellt, ich hab geklopft, ich hab durch den Briefschlitz gerufen. Ich dachte, du hättest vielleicht 'nen Kater. Also bin ich 'ne Stunde später noch mal zurück.«

»Und immer noch nichts?«

»Genau. Aber in der Zwischenzeit hatte ich Männer reden gehört. Beide Stimmen waren männlich. Und ich glaubte nicht, daß du einen Mann vor mir verstecken wolltest.« Jancey lacht, als sie das sagt, aber es ist ein trauriges Lachen, wie wenn sie von Darius' Vater erzählt. »Jedenfalls kenne ich deine Stimme.«

Wir sitzen in ihrem Wohnzimmer und schauen nachdenklich drein. Darius ist der erste, der das Schweigen bricht, und zwar mit einer Frage, von der ich nicht wollte, daß er sie stellt. »Was wirst du deswegen unternehmen, Mann?«

Ich zucke die Achseln, und Jancey sagt ihm, er solle still sein. »Er denkt nach, Junge. Siehst du das denn nicht?«

Und ich denke ganz gewiß nach. Mindestens zwei von ihnen sind in meiner Wohnung und warten darauf, daß sich die Tür öffnet. Mein Wissen, daß sie dort sind, ist eine Hilfe, löst aber längst nicht alle Probleme. Es gibt mir nur eine Karte in die Hand, von der sie nicht wissen, daß ich sie habe.

Ich habe mehrere Möglichkeiten. Ich kann warten, bis sie herauskommen, und sie dann überwältigen. Ich kann mit Verstärkung hereinplatzen und sie mit schierer Überzahl erdrücken. Ich kann mich zur Hintertür hereinschleichen, während sie die Vordertür beobachten. Ja, es läßt sich machen. Und ich schätze, daß ich mich gut genug auskenne, um es richtig zu machen. Aber ein Problem bleibt: Was *mache* ich mit diesen Kerlen? Ihnen eins auf den Kopf zu geben ist gut und schön, aber wohin schaffe ich sie zur Erholung? Und was werden zwei Kerle mit Kopfschmerzen tun, wenn sie wieder auf den Beinen sind? Ich sehe nicht, daß ich diese Nacht ruhig und friedlich schlafen kann, wenn ich weiß, daß sie draußen herumlaufen und wütend sind. Das wäre so, als schliefe ich mit einer betäubten Wespe unter der Bettdecke.

Was soll ich also machen – sie dauerhaft entsorgen? Der Lange Abschied? Nicht in der wirklichen Welt, Baby! Ich kann nicht einfach zwei Leichen in meiner gemütlichen kleinen Wohnung produzieren und sie dann raustragen und irgendwo abladen. Das würde nicht gut aussehen – ein plötzlicher Tumult, schwere Schläge, dann in den frühen Morgenstunden mit einem Toten um den Hals nach draußen. Zweimal. In Deptford bekommen die Leute solche Dinge mit.

Das sieht nach einem Schachmatt aus, wie es in den B-Filmen immer heißt. Diese Kerle sind auf ein Feld gezogen, das mir keinen Bewegungsspielraum läßt. Ich sitze hier wie ein Flohspielchip, der nicht ins Ziel geschnippt werden kann.

»Ich kann dir Hilfe besorgen, wenn du welche brauchst«, sagt der kleine Darius.

»Danke«, sage ich mit rauher Stimme, während ich mich erhebe. »Aber diese beiden fertigzumachen, wäre nicht das Ende. Sie haben Freunde. Nun, da sie wissen, wo ich wohne, können sie jederzeit wiederkommen.«

Jancey sieht aus, als sei sie krank. »Wie schlimm ist es?« flüstert sie.

»Schlimm. Ich muß für eine Weile verschwinden.«

Sie ist den Tränen nah. »Das kannst du nicht zulassen«, schluchzt sie. »Du kannst dich von ihnen nicht einfach so rausdrängen lassen.«

»Du wirst dich doch wohl nicht einfach so verziehen, Mann, oder?« Darius sieht mich an, als sei ich ein Held, der nicht kämpfen will. Ich versuche es mit einem zuversichtlichen Grinsen, aber ich schätze, daß es ziemlich aufgesetzt wirkt. Er starrt mich mit seinen vertrauensvollen braunen Augen an, und ich glaube, der ganze Raum bricht jeden Augenblick in Tränen aus. Als ich meine Hand auf seinen Kopf lege, wendet er sich, vor sich hin murmelnd, ab. Das gibt Jancey den Rest, also trotte ich zu ihr und nehme sie in die Arme.

4

Als ich wieder auf der Straße bin, fühle ich mich so leer, daß mich ein Windstoß aufheben und über die Häuser fegen könnte. Mir ist, als sei ich in einem fremden Land mit leeren Taschen ausgesetzt worden und meine einzigen Erinnerungen seien Orte, die ich nicht besuchen kann.

Da ich nichts Besseres zu tun habe, schlendere ich wieder zum Robin und lasse mich dort mit einer Tasse Kaffee nieder, während Pam mir etwas zu essen kocht. Victor sagt, ich äße zum Trost. Wann immer ich Sorgen hätte, sagt er, ginge ich zurück zur Mutterbrust. Darauf antworte ich ihm immer, daß er zu viele Bücher liest.

Pam hat diese riesige Bratpfanne, in der sie das Frühstück für eine ganze Familie zubereiten könnte, und sie macht mir drei Würstchen, zwei Eier, Schinken, Tomaten und billige Champignons. Billige Champignons sind die Stiele. Man kann auch die Köpfe haben, wenn man will, aber die kosten mehr, und wie so viele Leute von hier ziehe ich die Stiele vor. Die geben einem etwas zu beißen. Pam hat noch ein paar im Fett geschwenkte Kartoffeln zugegeben, und als sie mich fragt, ob ich noch eine Scheibe gebratenes Brot wolle, weil ich so aussähe, als könne ich einen anständigen Happen vertragen, sage ich ja.

Das Zischen und Blubbern der im heißen Fett bratenden Tomaten erfüllt den Raum. Es ist so, als laufe Wasser aus einem Hahn in ein Waschbecken aus Stein. Der Geruch von all dem Essen scheint den Dampf zu färben, und das Wasser läuft mir so stark im Mund zusammen, daß ich meinen Kaffee austrinke und noch einen bestelle.

Ein alter Knabe am Fenster legt seinen *Evening Standard* beiseite und schüttelt den Kopf. »Ich kann nicht lesen bei dem Geruch«, sagt er. »Es hat keinen Sinn, Pam, Schätzchen, mach mir zwei Eier mit Schinken und Chips, ja? Keine Tomaten, weil ich die aus der Flasche dazu schütten kann.«

»Du hast doch Geld, oder?«

»Vertraust du mir nicht?«

»Dir vertrauen? Ich *kenne* dich schließlich, oder nicht?«

»Weiber«, sagt er.

Sie häuft mein Essen auf einen Teller, und als sie ihn mir bringt, spüre ich die Hitze von ihm aufsteigen wie von einem Feuer. Ich greife nach Pfeffer und Salz. Der alte Mann beobachtet meinen Teller mit Augen wie die einer Amsel. »Machst du mir meine Eier?« ruft er.

Pam lacht wieder. »Laß erst mal die Farbe deines Geldes sehen.«

»All die Jahre, die ich schon herkomme«, murmelt er.

»Mach ihm einen Teller«, sage ich. »Ich zahle.«

Sie zögert einen Augenblick, dann nickt sie und macht sich an die Arbeit. Der alte Mann steht auf und schlurft zu mir herüber. »Das ist mächtig nett von Ihnen«, sagt er.

»Ich kann nicht essen, während Sie mir dabei zusehen«, sage ich zu ihm.

»Sie wollen bestimmt ein Dankeschön.«

»Essen Sie's einfach.«

»In Ordnung«, sagt er. »Ich werde … Hier!« ruft er Pam zu, während er zum Tresen geht. »Das nenne ich einen Gentleman. Und während du mir mein Essen machst …« Er greift in seine Tasche und zückt eine annehmbare kleine Rolle schmuddeliger Fünf-Pfund-Noten. »Du kannst noch ein paar Scheiben Brot und Butter darauflegen. Frisch geschnitten, wenn's dir nichts ausmacht.« Wir grinsen einander an. »Niemand verliert immer beim Hunderennen«, sagt er, und er schlägt mit seinen Scheinen nach einer imaginären Fliege.

Als ich das Robin verlasse, wird es langsam dunkel. Eine düstere graue Wolke liegt über London, die zu verstopft ist, um ihren Regen auf die Stadt loszulassen. In einigen Geschäften und Häusern brennt bereits Licht, aber die Straßenlaternen sind noch kalt und tot. Ich latsche über ein Pflaster, das sich anfühlt, als seien tausend Staubsauger darauf ausgeleert worden, und ich hoffe, daß das verdammte Telefon in der Zelle funktioniert, zu der ich unterwegs bin.

Ein schmutzig elektrischer Schein sickert aus der Zelle in die Düsternis. Ich öffne die Tür und trete in den Gestank nach Urin und abgestandenem Zigarettenqualm. Das Telefonbuch sieht aus, als sei es von Mäusen angefallen worden, und eine ganze Reihe von Analphabeten hat sich darin geübt, große Wörter an die Wände zu schreiben. Aber das Telefon funktioniert.

Ich komme zum Großen Mann durch und teile ihm die schlechte Nachricht mit. Er ist so deprimiert, daß ich die Gewalt seines Atems in meinem Ohr spüren kann, als er seufzt. Der Gestank in der Telefonzelle weckt den Eindruck, als hätte er Mundgeruch. Er sagt: »Sie halten besser den Kopf unten, während wir uns orientieren.«

Wunderbar, denke ich. »Sie haben Timmy geschnappt, sie sind hinter mir her, und ich gebe auch nicht mehr viel auf Victor. Wir sind wie vergessene Pioniere in einem Schützengraben an der Somme.«

»Was soll ich denn tun?«

»Holen Sie mich raus. Die Sache können wir total abschreiben.«

»Ich soll den anderen das Spiel einfach überlassen?«

»Die haben ohnehin alle Asse. Schieben Sie die Karten zusammen und geben Sie mir ein neues Blatt.«

»Ich überleg mir was.«

»Tun Sie das. Aber überlegen Sie nicht zu lange.«

Das ist nicht das aufmunterndste Gespräch, was ich je geführt habe. Ich stehe in der Zelle und fühle mich so einsam wie ein Flittchen in einer Kirchentür, dann wähle ich Victors Nummer. Das Geräusch des Klingelns in meinem linken Ohr ist wie ein kleiner Holzhammer, der mich langsam tiefer in den Schlamassel klopft. Er wird nicht da sein, und dann weiß ich nicht, ob sie ihn geschnappt haben oder … »Hallo?« Es ist seine Stimme.

»Ich bin's.«

»Was gibt's Neues?«

»Ich habe Besuch in meiner Wohnung.«

»Freunde?«

»Nein.«

Eine Pause. Dann fragt er: »Was wirst du tun, mein Lieber?«

»Mich verstecken.«

Ich höre irgendein Kratzgeräusch in der Leitung, und plötzlich bin ich die Aufmerksamkeit in Person. Victor atmet scharf ein und wieder aus, und mir wird klar, daß er sich gerade eine von seinen widerlichen Zigarren angezündet hat. »Bist du allein?« fragt er.

»Völlig.«

»Willst du herkommen?«

»Ja, aber das ist nicht sicher.«

»Meine Bude ist noch sicher. Und wenn du allein bist, gilt das auch noch für dich. Komm vorbei.«

»Danke.«

»Ich setze schon mal den Kessel auf, mein Lieber.« Er legt auf.

Ich luge durch den Beschlag auf der Glastür und sehe, daß die Straßenbeleuchtung eingeschaltet worden ist.

Was sich an Victors möbliertem Zimmer nie ändert, ist die Tatsache, daß er es gemütlich und warm hat. Ich war auch schon im Sommer dort, und da ließ er den Gasofen brennen, daß man meinen konnte, er züchte Orchideen. Aber an einem Abend wie diesem, an dem man sich in klammer Selbstbetrachtung ergeht, ist sein Zimmer so tröstlich wie ein Teller heiße Suppe.

Er sitzt in Strickjacke und Pantoffeln da, zusammengerollt auf einem Armsessel wie ein Professor für alte Sprachen. Er hat ein neues Päckchen Stumpen gefunden, das er sehr langsam öffnet, als packe er ein unerwartetes Geburtstagsgeschenk aus, und er grinst mich schief an, als sei er tatsächlich hocherfreut, daß ich hier bin. »Nur du und ich«, sagt er. »Und ganz Süd-London da draußen ist gegen uns.«

»Nur der andere Verein ist gegen uns. Sonst hat keiner Interesse.«

»Das ist das Problem mit den Leuten, mein Lieber. Niemand kümmert sich einen Furz.«

»Es gefällt mir so.«

Er saugt an seinem welken Stumpen, als genieße er das Ding tatsächlich, er leckt sich ausgiebig die Lippen, dann stößt er einen grauen Nebel gründlich verdauten Rauchs aus. »Was sollen wir denn machen?«

Ich schließe die Augen und schüttle den Kopf, weil ich nicht darüber reden will. Auf meinem Rücken und den Schultern liegt eine betäubende Müdigkeit, als sei die Luft plötzlich zu schwer geworden, um sie zu tragen. Meine Augen wollen geschlossen bleiben, und am liebsten wäre mir, wenn die ganze Welt wegginge und mich in Ruhe ließe. Vielleicht sieht Victor das. Er sagt: »Weißt du, was ich mache? Ich mache dir einen Tee – so, wie du ihn magst.«

Ich lächle und sitze mit geschlossenen Augen da, während er sich im Zimmer zu schaffen macht. Die Zubereitung des Tees ist eine Ablenkung für ihn, und ich kann mich hinter meinem Vorhang verstecken, während die Minuten verstreichen. Während ich den Geräuschen des Teekochens und dem unterstützenden Rhythmus seiner alten Uhr auf dem Kaminsims lausche, werde ich zu einer Art Kindheitserinnerung zurückgetragen, in der in einem Märchen-Cottage im Wald eine gütige alte Dame in einem Schaukelstuhl leise vor sich hin singt, während sie am Feuer sitzt. Doch in Victors Zimmer knistern keine Holzscheite. Die Gasflamme zischt wie ein Windzug in der Esse.

Als er mir schließlich das hohe Glas mit dem süßen schwarzen Tee in die Hände drückt, haben sich meine Muskeln entspannt, und ich bin gesprächsbereit. Wir reden über Timmy und fragen uns, was ihm zugestoßen sein mag. »Er war so jung«, seufzt Victor. »Er war der Verwundbarste.«

»Je jünger man ist, desto zäher soll man sein. Du und ich sind auf dem absteigenden Ast.«

»Du und ich«, korrigiert Victor mich. »Du und ich, wir haben Erfahrung. Erfahrung ist wichtig. Die Höhlenmenschen haben sich über die Tiere erhoben, indem sie aus der Erfahrung gelernt haben.«

»Heute sind wir Dinosaurier.«

Wir trinken unser Glas Tee, und Victor schlurft zum Gasofen, um uns noch mehr einzugießen. Im matten Licht des Feuers und einer kleinen Lampe sehe ich ihn über den Teppich tappen. Mich schaudert für einen Moment, obwohl es nicht kalt ist. »Ich dachte, sie hätten dich auch erwischt«, sage ich zu ihm. »Dieser Kerl an der Victoria Station.«

Er kehrt mit heißem Tee zurück. »Sie haben sich bei Timmy an meine Fersen geheftet. Niemand hat mich hierher verfolgt.«

»Noch nicht.«

Er lächelt mit Augen, die hundert Jahre Kummer gesehen haben. »Wenn der Fuchs in seinem Bau verschwindet, bleibt er dort, bis die Hunde das Interesse verlieren. Füchse werden auf freiem Feld gestellt. Hunde haben nicht die Geduld für eine Belagerung.«

»Der andere Verein hat sie vielleicht.«

»Das bezweifle ich, mein Lieber. Wer zahlt ihnen die Gehälter, während sie herumlungern und nicht weiterkommen? Nach zwei Wochen wird man sie abziehen.«

»Du meinst, wir sind kein Monatsgehalt wert?«

»Am Ende reduziert sich alles aufs Geld.«

»Ich kann keinen Monat hier bleiben, Victor.«

»Mein lieber Junge!« Er wedelt großzügig mit der Hand, und ein Klumpen Zigarrenasche fällt auf den Teppich. »Das Problem ist«, fährt er fort, »ich glaube nicht, daß wir einen Monat zu verschenken haben. Ich glaube, wir werden viel früher in Aktion treten.«

»Ich kann trotzdem nicht hier in dieser Enge bleiben.«

Victors möbliertes Zimmer ist genau das: ein einigermaßen großer gemütlicher Raum mit alten Möbeln von der Sorte, die perfekt zu ihm paßt. Er hat den Gasbrenner am Ofen, und er teilt sich ein Badezimmer auf dem Flur. Es gibt nur ein Bett, also müßte ich mir ein provisorisches Bett aus zwei Armsesseln machen.

»Bleib ein paar Tage. Ich will nicht, daß du erwischt wirst – ich würde mich einsam fühlen.«

Der Tee ist jetzt kalt, und die Pausen in unserem Gespräch werden länger. Mir ist warm, und ich bin zufrieden wie eine Katze, die auf einem Läufer vor dem Herd liegt. Der Geruch alter Stumpen vermischt sich mit dem schwächeren Geruch des Gasofens. Eine Spur von duftendem Tee und eine schwache Erinnerung an gebratene Zwiebeln liegen in der Luft. Victor schwelgt in Erinnerungen an alte Zeiten, und seine Worte beschwören eindringliche Bilder, die an meinem geistigen Auge vorbeiziehen.

Seine Worte verblassen.

Mag sein, daß der Traum sich nahtlos an die Erinnerungen anschloß, die er aufrührte. Ich befand mich auf einem Hügel, pflückte Beeren von einem Strauch und warf sie in einen alten Eimer. Die Sonne schien mir auf den Rücken, und zwei Lerchen sangen so beharrlich, daß man glauben konnte, sie probierten neue Schnäbel aus. Ich hatte eine niedrige Steinmauer erklommen, um die höher gelegenen Beeren zu erreichen, und im warmen Sonnenlicht fuhr ein älteres Paar mit dem Fahrrad den Weg entlang auf mich zu. Die beiden hielten an, und wir begannen eine dieser Unterhaltungen, die man nur im Traum führt, wo unendlich viele Dinge, die man immer schon sagen wollte, in einer Handvoll Sätze ausgesprochen werden, die wahrscheinlich überhaupt keine erkennbaren Tag-Worte enthalten. Sie waren an meinen Beeren interessiert. Die alte Dame erinnerte sich an ländliche Rezepte, und der Mann redete von seiner Jugend. Ihr ganzes Leben hatten sie hier verbracht, in einem Dorf nicht weit von unserem. Nun hatten sie sich zur Ruhe gesetzt. Sie hatten sich Fahrräder gekauft, um gemeinsam durch die Lande fahren zu können. Nachdem sie wieder aufs Rad gestiegen und weitergefahren waren, stellte ich fest, wie das in Träumen oft so ist, daß der Eimer vor Beeren überquoll und seine ursprüngliche Größe verdoppelt hatte.

Als ich ihn wegtrug – voller saftiger Früchte, und doch so leicht, daß ich ihn unbeschwert durch die Luft wirbeln konnte –, dachte ich daran, wie das alte Ehepaar sein Leben mit ehrlicher Arbeit in unserem Tal zugebracht hatte, und ich stellte mir die Jahre gemütlicher Erkundungsfahrten vor, die noch vor den beiden lagen, und als ich lächelnd unser Cottage betrat, geschah es in der ruhigen Gewißheit, daß ich mir ebenfalls ein Fahrrad kaufen und mühelos über Hügel und Täler gleiten würde, wenn mein Arbeitsleben vorbei war.

Doch im Cottage herrschte gedrückte Stimmung. Aus geheimen Gedanken gerissen, sah meine Mutter vom Tisch auf. Sie hatte rote Augen, als habe sie geweint, und ich fragte mich, warum sie an einem leeren Tisch saß, anstatt in der Küche zu singen, warum das Licht verblaßte und ein kalter Luftzug unter der Tür durchwehte.

Ich wollte sie fragen, was los sei, aber mein Mund war voller Beeren. Als ich die Worte stammelte, spritzten Fetzen von Schalen und roter Saft auf den Tisch, und sie sah mich traurig an, während die Saftspritzer rote Flecke auf ihrem Gesicht hinterließen.

Ich wollte zu ihr gehen, um die Flecken abzuwischen, doch ich stieß den Eimer um und sah, wie sich rote Eidechsen aus ihm auf den Boden ergossen und mir um die Füße huschten. Ich bahnte mir einen Weg durch die glitschigen Eidechsen, und manche zeigten die Zähne, und mein Mund war immer noch voller Beeren, und ich wußte, wenn ich auf sie bisse, würde sich mein Mund mit Blut füllen …

Das Bild bleibt so klar in meinem Verstand, daß es realer ist, als eine Erinnerung je sein könnte. Es ist wie ein Standbild in einem Video, es löscht alles andere aus, das danach kommen will. Ich zwinge mich, durch die Dunkelheit auf die Wesensmerkmale von Victors Zimmer zu starren, und ich konzentriere mich auf den Schein der entfernten Straßenlaterne, der durch den Vorhang kriecht. Das Licht reicht aus, um grobe Gestalten im Stoffmuster auszumachen, und ich weiß, wenn ich diese Muster noch länger anstarre, werden sie eine erkennbare Gestalt annehmen und den Traum fortsetzen.

Ich bewege meine eingeschlafenen Beine, und augenblicklich schießen Nadelstiche durch meine Venen. Meine Knöchel sind steif geworden, und ich bekomme den Blutkreislauf nicht richtig in Gang. Als ich mich in dem Sessel vorbeuge, um meine Beine zu reiben, höre ich kleine Knochen in meiner Wirbelsäule knacken.

»Stell die Sessel zusammen«, murmelt Victor aus dem Bett. »Das ist bequemer.«

Ich stehe in der Mitte des Zimmers, und Splitter des Traumes dringen in die Düsternis ein. Dann grunze ich eine Antwort und bewege einen der Sessel. Ich funkle den Raum an, als sei ich wütend auf ihn.

»Das Bad ist im Flur«, sagt Victor. »Nach links herunter.«

Beim Frühstück erkläre ich mich bereit, eine Weile zu bleiben. Ich sage nicht, wie lange das sein wird. Victor überrascht mich, indem er ein Paket Cornflakes und ein paar Croissants auffährt. »Das Frühstück ist die wichtigste Mahlzeit des Tages«, sagt er.

Er hat ein Porzellanservice, das er bei einem Ausverkauf erstanden hat. Der Zucker ist in einer Dose, die Milch in einem Kännchen. Wir essen an einem Beistelltisch, der zu niedrig ist, und ich frage mich, ob er ihn je mit einem Tischtuch deckt. Ich kann mir vorstellen, wie er allein ißt und dabei immer Zierdeckchen aus Papier benutzt.

Als er die Wohnung um zehn Uhr verläßt, sehe ich mich in diesem Zimmer um und frage mich, wie lange ich es ertragen soll, hier eingepfercht zu sein. Er hat ein paar Bücher, und ein oder zwei mögen auch lesenswert sein, aber ich kann den Gedanken daran jetzt nicht ertragen. Das wäre so, als läge ich in einem Krankenhausbett und versuchte die Zeit totzuschlagen, bis der Chirurg mit seinem Skalpell einträfe.

Ich lasse den Fernseher aus und verbringe ein paar Minuten damit, aus dem Fenster zu starren wie eine alte Dame in einer Sozialwohnung, bis ich beschließe, etwas Zeit mit einem Bad zu verschwenden. Die Suche nach den Handtüchern gefällt mir nicht, weil ich dafür all seine Schubladen öffnen muß. Ich finde sie im Kleiderschrank. Dann tappe ich über den Flur und schließe mich im Bad ein.

Wenigstens gibt es hier genug heißes Wasser. Es ist mir egal, daß die Wanne braune Streifen und Flecken hat, solange genügend heißes Wasser aus dem Hahn kommt. Also fülle ich die Wanne, ziehe mich aus und lege mich hinein.

Man kann damit eine halbe Stunde totschlagen. Man kann heißes Wasser nachlaufen lassen, wenn es sich abkühlt, aber wenn man plötzlich feststellt, daß man sich im Wasser mit seinem einzigen Freund beschäftigt, weiß man, daß es an der Zeit ist, aus der Wanne zu steigen. Ich stehe in einem kalten Badezimmer, höre jedes Geräusch, welches das ablaufende Wasser auf seinem Weg drei Etagen abwärts verursacht, und trockne mich gründlich mit einem Handtuch ab, das viel zu klein ist. Dann schlüpfe ich wieder in die Kleidung, die ich gestern schon getragen habe, und tappe zurück durch den Flur.

Bei Tageslicht sieht sein Zimmer schmutzig aus. Ich suche

herum, aber er hat nur ein Staubtuch, einen Handfeger und ein Kehrblech. Also wische ich ein wenig Staub, weil ich das bewältigen kann, und dann sinke ich auf einen Armsessel und starre meine Fingernägel an. Ich trinke gerade eine Tasse Kaffee aus, als Victor zurückkommt. »Ich kann das einfach nicht ertragen«, sage ich.

»Tu so, als hättest du eine Erkältung«, sagt er. Er hat eine Luftmatratze gekauft, damit ich bequemer schlafen kann. Außerdem hat er ein paar gefüllte Brötchen aus einer Sandwichbar mitgebracht und dazu zwei Dosen Bier. Er wirft mir eine Zeitung zum Lesen zu, während er das Mittagessen auf dem Beistelltisch ausbreitet. »Wir müssen darüber reden«, sage ich.

»Dazu ist massenhaft Zeit, mein Lieber.«

Das ist das Problem.

Ich halte fast bis zur Teezeit durch, indem ich mich auf einen Armsessel quetsche und ein Buch lese, das Victor mir empfohlen hat. Es ist *Der Geheimagent* von Joseph Conrad, und es ist seine Vorstellung von einem Witz. Er sagt, es werde meinen Verstand schärfen. Ich muß ihn gar nicht schärfen. Ich muß ihn zur Ruhe legen.

Die Vorstellung beginnt, als Victor mir zeigt, wie er Spaghetti Bolognaise auf einer einzelnen Gasflamme zubereitet. Er hat eine spezialbeschichtete Bratpfanne, in der er ein paar Zwiebeln anbrät und dann Paprika, ein Lorbeerblatt und schließlich ein halbes Pfund Hackfleisch zugibt. Während das Zeug die Farbe wechselt und das Zimmer mit einem Geruch nach gekochter ranziger Katze erfüllt, kauert er dazu und streut Prisen von Gewürzen und Kräutern darüber. Er rührt eine Dose italienische Tomaten unter. Dann schließt er die Pfanne mit dem Deckel und stellt das Gas so niedrig, daß das Zeug kaum noch köchelt. Ich hoffe, er läuft nicht zu schnell durch das Zimmer, weil er sonst die Flamme ausblasen wird.

Er setzt sich mir gegenüber auf den Armsessel und verkündet, daß wir noch eine und eine halbe Stunde warten müssen. »Ist mir recht«, sage ich. »Ich gehe aus.«

Er sieht beunruhigt aus, also sage ich ihm, daß es sich um eine Sache handelt, die ich zuvor verabredet habe. Aber meine Erklärung findet nicht seinen Beifall: »Ich treffe mich mit einem Mann wegen einiger Kanonen.«

5

An einem kühlen Tag wie diesem ist es unvermeidlich, daß ich zu früh im Deptford Park eintreffe. Im Bus der Linie 199 sitze ich oben, wo die Luft verqualmter ist als bei Victor, aber wenigstens habe ich eine gute Aussicht auf die Straßen unter mir. Es macht mich traurig zu sehen, daß eines meiner Lieblings-Wahrzeichen, R. Soles, das Schuhgeschäft, geschlossen worden ist. Es hat nicht sonderlich viele Schuhe verkauft.

Das Problem, wenn man zu früh in einem Park ankommt, besteht darin, daß man nicht überzeugend vorgeben kann, sich für die Rosen zu interessieren. Neben den Gittern spielen ein paar Kinder das Wer-pißt-auf-die-meisten-Petunien Spiel, und ich schleiche herum, als wolle ich einen dieser kleinen Jungen mit Gebäck zum Tee verspeisen. Ich setze mich auf eine Bank, lese die Morgenzeitung noch einmal und versuche das Kreuzworträtsel im Kopf zu lösen. Vom Fluß weht ein feuchter Wind herein, und es wird rasch dunkel.

Ich sehe Harry in einem warmen Mantel und mit einer Plastiktüte in der Hand durch die Tore spazieren. Also winke ich ihm vom entfernten Ende des Parks zu. Er läßt sich Zeit, während er gemütlich zu mir schlendert, und als er ankommt, setzt er sich ans andere Ende der Bank, als kenne er mich nicht. »Harry«, sage ich. Er grunzt.

»Wir sind hier im Park die einzigen Erwachsenen«, sage ich zu ihm. »Komm näher, damit ich dich nicht anschreien muß.« Ich greife in meine Jacke und hole einen Briefumschlag heraus. Als er ihn nimmt, fragt er, was ich in meiner Plastiktüte habe. Ich sage ihm, es sei noch ein Schießeisen, und er reagiert darauf so sparsam, daß ich fast annehme, daß er es glaubt. Aber ich bin unterwegs nur auf einem Straßenmarkt gewesen und habe mir Socken, Hemden und dünne, grelle Unterhosen gekauft. Mein ganzer Kram liegt in meiner Bude fest. Was Harry nicht weiß, ist, daß er mich hier mit allem sieht, was ich besitze.

Er zählt mein Geld nicht. Wenn man mit Waffen handelt, bricht niemand eine Vereinbarung. Er wühlt in seiner Plastiktüte herum, unter einem Weißbrot und den Waren eines chinesischen Gemüsehändlers. Er holt mein Paket heraus, das in braunes Papier eingewikkelt ist, und ich stopfe es in meine Tüte mit der sauberen Wäsche. »Ich hoffe, du läßt dir dein Abendessen schmecken, Harry.«

»Der Mensch muß leben«, sagt er.

Das stimmt, Harry.

Als ich im Bus sitze und nach Westen fahre, wird mir plötzlich klar, daß ich diesen Bezirk zum letzenmal sehe. Der Bus fährt um die Pfeiler der Bahnlinie nicht weit von Bermondsey, als mich diese Erkenntnis trifft, und ich starre mit Wehmut aus den Fenstern des Oberdecks. Gott weiß, warum.

Diesseits von Elephant gibt es nicht ein schönes Gebäude. Alle sind mit Ruß und Schmutz bedeckt, Andenken an die Zeit vor der Ratifizierung der Gesetze zur Reinhaltung der Luft, und der einzige Ort, der früher einmal gut ausgesehen haben mag, ist die Methodistenkapelle in Southwark, die von Fundamentalisten übernommen worden ist. Doch als ich am Coronet-Kino aussteige, schnürt sich meine Kehle genauso zusammen wie damals, als ich das erstemal mein Zuhause verlassen habe.

In den Hintergassen, die zu Victors Haus führen, trage ich das tote Gewicht in meiner Plastiktüte mit mir herum und fühle mich wurzellos. Ich gehöre nicht hierher. Ich werde heute noch einmal bei Victor übernachten, weil er die Spaghetti auf dem Ofen und eine

Luftmatratze gekauft hat, aber morgen verschwinde ich. Ich kann den Kopf unten halten, aber ich kann nicht zusammengekauert in einem Loch im Boden hocken.

Der Gedanke an diese beiden Smith & Wesson bringt ein altes Kribbeln mit sich. Das bloße Wissen, daß sie in der Tüte sind, ist für mich so beruhigend wie für Victor seine Stumpen. Ich kann bereits spüren, wie eine in meiner Hand liegt. Ich könnte glauben, daß mein Zeigefinger sich bereits um den Abzug gelegt hat.

Es war eine lange Wartezeit. Drei Jahre habe ich abgewartet und mich in Deptford eingegraben. Drei Jahre habe ich herumgetrödelt, unbedeutende Dinge getan und auf das Zeichen vom Großen Mann gewartet. Drei Jahre habe ich nicht gewußt, wie der fette Job aussehen würde. In der Zwischenzeit habe ich mich umgetan, Kontakt zu einigen nützlichen Burschen hergestellt, die eine oder andere Ware gekauft und mich eingerichtet.

Und die ganze Zeit habe ich mich zusammengerissen. Zuerst empfand ich dieselbe Ungeduld wie jetzt. Ich bin nicht fürs Herumhängen geschaffen. Ich bin ein Mann der Tat, und es schien kein guter Handel zu sein, in der hinterletzten Ecke Londons abgeladen zu werden, und zwar mit Anweisungen, die man einem alten Mann geben würde, wenn er sich zur Ruhe setzte. Ich kam mir verschwendet vor. Bis dahin war ein Jahrzehnt lang das Adrenalin durch meine Adern geströmt. Ich war aktiv und motiviert gewesen. Das hier war nichts für mich.

Aber Sie wissen, wie das ist. Man gewöhnt sich daran. Man ist nicht im Gefängnis – man muß nicht die Wände anstarren. Nach einer Weile verlangsamt sich der Puls, und man denkt sich, vielleicht sind diese gesetzestreuen Leute doch keine Zombies. Mir ist es so ergangen.

Ich stelle mir Victor vor, wie er in seinem möblierten Zimmer Spaghetti kocht, und mir wird klar, daß es ihm ebenso ergangen ist. Es war zu leicht. Wir werden weich. Der Große Mann ist nur eine Stimme am Telefon: er hat uns zu lange in Ruhe gelassen. Einen Moment frage ich mich, ob er all das arrangiert hat, um unsere Reaktionen zu beschleunigen und uns zu testen, aber ich weiß, daß es nicht so sein kann. Die Situation ist real, na schön. Irgendwas hat begonnen. Es beginnt eigentlich immer plötzlich, so wie jetzt. Und es ist auch nicht zu früh. Wir haben zu lange auf Eis gelegen.

Victor führt sich vor seinem Gasbrenner auf, als sei ich sein lange verschollener Sohn. Er nimmt die Bratpfanne von der Flamme und ersetzt sie durch einen Topf mit Wasser. Die Pfanne wird mit Deckel beiseite gestellt, um die Soße warm zu halten, während er vor dem sich erhitzenden Wasser steht und Beschwörungen murmelt, um es schneller zum Kochen zu bringen. »Ich habe eine Flasche Wein mitgebracht«, sage ich. »Weil es Spaghetti gibt.«

»Ah«, sagt er, ohne den Blick vom Gasbrenner abzuwenden. »Ich habe schon einen Valpolicella geöffnet.«

Ich sage, es müßte ein netter Abend werden, und denke bei mir, daß ich den ganzen Wein brauchen könnte.

»Draußen alles in Ordnung?« fragt er, und ich sage ihm, ich hätte mich unterwegs vergewissert, bevor ich zu ihm gegangen sei. Ich habe in den Straßen der näheren Umgebung nach herumlungernden Fremden Ausschau gehalten und niemanden gesehen. Sie haben Victors Wohnung noch nicht gefunden.

»Solange niemand in das Zimmer gegenüber einzieht«, sage ich.

Es macht tatsächlich einen Unterschied – Rotwein und eine Luftmatratze. Victor hat mich mit seinen Spaghetti überrascht. Während die Nudeln abtropften, stellte er die Soße noch einmal kurz auf die Flamme, und wir aßen mitten in seinem Zimmer, so gemütlich wie in einer Trattoria.

Jetzt liege ich auf seiner Luftmatratze unter einem Bettlaken und seinem Mantel. Mein Magen ist voll, und am Gaumen klebt noch der Geschmack des Weins. Für morgen gilt es noch Pläne zu machen, aber einstweilen will ich nur traumlos schlafen.

Beim Frühstück bringe ich es ihm bei. Er nickt verdrießlich, als habe er immer gewußt, daß ich ihn verlassen würde, und er versucht mir einzuschärfen, daß ich völlig untertauchen muß. Ich gebe beruhigende Geräusche von mir und nehme noch einen Kaffee, um den Schlamm wegzuspülen, der mein Gehirn verkleistert. Keine Träume letzte Nacht, und ich segne den Wein.

Im Zimmer riecht es nach Schmieröl, und ich sehe, daß Victor früh aufgestanden ist, um seine Waffe auseinanderzunehmen und zu reinigen. Er geht mit ihr so vertraut um wie eine Mutter mit ihrem Baby, doch er hat einen Ausdruck in den Augen, als entferne er Flecken von Erbrochenem. Die alte Traurigkeit ist zurückgekehrt, und ich fühle mich, als habe ich eine ansteckende Krankheit ins Haus geschleppt. »Wir brauchen Schutz«, sage ich, aber er schaut immer noch niedergeschlagen drein.

»Solange ich keine Kanone hatte, fühlte ich mich auch nicht bedroht«, sagt er. »Eine Kanone zu haben, bedeutet nur, daß der andere das Gefühl hat, er muß zuerst schießen. Man ist eine Gefahr für ihn, also will er einen kaltstellen. Und was einen selbst betrifft, sobald man dieses Gewicht in der Tasche spürt, verändert man sich.

Man reagiert unter Druck anders. Die Pistole ist wie ein Magnet für die Hand. Sobald man sie einmal angefaßt hat, gibt es kein Zurück mehr.«

Ich habe das Interesse am Frühstück verloren, und die halb verzehrte Scheibe Toast wird kalt auf dem Teller. Ich erinnere mich noch an das letztemal, als ich Victor mit einer Kanone in der Hand gesehen habe. Er stand in dem ganzen Chaos eiskalt da, als übe er auf dem Schießstand. Die Füße gespreizt, die Waffe auf Armeslänge vor sich, ein Auge geschlossen und genau zielend, um keine Kugel zu vergeuden. Da war eine Menge Blut, und Leute starben, und Victor war so ruhig und unbeirrbar wie ein Wegweiser an einer Kreuzung, während er sich die Leute mit einer Kanone herauspickte und Gefahren eliminierte.

Ich stelle die heikle Frage, der er ausweicht. Was passiert nun, da Timmy geschnappt worden ist und ich auf der Flucht bin, wenn der andere Verein herausfindet, wo er ist? »Ich habe mit dem Großen Mann geredet«, sagt er.

»Was hat er gesagt?«

»Tauch unter. Halt dich bedeckt. So in der Art.«

»Sehr hilfreich. Sollst du hier warten, bis sie dich finden?«

»Das werden sie nicht, wenn ich mich bedeckt halte, mein Lieber. Timmy wußte nicht, wie man mich erreichen konnte.«

»Er hat sie zu meiner Wohnung geführt. Was ist, wenn sie mich schnappen?«

»Du würdest ihnen nicht verraten, wo ich wohne. Du bist ein zäher Bursche.«

»So zäh ist niemand. Du brauchst ein Schlupfloch, nur für alle Fälle.«

Er lächelt, weil der Große Mann das auch gesagt hat. Er nennt mir die Adresse einer Pension am Earls Court, wo er sich ein Zimmer nehmen kann. »Ich hoffe, ich muß nicht darauf zurückgreifen«, sagt er.

Offensichtlich ist der Laden in Ordnung, da es keine Verbindung zwischen ihm und uns gibt. Wenn er dort nicht unterkommt, versucht er es in der nächsten Pension links davon, und wenn die ebenfalls belegt ist, in der nächsten und so weiter. Er erwähnt ein Café, in dem er einmal am Tag essen würde.

»Aber so weit wird es nicht kommen«, sagt er. »Es ist nur eine Vorsichtsmaßnahme.«

Sagte das kleine Schweinchen, als es sein Haus aus Ziegeln baute. Ich sammle meine Sachen ein und packe zusammen, und es dauert nicht einmal eine Minute.

6

Ich weiß nicht, was für ein Empfang mich erwartet. Ich klingle an ihrer Tür und sehe mitleiderregend aus, wie ich dastehe und meine Habseligkeiten in einer Tüte von Marks & Spencer an mich drücke. Sie öffnet die Tür.

Sie hat wieder an ihren Haaren herumgeschnippelt. Es sieht so aus, als habe ein kleines Mädchen mit der Schere seiner Mutter gespielt und anschließend vor dem Spiegel gesessen und sich gefragt, was seine Mutter sagen werde und ob wohl alles wieder in Ordnung komme, wenn sie noch ein wenig mehr abschnitte. Ich will die Hand ausstrecken und sie berühren, als habe sie soeben einen schweren Verlust erlitten. Dann lächelt sie, nickt mich herein und geht nach oben voran. In ihrer Wohnung angekommen, sagt sie, daß sie Kaffee mache, und ich setze mich auf einen Sessel und stelle meine Tasche neben mir ab.

Ihre Wohnung ist größer als Victors, aber das Haus ist nicht von jemandem erbaut worden, der Zimmer zu schätzen wußte. Die Decke ist zu niedrig, und die Fenster wurden nur in die Mitte jeder Wand eingebaut, um den Bestimmungen zu genügen. Dies ist die Art Haus, die den Bestimmungen genügt. Es würde vielleicht sogar den farblosen Beamten zufriedenstellen, der die Bestimmungen geschrieben hat. Vielleicht hat er in einem Käfig wie diesem gewohnt.

Sie bringt zwei Tassen mit heißem Kaffee, gibt mir eine in die Hand und stößt meine Tragetasche mit dem Fuß an. Sie sagt: »Ich bezweifle, daß das ein Geschenk ist. Hatten Sie vor, hier zu übernachten?«

»Es *ist* ein Geschenk«, sage ich, und ich suche in der Tasche nach einer Flasche des Chablis von Marks & Spencer.

»Danke«, sagt sie. »Meine Mutter hat mich vor Männern gewarnt, die spät anklopfen und Wein mitbringen.«

Ich fühle mich wie ein Schuljunge, der von der Mutter Oberin mit einem *Playboy* unter seinem Pult erwischt worden ist. Nach ungefähr fünf Sekunden stummer Verlegenheit, wie sie nur jener Schuljunge kennt, überwinden wir sie, indem wir beide gleichzeitig sagen: »Tut mir leid.« Das gestattet uns beiden zu lächeln.

»Ich habe den ganzen Tag noch mit niemandem geredet«, sagt sie. »Ich kann Ihnen Suppe, Brot und Käse anbieten.«

»Das paßt gut zu Chablis.«

Erst, als wir auf dem Boden sitzen und Käse auf den Boden fallen lassen, erzählt sie mir, daß sie auszieht.

»Und wohin gehen Sie?«

Sie zuckt die Achseln. »Es gibt noch andere Wohnungen. Oder Zimmer, höchstwahrscheinlich.«

»In Brighton?«

»Vielleicht. Aber es wird kalt im Winter.«

»Können Sie sich diese Wohnung nicht nebenher leisten?«

»Sie wollen mich raus haben. Der Vermieter war heute morgen schon wieder da.«

Er dränge sie nun schon seit einiger Zeit auszuziehen. Das Erdgeschoß stehe bereits leer, und eigentlich hätte sie die Wohnung letzte Woche räumen müssen.

»Wieviel Zeit bleibt Ihnen noch von der Kündigungsfrist?«

»Acht Tage.«

Ich würde gern vorschlagen, uns zusammen eine Wohnung zu suchen, aber mir wird klar, daß das albern ist. Es ist nur so, daß ich das Gefühl habe, wir könnten sehr gut miteinander oder vielmehr nebeneinander leben. Ich will damit nicht sagen … Ach, verdammt, ich habe ihr nicht mal Pralinen oder Blumen oder das mitgebracht, was ein Mann einer Frau heutzutage eben mitbringt. Ich habe den Wein mitgebracht, weil ich ihn mag, was keine Art ist, wie man eine Dame behandelt, aber mir gefiel auch der Gedanke daran, bei ihr zu sitzen und über interessante Dinge zu reden, wie man es eben bei einem Glas Wein tut. Ich habe mich sogar auf ihr Ausziehsofa und ihr Federbett gefreut, weil es Victors Gummimatratze um Längen schlägt. Ich nehme an, wenn man all diese Dinge zusammennimmt, kann man sagen, daß ich in bezug darauf, Frauen den Hof zu machen, nicht unbedingt der hochgewachsene dunkle Fremde von der Kinoleinwand bin, wie er im Buche steht.

Dieser Gedanke ist mir auch früher schon gekommen.

Jedenfalls haben wir von dem Cambozola so viel gegessen, wie wir können, und die Weinflasche eignet sich auch nur noch zum Kerzenhalter, und wir sitzen immer noch im Schein einer kleinen Lampe irgendwo in der Ecke auf dem Teppich, und sie füllt ständig die Pausen aus, indem sie mir in die Augen schaut, als wolle sie sich vergewissern, daß ich keine falschen Wimpern trage, und ich denke langsam, daß es an der Zeit ist, mich vom Boden zu erheben.

»Hören Sie«, sage ich, während ich mich mühsam aufrapple, »kann ich Ihnen beim Abwaschen helfen oder irgendwas?«

»Wir stellen das Geschirr einfach in die Küche.«

Ich helfe ihr dabei, und wir sind im Nu fertig. »Also«, beginne ich.

»Ja, also«, sagt sie.

»Das wars dann wohl«, sage ich.

Sie lächelt sehr weich, während sie im gedämpften Licht dasteht, und sie fragt: »Wollen Sie schlafen gehen?«

Ich recke mich langsam. »Ja, ich bin etwas müde nach der Fahrt. Wenn es Ihnen recht ist, ziehe ich das Sofa aus.«

Das Lächeln, das sie mir schenkt, ist wirklich süß. Es ist so, als leuchte sie mir mit einem hellen Licht in die Augen, und ich muß wegschauen. Sie sagt: »Ich bringe Ihnen gleich Ihr Federbett«, und dann huscht sie in ihr Schlafzimmer und schließt die Tür hinter sich.

Es ist, als habe das helle warme Licht das Zimmer verlassen, aber ihre Ausstrahlung ist noch da, und ich lächle im Stillen, während ich das Sofa ausziehe. Es rastet ein, und ich setze mich darauf, um mir die Schuhe auszuziehen. Zwei neue Socken von Marks & Spencer zwinkern mir zu.

Ich greife in meine Tragetasche. Sie hat nicht viel zu bieten: Hemden, Unterwäsche, eine neue Zahnbürste, die ganz nach unten gerutscht ist, und eine braune Papiertüte mit der Kanone darin.

Dann öffnet sich die Schlafzimmertür, und Rachel kommt mit dem Federbett in der Hand heraus. Sie hat bereits ihr Nachthemd angezogen, und ich stehe auf und halte meine Zahnbürste so, als habe ich das Geschenk gefunden, das ich vergessen habe, ihr zu geben.

»Noch nicht ausgezogen?« fragt sie.

Ich sage: »Gehen Sie ruhig vor und benutzen Sie das Badezimmer zuerst, weil ich noch nicht ganz fertig bin.« Sie lacht und wirft mir das Federbett zu, und ich setze mich wieder auf das Sofa-Bett, während sie hinaus auf den Flur geht.

Es ist dunkel. In den nächsten Sekunden weiß ich nicht, was mich aufgeweckt hat. Dann höre ich den Burschen unten lachen, und was mich tatsächlich geweckt hat, ist der Hund. Er hört sich groß an, und ich komme zu dem Schluß, daß dort unten zwei Männer und ein Schäferhund sind, also gleite ich aus dem Bett und taste nach meinen Sachen. Als der Krach sich nähert, steige ich in meine Hose. Rachel kommt aus ihrem Zimmer und sieht so verängstigt aus, wie man es erwarten würde, aber ich sage nichts, sondern konzentriere mich darauf, in meine Schuhe zu schlüpfen. Plötzlich kracht es gegen unsere Wohnungstür, weil der Schäferhund sie angesprungen hat, und seine Krallen kratzen mit einem Geräusch über die Farbe, als ziehe er einem Hasen das Fell ab. Einer der Männer fängt an zu klopfen.

Rachel bedeutet mir, still zu sein, und fragt durch die Tür, was diese Kerle wollen. Ich stehe hinter ihr und fühle mich gut, kalt und wütend, aber ich lasse sie die Fragen stellen, damit ich begreife, wie dieses Spiel gespielt wird. Als sie antworten, zuckt sie ein wenig zurück, und ihr Nachthemd streift meine nackte Brust und kitzelt meine Haare.

Es ist der übliche Schwachsinn. Hämmern gegen die Tür und Gelächter, explizite Drohungen, während der Hund jault. Ich lege die Hände auf ihre Arme und versuche sie beiseite zu schieben. Zwei Punks und ein knurrender Schäferhund sind genau das, was ich brauche. Ich warte schon darauf, auf irgend etwas einzuschlagen, seit ich Jancey verlassen und mich von meiner Bude verabschiedet habe.

Doch Rachel fährt herum und bedeutet mir mit hektischen Gesten, mich nicht einzumischen. Dann versucht sie mit den Kerlen, die sie einschüchtern wollen, durch die Tür zu reden. Sie tun so, als wollten sie in die Wohnung einbrechen, und einer der Kerle genießt es richtig, als er sagt, er habe beschlossen, sie zu vergewaltigen und dann dem Hund zu überlassen. Aber es ist klar, daß seine

Befehle lauten, draußen zu bleiben und sich auf das Verbale zu beschränken, und kurz darauf rückt er mit der Botschaft des Vermieters heraus. Rachel scheint nicht allzu verängstigt zu sein. Sie weiß, daß das nur Schikane ist, und hört sich seine kleine Rede an. Weil sie hirnlose Fleischklöpse sind, die nicht wissen, wann ein Job erledigt ist, bekommen wir noch eine Wiederholung ihrer Phantasien, und Rachel zuckt die Achseln und entfernt sich von der Tür. Ich starre sie an, während mein Adrenalin in die Bodendielen sikkert, und obwohl ich mir wünsche, sie hätte mir erlaubt, mir die beiden vorzuknöpfen, stelle ich fest, daß ich gelangweilt bin.

Die Grobiane poltern lachend die Treppe herunter und johlen den ganzen Weg durch den Vorgarten.

Die Reaktion nach so einer Szene ist niemals einfach. Man war angespannt und auf dem Sprung, während die Arme locker und bereit herabhingen, und man hat eine Grenze überschritten, hinter die man sich nur schwer wieder zurückziehen kann. Es ist, als habe man sich vorgebeugt und das Gleichgewicht verloren, und als rudere man jetzt mit den Armen, um es wiederzufinden. Ich schleiche durch das Zimmer und strecke die Finger, während die harten Burschen mit Rover verschwinden. Als ich Rachels zitterndes Gesicht sehe, keuche ich, als sei ich geschlagen worden.

Nach dem Mädchen zu greifen und es an meine Brust zu ziehen, ist so, als explodierten tausend Träume, und ihr Duft haut mich um. Wir stehen da und halten einander, und sie zittert wie ein Schmetterling, und ihre Tränen perlen über meine Haut. Meine Hände verlieren sich in den Stacheln ihrer Haare, und ich kann kaum glauben, wie weich sie sind.

Sie hebt ihr Gesicht und schnieft, und ich berühre ihre Wange. Es ist, als streichelte ich etwas Heiliges. Wir starren einander an, und es kommt uns nicht in den Sinn, uns zu küssen. In diesem tranceähnlichen Zustand treiben wir auseinander, obwohl wir einander immer noch anstarren, aber als ich mich abwende, ist es, als hätten wir ein Seidenband zerrissen.

Oh, ich nehme an, Sie waren schon verliebt, wahrscheinlich mehrmals, also wissen Sie, was das für ein Gefühl ist, jemanden zu halten, und vielleicht empfinden alle, was ich empfinde, wenn ihr Leben durcheinandergewirbelt und verändert wird. Aber für mich ist es neu. Vielleicht liegt es an meiner Lebensweise, aber Liebe hat bisher keine Spuren bei mir hinterlassen. Ich hatte Sex – ich habe kein Keuschheitsgelübde abgelegt oder irgendwas –, aber Sex ist nicht Liebe, oder?

Jedenfalls scheint es jetzt Liebe zu sein, was mich erwischt hat, und ich stehe da und umarme sie in ihrem dünnen Nachthemd, und bei dem Gedanken an diese Schweine mit dem Hund drücke ich sie, bis es weh tut.

Ihre Drohungen müssen sie angewidert haben, also ist jetzt nicht der rechte Zeitpunkt für rauhe Leidenschaft – obwohl ich eine Ausbuchtung in der Hose habe wie von einer Bananenstaude und ich ihr am liebsten das Nachthemd vom Leib reißen und sie aufs Bett werfen würde.

Aber sie hat sich von mir gelöst und steht direkt vor mir, so nah, wie es nur möglich ist, ohne mich zu berühren, und sie hat die Zähne zusammengebissen und funkelt mich beinahe an, und ihre Faust schlägt mir in den Magen, als sie sagt: »Hör mal, du«, als täte es ihr wirklich weh. Dann packt sie meinen Hosenbund und zieht, und ein Knopf fliegt durch das Zimmer, und sie zerrt an dem Reißverschluß, als würde er nicht mehr gebraucht, und dann gleitet ihre Hand in meine Hose.

Nun, was haben Sie erwartet? Daß ich Ihnen jede Einzelheit erzählen würde? Sie wollten eigentlich den ganzen Kram über Brustwarzen und Erektionen und Wälzen und Stoßen hören – wie wir aufs Bett fielen und es fast durch den Boden gerammt hätten? Tja, tut mir leid, das ist unser Geheimnis. Es ist so, als sei ich aufgesprungen und habe den Vorhang zugezogen, und Sie lugten aus Ihrem dunklen Oberlicht von der anderen Straßenseite auf das Mondlicht an unserer Wand. Das sind *unsere* Momente, und Sie können den Rest der Nacht damit verbringen, von Ihren eigenen zu träumen.

7

Ich sitze in dem angenehmen Nebel da, der dadurch hervorgerufen wird, daß man vor dem Frühstück Liebe macht, und esse Cornflakes. Rachel hat damit angefangen, ihre Sachen für den Auszug zusammenzupacken, und ich versuche sie mit mehr Kaffee zu zerstreuen. Ich kann jedes einzelne Cornflake im Mund spüren – welche dahinschmelzen, welche noch hart sind –, und ein cremiger Milchüberzug liegt süßlich auf meiner Zunge. Rachel macht sich in dem Zimmer zu schaffen, als sei es ein Hotel, das wir bis zehn Uhr geräumt haben müssen.

Da sie nicht reagiert, als ich ihr sage, daß sie sich entspannen soll, frage ich sie, wer dieser Vermieter überhaupt sei und ob sie ein Mietbuch habe. Natürlich hat sie nicht, aber sie nennt mir den Namen des Vermieters. Ich mampfe weiter meinen Toast, und da es keinen Sinn hat, die letzten Kleckse Marmelade dorthin mitzunehmen, wohin wir gehen werden, kratze ich eine zentimeterdicke Schicht aus dem Glas und frage durch einen Mundvoll Kohlenhydrate, wo der Vermieter wohnt. Sie mustert mich argwöhnisch. »Warum willst du das wissen?«

Ich stelle ganz unschuldig fest, daß wir ihm wohl besser den Schlüssel zurückgäben, denn falls wir die Bude unbeaufsichtigt zurückließen, könne er sagen, wir hätten seine besten Möbel gestohlen. Sie erkennt zwar die Stichhaltigkeit meines Arguments an, ist aber trotzdem nicht bereit, mir seine Adresse zu nennen. Ich lasse das Thema fallen.

Das Packen dauert nicht lange. Sie hat einen großen Koffer von ihrem Vater, in dem sie alle ihre Kleider unterbringen kann, und es gibt zwei Taschen mit Lebensmitteln und Kochgeräten, und das ist alles. »Was ist mit den Federbetten?« frage ich.

Sie scheinen zur Wohnungseinrichtung zu gehören. Ich mochte dieses Federbett so sehr, weil ich dachte, es gehöre ihr. Nun, da ich weiß, daß es dem Vermieter gehört, ist es so makelbehaftet wie eine untreue Geliebte. Das Federbett symbolisiert die ganze Erbärmlichkeit des Auszugs, also lasse ich mich hängen, ziehe ein langes Gesicht und puste in meinen Kaffee, der ohnehin kalt geworden ist. Kurz bevor wir gehen, gehe ich in die Küche und drehe den Wasserhahn auf, so daß sein heißes Wasser durch den Abfluß laufen kann.

Dieser Tag wird ständig trostloser, und ich habe das Gefühl, als sei mein Gesicht um zehn Jahre gealtert. Ein Taxi hat uns zu einer Pension gebracht, die sie kennt, und man zeigt uns ein Gerücht von einem Schlafzimmer. Die Wirtin sieht aus, als habe man ihr gerade gesagt, daß sie für den Rest ihres Lebens häßlich bleiben wird. Als sie aus dem Zimmer stapft, setze ich mich aufs Bett und frage Rachel: »Was, zum Teufel, machen wir hier eigentlich?« Sie zuckt die Achseln.

Dieses Zimmer geht von einem schmalen Korridor im Erdgeschoß ab. Es müßte eigentlich ein Einzelzimmer sein, ist aber mit einem alten Doppelbett zugestellt, das man in der Mitte zusammengefaltet haben muß, um es in dieses Zimmer zu quetschen, und die Zwischenwände sind billige Raumteiler, da man das edwardianische Innere des Hauses verstümmelt und so viele Verschläge wie nur möglich daraus gemacht hat. Ein winziger Heizkörper klebt unter dem Fenster. Ich sehe einen Ölfleck darunter, aber ich wette, er war seit dem letzten Februar nicht mehr an. Durch den Schmierfilm auf der Fensterscheibe sieht man nur das Haus nebenan. Sonst nichts.

Als ich Rachel noch einmal bitte, mich für etwas Anständigeres zahlen zu lassen, sagt sie, nein, dieses Haus sei vom DHSS, vom Amt für Gesundheit und Soziale Sicherheit, anerkannt. Sie sei jetzt arbeitslos, und daher zahle der Staat die Miete, und sie habe noch ein paar Pfund, mit denen sie über die Runden komme. Es ist entweder Stolz oder Halsstarrigkeit, aber sie ist entschlossen, auf ihre Weise zu zahlen, und gestattet mir nicht, ihr auszuhelfen. Wenn sie sich mit Absteigen wie dieser abfinden muß, dann findet sie sich eben damit ab.

Wir spüren beide die Anspannung, die in der Luft liegt, als ich daher vorschlage, dem Vermieter die Schlüssel zu bringen, gibt sie mir seine Adresse, um mich aus dem Weg zu haben.

Der Bursche wohnt nicht in einem Palast, obwohl das Haus einigen Leuten gefallen würde. Man geht durch ein kleines schmiedeeisernes Tor und einen drei Meter langen Weg entlang und steht vor einem Haus, an dem alles nachgemacht ist. Es strebt nach Tudor-Imitation. Die obere Hälfte ist weiß getüncht mit schwarzen Linien, wo sich die Holzträger befinden müßten, die untere ist rot verklinkert, und die dicke Holztür ist mit mittelalterlichen Radnaben beschlagen. Der eiserne Klopfer ist wie ein Löwenkopf geformt.

Ich drücke auf die Plastikklingel und höre ein elektronisches Läuten. In der Tür befindet sich eine winzige Glasperle, einer dieser Spione, durch den man sich den täglichen Vergewaltiger ansieht, aber da der Vermieter mich noch nie zuvor gesehen hat, macht es mir nichts aus, einfach dazustehen und ernsthaft dreinzuschauen, als sei ich ein Grundstücksmakler mit Neuigkeiten.

Er öffnet die Tür nicht weiter, als eine alte Dame es täte, und ich registriere, daß er einen Fuß fest dahinter aufgepflanzt hat, nur für alle Fälle. Eine von Vorsicht diktierte Angewohnheit, die ihm längst in Fleisch und Blut übergegangen ist. »Mr. Hatchard«, lächle ich ihn an, »ich glaube, Sie haben ein Haus zu verkaufen?«

»Mehrere«, sagt er, ohne mein freundliches Lächeln zu erwidern. »Der Makler weiß über die Einzelheiten Bescheid.«

»Ich habe ein Angebot, das Sie interessieren könnte«, reicht aus, um sein Mißtrauen einzuschläfern. Mein Lächeln bleibt wirklich charmant, als ich vorgehe und gegen die Türkante trete. Er zuckt nur kurz zusammen, aber es reicht, um mich in den Flur zu bringen. Während ich gelassen die Tür schließe, weicht er zur Wand zurück und krümmt sich. Das sind die fünf müßigen Sekunden, in denen ich abwarte, wie er sich verhalten wird. Er kann zu einem Schwinger ausholen, was mir Freude bereiten würde, er kann um Hilfe rufen, was mich warnen würde, oder er kann sich, wie er es tut, an die Wand kauern.

Wenn man einmal die Grundschule verlassen hat, ist man zu alt, um Leute zu schlagen, die Angst vor einem haben, aber ich betrachte das hier als Job – wie Schuheputzen. Ich erwähne Rachels alte Adresse und frage ihn nach unseren nächtlichen Besuchern. Er hat kaum begonnen, seine Beteiligung abzustreiten, als ihm klar wird, daß das unklug ist. »Also gut, hören Sie zu«, sagt er, und ich neige den Kopf. »Ich muß das Haus verkaufen. Da kann ich keine Mieter gebrauchen. Mit Mietern kauft es niemand.«

Vielleicht weckt meine Miene den Eindruck, als habe ich ihn nicht verstanden.

»Hören Sie, ich habe sie gebeten auszuziehen. Die anderen sind gegangen. Was hätte ich denn tun sollen? Das Haus kostet mich ein Vermögen. Hören Sie, letzten Endes kann man Mieter einfach nicht loswerden. Es heißt zwar immer, das Gesetz wäre auf Seiten des Vermieters, aber wenn sie nicht ausziehen wollen, rührt das Gesetz keinen Finger. Was soll man als Vermieter machen?«

»Diese Kerle, die sie geschickt haben, wie heißen die?«

»Kommen Sie, Mister. Hören Sie, seien Sie doch vernünftig. Mir war nicht klar, was sie tun würden. Es tut mir leid.«

»Das ist nett.«

»Ach, Jesus! Es tut mir leid. Es wird nicht wieder vorkommen.«

»Das ist nett.«

»Was wollen Sie denn von mir hören?«

»Ich will Ihr Bedauern hören. Ich will hören, daß es Ihnen *wirklich* leid tut.«

»Hören Sie, das tut es, Mister, kommen Sie schon. Es war falsch von mir. Okay. Es tut mir leid. Ich wußte nicht, was sie tun würden.«

Man darf solche Gespräche nicht zu lange dauern lassen. Sonst endet es damit, daß man über einen strittigen Punkt diskutiert.

Also beende ich dieses mit einer gemeinen kurzen Geraden in seinen Bauch. Als er sich krümmt, packe ich seine Haare. Ich halte ihn hoch, als sei er eine alte Jacke auf einem Flohmarkt, und seine Augen sind die eines verängstigten Hasen. »Schlagen Sie mich nicht ins Gesicht.« Er bedeckt es mit beiden Händen. Also lande ich einen tiefen rechten Haken, der sein Sexleben einen Monat lang unterbrechen wird. Sein Kopf fällt nach vorn, seine Hände fallen herunter, und bevor er sich übergeben kann, schießt meine Rechte wieder vor, spaltet seine Nase und bespritzt sein Gesicht mit Blut. Ich lasse die kotzende Schweinerei auf den Boden fallen und gehe zur Tür hinaus. Nach dem Anblick dieses Blutes fühle ich mich schon bedeutend besser.

Bis ich wieder in dem Loch bin, in dem wir wohnen, habe ich mich entschieden, Rachel nichts zu erzählen. Habe ich es für sie getan oder nur, um die Frustration abzubauen, die mich innerlich verzehrt, nachdem ich Deptford verlassen habe? Seitdem nagt es an mir – dieses Gefühl, etwas zerschlagen zu müssen, daß ich einfach nichts unternehmen und nur Däumchen drehen kann, während andere das Spiel machen. Drei Jahre habe ich es ruhig angehen lassen, mich bedeckt gehalten, Kontakte hergestellt, Wege erschlossen. Man kann lange Zeit im Leerlauf dastehen – vorausgesetzt, nichts geschieht. Aber sobald das Adrenalin wieder durch das System schießt, verläuft es nicht einfach im Sande. Man kann spüren, wie es den Panzer sprengt. Vielleicht ist es so, als führe man einen teuren Sportwagen: Man schleicht sich durch den Stadtverkehr, erstickt fast an Abgasen und endlosen Staus, und dann fährt man endlich auf die Autobahn, schaltet in einen höheren Gang und tritt aufs Gaspedal. Dieses Dröhnen des Motors zu hören, darauf habe ich gewartet.

Aber ich hätte mich gar nicht in die Nähe dieses kriecherischen Vermieters begeben dürfen. Ich muß untergetaucht bleiben, unter Kontrolle. Was, wenn er Rückendeckung gehabt hätte? Habe ich nicht fast gewollt, daß noch jemand da sein würde – um den Kampf lohnend zu machen? Ich nehme an, Sie wissen das bereits, aber der Sinn eines guten Kampfs, in dem man seine Spannung abbaut, besteht nicht nur darin, jemanden zu schlagen: man muß selbst geschlagen werden. Man muß einen Schlag auf der Wange spüren, damit man die Zähne bleckt und reagiert. Man braucht etwas, um *dagegen* vorzugehen, sonst kann man auch in der Sporthalle auf Sandsäcke einprügeln.

Und während ich durch die Straßen zurückgehe, gibt es noch etwas, das dieser Selbstkritik Nahrung verleiht, nämlich die Tatsache, daß ich dort mit der Kanone aufgelaufen bin. Nein, ich wollte sie nicht benutzen, ich konnte sie nur nicht in der Pension lassen, weil Rachel sie sonst ausgepackt haben würde. Aber ich hätte sie nicht mit dorthin nehmen dürfen. Es gibt Regeln bezüglich dieser Dinge. Eine Kanone bei sich zu tragen, wenn man keine braucht, ist ein Risiko, das man nicht eingeht. Ich kann Victor fragen hören, was ich getan haben würde, wenn ich bei diesem Kampf auf die Verliererstraße geraten wäre: Mich von ihnen herumschubsen lassen, wo ich ihnen doch die ganze Zeit würde Einhalt geboten haben können? Sie die Kanone finden lassen? Sie würde wie ein Magnet gewesen sein, wie Victor gesagt hat, der an meinen Fingern und an meiner Handfläche gezerrt haben würde.

Ohne das Ding ist man besser daran. Man ist freier und kann tun, was man will – so, wie man ohne Besitztümer freier reist. Aber Besitztümer kleben an einem wie Egel. Man hat Angst, sie loszulassen, aber sie ziehen einen herunter. Jeder weiß das. Jeder scheitert. Es ist nicht die Gier, die daran schuld ist, es ist die Angst. Wir klammern uns an Sachen, weil wir befürchten, daß eines Tages das Geld zur Neige geht. Dicke Menschen können nicht aufhören zu essen, weil es eines Tages keine Sahnetorten mehr geben wird. Ich trage diese Kanone bei mir, weil mir eines Tages ein Mann begegnen wird, der seine noch hat, wenn ich sie aus der Hand lege.

8

»Victor?«

»Ja?«

»Ich bin's.«

»Wer sonst. Alles in Ordnung mit dir?«

»Ich langweile mich. Was machst du – dauernd drinnen bleiben?«

»*Ständig*. Man sagt nicht dauernd, mein Lieber.«

»Kannst du mir einen Gefallen tun?«

»Und der wäre?«

»Kundschafte meine Wohnung aus. Geh zu Jancey nebenan. Du erinnerst dich doch an Jancey?«

»Natürlich.«

»Nimm die rechte Treppe. Die kann man aus meiner Wohnung nicht einsehen.«

»Wie kann Jancey helfen?«

»Sie wird wissen, ob sie noch da sind. Sag ihr, ich hätte dich geschickt. Sie vertraut dir vielleicht nicht, also frag sie, ob sie in der Nacht eine Toilettenspülung gehört hat. Sag ihr, ich hätte dir aufgetragen, das zu fragen.«

»Ist das eine Art Code?«

»Sie wird es schon verstehen. Hast du begriffen?«

»Natürlich.«

»Und benutz die rechte Treppe.«

»Ich habe schon verstanden. Sag mal, benimmst du dich da unten auch anständig?«

»Was sollte ich sonst tun?«

»Genau das bereitet mir Sorgen.«

Als die Pensionswirtin die Tür öffnet, verhält sie sich, als versuchte ich ihr Bürsten an der Tür zu verkaufen. Sie steht auf der Treppe und sieht massiver aus als die Tür. »Übernachtung und Frühstück«, sagt sie. »Tagsüber ist der Aufenthalt in den Zimmern nicht gestattet.« Ich frage sie, wer dort schläft, während wir nicht da sind. Sie versucht die Tür zuzuschlagen, aber ich habe meinen Fuß hineingestellt, als verkaufte ich tatsächlich Bürsten. Sie knallt zwar die Tür dagegen, aber ich behaupte mich. »Wenn Sie das noch mal versuchen«, lächle ich sie an, »quetsche ich Sie durch den Briefkastenschlitz.«

Mein Fuß fühlt sich an, als stecke er in einem Schraubstock, und sie schreit mir ins Gesicht, daß man mit einer Dame nicht in so einem Ton reden dürfe. »Dann treten Sie beiseite und lassen mich rein.«

Sie wendet den Kopf und ruft nach einem Burschen namens Malcolm, und dabei lehnt sie sich die ganze Zeit gegen die Tür und versucht mir den Fuß zu brechen. Meine Geduld verrinnt wie Wasser durch ein Sieb, aber der Bursche namens Malcolm taucht so schnell neben ihr auf, daß man glauben könnte, er sei mit einer Sprungfeder verbunden. Bevor er den Mund öffnen kann, bekommt er eine einfache Anweisung von uns beiden, also steht er nur da und schaut von ihr zu mir und wieder zurück, als sehe er sich ein Tennisspiel an. Da er kleiner ist als wir beide, frage ich mich, wer ihm am meisten Angst einjagt.

»Ich zähle bis fünf«, sage ich. »Und dann quetsche ich Sie *beide* durch den Briefkastenschlitz.« Diese Ankündigung zeigt keine unmittelbare Wirkung, also beginne ich bei »drei, vier« mit dem Zählen. Sie weicht voller Empörung zurück, und ich platze durch die Tür.

Malcolm versucht stark auszusehen, doch ich tue so, als bemerkte ich das nicht. Ich sehe mich im Flur um, als sei ich gekommen, um zu tapezieren – dreißig Jahre zu spät. »Nettes Häuschen haben Sie hier«, sage ich. »Ich nehme an, Sie werden mir erzählen, daß niemand da ist?« Der alte Drache speit Feuer und wiederholt noch einmal die Regel des Hauses.

»Mal angenommen, ich will mich mit einer Bewohnerin treffen«, sage ich. »Angenommen, sie hat eine Nachricht hinterlassen, wo sie ist?«

»Hat sie nicht.«

»Dann warte ich, bis sie zurückkommt.«

Noch während ich das sage, weiß ich bereits, daß ich den Rest des Tages nicht so verbringen will. »Ruf die Polizei, Malcolm«, grinst sie, und sie strahlt, als hätte sie ein As ausgespielt.

»Eine Bewegung, und ich zerquetsche Sie«, warne ich ihn, und wir stehen alle still und lauschen ihrem Atem. Ich suche verzweifelt nach einem guten Spruch, um die Tatsache zu überspielen, daß ich geschlagen bin, und versuche es schließlich mit einem pathetischen, »In diesem Stinkloch könnte ich nicht bleiben, ohne auf den Teppich zu kotzen. Ich komme wieder.«

Ich schließe die Tür hinter mir, weil ich nicht hören will, wie sie zugeschlagen wird, während ich den kurzen Weg zur Straße entlanggehe.

Brighton ist keine kleine Stadt. Wo sucht man eine Frau, die tagsüber nichts anderes zu tun hat, als sich ziellos treiben zu lassen? Ich versuche es an der Seeseite, aber dort ist es naß und windgepeitscht – die Sommer-Attraktionen haben geschlossen und zittern in der feuchten Seeluft. Ich kaufe mir eine Tasse Tee, der so dünn ist, daß er von Rachels neuer Vermieterin stammen könnte, und starre durch das beschlagene Fenster eines Cafés auf die kalte, leere Promenade.

Am Ende entdecke ich sie eben auf jener verregneten Promenade. Ich komme gerade vom Bahnhof zurück, wo ich eine kleine braune Tüte mit einer Smith & Wesson und zwei Dutzend Schuß Munition in einem Schließfach in der Gepäckaufbewahrung verstaut habe, und auf dem Rückweg habe ich einen kleinen Umweg gemacht, um mir noch drei Hemden, Unterwäsche und Socken zu kaufen.

Unter ihren Augen liegen graue Schatten, und sie läßt die Schultern hängen, weil sie den ganzen Tag auf den Beinen war. Als wir uns in einem Café mit beschlagenen Fenstern auf eine weitere Tasse öligen Kaffees hinsetzen, schlage ich vor, all dem hier den Rücken zu kehren. Doch nein: Sie war beim DHSS und hat dort stundenlang gewartet, weil die Sachbearbeiter sie vergessen haben, als sei sie ein Paket im Lager, und jetzt hat sie eine Bescheinigung, die besagt, das DHSS kommt für ihre Unterkunft in der Pension auf. Nur Frühstück und Übernachtung. Ich lasse mein Gespräch mit der Wirtin unerwähnt. Desgleichen das mit ihrem ehemaligen Vermieter.

Draußen verdunkelt sich die graue Trübnis des Tages, und der Zeitpunkt rückt näher, daß man uns wieder in dieses deprimierende Loch lassen wird. Rachel will sich vergewissern, daß ihre Bescheinigung vom DHSS angenommen wird und ihr Gepäck noch da ist, und ich frage mich, wohin wir heute abend noch gehen können, um etwas zu essen und so viel Zeit wie möglich außerhalb dieses Verschlags zu verbringen.

Auf dem Rückweg zu dem Armenhaus bin ich sehr nachdenklich. Da ist erstens meine Beziehung zu dem Hausdrachen und dem kleinen Malcolm. Was werden wir alle zueinander sagen, wenn wir uns im Flur begegnen? Und da ist zweitens Rachel. Sie sagt, sie sei entschlossen, sich in das System einzufügen, damit niemand sagen könne, sie habe sich aufgelehnt. Und wenn man ihr sage, sie solle in einer Flohgrube übernachten, werde sie genau das tun. Wenn das Gesundheitsamt bereit sei, Besitzern von ungezieferverseuchten Häusern Geld zu zahlen, dann sei das die Schuld der Beamten. Ich habe mich nicht einzumischen. Das sei ihr Leben.

Als wir uns der Pension nähern, sieht es so aus, als habe die alte Vettel einen Trupp zusammengetrommelt, um unwillkommene Bewohner auszuweisen. Etwa ein Dutzend Desperados lungert vor der Tür herum. Doch zwei sind Frauen, und drei sind Kinder. Sie stehen nur an der Tür Schlange und warten darauf, eingelassen zu werden. Wir gesellen uns die letzten trübsinnigen Minuten bis zur vollen Stunde zu ihnen.

Jemand fängt an, gegen die Tür zu hämmern. Es ist Zeit, uns einzulassen. Leute, die Regeln aufstellen, sollten sich daran halten. Ich warte darauf, daß sich die Tür öffnet, und auf den Gesichtsausdruck der alten Vettel, wenn sie mich sieht.

Sarkastischer Jubel, als der Riegel zurückgeschoben wird und sich die Tür schaudernd öffnet. Die Pensionsgäste stellen sich in Reih und Glied auf, als sei die Anzahl der Plätze beschränkt wie in einem überfüllten Bus. Als wir hereinschlurfen, sehe ich, daß wir einen neuen Drachen haben. Das muß die Nachtschicht sein: ein Mann und eine Frau, Mitte Vierzig, wachsame Mienen. Sie winken die meisten durch, bis nur noch Rachel und ich sowie ein junges Mädchen mit zwei Kindern übrig sind. Wir lassen der jungen Mutter den Vortritt. Die Türhüter studieren ihre Bescheinigung, als sei sie entweder eine Fälschung oder als könnten sie nicht lesen, dann geben sie ihr eine Zimmernummer und schicken sie nach oben.

Rachel beißt sich auf die Lippe und sieht mich stirnrunzelnd an, als sie ihre Bescheinigung vorzeigt. Der neue Hausdrache streckt ihre Metzgerhand aus, um meine Bescheinigung entgegenzunehmen. »Ich habe keine«, sage ich. »Ich zahle bar.«

»Bar?«

Ja, denke ich, weißt du noch, was das ist? Aber ich lächle, weil ich Rachel bei mir habe. »Wieviel verlangen Sie?«

»Das ist hier für sozial Bedürftige. Haben Sie eine Bescheinigung?«

»Nein.«

»Sind Sie Empfänger von Arbeitslosenhilfe?«

»Nein. Ich zahle. Okay?«

»Wir nehmen keine zahlenden Gäste auf. Es gibt genug andere Unterkünfte. Bessere.«

»Besonders um diese Jahreszeit, ich weiß. Aber wir sind zusammen.«

»Ach, ja?« Sie blinzelt Rachel an. »Sie haben nach einem Doppelzimmer gefragt.«

»Das stimmt. Wir sind zusammen, wie er gesagt hat.«

»Ihre Bescheinigung ist nur für ein Einzelzimmer.«

Ich ringe mir ein Lächeln ab. »Ich bezahle den Aufschlag. Ich zahle bar, also wieviel wollen Sie?« Ich verlasse mich auf die Magie des Wortes Bargeld: das ist dieses schlüpfrige Zeug, nicht zurückzuverfolgen und sehr real. Es gleitet einem in die Tasche wie Regen in den Gulli.

Ich zücke Papiergeld und entfalte ein paar Scheine. »Was kostet das Doppelzimmer extra?« Das Gesicht der Frau zuckt wie das eines Landstreichers beim Geruch von Suppe. »Das reicht allemal«, sagt sie und reißt mir ein paar Scheine aus der Hand. Sie starrt mich mit harter Miene an, die besagt, daß ich nicht auf Wechselgeld zu warten brauche. »Sie wissen, welches Zimmer«, sagt sie.

Ich folge Rachel die Treppe hinauf und komme mir dabei vor, als hätte ich gerade Geld in einem dieser Hotels von Soho bezahlt, in die man ein Mädchen mitnimmt und wo man das Zimmer stundenweise mietet. Das denkt die Wirtin auch.

Als wir vor dem Zimmer ankommen, steckt ein Schlüssel in der Tür. Drinnen sieht alles noch so aus, wie wir es verlassen haben. Rachel hat noch nicht ausgepackt. Sie wollte sich erst um ihre Bescheinigung kümmern. Ich lächle sie an, um die Atmosphäre aufzuhellen. Das ist nicht leicht in einem Einzelzimmer, das mit einem Doppelbett vollgestopft und so nachlässig eingerichtet ist wie ein selten benutzter Schrank. Ich lege die Hand auf den gerippten Heizkörper unter dem Fenster. Er ist immer noch kalt. Angesichts der Größe des Zimmers werden wir zwei es trotzdem aufwärmen.

Als ich das Gemeinschaftsbadezimmer benutzen will, treffe ich die junge Mutter – die mit den zwei Kindern. Sie hat sie bei sich im Badezimmer, und sie entschuldigt sich. »Ich habe gerade fünfzig Pence in den Zähler geworfen, um Wasser für unser Bad zu bekommen.«

Ich rede mit ihr, während sie darauf wartet, daß die Wanne sich füllt. Die Kinder albern in dem mit Dampfschwaden gefüllten Zimmer herum, und die junge Frau scheint dankbar für ein Gespräch mit einem Erwachsenen zu sein. Sie scheint sich in einem Zustand ständiger Besorgnis zu befinden, und es dauert nicht lange, den Grund dafür herauszubekommen. Sie und die Kinder stehen in zwei Gemeinden auf der Warteliste für eine Sozialwohnung, und jede Gemeinde hat von der anderen erfahren, also hat man sie von beiden Listen gestrichen, und jetzt muß sie für sich selbst sorgen. Das bedeutet, sie muß schnell Arbeit finden. Wenn sie arbeitslos bleibt und sich auf die Unterkünfte des Amts für Gesundheit und Soziales (DHSS) verläßt, wird man ihr die Kinder wegnehmen. Man wird ihr nicht gestatten, sie in einer Reihe derartiger Pensionen aufzuziehen, und man gibt ihr auch keine Sozialwohnung oder Beihilfe für eine Privatwohnung. Schließlich wird die Fürsorge ihr die Kinder wegnehmen. Die wird den Kindern eine Unterkunft und drei Mahlzeiten am Tag zur Verfügung stellen, und das für nur das Vierfache dessen, was es kostete, die Mutter zu unterstützen, damit sie es selbst tun kann. Dann werden die Kinder schlimmere Probleme bekommen und so sicher wie das Amen in der Kirche schwer erziehbar werden, und dann muß man sie woanders unterbringen, und am Ende werden sie den Staat zehnmal so viel kosten. Aber es ist besser, als der richtigen Mutter Almosen zu geben, weil sie mit Kindern am Rockzipfel keine Arbeit finden kann. Nicht so wie anständige Leute.

Also stehe ich kopfschüttelnd da und schnalze hin und wieder mit der Zunge. Dann schreit eines der Kinder, daß nur noch kaltes Wasser aus dem Hahn komme, und sie drehen ihn ab, und dann ziehen sie sich die letzten paar Kleidungsstücke aus, und die junge Frau geht wieder ins Badezimmer und schließt die Tür, und die Kinder kreischen im Wasser, und ich gehe langsam zurück zu unserem Zimmer, wo es still und trist ist.

Ich frage Rachel, als was eine alleinstehende Frau mit zwei Kindern arbeiten könne. »Als Lehrerin«, erwidert sie, »wenn sie die Qualifikationen hat. Wenn nicht, als Putzfrau – abends vielleicht.«

»Abends muß sie aber doch auf die Kinder aufpassen.«

»Vielleicht werden irgendwo auch tagsüber Putzfrauen gebraucht. Oder sie bekommt einen Aushilfsjob. Es gibt nicht viele Möglichkeiten.« Rachel hat ihre Sachen in die Kommode gepackt, und die Vorstellung, daß sich ihre und meine Kleidung das Möbelstück teilen, gefällt mir. Sie hat mehrere Bücher und Krimskrams zur Zierde ausgepackt und ein Poster an der Wand befestigt. Es ist ein Versuch. Wir stehen einen Augenblick in inniger Umarmung da, und ich frage, was wir an diesem Abend unternehmen sollen.

»Irgendwohin gehen«, sagt sie. »Egal, wohin. Hier können wir nicht bleiben.«

Es freut mich, das zu hören. Dieses Zimmer ist ein Ort, an den ich mich nicht gewöhnen werde. Die Zeit wird es nicht besser machen. Ich gebe ihm zwei Nächte. Höchstens.

Niemand sonst in dieser Absteige hat irgendwelches Geld, und für die anderen wird es ein langer kalter Abend. Doch ich schleppe Rachel in ein warmes, gemütliches indisches Restaurant. In einer Curry-Schmiede kann man sich wohl fühlen. Die mageren kleinen Kellner verbeugen sich und grinsen, kaum daß man eingetreten ist, an schweren roten Tapeten hängen matte Lampen, es gibt weiße Tischdecken und Kerzen, und man hat im Nu die Speisekarte in der Hand.

Ich bestelle eine Flasche Beaujolais. Sie paßt vielleicht nicht so gut zu einem indischen Curry, aber mir steht nicht der Sinn nach einem kalten Bier. Dann taucht der strahlende dunkelhäutige Bursche mit den heißen Warmhalteplatten und den vorgewärmten Tellern auf. Jedes einzelne Teil wird noch einmal mit einem Tuch poliert, und er grinst in sie hinein, als seien sie Spiegel. Als er sie vor uns abstellt, spürt man die Hitze aufsteigen.

Der Bursche spricht kaum Englisch, aber er umschwirrt uns wie eine Biene einen Rosenstrauch. Er präsentiert uns das Essen, auf daß wir es bewundern können. Wir waren nicht besonders anspruchsvoll, aber man könnte meinen, jedes Gericht sei mit einem dieser Streifen aus Silberfolie verziert, welche die Radschas früher aßen. Tatsächlich läßt Rachel es mit einem gebeizten Hühnchen Korma eher vorsichtig angehen, ich freue mich auf mein Tandoori Biriani, und wir teilen uns eine Gemüseplatte, ein paar Chutneys und ein großes Omelette aus Nan-Brot. All das absorbiert den Beaujolais, wie Löschpapier Tinte aufsaugt. Es erfüllt uns mit einer tiefen Wärme, die sich bis nach Mitternacht halten wird.

Auch der Kaffee ist nicht schlecht.

Als wir das Restaurant schließlich verlassen, sagt Rachel, sie wolle wieder zum Strand gehen. »Das haben wir am ersten Abend getan, als wir uns kennengelernt haben.« Ich füge mich, weil das Wetter so ist, wie es an der Küste normalerweise immer ist: tagsüber nieselt es, und nachts klart es auf.

Vielleicht habe ich es vergessen oder vielleicht wußte ich es auch gar nicht, aber nachts mit einem hübschen Mädchen durch die Straßen zu gehen, ist mit das Schönste, was man auf dieser Welt tun kann. Es ist wie ein Zauber, bei dem jede Straße eine Lichtung im Wald ist. Straßenlaternen und Schaufenster sind wie vorbeiziehende Sterne. Die Windböen an Straßenecken sind wie tropische Brisen.

Wir schweben wie auf Wolken zum Strand bei Old Steine wie an jenem ersten Abend. Sogar das schmuddelige Delphinarium sieht im Dunkeln wie ein vergessener Rummelplatz aus, und die Holzpfeiler des Piers sind wie die Beine eines künstlichen Dinosauriers, stämmig und beruhigend in der Düsternis. Das Meer gluckert gegen sie und läßt den Kies knirschen. Ich halte nach dem magischen Vergnügungsboot Ausschau, das uns wegbringt und in einem Königreich draußen auf See aussetzt.

Ein Wellenbrecher aus Beton erstreckt sich vor uns in die dunkle Ferne. Er ragt vielleicht einen Meter aus dem Wasser und ist einen Fuß breit. Ich gehe auf ihm entlang und tue dabei so, als sei ich ein Drahtseilartist. Zehn Meter weit im Wasser drehe ich mich um und rufe Rachel. Sie ruft zurück, wenn ich naß würde, bräuchte ich nicht mit Mitleid zu rechnen, und ich fordere sie auf, sich mir anzuschließen. Sie lächelt und schüttelt den Kopf. In der Dunkelheit muß sie die Zähne zeigen, damit ich weiß, daß sie lächelt. Dann bückt sie sich, um ein paar Kiesel aufzuheben, und warnt mich, ich solle jetzt besser wieder zurückkommen. Aber ich bleibe dort draußen und singe irgendein improvisiertes Lied, das zum Rhythmus des auf den Strand brandenden Meeres paßt, also wirft sie Steine ins Wasser, die nicht weit von mir ins Wasser plumpsen, und ich schreie wie ein Idiot und laufe zum Strand zurück.

Ohne die halbe Flasche Rotwein wäre ich vielleicht auf dem glitschigen Wellenbrecher ausgeglitten, aber ich springe sicher auf den steinigen Strand und jage sie das Ufer entlang. Wir lachen und schnaufen, als wir über die nassen Steine klettern. Dann fallen wir uns in die Arme und schnappen nach der salzigen Nachtluft.

Tja, mag man auch noch so sehr wollen, in dieser Jahreszeit sinkt man nicht einfach auf die kalten Steine und liebt sich im Sternenlicht, es sei denn, man hat eine dicke Decke bei sich. Also gehen wir zu unserer Absteige zurück.

Die bessere Hälfte der Nachtwirtin sitzt mit finsterer Miene im Flur. Der Mann gibt Rachel ihren Zimmerschlüssel. Als wir die Treppe heraufgehen, hört es sich so an, als hätten ein paar Leute

Flaschen mit ins Haus gebracht. Einige der Kinder sind noch auf. Das Fernsehen sorgt dafür, daß sie ruhig sind.

Als wir die Zimmertür hinter uns schließen, sinkt der Lärmpegel nicht ab. Diese dünnen Wände sind kaum mehr als Raumteiler: sie stecken die einzelnen Zellen ab, dämpfen aber keine Geräusche. Wir lächeln einander an, doch der Drang ist verschwunden, obwohl wir noch glücklich und vergnügt sind. Dies ist die Art Haus, in der Blumen über Nacht verwelken.

Als wir nachschauen, ob das Badezimmer frei ist, beginnt ein junger Bursche, den ich zum erstenmal sehe, auf dem Korridor ein Gespräch. Offensichtlich gibt es einen Gesellschaftsraum für die Gäste. Es muß einen öffentlichen Raum geben, um die Anforderungen des hiesigen DHSS zu erfüllen, und dort können wir uns alle hineinquetschen, vorausgesetzt, wir machen es nicht zu offensichtlich, daß wir Alkohol trinken. Das ist erlaubt, weil es so besser ist, als Partys auf den Zimmern zu haben.

Wir gehen nach unten. Eine schief hängende Notiz an einer Tür besagt »Gesellschaftsraum«. Drinnen gibt es keinen Teppich, nur altes Linoleum, ein paar mit Vinyl bezogene Stühle und zwei Tische, die schon bessere Zeiten erlebt haben. Man kann den Geldmangel förmlich riechen. Es erinnert mich an die Aus-allem-das-Beste-machen-Fröhlichkeit auf einem Flohmarkt. Diese Finger, die jetzt Tassen und Gläser halten, sieht man auch dort, wie sie die Kleiderstapel an den Ständen durchwühlen. Rachel berührt meinen Arm und führt mich in eine Ecke, wo wir still unseren Kaffee trinken wie Fremde auf einer Beerdigungsfeier. Ihr wird langsam klar, daß sie nicht hierher gehört.

Als ich mir diese schäbigen Partygänger ansehe, die ihre Kaffeetassen schwenken und auf Stühlen mit Metallrahmen hocken, kommt es mir so vor, als sei die Pest über sie gekommen und sie schlügen den Rest ihrer Zeit tot. Oder als sei Tage nach dem Holocaust die radioaktive Wolke herabgesunken und habe ihre Haut mit einem sanften Niederschlag bedeckt, und der Verfall habe bereits eingesetzt.

Wir verlassen den Raum und gehen die Treppe hinauf. Wir schlafen schlecht.

Als ich aufwache, sehe ich einen Streifen Sonnenlicht durch die Vorhänge fallen. Das Zimmer füllt sich mit beigefarbenem Licht, während wir daliegen und zuhören, wie langsam Leben in das Haus kommt. Wir hören Wasser laufen, Mitbewohner reden, Schritte auf lockeren Bodendielen knarren, Straßenlärm, Kindergeschrei – und irgendwo zwischen alledem schluchzt eine Frau in ihrem Zimmer vor sich hin. Ich frage mich, warum sie wohl vor dem Frühstück weint und ob sie an vielen Tagen weinend aufwacht.

Über die Treppe dringt der Geruch eines echten warmen Frühstücks nach oben: qualmendes Fett, Schinken, verbrannter Toast. Aber zuerst stellen wir uns an, um das Badezimmer zu benutzen. Leute stecken den Kopf zur Tür heraus, um nachzusehen, wie lang die Schlange ist, während ich Rachel allein ins Bad gehen lasse. Sich zu reinigen, ist kein Akt, den man mit anderen teilt, sondern etwas, das man allein tut. Als sie fertig ist, gehe ich ins Bad, wasche mich, trockne mich ab und hole sie. Bevor wir nach unten frühstücken gehen, vergewissern wir uns, daß wir unsere Zimmertür richtig abgeschlossen haben.

Sie müssen hier ein warmes Frühstück servieren, um irgendeine offizielle Maßgabe zu erfüllen. Wir bekommen eine Schale mit

Frühstücksflocken und einen Teller mit Würstchen, Ei und einer einzelnen Scheibe Schinken. Jeder bekommt dasselbe. Der Tee schmeckt so, als sei er wieder aufgewärmt worden, weil ihn gestern niemand trinken wollte, und Kaffee gibt es überhaupt nicht. Es werden zwei Scheiben Brot an jeden von uns ausgegeben.

Sie liegen uns schwer im Magen, als wir wieder nach oben gehen. Ich mache eine witzige Bemerkung an die Adresse eines kleinen, schmächtigen Burschen in einem Blazer, der uns nach oben folgt, aber er sagt nichts und starrt vor sich auf die Treppe, als zwinge er sich zu einer Klettertour im Hochgebirge. Also gehen wir zu unserem Zimmer, schließen die Tür auf und treten ein, um festzustellen, daß der Bursche in dem Blazer nicht weitergegangen ist. Er zückt ein Notizbuch.

Wir beobachten ihn, wie man einen Hund beobachtet, der auf den Gehsteig scheißt. Er rezitiert Rachels Namen und liest Sätze vor, die von einem unter Verstopfung leidenden Computer konstruiert worden sein müssen. Der springende Punkt an der ganzen Sache ist der, daß dies ein Doppelzimmer ist, Rachel daher in einer eheähnlichen Gemeinschaft lebt und sie folglich nicht zum Empfang staatlicher Mietbeihilfe berechtigt ist. Ich stelle fest, daß ich für meine Hälfte bezahle, aber das ignorieren sie beide. Sie scheinen einander zu verstehen. Rachel muntert mich auf, indem sie sagt, sie habe ohnehin ausziehen wollen, und falls er wolle, daß sie für die Nacht bezahle, werde sie es tun und zum Teufel damit. Das befriedigt ihn nicht. Er schwafelt etwas von Irreführung und Betrugsabsicht und das Verhängen von Strafen, und ich sehe stumm wie ein Bild an der Wand zu.

Er füllt sorgfältig ein Formular aus, und Rachel bekommt das Original. Er stellt fest, daß sie jetzt, wo sie in einer eheähnlichen

Gemeinschaft lebe, nur noch den Mindestsatz an Arbeitslosengeld bekommen werde. Ihr wird empfohlen, sich umgehend eine Arbeit zu suchen, vorzugsweise noch heute. Er wendet sich an mich. »Könnte ich bitte Ihren Namen bekommen?«

»Nein.«

»Wir brauchen Ihren Namen.«

»Ich auch.«

Er zuckt die Achseln und steckt das Notizbuch zurück in die Innentasche seines Blazers. Er hat die Unbekümmertheit eines Mannes, dem nie der Gedanke käme, daß er etwas auf die Nase bekommen könnte. Was in seiner Stellung ungewöhnlich ist.

Als er geht, sage ich Rachel, es täte mir leid und ich hätte mich so nützlich gefühlt wie ein lettisches Wörterbuch. Doch sie streichelt meinen Arm und sagt: »Wir leben jetzt in einer eheähnlichen Gemeinschaft. Das ist offiziell. Macht es dir etwas aus?«

Es gibt mir einen Vorwand, sie zu küssen.

9

»Hallo, Victor.«

»Nett von dir anzurufen, mein Lieber.«

»Irgendwelche Neuigkeiten?«

»Ich habe deine Wohnung noch nicht überprüft. Aber der Große Mann hat angerufen.«

»Was hat er gesagt?«

»Es wird Zeit, den Jackpot zu knacken.«

»Wann?«

»Samstags abends ist die beste Zeit. Da sind sie am nachlässigsten.«

»Woher weiß er das?«

»Timmy hat es ihm gesagt. Er trifft alle Vorbereitungen.«

»Wen meinst du?«

»Den Großen Mann. Er hat Timmys Kontaktperson übernommen. Dem armen Kerl gefällt das nicht, aber der Boß hat ihm keine Wahl gelassen. Diesen Samstag, während der Nachtschicht, gegen ein Uhr früh.«

»Jesus, ich kann es kaum glauben. Endlich passiert es. Woher wissen wir, daß uns der andere Verein nicht auf die Schliche gekommen ist?«

»Überhaupt nicht. Aber Timmys Kontaktperson zufolge ist die neue Sendung eingetroffen. Also hat es keinen Sinn, noch länger zu warten.«

»Derselbe Plan wie zuvor?«

»Du bist derjenige mit den Einzelheiten. Hör mal, es gefällt mir nicht, am Telefon darüber zu reden. Aber hast du alles, was du brauchst? Schließlich ist Timmy nicht mehr da.«

»Sicher, kein Problem. Wir waren zusammen dort.«

»Drinnen?«

»Nein, wo denkst du hin? Aber wir haben die Umgebung ausgekundschaftet.«

»Also bist du bereit?«

»Ich bin seit drei Jahren bereit, Victor.«

»Das sind wir beide, mein Lieber. Du kommst besser in die Stadt zurück. Vergewissere dich, daß du nicht verfolgt wirst, und komm in meine Bude.«

»Nicht noch einmal, vielen Dank. Wir steigen in dieser Pension ab, die du erwähnt hast.«

»Wir?«

»Was?«

»Du sagtest ›wir‹. Hast du Gesellschaft?«

»Ach so. Ja. Mach dir deswegen keine Gedanken.«

»Das ist jetzt nicht der richtige Zeitpunkt, um sich mit Frauen einzulassen.«

»Das ist er nie.«

»Du kannst doch unmöglich eine Frau mitbringen. Laß sie in Brighton.«

»Ich hänge sie Samstag ab. Ich verbringe nicht die nächsten drei Nächte auf einer Luftmatratze in deiner Wohnung.«

»Du brauchst gar nicht hier zu übernachten. Du kannst in der Pension absteigen. Aber steig allein dort ab.«

»Mach dir keine Sorgen, wir bleiben außer Sicht. Wir werden die meiste Zeit im Bett verbringen.«

»Ruf mich heute abend an, wenn du angekommen bist. Und verpaß mir ruhig meinen neunzehnten Nervenzusammenbruch.«

Neunzehn. Minus eins macht achtzehn. Achtzehn bedeutet achtzehn Uhr. Zwanzig vor sechs.

Rachel hat nichts dagegen, nach London zu fahren. Sie beklagt sich nicht, als ich sämtliche Tragetaschen verschrotte und zwei weiche Reisetaschen kaufe. Trotzdem sehen wir mit den beiden Reisetaschen und ihrem Koffer wie Urlauber aus, die aus einer nassen Ferienwoche zurückkehren.

Ich glaube, sie findet sich mit allem ab, was jetzt kommt. Gestern waren es die Behörden, heute bin ich es. Sie ist Gras im Wind, das dorthin treibt, wohin er es weht. Das gefällt mir nicht. Ich fühle mich unbehaglich dabei. Sie hat sich von jeglicher Verantwortung für ihr Leben losgesagt.

Am Bahnhof hole ich meine braune Tüte aus der Gepäckaufbewahrung und deponiere sie in einer Reisetasche. Ich frage mich, ob Victor seine Waffe noch einmal gereinigt hat. Rachel und ich warten vor der kleinen Sperre im Bahnhof, und wieder denke ich, welchen Eindruck wir wohl als Urlauberpaar machen – zu abgerissen für Flitterwöchner, aber dieselbe stille Zufriedenheit in Gesellschaft des anderen. Es müssen Verliebte sein, werden sie sich sagen. Oder Ehebrecher. Irgendwas Verruchtes in der Art.

»Hallo, Victor. Wir sind angekommen.«

»Mir gefällt dieses ›wir‹ nicht, mein Lieber.«

»Mach dir keine Sorgen deswegen.«

»Ich mache mir um alles Sorgen.«

»Warst du bei Jancey?«

»Ja. Nettes Mädchen, diese Jancey. Wir haben uns lange unterhalten.«

»Tatsächlich? Hast du ihr irgendwas erzählt?«

»Einen interessanten Roman. Sie hat mehr Fragen gestellt als ich.«

»Aber was ist mit meiner Wohnung?«

»Sie schien sich wirklich was aus dir zu machen. Ich kann mir nicht vorstellen, warum.«

»Die Wohnung?«

»Ist sauber. Sie sind verschwunden. Aber du kannst nicht dorthin zurückgehen.«

»Ich weiß. Treffen wir uns?«

»Zwanzigmal, sage ich dir.«

»So bald?«

»Ja.«

Also verlasse ich um zwanzig vor sieben das Earls Court Hotel und sehe mich draußen nach ihm um. Nichts. Ich wende mich nach rechts und gehe ein Stück spazieren. Wahrscheinlich beobachtet er mich, um festzustellen, ob ich allein bin. Ich überquere die Straße, biege in eine Seitengasse ab und warte. Niemand folgt mir, also verlasse ich die Gasse am anderen Ende und umrunde den kleinen Block. Wäre ich allein, würde ich jetzt umkehren, um etwaigen Schatten geradewegs in die Arme zu laufen. Doch Victor wird mich beobachten, also überlasse ich es ihm.

Ich biege um die nächste Ecke und werde langsamer. Victor kommt mir grinsend entgegen und reißt gerade das Zellophan von einer neuen Packung Stumpen. Er steckt sich einen zwischen die Zähne, zündet ihn aber nicht an – hält ihn nur da wie ein Lagerverwalter seinen Bleistift. Ich schlage einen Drink vor.

Bevor wir den Pub erreichen, hat er mich bereits nach Rachel gefragt, und kaum habe ich ihm seinen Whisky mit Soda an den Tisch gebracht, als er noch einmal nach ihr fragt. Ich trinke meinen Whisky pur.

Rachel wartet in dem kleinen Hotel. Sie mag es nicht, dort alleingelassen zu werden. Ich habe die ersten Andeutungen von Fragen ihrerseits gehört, wohin ich gehe, was ich tue. »Ich treffe mich wegen einer Sache mit einem Mann«, ist keine besonders ausführliche Erklärung. Während ich das erzähle, zündet Victor sich seinen Stumpen an und fixiert mich durch den blauen Dunst. Ich frage, ob er den Raum ausräuchern wolle.

»Das ist ein lächerlicher Zeitpunkt für dich, um sich mit einer Frau einzulassen, mein Lieber. Wir sollen uns im Hintergrund halten. Wir haben drei Jahre gewartet. Wir wollen die Sache jetzt nicht verderben.«

Ich überlege, mit wieviel Erfolg ich mich in letzter Zeit im Hintergrund gehalten habe. Da ist ein Vermieter mit einer gebrochenen Nase in Brighton und eine Herberge des DHSS, aus der ich herausgeflogen bin. Ich erinnere mich an den Beamten in dem Blazer, der meinen Namen wissen wollte. Ich denke an Rachel, die anfängt, Fragen zu stellen. Ich denke daran, wie ich mich bei unserer ersten Begegnung vorgestellt habe, indem ich einen Kerl zusammenschlug, der sie verärgert hatte. In einem Zug voller Leute. Ich proste Victor mit meinem Glas zu und schenke ihm ein meiner Ansicht nach verschämtes Grinsen, das aber vermutlich wie ein gleichgültiges Achselzucken aussieht. »Du hast recht«, sage ich zu ihm.

»Und du mußt deine Wohnung vergessen. Du darfst nicht daran denken, dich mit diesen Leuten auf einen Kampf einzulassen.«

»Natürlich nicht.«

Er reagiert darauf mit seinem müden Blick. Wir kennen einander seit langer Zeit. Er ist ein paar Jahre älter als ich – vielleicht zehn –, und manchmal behandelt er mich wie den Sohn, den er nie hatte.

Jetzt beugt er sich vor und tätschelt meine Hand. Wenn du damit in einem Pub am Earls Court anfängst, Victor, bist *du* derjenige, der auffällt. Aber dieser Pub ist voller Australier, also spielt es vielleicht keine Rolle. Victor spielt wieder den weisen Vater. »Am Ende wird es immer schlimm. Das ist so, als erhöhte man die Spannung einer Feder: der Druck will freigesetzt werden. Du drückst die Feder nieder und spürst, wie sie zittert und bebt. Aber du mußt sie so halten und nicht loslassen und sie auf den Tisch springen lassen.«

Er lehnt sich zurück und zieht an seinem Stumpen. Der ist ausgegangen. Er nimmt ihn aus dem Mund und betrachtet ihn stirnrunzelnd, dann leckt er das Ende. Es sieht widerwärtig aus, glänzt wie der frische Haufen eines Hundewelpen. »Durch Lecken zündest du das Ding bestimmt nicht an«, sage ich zu ihm. Er lächelt und sucht in seiner Jackentasche nach einer Schachtel Streichhölzer. Es verursacht einiges Getöse, die Hölzer herauszuschütteln. Wegen der heißeren Flamme zündet er sich mit zweien seinen Hundehaufen an. Das sollte dabei helfen, das Ding auszutrocknen.

Während sein Gesicht hinter einer übelriechenden blauen Dunstwolke verschwindet, entspannt seine Miene sich zu einem zufriedenen Lächeln. Ob das an dem Stumpen liegt oder an der Tatsache, daß er seine väterliche Pflicht erfüllt hat, weiß ich nicht, aber wir müssen ein ganz reizendes Paar abgeben. Als er aufsteht, um mich zu verlassen, tätschelt er meine Schulter, und man würde meinen, daß er früher geht, um unseren abendlichen Kakao zu kochen.

Doch als er gegangen ist, nehme ich noch einen Whisky und denke darüber nach, eine gespannte Feder zu sein. Ja, die Spannung macht mir ein wenig zu schaffen, und ich habe ein paar dumme Sachen angestellt, aber das liegt nicht daran, daß wir uns dem Ende der Warterei nähern. Ich war schon immer so. Es hat einfach zu lange gedauert. Für einen Kerl wie mich ist es einfach nicht natürlich, herumzuhängen und sich die Beine in den Bauch zu stehen. Es ist nicht so schlimm, wie im Gefängnis zusammengeschlagen zu werden. Das habe ich schon erlebt, und ich kann Ihnen sagen, daß es draußen immer hundertmal besser ist. Sogar die langweiligen Tage, wenn es regnet und man die Zeitung gelesen hat und nicht weiß, wie man es bis zum Schlafengehen aushalten soll, sind ein Genuß im Vergleich dazu, in einer Zelle auszutrocknen. Draußen ist man sein eigener Herr. Man kann aufstehen und zur Tür hinausgehen.

Das hasse ich am meisten daran, den Kopf unten zu halten. Ich sperre mich freiwillig ein. Und ich ärgere mich darüber, was mit meiner Wohnung passiert ist. Ein paar Kerle glauben, sie könnten sie überwachen und auf mich warten, sich ihre schmierigen Finger an meiner Kleidung abwischen und in meinem Badezimmer pissen, und ich soll das ignorieren. Ich weiß, was ich darüber gesagt habe, daß Besitztümer wie Egel seien, aber das bedeutet nicht, daß ich sie zwei Dreckskerlen überlasse. Wenn sie sie wollen, müssen sie gegen mich kämpfen.

Ich glaube, ich genehmige mir noch einen kleinen Whisky, um das Blut nicht abkühlen zu lassen, und gehe dann nach Deptford zurück, um ein paar Schädel einzuschlagen. Ich begeistere mich für die Idee, bis mir wieder einfällt, daß Rachel allein im Hotelzimmer vor sich hin brütet. Meine stürmische Rückkehr nach Deptford wird warten müssen. Ich kann verstehen, was sie damit meinen, daß Frauen einen weich werden lassen. In Zeiten wie diesen will man nicht an jemand anders denken.

Ich stehe mit einem Seufzer auf wie irgendein Ehemann, der aus der Kneipe nach Hause kommt, und ich eile mit einer Whiskyfahne zu Rachel zurück.

10

Vielleicht ist es das Licht in diesem U-Bahn-Wagen. Aber man sehe sich nur die Leute an: sie haben staubige Kleidung, betonfarbene Haut und tote Augen. Sie sind hier unten, um von einem Stück Gehweg zu einem anderen gebracht zu werden, aber sie sehen aus, als hätten sie ihr ganzes Leben unter der Erde verbracht. Es ist so, als hätte die U-Bahn ihnen das Sonnenlicht ausgesaugt.

Da sind Männer in Anzügen, Männer in Arbeitskleidung und einige, die ihre schmutzige Kleidung bestimmt seit einer Woche nicht mehr abgelegt haben. Man müßte sie ihnen vom Leib schneiden wie bei einer Leiche. Da sind Büromädchen, die Taschenbücher lesen. Da ist eine Mutter mit ihrem katatonischen Kind. Da ist eine etwa gleichaltrige Frau, die unter ihren verkleisterten und gefärbten Haaren steif und starr dasitzt. Sie hält ihren Roman wie ein Gesangbuch. Auch sie aus irgendeinem Büro.

Aber die Hälfte der Leute in diesem Wagen könnte überallhin fahren und alles mögliche tun. Sie sind nicht an Bürozeiten von neun bis fünf gebunden, das ist mal sicher. Ihr Leben paßt nicht in ordentliche Schemata. Sie haben keine normalen Familien und Beschäftigungen. Es sind nur Leute, die ihr Leben leben, auf ihre Weise.

Die Wahrheit ist: wir sind nicht berechenbar. Denken Sie an Schulkinder. Wenn man ein paar Minuten in einer Klasse verbringt, stellt man fest, daß es angehende Bauern, Polizisten, Bankangestellte, Busfahrer, Mütter, Huren, Glückspilze und Hungerleider gibt. Und so bleibt es auch. Niemand ist so wie der andere. Alle sind verschieden – manche mehr als andere. Politiker ignorieren das. Was der Grund dafür ist, warum sie uns immer falsch verstehen.

Sie wissen, wie das ist – man sitzt in der U-Bahn und hat nichts zu lesen, und entweder starrt man die anderen Passagiere an oder man kommt ins Grübeln. Ich habe nichts zu lesen dabei, und Zeitungen langweilen mich ohnehin, also frage ich mich, ob ich überhaupt für Beziehungen geschaffen bin.

Rachel war okay letzte Nacht. Ich meine, sie hat keine Fragen gestellt, sie hat mich nur angesehen, als ich zurückkam. Sie hat keine Einwände erhoben, als wir zum Abendessen in eine Trattoria gingen, wo Essen und Wein das Arbeitslosengeld für eine Woche gekostet haben. Sie stellt nicht in Frage, was ich tue oder beschließe. Ich nehme sie mit, und sie folgt mir. Ich bestimme, was läuft. Es ist so, als sei ich das DHSS. Sie tut, was man ihr sagt.

Als ich ihr an diesem Nachmittag sagte, ich müsse fort, und zwar vermutlich bis morgen früh, weiß ich nicht, was ich erwartete. Es war Mittwoch nacht im Earls Court Hotel, dann sagte ich, ich sei in der nächsten Nacht nicht da, und sie sagte okay. Sie rollte sich irgendwie innerlich zusammen und sagte okay. Wenn es das ist, was du willst.

Was ich will? Was ich will, ist, daß sie mich anschreit. Schreit, wohin, zum Teufel, gehst du, du lausiger Schweinehund, eine andere Frau bumsen? Was ich will, ist, daß sie sich nicht klein macht und gar nichts sagt. Was ich will, ist sehen, daß sie ein Mensch ist. Das zerreißt mich innerlich. Ich meine, was ich will, ist, daß sie schreit und ich schreie, und dann schreit sie zurück, dann sage ich, daß es mir leid tut und lege die Arme um sie, und dann küssen wir uns und lieben uns vielleicht, und am Ende sind wir beide wieder richtige Menschen. Sie weiß über mich Bescheid, und ich weiß über sie Bescheid. Das will ich.

Aber dieses Achselzucken, dieses Akzeptieren, was das Leben auch immer bringt, das bereitet mir Sorgen. Was ist ihr zugestoßen? Woher hat sie diesen automatischen Abschalt- Abwehrmechanismus? Man gebe ihr ein winziges Problem, lege noch einen Anflug von Streß darauf, und zack! Der Schildkrötenkopf zuckt unter den Panzer zurück, begibt sich in den Schutz der Panzerplatten und wartet, bis das Problem verschwindet. Was hat das Leben ihr angetan, um Himmels willen? Einfach nur arbeitslos zu sein, kann nicht so schlimm sein. Jesus! Sie muß doch nicht ständig an ihren Haaren herumschnippeln.

Ich grüble nicht zu lange darüber, weil dies keine lange U-Bahn-Fahrt ist. Umsteigen am Embankment. Weiter zu Elephant. Als ich aus der zweiten U-Bahn aussteige, sehe ich, daß jemand mit schwarzem Filzstift Streichungen und Veränderungen an dem Schild über der Tür vorgenommen hat. »Das Blockieren der Türen verursacht Verzögerungen und kann gefährlich sein«, heißt jetzt, »Blockiert die Türen weil Verzögerung kann gefährlich sein«. Das gefällt mir. Es heitert mich auf, als ich den Aufzug nach oben nehme und blinzelnd ins Tageslicht trete. Kein schlechter Tag: wäßrige Sonne, lärmender Verkehr, der durch den Kreisverkehr wogt, Fußgänger, die sich in den Unterführungen einen Weg durch Bauschutt bahnen.

Ich warte vor dem Coronet-Kino am üblichen Platz. Die üblichen Südost-Londoner hängen an der Bushaltestelle herum. Niemand steht Schlange, weil hier die Linie beginnt. Verkehr, Verkehr, Verkehr.

Ich nehme einen 199er, bezahle beim Einsteigen und setze mich nach unten. Ich beobachte die Passanten draußen auf der Straße, wie sie ihr Leben leben. Ein paar Sekunden erhascht man einen Blick auf sie, während sie nicht viel tun: auf den Kindern herumhakken, mit Freunden quatschen, die Einkäufe nach Hause tragen. Manchmal erwischt man sie dabei, wie sie sich einen Ast lachen, einem Bus nachlaufen, unerwartet einen Freund treffen. Man sieht einen winzigen Augenblick ihres Lebens, etwas, woran sie sich mit einem Grinsen beim Tee erinnern. Und als es geschah, fuhr man gerade in einem Bus vorbei und hat sich aus einer anderen Realität in diesen Augenblick eingeklinkt, als schalte man sich nachts durch die Fernsehprogramme. Haben Sie das gesehen? Das sah interessant aus. Jetzt ist es vorbei.

Ich sitze auf dem Unterdeck mit meiner weichen Reisetasche vor den Füßen hinter zwei lachenden Frauen aus Jamaika, die sich gegenseitig Stricktips geben. Ich stoße die Tasche mit dem Fuß an. Dann denke ich darüber nach, warum ich hergekommen bin.

Als ich mich der Wohnung nähere, versuche ich nicht, mich zu verstecken. Tatsächlich gebe ich mir alle Mühe, gesehen zu werden. Ich halte zweimal inne, um mir etwas zu essen zu kaufen. Ich nehme die linke Treppe zur Wohnung.

Wenn ihr dort draußen seid und das Haus beobachtet, Leute, müßt ihr mich gesehen haben. Ich verhalte mich ganz natürlich, tanze nicht wie Gene Kelly auf der Straße, bin aber auch für müde Augen noch gut zu sehen.

Ich bin überrascht, daß mich sonst niemand bemerkt hat. Ich habe damit gerechnet, Darius oder sonstwem zu begegnen. Doch nichts geschieht. Ich erklimme die Treppe und zögere vor der Tür. Ich brauche nur den Schlüssel umzudrehen. In der Wohnung ist niemand, sie sind alle gegangen.

Ich brauche mir keine Sorgen zu machen, habe nichts zu befürchten. Sie werden die Wohnungstür nicht vermint haben. So clever sind sie nicht. Aber man schafft es nicht ins Rentenalter, indem man den Gegner unterschätzt. Ich meine, wie groß ist das Risiko hier? Ich habe bessere Chancen als beim russischen Roulette – mindestens zwanzig zu eins. Leicht. Aber welches Datum haben wir heute? In jedem Monat gibt es einen einundzwanzigsten.

Sie werden die Wohnungstür nicht vermint haben. Ich könnte wie ein echter Idiot aussehen, wenn ich sie nicht benutze. Aber ich will nicht getötet werden. Will ich ein toter Held oder ein lebendiger Idiot sein? So stolz bin ich nicht.

Noch eine Anmerkung zu diesen Wohnungen: es gibt wirklich nur einen Weg hinein. Auf der Rückseite sollte sich eine Feuerleiter befinden, aber vor Jahren, bevor ich hier einzog, hat jemand sie ausgehakt und als Altmetall verkauft. Die Stadt bestand darauf, eine neue anzubringen – das war ungefähr zu der Zeit, als ich einzog –, und sie wurde in handlichen Teilen zum Zusammenbauen geliefert. Bevor sie angebracht werden konnte, war sie ebenfalls verschwunden. Noch ein netter Batzen Altmetall. Ein paar Pfund wert. Ein paar Fünfer für jeden Bewohner und ein netter Profit für die Jungens. Ich glaube, sie haben sogar versucht, die Vermieter zu überreden, noch eine zu bringen. Es sah nach einem guten Geschäft aus.

Also muß ich durch das Fenster in meine Wohnung einsteigen. Die Leute, die hier wohnen, wissen, daß es meine Wohnung ist. Sie werden denken, ich hätte meinen Schlüssel verloren.

Der leichteste Weg in eine Wohnung mit Aluminiumrahmenfenstern ist der, das kleine aufgesetzte Kippfenster zu benutzen – es ist gerade groß genug für den Affen eines Drehorgelspielers, läßt sich aber mühelos mit einem Messer öffnen, das man durch die Fuge steckt, um den Riegel zu öffnen. Dann läßt man durch diese Öffnung etwas herab, das man unter den Griff des Hauptfensters haken kann. Man kann eine Krawatte benutzen oder auch einen Gürtel oder ein Stück Band. Ich benutze meinen Gürtel. Nach einigen Sekunden behutsamer Fummelei legt sich die Schnalle um den Griff. Ich ziehe einmal, und der Job ist erledigt.

Ich lasse meine Tasche durch das Fenster fallen und hieve mich über den Sims, um ihr zu folgen. Als ich auf meinem eigenen Teppich stehe, habe ich ein Gefühl, wie Sie es haben, wenn Sie aus dem Urlaub zurückkehren. Dies ist meine Wohnung. Hier sind meine Sachen. Laßt mich einen Blick auf euch werfen und sehen, ob meine Erinnerungen an euch stimmen.

Einige Sachen sind verstellt worden. Nur ein wenig. Stühle, die ein Stück über den Teppich geschoben worden sind, solche Kleinigkeiten eben. Ich merke mir eigentlich nie, wie ich die Dinge zurücklasse, also könnte ich mich irren. Jedenfalls ist die Wohnung nicht auf den Kopf gestellt worden. Nicht so, daß man es merken würde. Ich schnüffle, und es riecht schal und leblos wie im Innern einer leeren Brottrommel.

Ich verwahre mir die Wohnungstür für zuletzt und gehe ins Schlafzimmer. Niemand ist darin. Kein Anzeichen einer Durchsuchung. Ich gehe zurück durch die Diele und in die Küche. Sie ist in Ordnung. Das Badezimmer ebenfalls. Aber ich sehe, daß sie eine neue Rolle Toilettenpapier angebrochen haben.

Ich gehe wieder in die Diele und untersuche die Wohnungstür. Sie sieht unschuldig aus. Keine Drähte, keine Gerätschaften. Davor liegen ein kostenloses Probeexemplar einer Zeitung und zwei Briefe. Ich bekomme nicht viel Post. Vorsichtig öffne ich die Tür und gehe hinaus. Die Vorsichtsmaßnahmen waren unnötig. Aber ich lebe noch.

Der Trick besteht jetzt darin, sich ganz normal zu verhalten. Ich lasse das Licht brennen, ich laufe herum, ich gehe sogar nach draußen und putze die Fenster. Wenn noch irgend jemand diese Bude beobachtet, dann nicht besonders gründlich: vielleicht fährt jemand zweimal am Tag mit dem Wagen vorbei oder geht kurz über den Balkon, um nachzusehen, ob die Milch weggenommen wurde. Sie brauchen ein Zeichen, daß ich wieder da bin.

Etwa zur Teezeit kommt Darius vorbei. »Ich dachte schon, du wärst für immer weg, Mann.« Wir verhalten uns kühl, als seien wir nicht sonderlich erfreut, uns wiederzusehen, dann setzen wir uns an den Küchentisch und reden.

Die Einbrecher sind bis Sonntagmorgen geblieben und dann gegangen. Dort, wo sie herkommen, bleibt man vielleicht unbemerkt, wenn man morgens um halb sechs herumschleicht, aber hier nicht. Jancey hat noch geschlafen, aber Darius ist ein putzmunterer kleiner Kerl, und um die Uhrzeit sind noch andere in diesem Block wach. Dies ist die Art Gegend, wo der Milchmann wohnt.

Darius hat sich bei einigen Freunden erkundigt und erfahren, daß die Einbrecher am Sonntagabend noch einmal gesehen worden sind. Sie haben draußen vor Kälte zitternd eine und eine halbe Stunde in einem großen grünen Wagen gesessen, und seitdem waren sie nicht mehr hier. Seit meinem Verschwinden ist die Wohnung ständig von dem einen oder anderen jungen Burschen beobachtet worden.

Ich schneide gerade Brot zum Tee, als Jancey eintrifft. Darius läßt sie ein, und sie kommt in die Küche und grinst. Wir tauschen eine freundschaftliche Umarmung, und ich sage zu ihr, daß ich ohnehin für drei decken wollte. Sie sagt, sie habe einen schönen Kuchen nebenan, den sie erst gestern gebacken habe. Wir grinsen alle drei, als seien wir auf der Geburtstagsfeier eines Idioten, aber sie behält mich im Auge, als glaubte sie, ich könne jeden Augenblick einen Rückfall erleiden. Ich sage ihr, daß sie den Kuchen holen soll.

Es scheint lange her zu sein, seit wir zuletzt gemeinsam in dieser Küche gegessen haben. Janceys Kuchen ist eine dieser lächerlichen Angelegenheiten, die dabei herauskommt, wenn man alle Zutaten des Rezepts aus *Good Housekeeping* verwendet, auch diejenigen, die man normalerweise wegläßt, darunter auch die Schlagsahne, die Mandelsplitter, die Datteln und die Kirschen. Für den Fall, daß uns der Kuchen nicht schmecken sollte, bringt sie noch eine halbe Dose Kekse und drei verschiedene Marmeladen mit. Ich habe das Brot zu dick geschnitten. Darius schnappt sich eine Scheibe, bestreicht sie zentimeterdick mit Butter, stopft sie sich in den Mund und spült sie mit einer Dose Cola herunter. Jancey und ich teilen uns ein Bier. Darius will jetzt Chips, aber ich sage ihm, er müsse sich mit einem Keks-Sandwich begnügen. Jancey stöhnt, weil er genau das tut. Er macht sich ein so großes Sandwich, daß nicht einmal er es sich in den Mund stopfen kann. Also legt er es auf den Tisch und versucht es ein wenig zusammenzuquetschen, und als er schließlich den Mund voll hat, kann er keinen Laut mehr von sich geben. Er versucht so angestrengt, seine Zähne in diesen Essensbrocken zu treiben, daß er Gefahr läuft, eine Kiefersperre zu bekommen.

Ich stelle eine Obstschale auf den Tisch, und Jancey und ich machen uns über die Bananen her, während Darius Müllverwertungsanlage für das Brot spielt. Seine Augen tränen. Während er nicht hinsieht, stellt Jancey kesse Dinge mit der Banane an. Ich lache zuerst und sehe dann weg, denn obwohl ich weiß, daß sie nur Spaß macht, ist es trotzdem sexy. Sie fährt sich mit der weißen Frucht über die schwarze Wange, läßt sie dann langsam in den roten Mund gleiten und verdreht die Augen, um mich zum Lachen zu bringen, und ich denke, Jesus, wäre es wirklich so? *Sie* scherzt vielleicht, aber ich, ich knurre nur mit erstickter Stimme: »Hey, warum schneidest du uns nicht ein Stück von dem Kuchen ab?«

»Du bist unmöglich«, lacht sie. »Unmöglich.« Und sie greift nach dem Messer.

Es ist einer dieser Kuchen, die sich auflösen, wenn man sie schneidet. Sie teilt ihn in große Löffelvoll und füllt jedem von uns eine Cornflakes-Schale. Ich kann Ihnen sagen, das ist ein Kuchen! Er sieht vielleicht wie ein geschmolzener Schokobecher aus, aber mit der Schlagsahne obenauf und dem Rum im Teig schmeckt er wie der leckerste Geburtstagskuchen, den es je gab. »Was ist da drinnen?« frage ich, und sie sagt: »Darius, du bekommst nicht mehr.«

Ich frage, ob Rum auch schon im Originalrezept vorkäme, und sie sagt, nein, und ich sage, das sei das, was den Kuchen daran hindere zu stehen und ihn zum Schmelzen gebracht habe, und sie sagt: »Dasselbe wird er mit dir machen«, und wir lachen wie die Kinder.

Sie muß den halben Kuchen für morgen verwahren. Darius müht sich, seine Portion aufzuessen, und er verschmiert den Rest über die ganze Schale, damit es so aussieht, als habe er ihn gegessen, und ich sage, daß ich nichts mehr essen könne, weil ich heute nacht nüchtern bleiben müsse. Sie johlt und will etwas sagen, hält jedoch wegen Darius inne und blinzelt mich an, um zu sehen, wie ich das meine. Ich tue so, als bemerkte ich es nicht – was bei Jancey so viel nützt wie ein Gitter gegen einen Sturm. »Erwartest du Ärger heute nacht? Meinst du, daß du Besuch bekommst? Was machst du, wenn sie kommen?«

Ich murmele irgend etwas und fange an, das Geschirr abzuräumen, aber so einfach läßt sie sich nicht abspeisen, also hockt Darius am Tisch, stützt das Kinn auf die Hände und sieht uns zu, als seien wir Kasperle und das Krokodil, und ich räume ein, daß jemand kommen könnte.

»Was wirst du also tun – sie eigenhändig angreifen? Ein Held sein?«

»Ich werde damit fertig.«

»Und wie viele von ihnen kommen? Wenn sie mitten in der Nacht kommen, bist du nicht mal wach.«

»Ich bleibe auf.«

Sie schüttelt den Kopf. »Ich verzweifle an dir, Mann, echt. Ich verzweifle.« Sie grinst mich über den Tisch hinweg an, aber ihre Augen sind feucht. »Hey, na los, Darius, wofür hältst du das hier – 'n Café? Hilf mir mal beim Abräumen.«

Als sie gegangen sind, verbringe ich den Rest des Abends allein. Ich frage mich, ob heute nacht jemand kommen wird. Ich hoffe es. Wenn ich in ihrer Haut steckte, würde ich ein paar Tage abwarten. Der Beute Gelegenheit geben, nervös zu werden. Oder unachtsam.

Aber diese Burschen sind nicht wie ich. Sie haben einen anderen Hintergrund. Sie werden kommen, sobald sie ein Licht im Fenster sehen. Sie werden glauben, daß es leicht ist, und sie werden es hinter sich bringen wollen. Sie werden die direkte Methode wählen: zwei Uhr in der Früh, wenn die Gegenwehr gering ist – durch die Vordertür – wumm!

Ich hoffe, ich bekomme heute abend keine nachbarschaftlichen Besuche von jemand anderem. Ich werde nicht an die Tür gehen. Es könnte das Abbruchkommando sein. Sie klingeln, hören mich durch die Diele schlurfen: eins, zwei, und ich sterbe auf dem Teppich. Ich sehe nicht mal die Gesichter der Kerle. So ist es schon zu oft abgelaufen.

Nach zehn Uhr wird mir kalt, und ich drehe die Heizung auf. Ich schalte den Fernseher nicht ein, weil er alle Geräusche übertönen würde, aber in völliger Stille auf und ab zu gehen, zieht den Abend gründlich in die Länge. Ich höre Straßenlärm: Autos, Leute, die irgendwas rufen, kleinere Anfälle von Aktivitäten, hin und wieder Stimmen von nebenan. Jancey hat ein paar Freunde zu Besuch. Darius wird entweder aufbleiben, um sie anzuglotzen, oder sich ins Bett legen und versuchen zu schlafen. Man kann dem Lärm in diesen dünnwandigen kleinen Wohnungen nicht entgehen, also liegt er vielleicht im Bett, starrt in die Dunkelheit, lauscht seinem Walkman, von dem ich ihm letzten Weihnachten gesagt habe, er sei von einem Lastwagen gefallen, und übertönt den Gesprächslärm der Erwachsenen mit Reggae.

Die Vorbereitung auf die Nachtwache ist viel zu schnell erledigt. Ich schiebe einen Sessel in die Küche, lege mir etwas leichte Lektüre zurecht und koche eine Thermoskanne Kaffee. Ich stelle den Kurzwellenempfänger an und schalte ihn auf Funkmikrofon, dann lasse ich den Empfänger auf dem Tisch stehen und gehe in die Diele, um die Wanze an der Innenseite der Wohnungstür anzubringen. Es ist dieselbe Art Funkmikrofon, wie sie bei Fernsehdokumentationen für Aufnahmen im Freien benutzt wird. Man kann sie jetzt in jedem Rundfunkgeschäft kaufen. Die Leute benutzen sie, um Naturfilme zu drehen: Blaumeisen in ihren Nestern, Dachse in ihrem Bau, Eindringlinge an der Tür.

Wieder in der Küche, höre ich das Signal laut und deutlich im Empfänger. Ich drehe die Lautstärke herunter, um nicht Gesprächsfetzen von nebenan mitzubekommen. Dennoch höre ich noch die lauteren Lachsalven und hin und wieder ein Scheppern oder Krachen, aber das Mikro wird mir verraten, wenn jemand an die Tür kommt. Sie werden die Tür benutzen, weil sie sich während ihres Aufenthalts hier einen Schlüssel haben nachmachen lassen. Fenster sind zu laut mitten in der Nacht.

Ich gieße mir einen heißen Kaffee ein, setze mich auf meinen Sessel in der Küche und trinke einen Schluck. Nachtwache zu halten, ist der leichteste Job auf der Welt. So leicht, daß man ihn im Schlaf erledigen kann.

Man muß sich etwas zu tun geben, um sich wachzuhalten. Ich habe ein Kartenspiel herausgeholt, aber wenn man weiß, daß man mit den Karten nur die Zeit totschlagen will, sind sie so aufregend wie ein Stapel schmutziges Geschirr. Bücher und Illustrierten fesseln mich auch nicht besonders. Ich kann ebensogut die Kanone reinigen.

Kanonen sind etwas Wunderbares. Smith & Wesson ist ein altes und ausgezeichnetes Fabrikat. Keine rauhen Kanten, kein bewegliches Teil, das nicht wie geölt an Ort und Stelle schnappt, nichts, das in jenem explosiven Sekundenbruchteil stört, wenn das Ding funktionieren muß. Die einzigen Unterschiede zwischen den teuren und anderen Modellen bestehen in der Abweichung vom Ziel und in ihrem Verhalten bei Schnellfeuer.

Der Geruch nach Maschinenöl erinnert mich an andere Kanonen, die ich im Laufe der Zeit in der Hand gehalten habe. Unverwüstliche Brens, die von Infanteristen auf der ganzen Welt über die Schlachtfelder gezogen worden sind. Die alten Lee Enfields – die noch lange nach ihrer Zeit benutzt wurden, weil man sich trotz ihrer schwergewichtigen Primitivität darauf verlassen konnte, daß sie funktionierten. Man konnte sie fallen lassen, irgendwo anschlagen, sie naß werden lassen, aber dann reinigte und ölte man sie, und die langweiligen alten Dinger schossen jedesmal, wenn man abdrückte.

Ich bevorzugte belgische FNs. Leichter, müheloser zu bedienen, weniger Rückschlag, zu stetem Dauerfeuer fähig, um eine angreifende Gruppe auf Distanz zu halten. Ich habe diese Kanone geliebt.

Für Kerle, die auf Gangsterfilme standen, gab es automatische Waffen, die an der Hüfte gehalten wurden: Sterlings mit Skelettrahmen, Uzis und Kalaschnikows. Alles nützliche Zerstörer, rasche Todbringer in einer Menschenmenge. Aber nicht für die *conoscenti*. Ihnen fehlt die Feinheit, die Klasse.

Ich ziehe meinen kleinen zehn mal fünf Zentimeter messenden Lappen aus dem Lauf der Smith & Wesson, halte die Waffe hoch in das Licht der Neonröhre an der Decke und blinzle hinein. Er ist so sauber wie die Möse einer Jungfrau. Das Schmieröl erzeugt einen stillen Glanz, und die Waffe scheint in meinen Händen lebendig zu werden. Ich kann sie fast mit mir reden hören. Ich könnte schwören, ich sehe sie atmen.

Die Patronen liegen auf dem Küchentisch, und ich lasse die Kanone von einer Hand zur anderen wandern, als knete ich einen Klumpen Kitt. Ab und zu hebe ich die Waffe, ziele und drücke ab. Ich bewege mich mühelos mit ihr, wie ein Boxer, schwanke auf meinem Sessel leicht hin und her, empfinde sie als Fortsetzung meiner Hand, wie der Boxer seinen Handschuh. Wir werden vertraut miteinander, als seien wir schon sehr lange miteinander bekannt. Das ist hier eine Hochzeit, die wir feiern.

Ich stelle fest, daß ich kurz und schnell atme, als sei ich sexuell erregt, und ich erinnere mich wieder an die Art, wie eine Schußwaffe einen hypnotisiert und zur Freundin wird. Es wird Zeit, mit dem Spielen aufzuhören. Ich masturbiere mit dem Ding. Es wird Zeit, die Trommel auszuklappen, die Kanone zu laden und sie dann vorsichtig neben mich zu legen. Ich lege den Sicherungshebel um. Wenn man zu sorglos wird und dann diese besondere Art von Bühnenangst mit dem damit verbundenen Zittern bekommt, kann man sich nicht mehr darauf verlassen, daß die Finger noch tun, was ihnen befohlen wird.

Geladen ist die Kanone schwer. Als ich sie auf den Tisch lege, erbebt sie und seufzt dann. Der graue Stahl funkelt auf der lackierten Oberfläche. Ich nehme die Ersatzpatronen aus der kleinen Pappschachtel, sehe mich nach einem Platz für sie um, lasse sie dann in meine Jackentasche gleiten und mache es mir auf dem bequemen Sessel gemütlich.

Es ist still geworden. Einmal glaube ich, ein paar gemurmelte Worte und ein leises Kichern zu hören, aber das dringt nur aus Janceys Wohnung nebenan herüber. Vielleicht ist noch jemand da, oder sie steckt Darius gerade ins Bett.

Mir wird plötzlich klar, daß ich angespannt dasitze, als werde in den nächsten drei Minuten etwas passieren. Also atme ich tief durch und lockere meine Beine. Ich starre mit toten Augen auf das ungeöffnete Buch, und das Kartenspiel ist so wenig verlockend wie die Milch von gestern. Nur die Kanone glänzt, wartet.

Aber es ist noch zu früh für diese Burschen. Leute sind noch wach. Die Kerle werden wollen, daß alle schlafen, ich eingeschlossen. In Belfast, klar, da kann man abends zu jemandes Tür gehen, höflich klopfen und ihn dann über den Haufen schießen, sobald sein Schatten das Milchglas verdunkelt. Man kann eine Brandbombe durch das Fenster werfen. Beides ist leicht. Weil das Opfer sich achtlos durch einen weiteren Abend des alltäglichen Lebens treiben läßt. Es ist nicht auf der Hut und wartet und fragt sich nicht, ob jetzt der Zeitpunkt gekommen sein mag.

Womit werden sie es versuchen? Nicht mit Brandbomben. In einem Wohnblock verheißt das nichts Gutes, und man kann sich auch nicht auf sie verlassen. Okay, Sie haben die Bude also in Brand gesetzt. Na und? Komme ich in den ersten zehn Sekunden herausgelaufen? Nein, ich warte bis zum letzten Augenblick. Vielleicht springe ich auch durch ein Fenster oder nehme die Hintertür. Vielleicht tue ich eine Menge Dinge. Das können Sie nicht wissen. Wenn ich im Bett liege, brauche ich vielleicht eine halbe Minute, um aufzuwachen. Und was machen Sie in der Zwischenzeit draußen auf dem Balkon? Warten Sie mit gezogener Waffe, um mich zu erschießen, wenn ich schließlich durch die Tür taumle? Was, glauben Sie wohl, machen die anderen Anwohner, während das Haus brennt – Sie ignorieren? Nein, keine Brandbomben.

Vielleicht versuchen sie es mit einem Kugelhagel durch die Tür, wenn ich auf ihr Klopfen antworte. Es könnte auch ein lautloser Tod im Bett sein, nachdem sie in die Wohnung eingedrungen sind. Das würde ich tun. Durch die Wohnungstür kommen, mich ins Schlafzimmer schleichen – sie kennen sich mittlerweile in der Wohnung aus, nicht wahr? – und ein stummes Messer benutzen, wobei eine Hand auf dem Mund läge, um einen möglichen letzten Aufschrei zu unterdrücken.

Ich bin froh, daß sie wissen, wo das Schlafzimmer ist. In ihren entschlossenen kleinen Hirnen wird es nicht viel Zweifel geben. Tür auf, drei Schritte vorwärts, Wendung nach rechts, und da liegt er, im Schlaf erwischt. Hier ist Ihr Weckdienst, Mister. Leben Sie wohl.

Ja, sie werden alles sauber geplant haben. Nur werde ich nicht im Schlafzimmer sein. Ich werde in der Küche sein, im hinteren Teil der Wohnung, wo nur schwer an mich heranzukommen ist. Hellwach und mit einer Kanone in der Hand.

Eine halbe Stunde ist vergangen, und es wird verdammt kalt in dieser Küche. Ich habe das Päckchen Karten geöffnet und eine Teufelspatience gelegt, aber ich war nicht sonderlich begeistert, als sie schließlich aufging. Jetzt stehe ich auf und marschiere ein paarmal um den Küchentisch, mache ein Dutzend Kniebeugen, gieße mir dann noch einen Kaffee ein und setze mich wieder auf meinen Sessel.

Der Kaffee schmeckt, als sei er gestern gekocht worden. Was haben Thermosflaschen nur an sich, daß jedes Getränk daraus schmeckt, als liege eine tote Maus unten auf dem Boden? Ich gieße den Rest ins Waschbecken und spüle die Kanne aus.

Wieder am Tisch übe ich den Bau von Kartenhäusern, um mir zu beweisen, daß meine Hände nicht zittern, daß ich wirklich ganz ruhig bin. Okay, die Häuser bleiben stehen, aber das ist keine Art, die Nacht zu verbringen. Es beschäftigt mich ungefähr zwei Minuten.

Also werfe ich einen Blick auf die Uhr und sehe, daß es fast Mitternacht ist. Der Straßenlärm ist jetzt verstummt. Hin und wieder fährt noch ein Wagen vorbei. London ist niemals völlig still, niemals richtig im Schlafenszustand. Immer ist jemand wach.

Und Mitternacht ist *früh*, sogar in Deptford. In dieser tristen Küche ist es tiefste Nacht, aber ringsumher wird der halbe Block noch nicht schlafen. Ich kann den Ton eines Fernsehers aus weiter Ferne hören. Jancey unterhält sich noch nebenan, und draußen ruft jemand gute Nacht. Ich mische die Karten und lege einen Kreis für eine Uhrenpatience aus.

Es ist ein hirnloses Spiel, und die Chancen stehen zwölf zu eins, daß sie nicht aufgeht, also bleibt mir in der trägen Düsternis viel Raum zum Nachdenken. Warum bin ich so sicher, daß sie heute nacht kommen? Sie haben alle Zeit der Welt. Was ist, wenn sie nicht kommen? Ich kann nicht jede Nacht in der Küche Wache halten. Warum tue ich das überhaupt? Ich soll doch den Kopf unten halten und mich nicht sehen lassen. Besonders jetzt.

Victor wird nicht erfreut sein, wenn er davon erfährt. Er wird mir all die Dinge aufzeigen, die ich ohnehin weiß: es ist unbeherrscht, es ist gefährlich, und es verrät dem anderen Verein, daß ich weiß, sie sind da. Aber das wissen sie bereits. Nachdem Victor und ich sie an der Victoria Station abgehängt hatten, wußten sie, daß wir ihnen auf die Schliche gekommen sind. Und danach, was haben sie erwartet? Sie wußten über uns Bescheid, wir über sie. Die Stellungen waren bekannt, die Grenzen gezogen.

Das ist meine Rechtfertigung. Nachdem beide Seiten ihre Karten einmal aufgedeckt hatten, machte es keinen Sinn mehr, das Spiel fortzusetzen. Wir hätten zum wirklichen Leben zurückkehren können. Sie wollten uns schnappen, und wir wollten sie daran hindern. Und ich kenne nur einen Weg, um das zu erreichen. Man erledigt sie, bevor sie einen erledigen. Ja, man kann sich verstecken, aber wo liegt darin die Zukunft? Sie jagen einen, und man versteckt sich. Bei diesem Spiel kann man bestenfalls auf ein Patt hoffen – man kann nicht gewinnen. Wenn jemand einen schnappen will, versucht er es immer weiter – und man kann nie sicher sein, wo er ist. Wenn man dort draußen einen Feind hat, kauft man sich entweder frei oder man schaltet ihn aus. So sehe ich das. Da ich mich bei diesen Leuten nicht freikaufen kann, bleibt mir nur eine Möglichkeit.

Das Gute daran, nur eine Möglichkeit zu haben, ist, daß man sich über einen Haufen Unsinn keine Gedanken zu machen braucht. Normalerweise braucht man länger, um zu entscheiden, ob man A oder B tun soll, als sich darüber klar zu werden, wie man A in die Tat umsetzt. Ich brauche mir nur zu überlegen, wie ich A in die Tat umsetze.

Das Problem ist, sie haben viele gute Karten: Ich weiß nicht, wer sie sind, wie viele sie sind, woher sie kommen und wann sie kommen. Andererseits wissen sie nicht, daß ich auf sie warte. Wenn man glaubt, ein Kerl hat Angst und versteckt sich vor einem, kann man zu selbstsicher werden. Nachlässig. Und wenn man dann einen kleinen Fehler macht – wie zum Beispiel den, daß man zwei Männer dabei verliert, wie sie in eine Wohnung einbrechen –, erleidet man einen üblen Schock. Die Art von elektrischem Schlag, die einen dazu veranlaßt, unwillkürlich die Krallen einzuziehen. Ich würde gern die Miene ihres obersten Bosses sehen, wenn das passiert. Ich würde nur gern sein Gesicht sehen.

Ich lächle jetzt am Küchentisch still vor mich hin. So gefallen mir die Dinge – ich ziehe an den Fäden und bringe sie dazu, nach *meiner* Pfeife zu tanzen. Auf diese Weise spiele ich Schach mit Victor. Er sitzt da, lutscht an einem erloschenen Stumpen und starrt auf das Brett, als habe er eine Telefonnummer vergessen. Dann zieht er bedächtig einen Bauern ein winziges Feld vor und lehnt sich zurück, als habe er den ganzen Charakter des Spiels verändert. Was mich betrifft, ich kann mich mit all dem nicht begnügen. Ich ziehe früh meine Springer und Läufer und reiße Löcher in die Phalanx seiner Bauern, wenn sie langsam aus ihren Gräben kriechen. Ich sichere mir die Kontrolle über die zentralen Felder und lasse meine starke Dame über das Brett fegen wie eine ballistische Rakete. Dieser Teil des Spiels gefällt mir. In diesem Stadium macht es auf eine Art Spaß – Gemetzel und Figurenabtausch. Natürlich beruhigt es sich später. Victor plaziert seine Figuren gern so, daß ich auf kein interessantes Feld mehr ziehen kann. Sogar seine Bauern stehen im Weg. Und am Ende gewinnt er immer. Aber das liegt nur daran, daß ich mich immer mehr langweile.

Ich fühle mich jetzt munterer. Ich habe jenen toten Punkt überwunden, den wir alle nach Mitternacht erleben, wenn wir noch zu einer Zeit auf sind, in der wir normalerweise längst im Bett liegen. Der Körper schaltet aus Gewohnheit herunter, bekommt aber ständig diese verwirrenden Signale, daß er noch wach bleiben soll. Eine halbe Stunde lang verlieren die Dinge jeglichen Reiz. Aber diese Phase habe ich jetzt überwunden. Ich freue mich langsam wieder auf den Rest der Party.

Meine Gedanken überschlagen sich förmlich. Also nehme ich mir ein Buch und versuche zu lesen.

Wie ich zu diesem Zeitpunkt einschlafen konnte, weiß ich nicht. Doch plötzlich schaue ich mich in der Küche um, als habe ich sie noch nie zuvor gesehen. Ich schwitze und strenge meine Ohren an, wobei ich gar nicht genau weiß, wonach ich lausche. Aus dem Kurzwellenempfänger kommt ein kratziges Summen, und für ein paar verschlafene Sekunden glaube ich, daß es ein Radiosender ist, der sein Programm für diese Nacht beendet hat. Dann erinnere ich mich an das Mikro an der Tür. Dann erinnere ich mich daran, wie Leichen auf dem dunklen Linoleumboden der Küche wie Geister verblaßt sind. Dann erinnere ich mich an den Traum.

Er überflutet mich in Wogen wie Blut, das aus einer Arterie spritzt. Die Szenen sind mit einem roten Nebel unterlegt, der nicht da war, als ich sie geträumt habe. Das Ende des Traums ist in frühere Szenen eingesickert und hat sie mit Schmerzen durchtränkt.

Zuerst geschah gar nichts. Meine Mutter bereitete Essen für eine Feier vor. Ich saß gelangweilt an einer Ecke des schweren Holztisches und blätterte in einem Buch. Sie plagte sich mit endlosen Arbeiten. Es war so, als beobachte man jemand anderen dabei, wie er jenen Traum träumte, den wir alle haben: wo wir bereits viel zu spät daran sind und wir noch diese letzten paar Dinge erledigen müssen, aber jedesmal, wenn wir es versuchen, kommt etwas anderes dazwischen. Jede frustrierende Hausarbeit folgt der nächsten, und man weiß, daß man sie nie beenden wird, aber man muß. Zweimal erhob ich mich und versuchte ihr zu helfen, aber ich schien mich in einem anderen Traum zu befinden. Sie schob mich beiseite und nahm dabei kaum meine Anwesenheit zur Kenntnis. Als ich den Mund öffnete, um zu protestieren, war ich wie ein Goldfisch, der in seinem Glas blubbert.

Sie flitzte in der Küche herum und stapelte Geschirr auf den Tisch. Teller quollen über mit Essen. Weingläser erblühten wie Sumpfblumen. Von schwankenden mehrstöckigen Obsttellern hingen üppige Weintrauben herab – auf ihrer Haut glitzerten dicke Safttropfen –, so daß sie wie nasse Seeanemonen aussahen. Rinnsale aus Leinentischwäsche lagen zwischen den Porzellanbergen wie Linien aus weißem Sand zwischen Felsen, und Traubensaft tropfte darauf und bildete Formen, die wie zerquetschte Seesterne aussahen.

Sandwiches öffneten sich und ließen verwesendes Fleisch erkennen, Quarkspeisen schmolzen dahin, Torten fielen unter ihrem Zuckerguß zusammen, und eine hellgrüne Eidechse glitt unter einem Brotlaib hervor, als plötzlich das Telefon draußen im Flur anfing zu klingeln, laut und beharrlich.

Ich gab mir alle Mühe, die Worte meiner Mutter zu verstehen, als sie ans Telefon ging, aber sie klangen gedämpft, kurz angebunden, als reagiere sie auf die Nachricht eines Todesfalls. Wir hatten nie ein Telefon in diesem Cottage, also wurden die Worte, die ich nicht hören konnte, niemals gesprochen. Und die Frau, die zurückkehrte, war nicht meine Mutter. Sie war jünger, dünner, sorgenvoller. Dieses neue, vertraute Mädchen machte sich am Tisch zu schaffen, tätschelte das verfaulende Essen, als wolle es die Daunendecke eines Babys aufschütteln, und wartete, wartete, wartete auf das Eintreffen der Gäste.

Sie ignorierten mich ebenfalls, als sie hereinrauschten – stürmische Windböen durch die Tür. Falsches Gelächter hallte von den Deckenbalken wider, Kreischen von den Wänden. Ihre Gesichter waren wie die grotesken Masken bei Straßenfesten, ihre Kleidung eine grausame Parodie von Clownskostümen. Triumphgejohle hallte durch die schrumpfende Küche wie das Trompeten von Elefanten.

Ein heftiger trunkener Tanz hatte begonnen. Aufgeblasene Gäste stampften um den Küchentisch, wirbelten ihre Partner immer schneller und immer wilder umher. Schwitzende Männer mit hartem Blick drehten die Mädchen im Kreis. Röcke flogen. Männerfäuste, Bierkrüge umklammernd, peitschten durch die Luft. Schäumende Flüssigkeit spritzte über die Köpfe der Tänzer und fiel mit dem trockenen Knistern von Erde auf Holz auf den Boden. Verschüttete Getränke klebten an meinen nackten Zehen, und als ich sie abwischen wollte, verwandelten sie sich in Blut.

Im Tanz waren aus den Gästen Soldaten geworden. Auf dem Gesicht meiner Mutter leuchtete die verängstigte Ekstase einer den Märtyrertod sterbenden Heiligen, während sie von Uniform zu Uniform gewirbelt wurde. In der Raserei des Tanzes hoben sie sie hoch und warfen sie mühelos von einem zum anderen.

Der Raum verdunkelte sich rasch. Unsere Gäste balgten sich in Ecken auf dem Boden. Rauch drang in meine Lungen. Ich ging hustend in die Knie, da spitze Dornen in meine Kehle stachen und stechende Tränen auf meinen Wangen brannten und auf das Gesicht meiner jungen Mutter tropften, die vom Boden aufschaute. Auf einer Wange war ihr die Haut vom Gesicht gekratzt worden. Ihre Lippen waren aufgerissen. Ihr Mund war schwarz. Fetzen zerrissener Kleidung verhüllten ihren zerschlagenen Körper.

Ich sah die Eidechse wieder, als sie aus ihren verfilzten Haaren schoß, um sich in einer gesprungenen Obstschale zu verbergen. Vor meinen Augen verwandelte sich der mißhandelte Leichnam in das glänzende rosa Porzellan der Puppe meiner Schwester und zersplitterte auf dem Boden in tausend Scherben, so daß die Füllung aus rohem Fleisch sichtbar wurde.

Inmitten verstreuter Torten und Orangen lagen andere Leichen. Alles war mit Blut und Schleim verklebt. Dann kehrten die Gerüche zurück: saurer Wein und Erbrochenes, die Süße von Puddings, der Gestank verbrannter Kleidung. Als ich die massakriert auf dem Boden liegenden Häufchen betrachtete, erkannte ich die Gesichter. Ich kann mich jetzt an sie erinnern: da waren meine Mutter, meine süße kleine Schwester, der alte Mann, den ich Großvater nannte, das komische Paar von dem Bauernhof und der Junge mit nur einem Auge. Als ich aus dem Traum erwachte, hörte ich sein Glasauge wie eine Murmel über den kalten Küchenboden rollen.

Ich sitze zitternd im Sessel in dieser Erdgeschoßwohnung in Deptford, und ich habe das Gefühl, als säße ich wieder in einem Schrank und lauschte nach merkwürdigen Geräuschen, bis mir klar wird, daß das die letzten Bilder des Traums sind, die mir entgleiten, als schmölzen Geisterleichen in den Boden. Als ich nach der großen Tasse Kaffee greife, ist er kalt, und ich frage mich, wie lange ich geschlafen habe.

Es ist halb zwei. Ich kann keine Geräusche hören. Jancey ist zu

Bett gegangen. Niemand ruft auf der Straße. Etwa alle drei Minuten fährt ein Auto vorbei.

Ich komme zu dem Schluß, daß ich zittere, weil mir kalt ist, also stehe ich auf und bewege mich. Dann schalte ich die Kochplatten ein, um den Raum aufzuwärmen. Ich halte meine Hände über den Kocher, als sei ich ein Pfadfinder, der sich an einem Lagerfeuer wärmt. Bevor ich mir frischen Kaffee koche, stehe ich eine ganze Minute still, um mich zu vergewissern, daß dort draußen nichts ist, was ich hätte hören müssen.

Ein Lastwagen poltert die High Street entlang, und sogar auf diese Entfernung bringen die Vibrationen die Spüle zum Klappern. Aus Janceys Wohnung kommt ein Husten und ein Murmeln, und ein einzelnes Auto kriecht die Straße entlang. Ich warte, um zu hören, ob es anhält. Aber das tut es nicht.

Also koche ich mir frischen Kaffee. Jedes Geräusch scheint ein besonderes Mitten-in-der-Nacht-Timbre zu haben und klingt übertrieben wie in einem Film mit zu lautem Ton. Das Rauschen in meinem Empfänger verleiht allem einen elektronischen Beiklang. Ich bin mir jeder Bewegung schärfstens bewußt, jedes kleinsten Geräusches, als ich eine Tasse auf den Tisch stelle, jedes matten Klirrens, als ich einen Löffel bewege, jedes Plätscherns des Wassers, Quietschens des Wasserhahns, Tappens meiner Schuhe auf dem Boden. Die Federn im Sessel geben rostquietschend nach, als ich mich wieder setze, und quietschen jedesmal, wenn ich meine Haltung verändere. Jeder Atemzug von mir ist wie eine herbstliche Windbö.

Der Kaffee wird kalt, bevor ich ihn ausgetrunken habe. Ich sitze auf dem Sessel und blättere in einem Buch. Von den heißen Herdplatten weht ein Strom warmer Luft über mein Gesicht. Es ist ungefähr zwei Uhr. Ich bin entspannt und entschlossen, fähig, die ganze Nacht wach zu bleiben. Diese ruhigen Stunden sind eine Zeit des Friedens, in der jede lange sanfte Minute ein Luxus ist. Mein Verstand arbeitet bei niedrigster Drehzahl im Leerlauf. Ein sanfter Reinigungsprozeß durchspült leise die grauen Kammern und schwemmt unerwünschten Abfall fort, schaltet die Hintergrundgeräusche aus, glättet das zerknitterte Gewebe meines Hirns.

Es ist das, was geschieht, wenn man träumt, nehme ich an. Die Putzkolonne aus der Nachtschicht marschiert in die leeren Büros. Sie klopft die Teppiche aus und räumt den Müll weg. Sie reinigt die Aschenbecher, gießt stehengelassene Getränke in Pappbechern in den Ausguß und leert die Papierkörbe. Im Schlaf stoßen diese Bilder aneinander und reiben sich, schaffen seltsame Collagen aus vertrautem und verzerrtem Material. Ein einsamer Angestellter geht sie durch und teilt sie in solche für die Müllverbrennung und solche für die Akten ein. Sie werden in Träumen und Erinnerungen wiederauftauchen. Sie werden in den Schränken mörderischer Küchen lauern und sich über das Linoleum ergießen, wenn man die Tür öffnet.

Ich höre einen Wagen näher kommen. Er hält am Straßenrand an.

Eine Tür schlägt zu. Dann wird die andere geschlossen: der Versuch, leiser zu sein. Wenn die Nachbarn spät nach Hause kommen, schlägt der Mann immer die Tür zu. Seine Frau zuckt zusammen und versucht ihre so leise wie möglich zu schließen. Dann schleichen beide über den Gehsteig, auf den Betonweg und die Betontreppe empor zu der wartenden Betonwohnung. Es könnte irgend jemand sein.

Aus der Gemütlichkeit meines Sessels reiche ich über den Tisch und nehme die Kanone. Ich lasse die Trommel herausspringen. Ich untersuche die Kammern, als wüßte ich nicht, daß sie geladen ist.

Ich lasse die Waffe weiterhin gesichert: Wenn sie kommen, will ich nicht aus Nervosität eine Kugel durch meinen Tisch jagen. Mein Ohr neigt sich dem Empfänger zu, und ich fixiere die Küchentür, als könnten sie jeden Augenblick hereinplatzen. Ich schalte die Leselampe aus, und die Heizspiralen des Kochers leuchten warm. Ich nehme die Kanone in die linke Hand und schalte den Kocher aus. Dann wechsle ich die Kanone wieder in die rechte.

Der Empfänger zischt, und die sich abkühlenden Heizspiralen knacken laut neben mir, als sie sich zusammenziehen. Es ist laut genug, um Spatzen auf der Straße zu erschrecken.

Während ich in der Dunkelheit warte, ziehen die verdammten Heizspiralen ihre letzten Wärmezuckungen in die Länge, als seien sie Jimmy Cagney auf der Treppe des Rathauses. Die Minuten tröpfeln dahin wie Blut durch einen Krankenhaustropf.

Durch das Knistern des Empfängers glaube ich ein Geräusch zu hören. Echte Geräusche vor dem Rauschen auszumachen, ist nicht leicht, und ich beuge mich vor wie ein altes Weib über sein Strickzeug und starre auf den Kasten, als sei er ein schlecht eingestellter Fernseher.

Dann höre ich ein unterdrücktes Husten.

Jemand ist nervös und räuspert sich so leise, wie er kann. Ich höre es ganz deutlich über den Empfänger, und ich bleibe vorgebeugt, ganz nah bei dem Gerät, wobei ich auf den Fußballen balanciere.

Knack, machen die Heizspiralen neben mir.

Ich fahre zusammen, aber aus dem Empfänger höre ich keine Reaktion. Hier drinnen war das Geräusch laut, aber diese Leute lauschen nicht über einen Verstärker. Ich mache ein Flüstern in dem Knistern aus.

O ja, Baby, das ist es.

Ich husche durch die Küche und stelle mich in eine Ecke, so daß ich nicht hinter, sondern neben der Tür stehe, wenn sie sie öffnen. Meine Kanone ist oben. Der Haken an der Küchentür ist unten.

Ein Quietschen kommt aus dem Empfänger, und ich weiß, daß sie die Tür öffnen. Es klingt, als stemmten sie sie mit einem Brecheisen auf, aber das tun sie nicht. Sie benutzen einen Schlüssel. Es liegt einfach daran, daß der Verstärker zu laut gedreht ist. Ich hätte ihn ausschalten sollen. Als ich mich frage, ob mir wohl noch die Zeit bleibt, dorthin zu huschen und ihn abzustellen, kommt ein Geschrei aus dem Kasten, das ihn fast vom Tisch fegt. Plötzlich bin ich von einer stereophonen Kakophonie umgeben – aus dem Empfänger auf der einen und aus dem Flur auf der anderen Seite. Ich komme zu dem Schluß, daß sie die Wohnung stürmen, wie der SAS es tut, nachdem er eine Schockgranate geworfen hat – mit viel Geschrei, um den Feind zu desorientieren. Ich stehe stocksteif in meiner Ecke. Ich habe die Smith & Wesson auf die Tür gerichtet und bin bereit, den ersten, der sich blicken läßt, wegzupusten.

Was geht vor? Sie sind immer noch im Flur. Es klingt mehr so, als bekämpften sie sich gegenseitig, anstatt auf mich loszugehen. Ich bleibe in meiner Ecke wie ein Boxer, der auf den Gong wartet. Der Lärm aus Empfänger und Flur klingt, als finde der Kampf überall statt, außer hier in der Küche.

Dann hat die Balgerei ein Ende, und ich glaube, ich höre, wie sich meine Schlafzimmertür öffnet, also spannt sich mein Finger um den Abzug, und dann höre ich meinen Namen und schüttle den Kopf, als ich die Stimme erkenne, und ich weiß, daß es Jancey ist, und sie ruft, wo ich sei, und ich glaube, sie haben sie geschnappt und benutzen sie als Ablenkung, und ich versuche mir zu überlegen, was ich tun soll, als ich höre, was sie sagt. Sie sagt, sie hätten diese Kerle geschnappt, und es sei alles in Ordnung. Ich könne herauskommen.

Ich bewege mich nicht, und sie fängt wieder an: »Es ist alles okay, wir wissen, daß du dich versteckst, aber um Himmels willen, Mann, verschone uns. Wir sind auf deiner Seite, Mann, und wir haben sie. Es ist alles vorbei.«

Eine Männerstimme fällt ein: »Es ist okay, Mann. Ohne Scheiß.«

Jancey klingt ängstlich. »Du bist in der Küche, oder? Ich komme jetzt rein, also tu mir um Himmels willen nichts.« Ich sage nichts.

Die andere Stimme – karibisch – sagt: »Ich schätze, er ist rausgegangen, um sich 'ne Tüte Chips zu holen«, und mehrere Burschen lachen.

Jemand sagt: »Hey, kein Mensch schläft so tief.«

Die Küchentür öffnet sich langsam. Jancey läßt sich viel Zeit, als rede sie einem verletzten Hund gut zu. Sie schaltet das Licht ein. Dann erscheint sie in der Tür.

Wir starren einander an. Sie hat die Hand an der Tür, und ich habe die Kanone auf ihre Brust gerichtet. »Ich dachte schon, der Raum hier ist auch leer«, sagt sie. »Als du nicht im Bett warst, habe ich mich gefragt, wo du hingegangen bist.«

Schnell wie der Blitz macht jemand draußen eine witzige Bemerkung über mein Bett und Jancey, und sie grinst und sagt zu ihnen, sie sollten mal ernst sein, und fragt dann, ob sie an nichts anderes dächten als Sex? Einer sagt, das glaube er nicht, und ein anderer macht einen Witz über Reggae, und mir wird plötzlich klar, daß die Kanone, die ich auf sie gerichtet hatte, den Lauf hängen läßt, als sei er aus Weichgummi, also entspanne ich meinen Arm, so daß er auf den Boden zeigt.

Dann atmet sie aus und schenkt mir ein richtiges Lächeln – eines von diesen großen Dingern, das ihre Miene aufhellt wie eine Sonnenexplosion –, und ich sehe, daß sie Angst gehabt hat, und ich seufze, und plötzlich habe ich einen Kloß im Hals, und ich zittre, und ich glaube nicht, daß ich mich auch nur einen Schritt von dieser Wand entfernen kann. Ich fummle am Sicherungsbügel herum, als hätte ich soeben meine Übung auf dem Schießstand beendet, und ich lehne mich lässig zurück, weil ich zu schwach bin, um mich zu rühren.

Doch als sie einen Schritt auf mich zu macht, stelle ich fest, daß ich schon unterwegs zu ihr bin. Ich nehme sie in die Arme und drücke sie an mich, als glaubte ich, sie liefe sonst davon, und als ich aus jenem alles auslöschenden Kuß erwache, sehe ich, daß die Küche voller Schwarzer ist, und obwohl sie grinsen, als sei die Sonne herausgekommen, will ich wissen, was, zum Teufel, eigentlich los sei?

11

Für Sie, der Sie das hier in aller Gemütsruhe lesen, geht das in Ordnung. Wahrscheinlich halten Sie mich für einen ausgemachten Depp. Sie wußten sofort, daß Jancey diese Burschen in ihre Wohnung geholt hatte, weil sie ihr klar war, daß ich wegen einer Kraftprobe gekommen war und es diese Nacht sein mußte. Also packte sie sechs große Burschen in ihr Wohnzimmer, gab ihnen Rum und Decken, und der ganze Haufen machte es sich gemütlich, als stellten sie sich schon in der Nacht an, um am nächsten Tag Karten für das große Spiel zu kaufen.

Sie richteten sogar ein ordentliches militärisches System von Zwei-Mann-Wachen ein, um ganz sicherzugehen, daß sie wach blieben. Von ihnen konnte ich noch das eine oder andere lernen.

Das ganze Unternehmen ist immer noch organisiert, sogar jetzt. Vier von ihnen tummeln sich in der Küche, und die anderen beiden sind im Wohnzimmer und behalten die Besucher im Auge, die gefesselt auf dem Boden liegen und zusehen, wie zwei Schwarze mit der Statur von Footballspielern ihre Jacken durchsuchen. Aber die Taschen sind leer, sogar die Schilder der Hersteller sind herausgetrennt.

Also geht einer meiner Riesen zu ihnen und tritt die beiden elenden Hühner so zurecht, daß man ihnen die Schuhe und die Hose ausziehen kann. Ohne sie sehen sie wie zwei fette homosexuelle Lehrer aus, die ein Haufen arglistiger Schuljungen mit einem gemeinen Trick dazu gebracht hat, einen furchtbaren Fehler zu begehen. Wären da nicht ihre Kanonen, wäre es zum Lachen.

Die Pistolen haben die Rettungsmannschaft beeindruckt. Als Jancey sie dazu überredete, nebenan zu warten, wußte keiner von ihnen im voraus, als wie schwer sich diese Jungens tatsächlich erweisen würden. Etwas rauhen Umgang in der Nacht, mehr hatten sie nicht erwartet.

Also war Janceys halbes Dutzend auf eine Schlägerei vorbereitet: das Element der Überraschung, das Gewicht überlegener Anzahl, eine rasche Aktion. Und es sind große Jungens. Drei von ihnen kenne ich, aber die ganze Truppe hat mich angegrinst und mir auf den Rücken geschlagen, als sei ich ihr kleiner Bruder, den sie aus einer Klemme herausgeholt haben. Den beiden menschlichen Paketen, die verschnürt auf dem Boden liegen, hätte es viel schlimmer ergehen können. Andere wachsame Schlägertrupps hätten sie zu Filetsteaks verarbeitet, so daß sie noch zuckend den Teppich versaut hätten. Aber diese sechs sind über sie gekommen wie russische Eishockeyspieler über einen freien Puck, haben sie auf die Dielenbretter geworfen und sie dann binnen zwanzig Sekunden in Vorhangschnüre eingewickelt. Es muß so ausgesehen haben, als fielen sie von der Decke. Sehr professionell. Das muß von den Aushilfsjobs bei der Post kommen. Man lernt, wie man Pakete verschnürt.

Jedenfalls ist meine Küche voller Leute, und alle warten auf Anweisungen von mir, als hätte ich die ganze Sache hier organisiert. Sie sagen, sie wüßten es zu schätzen, wenn sie erfahren könnten, was mir ursprünglich vorschwebte, damit sie sehen könnten, ob das immer noch angemessen klinge. Ich sage, das hinge davon ab, was sie mit »angemessen« meinten.

Ein Bursche namens Rufus – den ich kenne, weil er nicht weit von hier wohnt – redet zu mir wie ein Onkel. »Ich will dir mal sagen, warum wir hier sind. Nicht nur, weil Jancey gesagt hat, du brauchst Hilfe, sondern weil sie gesagt hat, diese Leute wären nicht von hier. Sie kommen und tun so, als wären sie hier zu Hause. Sie glauben, sie haben das Recht, zu kommen und Ärger zu machen. Als würden sie hier wohnen. Aber das hier ist unsere Gegend, richtig? Wir wohnen hier, und wir entscheiden, was passiert. Nicht irgendwelche Fremde, die von Gott weiß woher kommen. Sie sollten da bleiben, wo sie hingehören – und die Finger von unseren Leuten lassen. Du bist einer von uns, also passen wir auf dich auf.«

Ich nicke. Was sagt man darauf? Wenn man aus dem Fluß gefischt wird, nachdem man beinahe ertrunken wäre, liegt man nur hustend und spuckend am Ufer, und niemand erwartet, daß man irgendwas sagt. Aber wenn alle rings um einen in der Küche stehen und sagen, man sei einer aus der Familie, dann fühlt man sich irgendwie hilflos. Ich bin so etwas nicht gewöhnt.

Jancey kommt lächelnd zu mir und drückt meinen Arm. »Du solltest es mir sagen, wenn du in Schwierigkeiten bist. Friß es nicht in dich rein.« Ich schaue ihr in die Augen. Tausend Worte explodieren in meinem Kopf, aber ich kann nichts sagen. Ich fühle mich wie hinter Glas, und einen Augenblick werde ich an meinen Traum erinnert, aber Jancey zieht mich am Arm wieder in die Wirklichkeit zurück und fragt: »Willst du mal deinen Freunden guten Tag sagen?«

Als ich ihr ins Wohnzimmer folge, flüstert jemand Rufus zu: »Sie hat ihn unterm Pantoffel, glaub ich.«

Ich stehe in der Tür des Wohnzimmers und sehe mir die beiden Pakete vor der hinteren Wand an. Sie erwidern den Blick, so gut sie können, und ich denke, ja, diese beiden und ich: wir sind hier die Profis.

Es ist wie ein geheimes Signal – das Händeschütteln der Freimaurer –, das einem verrät, sie gehören auch zur Bruderschaft. Sie sind Bündel auf dem Fußboden, lächerlich in ihren Unterhosen, aber als sich unsere toten Blicke begegnen, wird eine Botschaft weitergegeben.

Das Problem ist, ich weiß nicht, was ich mit ihnen anstellen soll. Rufus fragt mich, was ich mir vorgestellt habe, und ich zucke die Achseln. Nur Jancey hat die Smith & Wesson in der Küche gesehen, weil ich sie in meine Jacke gesteckt habe, bevor die großen Jungens hereingekommen sind. Ich fühle mich sicher genug, um ihm die Wahrheit an den Kopf zu werfen, als sei sie ein Witz. »Ich dachte, ich schieße ihnen ein Loch in den Kopf und schicke sie ihrem Boß zurück.«

Rufus nickt liebenswürdig, weil er mich nicht ernst nimmt. »Zurück an Absender. Hört sich gut an.«

»Wenn wir sie nicht zurückschicken«, sage ich, »wird Mama irgendwann auffallen, daß ihre Jungens noch nicht zurück sind, und dann wird sie jemanden schicken, der sie sucht.«

»Glaubst du, Big Daddy könnte persönlich hierher kommen?«

»Vielleicht schickt er seine Vettern.«

»Wer ist denn nun diese Familie?«

»Wir könnten versuchen, sie zu fragen.« Ich mache mir diesbezüglich keine großen Hoffnungen, aber warum sollen die Jungens nicht herausfinden, ob die Besucher Englisch sprechen. Wir gehen zu ihnen, und Rufus hockt sich neben eines der Pakete und grinst kalt, kaum fünfzehn Zentimeter vor seinem Gesicht. »Jetzt sag uns mal, woher du kommst.«

Rufus hält sich in Kopfstoß-Distanz, und ich nehme an, er will den Mann herausfordern, ihm ins Gesicht zu spucken oder etwas in der Art. Idioten und Anhänger der Nationalen Front würden das vielleicht versuchen, aber das Gesicht unseres Mannes ist erstarrt. Er ist wie ein Polizist bei einer Beweisaufnahme, und mir kommt der Gedanke, daß er vielleicht genau das ist. Aber die Schilder sind aus seiner Kleidung herausgetrennt. Und er trug eine Kanone. Also ist er kein Bulle. Jedenfalls nicht die normale Sorte. Nein.

»Ihr seid gekommen, um meinen Freund zu besuchen?« fragt Rufus freundlich. Das ist eine leichte Frage. Sie hilft dem Burschen zu antworten, ölt die Stimmbänder, sorgt dafür, daß Luft durch die Kehle strömt. Ich bin beeindruckt. Rufus gäbe möglicherweise einen guten Vernehmungsbeamten ab. »Sind die Fesseln nicht zu stramm?« fragt er. Er läßt das Schweigen zehn endlose Sekunden in der Luft hängen, in denen seine Körperfülle immer mehr Raum einzunehmen scheint. Dann schnellt sein Kopf zurück, als hole er zu einem Kopfstoß aus, und als das Paket zurückzuckt, um dem jamaikanischen Abschiedsgruß auszuweichen, sagt Rufus schlicht: »Bringt ihn in die Küche.«

Der Idiot in Unterhosen wird auf die Füße gestellt und aus dem Zimmer geschubst wie ein Rind ins Schlachthaus. Ich weiß, was an dieser Stelle nötig ist, und ich folge ihnen. Doch ich habe gerade die Tür erreicht, als sein Begleitschutz es für mich im Flur erledigt. Außer Sicht des anderen Pakets werfen sie das Bündel zu Boden und pflanzen den Stiefel darauf, zweimal und laut. Dem folgt weiterer Krach, durchdringend und häßlich, als sie ihn in die Küche schleifen. Dem Mann gefällt das nicht, aber das soll es auch nicht. Es schafft eine Geräuschkulisse, die seinen Begleiter zu Tode ängstigen soll, während dieser auf dem Wohnzimmerboden darauf wartet, daß er an die Reihe kommt. Ich verleihe dem Theater noch etwas mehr Atmosphäre, indem ich zurück ins Wohnzimmer gehe, die Tür schließe und mich starren Blickes anlehne. Rufus schüttelt den Kopf. »Tut mir echt leid«, sagt er zu dem Paket auf dem Boden.

Wir starren das Bündel beide einen Moment an. Ein weiterer dumpfer Knall ist aus der Küche zu hören. »Ihr seid nicht von hier aus der Gegend, oder?« fragt Rufus beiläufig. »Sag mal, werdet ihr dafür bezahlt, das zu tun, oder habt ihr ein Problem mit diesem Mann?« Das Bündel sagt nichts, wie ihm aufgetragen wurde. Er leckt sich die Lippen, und Rufus kichert. »Hier in der Gegend werde ich Mr. Niceguy genannt«, sagt er. »Die anderen wollen euch mit ihren Messern bearbeiten und in den Fluß werfen. Aber ich glaube, daß ihr euch nur euren Lebensunterhalt verdient. Du bist verheiratet, oder?« Immer noch keine Antwort. »Aber du hast jemand, der sich was aus dir macht? Jemand, der dich vermissen wird? Oder bist du ein einsamer Mann?«

Für mich sieht er einsam aus. Er starrt auf den Teppich, und man kann förmlich sehen, wie seine Muskeln dahinschmelzen. Rufus flüstert: »Sieh mich an, wenn ich mit dir rede.« Ihre Blicke begegnen sich. »Also, jetzt verschwenden wir keine Zeit mehr. Wie heißt du überhaupt?« Der Mann scheut vor ihm zurück, aber er schaut nicht weg. »Seid ihr mit dem Wagen gekommen?« Die Stille nach dieser Frage ist von Angst erfüllt. Wir hören einen gedämpften Schrei aus der Küche und die Geräusche von Schlägen. »Seid ihr mit dem Wagen gekommen?« wiederholt Rufus die Frage.

Das Bündel ist noch nicht bereit zu antworten, also verstärke ich den Druck. »Er wird nichts sagen. Knöpf ihn dir vor, während ich meinen Wagen hole. Wir werfen ihn bei Rotherhithe in den Fluß.«

»Laß mir noch etwas Zeit«, erwidert Rufus. Doch er weiß, daß dies zum Spiel gehört. Wahrscheinlich erinnert er sich daran, daß ich gar keinen Wagen habe.

Ich verlasse den Raum und gehe in die Küche. Der andere Kerl scheint nicht schwer verletzt zu sein. Ich glaube, bis jetzt haben sie es gemütlich angehen lassen. Man darf nicht vergessen, daß sie hergekommen sind, um mich umzubringen. Wir haben den Kessel vom Feuer genommen.

Drei große Schwarze sitzen um den Küchentisch und blättern in meinen Illustrierten, und das teiggesichtige Bündel Nummer zwei liegt bäuchlings auf dem Boden. Sie haben ihm befohlen, die Hände hinter dem Kopf zu verschränken, was ein Trick ist, den sie sich wahrscheinlich aus einer Nachmittagswiederholung von *Miami Vice* abgeschaut haben, nur daß es in Verbindung damit, wie die haarigen Beine des Burschen unter seinem Hemdschoß vorlugen, albern aussieht. Ich trete ihm gegen die Fersen und frage die anderen, ob er eingeschlafen sei oder was, und einer von ihnen reagiert auf das Stichwort und fragt, was mit dem Kerl in dem anderen Zimmer sei. »Er hat angefangen zu reden«, sage ich.

Aber das wird das Eis bei dem zerknitterten Hemdschoß nicht brechen. Er weiß, daß keiner von ihnen ein Wort sagen wird, bis sie an den Eiern von der Tower Bridge hängen. Und das einzige Wort, was sie in diesem Fall äußerten, würde auch nicht helfen.

Die Wahrheit ist, daß Rufus und seine Freunde zwar eifrig, aber Amateure sind. Die beiden Gefangenen haben ganz einfach ihre Stimmen vom Hauptsystem abgekoppelt und alle Systeme abgeschaltet. Wenn ich etwas Zeit allein mit ihnen verbringen würde, könnte ich vielleicht etwas aus ihnen herausquetschen, aber vor den Nachbarn sind mir ein wenig die Hände gebunden. Und Folter gehört auch nicht zu *meinen* starken Seiten. Wahrscheinlich liege ich eher krank auf dem Boden als das Opfer. Ich habe in meinem Leben genug Gewalt gesehen, um zu wissen, daß ich sie nur auf eine Art austeilen kann: in jähen, raschen Portionen. Ein gut gezielter Tritt oder Schlag, eine Kanone, wenn es sein muß. Es ist nur nichts, was ich genießen oder woran ich mich erfreuen kann. Wenn ich wirklich lange Zeit damit verbringen müßte, jemandem langsam und mit Bedacht weh zu tun, müßte ich eine Augenbinde benutzen: einer von uns beiden müßte sich die Augen verbinden. Ich kenne den Ausdruck in den Augen eines Opfers, und ich will ihn nie wieder sehen.

Also schleiche ich aus der Küche und sage mir dabei, daß diese beiden ohnehin nicht viel zu erzählen hätten. Sie sind nur gemietete Kanonen: harte Burschen, die einen Job übernommen haben. Als ich an der Wohnzimmertür vorbeikomme, höre ich Rufus immer noch Süßholz raspeln. Er bekommt keine Antwort, und seine Geduld wird bald erschöpft sein.

Ich schlendere hinaus auf den Balkon und atme die Nachtluft ein. Der Rest von Deptford schläft, ohne von dem Drama in dieser hellwachen Wohnung zu wissen. Doch selbst wenn die Leute wach wären, würden sie keine Fragen stellen. Wenn man Leute in Mietskasernen pfercht, können sie nicht jedesmal, wenn sie nebenan ein Geräusch hören, in der Gegend herumlaufen und die Nase überall hineinstecken. Sie kämen nie zur Ruhe. Vielleicht ist es dort, wo Sie wohnen, anders. Aber das hier ist Deptford. Hier wohnen die armen Leute. Wir fahren Busse und Bahnen, wir kehren die Straßen und leeren die Mülltonnen, wir graben die Abwasserkanäle und bessern die Straßen aus. Aber wir haben Ihre soliden Ziegelhäuser gesehen. Wir haben Ihre ausländischen Wagen gesehen. Wir kommen mit dem Fahrrad, um Ihre Fenster zu putzen, und wir erzählen unseren Familien, was wir gesehen haben. Männer wie ich lauern in den düsteren Ecken Ihrer in Klassen eingeteilten Stadt und werden Ihre glücklichen Häuser niederreißen.

Das Licht wartet hinter Janceys Vorhängen. Ihre Tür ist nicht verschlossen.

Sie spült die letzten Gläser von der Nachtwache, und als ich in ihr Wohnzimmer komme, hat sie einen Lappen in der Hand. Ich schaue nachdenklich drein, aber sie ist nicht in der Stimmung für bedeutungsschwangere Blicke quer durch den Raum. Sie schüttelt den Kopf, lächelt und schnalzt mit der Zunge. »Junge, Junge, das ist ein ziemliches Durcheinander. Willst du einen Kaffee?« Ich schüttle den Kopf.

»Schnaps habe ich nicht. Ich habe Rum gekauft, aber die Jungens haben ihn ausgetrunken. Du mußt dich mit Kaffee begnügen.« Ich folge ihr in die Küche. »Ich bin nicht wegen eines Kaffees gekommen. Ich wollte mich bei dir bedanken.«

»Na ja, ich danke *dir*. Ich will keine hübschen Reden hören. Du kannst mir irgendwann mal ein paar Blumen kaufen.«

Wir stehen in der Küche, wo ich so oft mit ihr gegessen und gelacht habe, und sie trocknet das Glas ab und stellt es vorsichtig auf den Tisch. »Also, was wirst du jetzt tun?« fragt sie.

»Meinst du, was ich mit diesen Kerlen tun werde, oder was ich jetzt gleich tue?«

»Was du willst.«

»Tja, jetzt gleich wollte ich mich eigentlich bedanken, aber das wolltest du nicht. Dann wollte ich dir einen Kuß geben, aber ich glaube, den willst du auch nicht.«

»Du hast schon immer zu viel geredet.«

Ich will gerade um den Tisch gehen, als ich Klein Darius strahlend in der Tür stehen sehe. Wir grinsen einander an. »Laß dich durch mich nicht aufhalten«, sagt er.

»Darius«, schimpft sie mit ihm, »warum bist du nicht im Bett? Ich habe dir doch gesagt, daß du dort bleiben sollst. Ich versohle dir den Hintern.«

»Der Ärger ist jetzt vorbei.« Er zuckt die Achseln, als werfe er eine Jacke über. »Ein Mann kann dabei sowieso nicht schlafen.« Er geht zum Tisch.

»Bist du aufgeregt?« frage ich.

»Ja, aber ich wußte, wir würden gewinnen. Unangefochten.«

Wir stehen alle da und haben die Hände auf dem Tisch, als sei er ein Boot, das wir zu Wasser lassen wollen, also sieht Klein Darius am Kopfende uns beide an und fragt: »Wollt ihr euch jetzt diesen Kuß geben oder nicht?«

Als ich wieder in meiner Wohnung auftauche, überrascht es mich nicht zu erfahren, daß die beiden Pakete absolut nichts gesagt haben. Rufus ist verärgert. Er wollte mir zeigen, wie viel er aus ihnen herausholen würde. »Ich würde sie am liebsten in einen Sack stecken und in den Fluß werfen«, sagt er, und ich tue so, als glaubte ich ihm. »Aber ich will wissen, woher sie kommen. Wer hat sie geschickt? Jemand braucht eine Lektion.«

»Stimmt.«

»Jedenfalls, wenn diese Männer nicht reden wollen, muß ich dich fragen. Du mußt doch wissen, von wem sie kommen. Die wollten sich dich nicht aus Spaß an der Freude vorknöpfen. Und du wußtest, daß sie kommen.«

»Kommt mir so vor, als hätte halb Deptford gewußt, daß sie kommen.«

»Nur wir. Also woher kommen sie, Mann? Wo ist der Rest von ihnen?«

»Ich weiß es nicht. Habt ihr Jungens noch etwas von meinem Whisky übriggelassen?«

»Wir haben ihn nicht angerührt, Mann, wir waren nicht eingeladen. Aber wenn du uns einen anbietest ...« Also schenke ich sieben Whiskys ein, verteile sie und entferne mich dann, um die beiden Gefangenen mit dem Fuß anzustoßen und zu sehen, ob sie noch wach sind. Sie liegen ohne Hose in getrennten Zimmern. Sie sehen nicht schlecht aus, und der Bursche in der Küche hat auch nicht mehr die Hände hinter dem Kopf verschränkt.

Ich führe Rufus hinaus auf den Balkon, und wir stehen mit unserem Whisky da und starren in die Dunkelheit. »Was hast du mit ihren Kanonen gemacht?« frage ich.

Seine Miene zeigt keinerlei Regung. »Wir haben den Wagen gefunden, den sie benutzt haben«, sagt er, als hätte ich danach gefragt. »Wahrscheinlich gestohlen. Keine Möglichkeit, es herauszufinden. Es waren keine Papiere im Wagen, aber das hat nichts zu bedeuten. Ich habe auch keine Papiere in meinem Wagen.«

»Woher wußtest du, daß es ihr Wagen ist?«

»Wir können einen fremden Wagen erkennen. Und außerdem haben die Schlüssel gepaßt.«

»Ich habe mich noch gar nicht bedankt, Rufus.«

»Ich sagte doch schon – du bist einer von uns. Eines haben wir schon vor Jahren gelernt: wenn man einmal zuläßt, daß einer von den eigenen Leuten angerührt wird, reißt es schnell ein. Also schnappen wir uns für jeden von uns, dem sie weh tun, zehn von denen. Wie die Israelis.«

»Ihr nehmt euch ein Beispiel an den Israelis?«

»Ich bitte dich. Sie haben es von uns gelernt. Komm schon, Mann, dieses ganze lockere Gequatsche – wer hat diese Leute geschickt? Ist das 'ne Gang, mit der du dich angelegt hast? Erzähl's mir.«

»Ich kann dir keine vernünftige Geschichte erzählen, Rufus, aber ich kann dir sagen, was ich weiß.« Ich trinke meinen Whisky aus und schaue in das leere Glas. Rufus wird erst wieder von seinem trinken, wenn ich ihm ein paar Einzelheiten berichtet habe. Also fange ich an: »Du weißt, ich habe keinen regulären Job.« Er hebt eine müde Augenbraue. Hier in Deptford hat die Hälfte der männlichen Bevölkerung keinen regulären Job. Ich fahre fort: »Ich mache mal dieses …«

»Und mal jenes …«

»Und bei einer Gelegenheit muß ich mich wohl in ein fremdes Revier verirrt haben.«

Ich schaue in seine geduldigen Augen. Die Nacht hüllt uns ein, während ich weiterrede. »Die Sachen, die ich mache, tja, eigentlich sind sie nichts Besonderes: ab und zu einen Wagen fahren, hin und wieder eine Runde einkaufen – du weißt schon, Spezialistenkram –, im Grunde Gelegenheitsjobs. Es hört sich nicht nach viel an, aber ich erledige sie gern vernünftig, weil ich nicht erwischt werden will.«

»Wie wir es heute nacht gesehen haben, als wir dich aus deiner Bude heraushauen mußten?«

»Okay, okay. Ich erzähle dir nur, was ich tue und warum die Leute mich nehmen.«

»Wie zum Beispiel wer? Nenn ein paar Namen.«

Ich nenne ihm drei Namen – Leute, von denen er schon gehört haben wird und die hier in der Gegend wohnen. Leute, für die ich tatsächlich kurz gearbeitet und Gelegenheitsjobs erledigt habe. Leute, bei denen er später nachfragen kann. *Ihnen* nenne ich diese Namen nicht, denn wenn ich es täte, brauchte ich nie mehr Geld für eine Rückfahrkarte zu verschwenden.

»Hast du Ärger mit diesen Leuten?« fragt er mich.

»Nein, ich liefere immer saubere Arbeit ab.«

»Worum ging es dann aber heute nacht?«

Ich seufze, um ihm zu zeigen, daß er mir wirklich jedes Wort einzeln aus der Nase ziehen muß. »Ich wurde gebeten, eine Drohung zu überbringen. Ein Kerl, für den ich bisher noch nie gearbeitet habe, sagte, er wollte jemanden von hier benutzen, um einem Mann in Brighton einen Besuch abzustatten und ihm dringend anzuraten, die Finger von einem gewissen Besitz zu lassen. Und um ihm zu zeigen, daß wir es ernst meinten, sollte ich ihm einen kleinen Denkzettel verpassen.«

»Wie zum Beispiel?«

»Zwei, drei blaue Flecken.«

»Kniescheibe?«

»Nichts dergleichen. Keine gebrochenen Knochen. Er war kein junger Mann mehr.«

»Ich wußte gar nicht, daß du solche Sachen machst.« Rufus' Gesicht zeigt nichts, verrät mir aber eine Menge. Weil ihm meine Geschichte nicht gefällt, ist er geneigt, sie zu glauben. Also erfinde ich noch einiges dazu: »Ich bin nicht stolz darauf. Normalerweise mache ich so etwas nicht. Aber er hat ordentlich bezahlt, und der alte Bursche hat nur einen Schreck bekommen, also was soll's? Ich muß essen.«

Rufus saugt an seiner Lippe. »Also hast du einen Besuch im Revier eines anderen gemacht, und jetzt haben zwei von ihnen den Besuch erwidert?«

»So einfach ist das nicht. Ich habe dem Alten wirklich nicht viel getan. Eigentlich habe ich ihn kaum angerührt. Jedenfalls war ich dann in Brighton. Ich hänge ein paar Stunden in der Sonne herum, und als ich zum Bahnhof komme, steht ein Wagen auf dem Parkplatz mit dem Alten darin, und er hat noch ein paar Freunde mitgebracht.«

»Also?«

»Also bin ich abgehauen. Die Gegend um diesen Bahnhof ist ein Irrgarten aus kleinen Gassen, und ich konnte sie abschütteln.«

»Und was dann?«

»Den Bahnhof konnte ich nicht mehr benutzen, und mit dem Bus ist es eine Höllenfahrt, also nahm ich ein Taxi bis Preston Park, wartete und nahm dann von dort aus einen Zug nach London. Ich dachte, damit sei die Sache erledigt. Aber am nächsten Tag gehe ich die High Street entlang, als ich Klein Darius treffe – den kennst du ja, oder? –, und er sagt, da wären zwei Burschen in meine Bude eingebrochen und warteten auf mich.«

Rufus leckt sich die Zähne und denkt nach. Wir sind jetzt schon eine ganze Weile auf diesem Balkon, und niemand ist gekommen, um uns zu unterbrechen. Die anderen warten drinnen, während Rufus herausfindet, was eigentlich los ist. »Sie scheinen sich 'ne Menge Mühe gemacht zu haben«, sagt er, und ich nicke. Als er mich wieder anschaut, sehe ich bernsteinfarbene Flecke in seinen braunen Augen. »Du hast den Mann nur ein paarmal geschlagen, und er schickt zwei Leute mit Schießeisen, um deine Bude zu überwachen. Woher wußten die überhaupt, wo du wohnst?«

»Keine Ahnung. Vielleicht waren sie in meinem Zug und sind mir gefolgt. Ich hätte seine Freunde nicht wiedererkannt.«

»Sie müßten an der Victoria Station gewartet und jeden Zug überprüft haben, der eingelaufen ist.« Ich grunze ermutigend, um ihm dabei zu helfen, sich in die Geschichte hineinzuversetzen. »Aber andererseits«, sage ich, »sind sie vielleicht gar nicht aus Brighton. Vielleicht habe ich die falschen zwei und zwei zusammengezählt. Vielleicht sind sie aus London.«

»Wie kommst du darauf?«

»Na ja, als ich mein Geld für den Job abholen wollte, machten sie keinen besonders zufriedenen Eindruck. Sie sagten, ich hätte mich nicht genug ins Zeug gelegt.«

»Deswegen würde dich niemand erschießen wollen.«

»Nein ...«

»Aber was?«

»Drogen sind ein brutales Geschäft.«

»Drogen? Hatten diese Leute mit Drogen zu tun?«

»Das habe ich später herausgefunden, in dem Pub, als sie mich bezahlten. Es ging tatsächlich um Drogen.«

»Was für ein Pub?«

»The Crown, Southwark Park Road.«

Er schaut sehr ernst drein. Nun, da ich Drogen erwähnt habe, klingt die Geschichte plötzlich glaubhaft. Gerade eben. Man muß ein Schwarzer sein und in einem Ort wie Deptford leben. Dann klingt sie glaubhaft.

»The Crown – das ist in Bermondsey, richtig?«

»Richtig.«

»Also, wer sind diese Leute in Bermondsey? Und welche Adresse war das in Brighton?«

»Das ist eine andere Gang.«

»Du denkst nicht richtig nach. Diese Kerle in London, die geben dir den Auftrag, den ganzen Weg nach Brighton zu fahren, nur um einem anderen Kerl eins zu verpassen. Was, glaubst du, haben sie damit gemeint, ›ihm eins zu verpassen‹? Das sind Männer, die Leute erschießen, richtig? Wenn sie dich nach Brighton schicken, wollen sie, daß du dem Kerl eine Kugel verpaßt. Oder, wenn du recht hast, und sie wollten nur, daß du ihn zusammenschlägst, gehört er gar nicht zu einer anderen Gang – er ist einer von ihnen. Du hast eine Nachricht überbracht.«

»Aber was sagt uns das?«

»Du weißt zu viel über diese Gang.«

Ich stehe auf dem Balkon und denke offenbar über diese äußerst glaubwürdige Geschichte nach, aber in Wirklichkeit frage ich mich, wann wir wohl wieder hineingehen können. Ich friere mich hier draußen noch zu Tode. Es ist lediglich meine fieberhaft arbeitende Phantasie, die mich warm hält.

Rufus hält die beiden schweren Jungens getrennt und redet so leise mit ihnen, daß der jeweils andere nichts hören kann. Er sagt ihnen, wir kämen langsam voran, und es sei an der Zeit, *ihre* Version zu hören, aber es bestehe kein Grund zur Eile, weil wir alle Zeit der Welt hätten. Wir würden uns einen schönen heißen Kaffee kochen, und sie könnten daliegen und zusehen. Rufus ist wirklich ein großer Verlust für die Polizei.

Als der Kaffee eingegossen ist und der Dampf aus den Tassen aufsteigt, schlage ich Rufus vor, den Rest seiner Jungens ins Schlafzimmer zu holen, damit sie erfahren, was los ist. Da zwei Räume von den Schlägern belegt werden, bleibt nur noch das Schlafzimmer. Rufus läßt eine Wache bei jedem Gefangenen, und die anderen drei von seinen Leuten kommen mit uns. Es gefällt mir nicht, die beiden Killer nur mit jeweils einer Wache zurückzulassen. Obwohl jede der beiden Wachen eine konfiszierte Kanone in den Händen hält, die so groß ist wie ein Teller karibisches Haggis, ist mir dennoch nicht wohl dabei. Wenn ich auf diesem Boden läge, wäre ich so hungrig wie eine Katze vor einem Vogelkäfig. Doch Rufus sagt zu ihnen, sie sollen mindestens zwei Meter Abstand zu ihren Gefangenen halten, und die neigen beide den Kopf, als sage er ihnen, wie man eine Dose Bier öffnet.

Im Schlafzimmer wiederholt Rufus meine Geschichte, wobei er sie verdichtet, als stamme sie direkt aus dem *Reader's Digest*. Alle akzeptieren sie. Sie hören kaum zu. Soweit es sie betrifft, ist es drei Uhr morgens und der Tanz ist vorbei. Ein Bursche mit einem Gesicht wie ein müder Catcher sagt: »Wir nehmen sie uns vor und laden sie irgendwo ab. Danach werden sie keine Lust mehr haben, noch mal wiederzukommen.«

Rufus ist nicht einverstanden. »Das sind Boten. Ihr Boß schickt nur Botschaften, bis irgendwann eine ankommt. Wir müssen ihm selbst eine Botschaft schicken, und die muß eindeutig sein. Wir müssen ihm sagen: Das war ein Fehler von dir, nach Deptford zu kommen. Bleib weg und komm nicht zurück.«

»Diese beiden kommen bestimmt nicht zurück«, sagt der Catcher.

»Aber sie sind nicht der Boß. Sie sind niemand. Wir wollen wissen, wer der Boß ist.«

»Das werden sie uns nicht sagen. Vielleicht wissen sie es gar nicht.«

»Dann halten wir sie fest. Bringen ihn dazu, daß er sie sucht.«

Das ist eine Idee, die einiges Kichern hervorruft: »Wir *entführen* diese Kerle? Wo verstecken wir sie – unter dem Bett?« Rufus bedeutet ihnen zu schweigen wie ein Conférencier, der Applaus Einhalt gebietet. »Hört auf rumzualbern und schaltet euer Gehirn ein. Versetzt euch mal in seine Lage. Was habt ihr getan? Ihr habt diese Helden hier mitten in der Nacht losgeschickt, damit sie einen Mann im Schlaf erledigen. Ihr geht davon aus, sie am nächsten Morgen wiederzusehen, aber sie kommen nicht zurück. Ihr sagt euch, ›Was ist los mit diesen Pennern – können sie die Straße nicht finden? Haben sie ihr Wörterbuch verloren?‹ Dann macht ihr euch Sorgen. Was ist da draußen passiert? Also habt ihr zwei Möglichkeiten: Ihr schickt jemand, der diese Clowns sucht, oder ihr sagt euch, ›Tja, ich weiß nicht recht, da muß irgendwas passiert sein, aber am besten vergesse ich die Sache. Ich will diesen Mann im Grunde sowieso nicht.‹ Und jetzt sagt mir – für welche Möglichkeit wird er sich entscheiden?«

Die Reaktion besteht aus Achselzucken, Nicken und Sich-das-Kinn-Streichen, also setzt Rufus nach: »Also, was wird er tun – die Sache einfach auf sich beruhen lassen?« Bejahendes Grunzen, müde Blicke. Rufus führt sie zum nächsten Schritt. »Er schickt einen Suchtrupp, oder nicht? Wir werden auf ihn warten.«

»Wie lange wird das dauern?«

Rufus lächelt träge. »Tja, dieser Boß bleibt vielleicht gerne bis nach drei Uhr morgens auf, aber wahrscheinlicher ist, daß er in den Federn liegt. Ich glaube, vor Mittag sehen wir hier niemand.«

»Gut«, sagt der Catcher. »Weil du mich vor Mittag nämlich auch nicht siehst. Ich bin müde.« Er ist nicht der einzige. Ich frage: »Wo gedenkst du die beiden zu lassen?«

»Ich habe einen Platz. Wir bringen sie von hier weg. Jetzt ist alles nur noch ein Wartespiel.« Er wendet sich an die anderen und überbringt ihnen die gute Nachricht: »Wir brauchen immer jeweils zwei Wachen, und zwar von jetzt an. Wer fängt an?« Er bekommt keine Antwort, also fährt er fort: »Und morgen früh brauche ich noch ein paar Posten auf der Straße, die nach ihrem Suchtrupp Ausschau halten. Richtig?«

Eine traurig aussehende Bohnenstange mit Rastalocken fragt mich: »Wo ist dein Telefon, Mann? Es wird Zeit, daß wir ein paar Freunde wecken.«

Ich versuchte es, aber es war zu spät, um zu schlafen. Ich bot ihnen keinen Kaffee mehr an, und als sie gegangen waren, marschierte ich in meiner Wohnung umher in der Hoffnung, mich abzuregen. Das ist ein Trick, den ich nie gelernt habe. Victor, ja, der gehört zu den Burschen, wie man sie immer in Draufgängerfilmen über britische Tommies sieht – man setze ihn auf eine Munitionskiste im Laderaum eines Dreitonners, und einen Augenblick später ist er eingeschlafen. Ich bin zu nervös. Hier in der Wohnung ziehe ich meine Schuhe aus und laufe in Pantoffeln herum, weil ich das vielleicht beruhigend finde. Ich sehe mir ein Buch an und trinke warme Milch.

Und ich lausche an der Wand nach Geräuschen von Jancey, aber es ist so still wie ein Kopfkissen, und sie ist offenbar zu Bett gegangen. Was sie getan hat, bringt uns einander näher. Ich muß mich fragen, ob es richtig ist, daß wir eine Wand zwischen uns lassen und zwei Mieten bezahlen. Wir könnten uns so leicht zusammentun, wie ein Zug am Bahnsteig hält. Es wäre nichts Dramatisches, nur ein Einrasten passender Teile. Und wenn das wenig aufregend klingt, mein Leben war voller Turbulenzen, und ich brauche keine mehr. Ich könnte in ihre Wohnung übersiedeln und meine Pantoffeln unter ihren Tisch stellen. Ich würde sie schätzen wie ein alter Mann, der sich ein Barmädchen geschnappt hat. Ich würde sie in Sicherheit hüllen und ihr nie weh tun. Nachts könnte ich ihre Einsamkeit vertreiben, und irgendwann im Laufe des Tages würde ich ihr Blumen bringen.

Darius hätte einen Vater. Er sähe es gern, wenn seine Mum und ich uns zusammentäten, und ich kann nicht so tun, als wollte ich ihn nicht als Sohn haben. Wenn ich ihn in die Arme nehme, ist das eine so starke Empfindung, daß es so ist, als geschehe es in diesem Augenblick. Ich wünsche mir, daß der Junge einen Vater hat. Ich wünsche mir, daß er glücklich aufwächst. Nicht so wird wie sein Vater.

Ich meine – Sie wissen, was ich meine: Ich weiß, daß ich in Wirklichkeit nicht sein Dad bin. Ich meine, wenn ich sein Dad *wäre* …

Aber ich bin es nicht, und ich werde es auch nicht sein. Dieser ganze Quatsch über Liebe und Sicherheit. Wieviel davon kann ich ihm geben? Sicherheit ist ein Wort, das ich nur aus dem Wörterbuch kenne. Ich hatte seit meinem achten Lebensjahr noch nie Sicherheit. Er hat jetzt mehr Sicherheit in der gemütlichen kleinen Wohnung mit Jancey, als ich in meinem ganzen Leben bekommen werde. Ich kann ihnen nichts geben. Ich habe nichts zu geben. Ich nehme nur Dinge weg.

Wenn man im Bett liegt und versucht zu schlafen, und man krümmt sich zu einem Ball voller Selbstekel zusammen, stellt man fest, daß das Laken immer kälter und die Glieder immer steifer werden, und wenn man aus dieser Stimmung nicht herauskommt, ist es besser, man steht auf.

Doch als ich das Laken zurückschlage und mich wieder anziehe, heben sich meine Lebensgeister, als sei es ein sonniger Morgen und ich hätte zehn Stunden geschlafen. Es ist fünf Uhr morgens, und ich kann die ersten Autos durch die leeren Straßen rauschen hören. In einigen Fenstern brennt Licht, da Milchmänner und Postboten ihre Tasse heißen Tee trinken. Sie verabschieden sich von ihren Frauen, die Lockenwickler im Haar haben, und sie schwingen sich auf ihr Fahrrad, und ihre Schals flattern hinter ihnen im Wind wie Wimpel. Jene vereinzelten hellen Fenster bedeuten in unseren Betonklötzen Heim und Familie. Um diese Uhrzeit herrschen in Deptford Frieden und gute Absichten vor.

Ich stehe auf dem Balkon und rieche die Luft der Morgendämmerung. Eine Brise weht vom Fluß herüber und bringt das schwache Aroma der Themse mit sich, das nur auftritt, wenn die Autos von der Straße sind. Niemand ist in der Nähe. Ich frage mich, wo Rufus seine Männer postiert hat.

Ich entdecke einen unten in unserem von der Stadt so genannten Hinterhof. Er lehnt unsichtbar im Dunkeln in einem Hauseingang. »Du verläßt dein schönes Bett, um hier rauszukommen?« fragt er.

»Das Laken ist noch warm«, antworte ich. »Wir können tauschen, wenn du willst.«

Er lacht. »Ich glaube, ich rieche es von hier aus.«

»Geh schon rauf«, sage ich. »Ich kann nicht schlafen. Und es ist mir peinlich, einen Leibwächter zu haben.«

»Wir sind keine Leibwächter. Wir sind die Falle.« Er ist froh, sich in der dunklen Einsamkeit unterhalten zu können. Die Chance, daß so früh jemand kommt, ist gering, aber als ein Auto am Ende der Straße auftaucht, huschen wir beide in seinen Eingang und stehen stumm und reglos da. Der Wagen fährt vorbei. Ich bringe das Gespräch auf unsere Gefangenen, aber er weiß nicht, wohin sie gebracht worden sind und was wir tun, wenn tatsächlich jemand kommt. Rufus hält sich ziemlich bedeckt.

Ein gedämpftes Knistern dringt aus einem Walkie-talkie in seiner Jacke, und er holt es heraus, um sich zu melden. Alle zehn Minuten findet eine Routineüberprüfung statt. »Nur um zu sehen, ob ich wach bin«, sagt er.

Ich bleibe noch zwei weitere Routinemeldungen, und um halb sechs sind uns die Gesprächsthemen ausgegangen. Dann kommt ein außerplanmäßiger Anruf. Jemand hat einen langsam umherfahrenden Wagen gesehen. Es ist ein Ford Sierra, dunkelgrün, zwei männliche Insassen. Er hat eine CB-Funkantenne. Rufus' Jungens folgen seinem Weg Straße für Straße. Der Wagen fährt jetzt bereits zum drittenmal denselben Kreis ab. Entweder kann der Fahrer die Adresse nicht finden, oder sie kundschaften die Gegend aus. Als der Wagen schließlich hundert Meter entfernt in einer Seitenstraße an den Randstein fährt, liefert eine Stimme den Kommentar dazu aus einem Fenster im ersten Stock. Die Stimme sagt, zwei weiße Männer mit Wildlederjacken seien ausgestiegen. Einer trage ganz eindeutig einen grauen Anzug darunter, der andere wahrscheinlich dasselbe. Mehr Stimmen schalten sich in den Funkverkehr ein. Es hört sich an wie in einer Taxi-Zentrale zu Weihnachten. Niemand trägt so früh am Morgen einen Anzug. Nicht in Deptford.

Der Bursche neben mir im Eingang meldet sich und erwähnt, daß ich bei ihm bin, und ich erhalte sofort den Befehl zu verschwinden. Sie wollen nicht, daß diese Kerle mich sehen. Ich warne sie über Funk, daß sie wahrscheinlich Waffen unter ihren Wildlederjacken tragen. Wer auch immer die Leitung dieses Unternehmens hat, erwidert, das sei ihnen klar: schließlich hätten sie zwei Kanonen in meiner Bude eingesammelt. Ich hoffe, sie sind in guten Händen.

Niemand ist überrascht, als die beiden Lederjacken in meine Straße einbiegen. Stimmen melden sich in ganz Deptford ab, als Leute sich von ihren Ausguck-Pflichten verabschieden und sich auf den Weg hierher machen. Sie werden nicht rechtzeitig eintreffen – ich wohne in einer kleinen Straße. Wir haben gerade das Funkgerät ausgeschaltet, als zwei Tonnen Wildleder an der Seite des Hauses auftauchen. Die beiden Lederjacken trennen sich, um jeder eine andere Treppe zu nehmen, und dann quietschen Reifen, und ein großer alter Granada hält hinter ihnen. Die beiden schweren Jungens fahren herum und sehen vier tödlich aussehende Schwarze aus dem Wagen springen, und beide erstarren einen Sekundenbruchteil wie Cowboys, die bereit sind zu ziehen. Ich höre den nächsten Wagen eine Sekunde eher eintreffen als sie. Als ich Anstalten mache, mich aus dem Schatten zu lösen, spüre ich einen Arm wie eine Stahlschranke auf der Brust. »Halt dich raus«, sagt mein Leibwächter.

Die beiden Lederjacken rennen los. Sie sind wie südafrikanische Rugbyspieler gebaut und würden durch die Verteidigung pflügen wie ein Löffel durch Eiercreme. Nur daß diesmal die Eiercreme erstarrt ist. Wie Beton. Vier große Panther rammen sie mit einem Geräusch, als klatsche ein Vorschlaghammer auf eine Schlammbank. Wieder quietschen Reifen, und ein Lieferwagen, der niemals den Schrottplatz hätte verlassen dürfen, verreckt schaudernd auf der Straße. Kanonen werden so schnell wie am OK Corral unter Wildlederjacken hervorgerissen. Einer hat eine Pistole, der andere eine kurze Schrotflinte. Sie heben die Waffen auf Schulterhöhe und weichen vor der kleinen Menge zurück. Nach zehn Schritten scheinen sie die Nerven zu verlieren und rennen die Straße entlang.

Ich weiß schon, was passieren wird. Mein Bauch verkrampft sich. Die Schwarzen nehmen die Verfolgung auf, und sie schließen zu den Revolverhelden auf. An der Ecke der Seitenstraße dreht sich derjenige mit der Schrotflinte um. In der Straßeneinmündung hält er sie in Schach.

Die Lederjacken haben ihre Hausaufgaben gemacht, als sie um den Block gefahren sind, und jetzt zahlt es sich aus. Sie haben die Gegend ausgekundschaftet. Wir hören, wie der Motor des Sierra angelassen wird – tiefer in der Seitenstraße und außer Sicht –, und wir sehen alle, wie die Schrotflinte sich einen Sekundenbruchteil, bevor er damit schießt, bewegt. Die Schwarzen haben sich zu

Boden geworfen, sobald sie die Bewegung sahen, und in den Sekunden nach dem Knall, als wir alle nur danach schauen, ob jemand getroffen wurde und wenn ja, wer, läuft die Lederjacke die Straße entlang und springt in den Wagen.

Jemand rennt verdammt schnell zur Einmündung, hütet sich aber, um die Ecke zu schauen, denn mit dem Tageslicht im Rücken muß er sich fühlen wie das Schwarze in der Mitte einer Zielscheibe. Er wartet sogar noch, als wir den Wagen abfahren hören, und ich kann es ihm nicht im geringsten verübeln. Es gibt eine Zeit zu sterben, und die ist nicht jetzt.

Plötzlich reden alle durcheinander und erzählen einander, was alle bereits wissen. Dann fahren noch zwei Wagen vor. Aus einem der beiden steigt Rufus. Entweder trägt er einen Schlafanzug unter seiner Jacke oder sein Hemdengeschmack hat sich geändert. Er ist sauer auf sie, weil sie den Wagen nicht lahmgelegt haben. »Ihr hättet die Stalltür schließen müssen, damit die verdammten Pferde nicht ausbüchsen.«

Ein Ausguck meldet sich über Funk. Er ist in der Evelyn Street auf Posten, und er hat den Sierra vorbeibrettern sehen. Die Evelyn Street ist der Weg aus Deptford heraus. Rufus versucht einen Wagen zu organisieren, der sie in Bermondsey abfängt, aber er hat kein Glück. Es gibt eine Grenze dafür, wie organisiert diese Burschen sein können. Ich sehe mir diesen Haufen von Kleiderschränken in meiner Straße an, und ich kann Ihnen sagen, daß ich beeindruckt bin. Sie hierher zu bekommen, ist gut. Sie aus dem Bett zu bekommen, muß ein Wunder gewesen sein.

Das läßt diesen Rufus in einem ganz neuen Licht erscheinen. Er ist ein großer, liebenswürdiger Bursche, der aussieht, als sei er Standbaßspieler in einer Jazzband. Wir haben in der Vergangenheit ein paarmal zusammen gelacht, und ich wußte, daß er Einfluß hat, aber ich habe ihm nicht den Respekt erwiesen, den er verdiente. Ich bin froh, daß wir auf derselben Seite stehen.

Ich denke darüber nach, wie es überhaupt kommt, daß wir auf derselben Seite stehen. Schließlich haben diese Burschen nichts mit meinem Kampf zu tun, die meisten von ihnen kennen mich nicht, und sie sind nur deshalb in dieser Menge aufmarschiert, weil Rufus ihnen gesagt hat, sie müßten ihr Revier verteidigen – doch ich komme zu dem Schluß, daß dies nicht der rechte Zeitpunkt dafür ist und es sinnvoller wäre, diese geschenkten Gäule zum Kaffee und zum Rest des Whiskys hereinzubitten. Doch Rufus ist jetzt Gebietskommandant. Er will sie alle wieder auf ihren Posten sehen. Wir müßten mit einem weiteren Besuch rechnen, und zwar bald. »Und diesmal rücken sie in Massen an.«

Während alle wieder in ihre uralten Autos steigen, nehme ich Rufus beiseite, um mit ihm zu reden. »Seid ihr wirklich bereit für diesen nächsten Besuch?« frage ich.

»Wir werden es sein.«

»Das ist eine Vendetta, die sich gegen mich richtet, nicht gegen euch. Ihr solltet mich besser meinen Kampf allein ausfechten lassen.«

»Willst du's mit all diesen Leuten aufnehmen?«

»Das ist mein Problem.«

»Hör mal. Wir kennen dich schon lange, richtig? Jeder gerät mal in Schwierigkeiten, und für dich könnte es das erste Mal sein – das erste Mal, von dem wir hören. Mich kümmert hier nur eine Sache: Wir wollen nicht anderer Leute Kämpfe auf unseren Straßen haben, und wir wollen hier auch nicht ihre Drogen haben.«

»Das sind zwei Sachen.«

»Willst du es genau wissen? Schön. Viele Leute rauchen Hasch – das ist okay. Manche hängen an der Nadel, und das ist nicht okay. Aber es wird kontrolliert, richtig? Also, da draußen, in anderen Gegenden, hauptsächlich nördlich des Flusses, gibt es Gangs, die ihr Geschäft auf unsere Gegend ausdehnen wollen. Das lassen wir nicht zu. Du und sie, ihr müßt das eine begreifen: Hier läuft das nicht. Klar?«

»Klar.«

Er geht zum Wagen zurück, und sie fahren los. Plötzlich fühle ich mich sehr allein im Hinterhof. Dann sehe ich, daß mein Amateurfunker wieder in dem Eingang steht. Wir grinsen einander an. Ich frage: »Willst du 'nen Kaffee?«

Er schüttelt den Kopf. »Nicht, solange ich auf Posten bin«, sagt er.

12

Der erwachende Tag sieht grau und unentschlossen aus. Nun, da der normale Straßenlärm wieder da ist, kann man sich kaum vorstellen, daß es kein normaler Tag ist. Auf die Straßen verteilt, wartet eine winzige Armee von Kundschaftern auf eine Schlacht, aber das würde man nie bemerken. Ich glaube, ich gehe nach dem Frühstück hinaus und lote die Schwingungen in der Deptford High Street aus.

Das heißt, wenn ich hinausgehen *kann.* Worauf habe ich mich hier eingelassen? Soll ich in meiner Bude hocken wie ein Köder – die angebundene Ziege, die auf den Angriff des Tigers wartet? Wäre ich auf der Seite des Tigers – ein Mitglied des anderen Vereins –, hätte ich es mit dem Angriff nicht so eilig. Nun, da ich wüßte, daß Posten aufgestellt sind, würde ich abwarten. Ein paar Tage lang, bis der Penner sich langweilt und durch die Straßen bummelt.

Was bedeutet das also für den Penner? Ich kann hier nicht eingesperrt bleiben. Ich dürfte nicht mal hier sein, um Himmels willen. Victor wird durchdrehen, und Rachel wird glauben, ich hätte eine andere flachgelegt.

Rachel.

Ich lasse meine Gedanken zurückwandern. Was habe ich ihr gesagt? Ja, eine Nacht ist okay – ich habe ihr gesagt, ich würde so lange fortbleiben. Eine Nacht. Das müßte mir etwa bis zum Mittag Zeit geben. Bis dahin wird sie im Earls Court Hotel herumhängen und darauf warten, daß ich auftauche und mit ihr Spaghetti essen gehe. Sie wird mir bis Mittag Zeit geben.

Und Victor? Es gibt eigentlich keinen Grund, warum er Kontakt zu mir aufnehmen sollte. Wir halten uns schlicht und einfach versteckt. Aber da Victor nun mal Victor ist und mich, der ich nun mal ich bin, kennt, wird er irgendwann im Laufe des Tages zum Hotel kommen und kontrollieren. Er wartet vielleicht bis zur Teezeit.

Was ist mit Rufus? Er will nur die Ziege weiter an der Leine haben – hier, wo er sie sehen kann. Und der andere Verein? Unvorhersehbar. Vielleicht warten sie bis zum Einbruch der Nacht. Also sollte ich vielleicht ein Experiment versuchen. Vielleicht sollte ich einfach zur Wohnungstür hinausgehen und einen Spaziergang machen. Drei zu eins, daß mein Freund im Hinterhof nicht nur andere am Eindringen, sondern auch mich am Verlassen hindern soll. Für einen Ausguck ist er viel zu nah.

So habe ich mir das nicht vorgestellt. Ich wollte in meine Bude marschieren, das Licht einschalten, Lärm machen, mich dämlich verhalten, die Falle aufstellen. Wenn Jancey nicht versucht hätte, mir zu helfen, hätte auch alles wunderbar geklappt. Die beiden schweren Jungens hätten sich durch die Tür geschlichen, sich die Hände gerieben und sich gesagt, sie hätten mich an den Eiern, und ich hätte den Knipser auf sie gerichtet und ihr Feuer gelöscht. Eins, zwei, drei, gute Nacht, ihr zwei. Es schien so einfach zu sein. Ich habe nicht vorausgesehen, wie die Sache sich entwickeln würde. So ähnlich ist es, wenn Victor mich beim Schach schlägt. Ich stürme über das Brett und schlage seinen Läufer oder irgendwas, und dann drehe ich mich um und stelle fest, daß er die Hintertür geschlossen hat. Das Bild völlig verändert hat. Ich sitze da, kratze mich am Kopf und frage mich, was passiert ist, und er pafft eine dieser stinkenden Zigarren und erzählt mir, es sei schon offensichtlich gewesen, daß das passieren würde, als ich diesen Bauern gezogen hätte. Und ich? Normalerweise kann ich mich nicht mal erinnern, das Ding überhaupt angefaßt zu haben.

Ich habe das dumpfe Gefühl, ich habe gerade schon wieder diesen Bauern gezogen.

Jancey.

Ich schüttle den Kopf. Irgendwo in meinem Hirn vergraben ist eine verwirrte kleine Stimme, die beständig versucht, eine Frage zu stellen, doch von einer anderen Stimme ebenso beständig übertönt wird. Aber ich kann sie hören. Ich will eigentlich nicht, weil es eine Frage ist, die ich nicht beantworten kann. Mit der Zeit beantwortet sie sich vielleicht von selbst, aber bis dahin muß ich mit ihrer Nörgelei leben. Die Stimme fragt, was ich wegen Jancey und Rachel unternehmen werde. Sie fragt, ob ich eine von den beiden festhalten wolle, und wenn ja, welche? Und sie fragt, wie ich das überhaupt anstellen wolle. In meinem Leben ist kein Platz für Frauen. Mädchen, ja: Weiber, Miezen, Schnallen, Nummern und One-Night-Stands. Aber Frauen, die man festhalten will, mit denen man ein Heim teilen und aufbauen will, sind nicht erlaubt. Absolut nicht.

Was mich davor bewahrt, mich entscheiden zu müssen, welche ich wählen würde.

Als das Telefon klingelt, nehme ich ab, ohne nachzudenken. Ich habe den Hörer am Ohr, bevor mein Hirn auf Vorsicht schaltet, also halte ich ihn nur fest, ohne etwas zu sagen. Ich hätte gar nicht rangehen dürfen.

Wahrscheinlich ist es Rufus. Rachel kann es nicht sein, Jancey wird es nicht sein, und falls es Victor ist, bin ich nicht zu Hause. Ich sage nichts. Das Telefon desgleichen. Ich stehe da, ohne zu atmen, und lausche dem Rauschen in der Leitung.

Sie müssen irgendwas sagen, auch wenn es nur Hallo ist. Aber das tun sie nicht. Also warte ich darauf, daß sie auflegen. Aber das tun sie auch nicht.

Wir warten an beiden Enden wie zwei Bücherstützen, und ich werde ungeduldig und frage: »Wer ist da?« Fünf lange Sekunden herrscht weiterhin Schweigen. Dann höre ich das Knacken, als am anderen Ende aufgelegt wird.

Das wird gewiß nicht mein Tag.

Ich empfinde nur noch Reue. Ich öffne den Kühlschrank, um ihn abzutauen. Ich packe eine Tasche mit meinen Lieblingssachen und schalte die Hauptsicherung aus. Als ich die Wohnungstür hinter mir schließe, habe ich einen Kloß im Hals. Ich wende mich nach rechts und gehe in diese Richtung über den Balkon, damit ich nicht an Janceys Fenster vorbeikomme.

Als ich über den Hinterhof gehe, mischt sich mein Freund aus dem Schatten ein, wie ich es mir gedacht habe. »Rufus sagt, er zieht es vor, wenn du drinnen bleibst.«

Mein Lächeln ist aufrichtig traurig. »Sag ihm, danke – vielen Dank, aber nein, danke. Es ist besser, wenn ich gehe. Sag es ihm für mich.« Er ist nicht sicher. »Hol ihn ans Funkgerät«, sage ich.

Es dauert eine halbe Minute. Ich habe das Gefühl, daß Rufus aus dem Bett geholt wird. Er klingt müde. Ich sage zu ihm: »Das ist mein Kampf. Ich kann euch Jungens nicht noch tiefer mit reinziehen, also verschwinde ich. Wenn ihr meine Wohnung leerstehen laßt, werden sie verschwinden. Es tut mir leid, Rufus.«

»So einfach ist das nicht, Mann. Wir brauchen dich, um sie zu schnappen.«

»Ich weiß. Aber sie sind nur hinter mir her. Es ist mein Kampf. Ich trage ihn zu ihnen.«

»Vielleicht kommen sie sowieso. Wir müssen trotzdem warten.«

»Laß nicht zu, daß Leute meinetwegen zu Schaden kommen, Rufus. Ich bin es nicht wert.«

»Was wirst du tun?«

»Sie das Klo herunterspülen. Aber nicht hier.«

»Brauchst du Hilfe?«

»Danke. Aber ich bin jetzt auf mich allein gestellt.«

Ich gehe auf die Straße und weiter in Richtung Deptford High Street, wobei ich meine Kleidertasche schwinge, als sei ich in den Urlaub unterwegs. Ich wende mich nach links, den Geschäften zu, und frage mich dabei, ob ich unter Beobachtung von Rufus' Jungens stehe. Sie werden das Gefühl haben, ich hätte mir meinen Ball zurückgeholt und ihnen das Spiel verdorben.

Ich habe selbst das Gefühl, irgendwie betrogen worden zu sein, und ich starre alle Geschäfte und Leute in dem Wissen an, daß ich diesmal wirklich nicht zurückkommen werde. Dies ist eine Gegend, die ihre Krallen in mich geschlagen hat. Normalerweise hinterläßt die Gegend, in der ich wohne, keinen Eindruck bei mir, aber diesmal ist es anders. Zum erstenmal, seit ich von zu Hause fortgehen mußte, habe ich es mit einem Ort zu tun, der eine Narbe hinterlassen wird.

Ich schlendere die High Street entlang und achte zuerst nicht auf die Sirenen. Sie sind ein vertrautes Geräusch – Polizei, Krankenwagen, Feuerwehr. Elektronische Esel, die wiehern. Als ich auf die Straße schaue, sehe ich sie kommen. Vier Polizeiwagen. Zwei Paar, zwei nebeneinander. Jesus! Was haben die vor? Das ist eine Geschäftsstraße, um Himmels willen. Hier kaufen Leute ein.

Die Wagen halten an und blockieren den Verkehr. Bullen springen heraus und schnappen sich Rastas aus der Menge. Ärger flammt auf wie eine entzündete Lötlampe, und ein Gefangenentransporter biegt um die Ecke und baut sich hinter den Polizeiwagen auf.

Ich kann nicht glauben, was ich sehe. In nur zehn Sekunden hat sich eine friedliche Einkaufsstraße völlig verwandelt. Von Seiten der

Polizei kommen keine Grobheiten oder gar Brutalitäten – nichts, worüber man sich beschweren könnte –, es ist nur eine unerwartete öffentliche Aktion. Sie verhalten sich nicht unbotmäßig. Sie verhören nur Verdächtige auf der Straße. Aber dies ist ein Schauspiel. Es muß wohlüberlegt und geplant sein. Überall ringsumher wächst die Empörung und formiert sich Widerstand, und ich bin versucht, mich anzuschließen. Ich gehe zum Rinnstein, um die Straße zu überqueren. Dann spüre ich eine Hand auf meinem Arm. Ich drehe mich zu dem Bullen um, muß aber erkennen, daß ich einen Schwarzen anstarre, den ich noch nie zuvor gesehen habe. Mir ist klar, daß er zu Rufus gehört. »Tu's nicht, mein Freund«, sagt er. »Hör dir statt dessen lieber das hier an.«

Wir ziehen uns unter die Markise eines Gemüseladens zurück, und er hebt sein Walkie-talkie. Aus dem kleinen schwarzen Kasten dringt ein Chaos aus Geschrei und Verwirrung an meine Ohren, und ich frage ihn, was los sei. »Chaos«, sagt er. »Überall Chaos. Und zufälligerweise, während sich diese kleine Episode hier im Zentrum von Deptford ereignet, erleben wir in den Randgebieten dasselbe.«

»Und wo in den Randgebieten?«

»Tja, ist das zu glauben? Wie wär's damit? Sie ziehen dasselbe vor deiner Bude ab. Ist das nicht erstaunlich? Du kommst besser mit mir von der Hauptstraße runter. Magst du Yamswurzeln?« fragt er, während er mich durch den westindischen Gemüseladen und durch die Hintertür scheucht. Niemand in dem Geschäft scheint überrascht zu sein, daß zwei Männer vor einer Polizeirazzia davonlaufen. Der Bursche sagt, sein Name sei Des.

Wir stehen im Hinterhof des Gemüseladens zwischen Bergen von Bauschutt und alten Pappkartons, und wir versuchen das Funkgerät auf Rufus einzustellen. Nachrichten fliegen durch den Äther, kommen von allen Seiten, als lauschten wir zwanzig Kanälen gleichzeitig. Des sendet, daß er mich gefunden hat, und ich sage, ich wolle zu meiner Bude gehen, um nachzusehen, was da vorgehe, aber sowohl Des als auch das Funkgerät warnen mich davor. »Halt dich da raus«, sagt das Funkgerät. »Es könnte sein, daß sie dich suchen. Du verschwindest jetzt, bevor die Schmiere sich auf unseren Sender »Von den Sternen« einstellt. Blickst du jetzt durch?«

Des inspiziert mich, als sei ich eine Platte, die er zu kaufen gedenkt. »Also, sucht die Schmiere dich? Was meinst du?«

»Ich bezweifle es.«

»Bist du oder bist du nicht der Grund? Das ist die Frage, mein Freund. Wir schaffen dich am besten von hier weg.«

»Ich war unterwegs zur U-Bahn.«

»Das würde denen gefallen. Dort wärst du 'ne richtige Zielscheibe.«

»Ich könnte es mit dem Bus versuchen.«

»Was hast du vor – an einer Haltestelle warten? Was kommt wohl zuerst, ein roter oder ein blauer Bus? Sei nicht dumm, Freund.«

»Ich verbringe den Tag auf keinen Fall in diesem Hinterhof.«

»Habe ich das gesagt? Komm, mein Freund, wir fahren mit dem Wagen.«

Wir schlüpfen durch das hintere Tor in eine Gasse mit hohen Mauern, wobei ich noch einmal bestreite, daß die Polizei mich suchen könnte, und er lächelt. Am Ende der Gasse schaut er in beide Richtungen und bedeutet mir herauszukommen. Wir passieren noch ein paar Einmündungen, bis wir seinen verrosteten gelben Ford Capri gefunden haben. »Der ist unauffällig«, sage ich.

Des lehnt sich dagegen und schaltet sein Walkie-talkie ein. Sie schreien immer noch alle durcheinander. Er ruft so lange dazwischen, bis er zur Kenntnis genommen wird, dann verlangt er einen Straßenzustandsbericht. Er ist nicht gut. Die Polizei hat sich mit mehreren Mannschaftswagen und mindestens drei Transportern über die ganze Gegend verteilt. In der Childers Street vor dem Rastafari-Gemeindezentrum ist ein ganzer Trupp Bullen mit Gesichtsmasken und Aufruhrunterdrückungsausrüstung aufgetaucht. In ganz Deptford verlassen Schwarze ihre Wohnungen. Sirenen heulen, und das Geschrei ist wie in Millwall, wenn die Mannschaft eingeschlafen ist. Des bleibt auf der Frequenz der Bruderschaft. Eine neue Stimme hat unterbrochen und heult Parolen wie ein Wiederauferstehungsprediger. Er verkündet in seiner Botschaft nicht Frieden und guten Willen. Aber auch Informationen kommen hier und da durch. Jemand sagt, daß oben bei Molins die Evelyn Street abgesperrt sei. Damit ist mein Fluchtweg nicht mehr existent. Als ich vorschlage, in die andere Richtung nach Greenwich zu fahren, schüttelt Des den Kopf. »Die halbe Polizei kommt von dort.«

»Ich weiß nicht recht, ob wir den Wagen nehmen sollen«, sage ich. Er auch nicht. Ich glaube, er wächst in seine Beschützerrolle hinein. In Kürze wird er meine Hand halten. Er hat es sich fest in den Kopf gesetzt, daß dieser ganze Rummel meinetwegen veranstaltet wird, und nichts, was ich sage, kann ihn davon abbringen. Ich hoffe, er hat unrecht.

Wir gehen zu Fuß in westlicher Richtung durch ein paar Gassen, bis wir die Eisenbahnüberführung erreichen. Wir kommen gut voran, bis plötzlich ein schwarzer Transporter aus einer Gasse zwanzig Meter vor uns schießt, bremst und einen Sackvoll Bullen auf die Straße speit. Wir erstarren, und ich glaube schon, sie haben mich erwischt, aber dann sehen wir, daß sie uns ignorieren und ihre Gesichtsvisiere herunterklappen. Dann stürmen sie los, unter der

Überführung hindurch, und Des sagt: »Die Childers Street auf der anderen Seite.«

Im Funk hieß es, dort sei der Rest der Aufruhrunterdrückungseinheit gelandet. Es wird ernster. Wir haben jetzt zwei Möglichkeiten: Entweder wir kehren um – was vielleicht sicherer ist, uns aber nicht weiterbringt – oder wir gehen einfach weiter an dem Polizeitransporter vorbei und tun so, als gingen wir ganz legitim unserer Wege.

Wir entscheiden uns für den dreisten Weg und gehen weiter. Ich habe das Gefühl, als schliche ich mich an einem schlafenden Stier vorbei – schön langsam, nicht rennen, auf alles vorbereitet sein. Als wir an dem Transporter vorbeikommen, schaue ich hoch, um die Reaktion zu testen, und ich nehme an, daß die beiden Bullen darin unsere beiden nervös dreinblickenden Gesichter sehen und zu dem Schluß kommen, daß es sich nicht lohne für uns, den Transporter zu verlassen, und ich schätze, wenn ich sie wäre, würde ich ebenfalls die Türen verriegeln und im Wagen bleiben.

Zehn Meter weiter passieren wir den Tunnel unter der Überführung. Des entspannt sich, und plötzlich gibt es ein Getöse wie von einem sterbenden Drachen, und ungefähr zwanzig Polizisten mit Gesichtsvisier weichen unter einem Hagel von Ziegelsteinen und Wurfgeschossen in das vordere Ende des Tunnels zurück. Sie achten nicht auf uns, und einen Augenblick können wir uns das Geschehen in relativer Sicherheit hinter den Jungens in Blau ansehen. Dann flammt ein orangefarbenes Licht vor ihnen auf, und ich weiß, daß irgendein Scherzbold den ersten Molotow geworfen hat. Ein weiterer explodiert, noch bevor wir loslaufen.

»Häßlich«, grunzt Des.

»Das meinst du aber auch nur«, sage ich.

Wir laufen die Trundleys Road entlang über den Surrey Canal, als ich zu bedenken gebe, daß wir uns möglicherweise verdächtig machen, wenn wir wegrennen. Die Trundleys Road ist keine kleine Hintergasse. Doch Des kontert, alle anderen auf dieser Straße würden ebenfalls rennen, und wenn wir nicht auffallen wollten, sollten wir besser ihrem Beispiel folgen. Wir erreichen die U-Bahn-Station Surrey Docks. »Abwärts, mein Freund«, keucht Des, aber ich bin eigensinnig. »Ich gehe nicht einfach so weg«, sage ich.

»Stimmt genau, mein Freund. Du fährst mit der U-Bahn.«

»Das ist auch mein Kampf. Ich laufe nicht davor weg.«

»Doch, das tust du, mein Freund. Und mein Job besteht darin, dafür zu sorgen.«

Wir funkeln einander an, und mir fällt auf, daß der Verkehr auf der Lower Road völlig zum Erliegen gekommen ist. Doch wo wir auf der Rotherhithe Road stehen, ist alles leer. Also ist die Evelyn Street gesperrt. Nichts verläßt Deptford. Ich brauche einen Fluchtweg. Nun gut, ich stehe hier vor einem absichtlich gegrabenen Loch im Boden, vor einem Sprung in eine andere Dimension. Fünfzehn Meter tiefer liegt der Untergrund, geschäftig und so blind wie ein Maulwurf. »Hast du Kleingeld für den Automat?« frage ich Des, und ich trete hinein.

Man könnte meinen, sie hätten hier unten noch eine Straßensperre errichtet. Ich sitze fünfzehn Minuten auf diesem Bahnsteig und warte auf die Bahn. Alles ist ruhig bis auf einen gelegentlichen Luftzug, der aus dem Tunnel weht. Man könnte hier sitzen, das Kreuzworträtsel des *Daily Telegraph* lösen und niemals mitbekommen, daß oben das Chaos herrscht. Hier sollte man sich aufhalten, wenn die Bombe fällt: gemütlich wie nur was. Man macht es sich mit einem guten Buch bequem und läßt sie sich gegenseitig in die Luft jagen.

Was würde man brauchen? Essen und Trinken, Schlafsack, einen Stapel Bücher, ein Transistorradio – na ja, man kann nie wissen: *irgend* jemand könnte dort oben senden. »Hier ist BBC mit den Nachrichten. Gegen ein Uhr heute mittag wurde der dritte Weltkrieg erklärt. Aus Washington wird gemeldet, der Präsident bedauere die Entscheidung und sage, sie sei ihm durch die Unnachgiebigkeit der Russen aufgezwungen worden. Radio Moskau hat den Krieg bisher noch nicht erwähnt.

Hier zu Hause hat die Queen zur Besonnenheit aufgerufen. Die heutigen Rennen wurden abgesagt, und der Rest des Sportprogramms hat stark gelitten.

Und jetzt, bevor wir zu unserer nächsten Sendung kommen – die vor mehreren Jahren vom Zentralen Informationsamt aufgezeichnet wurde –, schalten wir zu unserem Wetterbericht zu Bill Giles in der Londoner Wetterzentrale.« Und dann würde sich der gute alte Bill melden oder wer immer im meteorologischen Institut festgesessen haben würde, als die Bombe explodierte, und er würde uns alle auffordern, ihm nachzusprechen: »Ein starker Tiefausläufer mit Zentrum über Europa und geringen Aussichten auf Besserung ...«

Und ich sitze hier tief unter der Erde in der U-Bahn-Station Surrey Docks, lebendig begraben unter fünfzig Millionen Toten, und löse meine Kreuzworträtsel, lausche den öffentlichen Verlautbarungen im Radio und frage mich, ob jemals ein Zug einlaufen wird. Genau wie jetzt, wenn ich es mir recht überlege: gelangweilt und zappelig atme ich die abgestandene Luft ein, während die Zeit stillsteht.

Aber selbst die Londoner Verkehrsbetriebe können nicht alle Züge für immer und ewig nördlich des Flusses festhalten – irgendwann müssen sie einen durchfahren lassen. Also wecke ich meine eingeschlafenen Füße, höre auf, über die Bombe zu phantasieren und lade die Linie East London ein, mich nach Whitechapel zu befördern.

Dann muß ich weitere zehn kalte Minuten warten, da der East-End-Fahrbetrieb nur doppelt so gut ist wie unser, und doppelt so gut wie nichts ist nicht viel. Doch schließlich läuft ein schmieriger alter Zug aus dem tiefsten Essex ein und führt dabei Selbstgespräche wie die Kleine Rote Lok: »Ich bin eine *gute* kleine Lok, ich bin *über* den Berg gekommen.« Als sie am Bahnsteig anhält, keucht sie wie ein ältlicher Jogger am Ende seines ersten Halbmarathons.

Ich bin unterwegs nach Earls Court.

13

Ich würde nicht sagen, daß sie mir ein ekstatisches Willkommen bereitet. Ich steige am Earls Court aus, gehe in die Pension und finde Rachel im Gesellschaftsraum bei ausgeschaltetem Fernseher vor. Sie sieht kalt aus, und sie hat sich wieder die Haare geschnitten. Das arme Kind. Sie hätte sich einen besseren Freund aussuchen können. Während ich draußen an der frischen Luft war und meinen Spaß hatte, hing sie hier in dieser gesichtslosen Pension fest und hat sich gefragt, ob ich je zurückkomme. Der Gesellschaftsraum ist grau und so gemütlich wie das Wartezimmer eines Arztes. »Diese Möbel sehen aus, als wären sie aus einem Schiffswrack geborgen worden«, sage ich. »Und als seien sie noch nicht getrocknet.«

Sie sitzt benommen da, als habe man sie vor einer Stunde halb ertrunken aus demselben Wasser gefischt und als sei sie noch nicht über die Kälte hinweggekommen. »Willst du zu Mittag essen?« frage ich. »Spaghetti?«

Bis wir uns über unser Hauptgericht hermachen, hat das Lokal seinen Zauber gewirkt, wie dies ein italienisches Restaurant auch tun sollte. Wir grinsen einander durch Gabeln voller Spaghetti an. Ich lehne mich zurück und tupfe ein paar Tropfen Soße mit einer Leinenserviette ab. Sie fragt, wo ich gewesen sei. Ich produziere meinen offenen und ehrlichen Blick. »Ich mußte nach meiner Wohnung sehen. Und ich war auf Nachtschicht.«

»Wirst du mir je sagen, was du tust?«

»Es ist nichts Besonderes: Gelegenheitsarbeiten, Aushilfsjobs.«

»Irgendwas Legales?«

»Wenn ich kann. Warum schneidest du dir ständig die Haare?«

»Verrate mir deine Geheimnisse, dann verrate ich dir meine.«

Wir sehen einander in die Augen wie Kartenspieler, die sich fragen, was der andere wohl auf der Hand haben mag. Aber sie kann nicht so einen Schutzschirm aufbauen wie ich. Hinter ihrem Lächeln ist sie verwundbar. Sie ist erwachsen geworden und von Zuhause ausgezogen, und jetzt fragt sie sich, wer, zum Teufel, sie ist. Sie hat keine Arbeit und kein Geld, sie existiert eigentlich gar nicht.

Ich existiere auch nicht, nicht in Ihren Statistiken. Ich bin anonym. Ich lebe im Schatten, gebe mein Geld aus, rede mit den Nachbarn – lebe so warm im Gefüge Ihrer Gesellschaft wie eine Mottenlarve in Ihrem Mantel.

Aber sehen Sie mich an, wie ich mit meiner Rachel beim Kaffee sitze. Durch das Essen sind wir aufgetaut und haben wieder zueinander gefunden. Unser Lächeln wird sehnsüchtig. Es wird Zeit, diesen Ort zu verlassen. Während ich die Rechnung bezahle, wartet sie an der Tür.

Als wir von der Straße in die Eingangshalle der Pension laufen, ruft jemand meinen Namen. Ich drehe mich am Fuß der Treppe um. Rachel ist schon halb oben. Sie trommelt mit den Fingern auf dem Geländer, als ich zurück in Richtung Gesellschaftsraum gehe.

Eine fünfzig Jahre alte Frau windet ihren mageren Körper um die Tür zum Gesellschaftsraum. Ihre krausen Haare sehen aus, als hätte sie sie gestrickt, als sie ihre Strickjacke gemacht hat. Sie schaut mit einem wässrigen Auge auf den Fernseher und richtet das andere auf mich. »Eine telefonische Nachricht für Sie«, krächzt sie. »Sie sollen einen Mr. Fictor anrufen. Kam vor einer halben Stunde.«

»Er oder der Anruf?«

Die Frau windet sich wieder hinter die Tür und zurück zu dem Applaus in ihrem Fernseher. »Er hat angerufen. Sagte, es wäre dringend.« Und weg ist sie.

»Es ist nicht so dringend«, schmollt Rachel. Und ich sage nein wie ein gehorsamer Ehemann und jage sie die Treppe hinauf.

Eine halbe Stunde später muß ich plötzlich an Jancey denken. Eine Art Flackern huscht über mein Gesicht. »Was ist los?« fragt Rachel und berührt dabei meine Wange, als wolle sie meine Gedanken festhalten. Ich murmle: »Nichts«, wie jeder Liebhaber es tut, wenn er etwas denkt, das er nicht denken sollte, und ich bedecke ihre Halsgrube mit Küssen, um mein Gesicht zu verbergen.

Wir liegen zusammen unter dem zerknitterten warmen Laken, und eine Träne läuft mir aus dem Augenwinkel, als sei Jancey tot. Ich wende mich Rachel zu, um in ihre Wärme einzutauchen.

Als wir uns zum zweitenmal an diesem Nachmittag lieben, ist es so, als säße man mit einem alten alkoholischen Getränk vor einem Kaminfeuer. Wir liegen ganz nah beieinander und lauschen dem Herzschlag des anderen. Die Klebrigkeit rings um meine Lenden ist wie Sirup. Aus Stärke wird Süße.

Ich setze mich im Bett auf und schwinge die Beine auf den Boden. Rachel rührt sich neben mir. Sie streckt eine Hand aus und streichelt meinen Rücken, doch ich stehe auf und entferne mich vom Bett, wobei ich einen Klumpen verklebter Papiertaschentücher auf den fadenscheinigen Teppich fallen lasse. Sie murmelt etwas, aber ihre Worte sind unverständlich. Ich sage ihr, ich müsse einen Anruf machen.

»Ich dachte, du würdest nie mehr anrufen.«

»Du kennst mich, Victor. Ich war den ganzen Tag über beschäftigt.«

»Ich habe ferngesehen. Und im Radio läuft es schon seit Stunden.«

»Was denn?«

»Deine Deptford-Krawalle, mein Lieber. Ich dachte mir sofort, daß es um dich geht.«

»Um mich?«

»Ja, um dich. Hast du die Nachrichten gesehen?«

»Nein. Sie haben mich doch nicht erwähnt, oder?«

»Nicht namentlich, mein Lieber. Aber beide Sender haben eine Kamera vor deinem Wohnblock aufgebaut.«

»Warum?«

»Da hat alles angefangen, oder nicht? Wer hat mit der Schrotflinte geschossen?«

»Ich habe nicht mit irgendeiner Schrotflinte geschossen ...«

»Mit *keiner* ohne ›nicht‹. Rede nicht mit mir wie mit deinen Kumpeln aus Deptford. Ich bin schon wütend genug.«

»Das war nicht meine Schuld ...«

»Aber du hattest damit zu tun?«

»Nicht mit dem letzten Tumult. Nicht mit dem Krawall.«

»Nur mit dem ersten Tumult? So, so. Und ich hatte gehofft, du hättest ein Alibi. Ich hielt es gerade noch für möglich, daß du vielleicht nichts damit zu tun hättest – in Anbetracht der Gegend, in der du wohnst.«

»Hör mal ...«

»Wir treffen uns in demselben Pub wie beim letztenmal. Um dieselbe Zeit.«

»Also schön. Also schön. Um welche Zeit war das? Ich habe es vergessen.«

»Das habe ich dir schon zwanzigmal gesagt.«

»Ach ja.«

»Bis dann.«

Zwanzigmal. Ich drehe an einer verrosteten Kurbel in dem Teil meines Gehirns, der für Kopfrechnen zuständig ist. Zwanzig Uhr. Minus eins. Neunzehn Uhr. Also habe ich bis zwanzig vor sieben Zeit. Ich hoffe, ich kann mich noch an den Pub erinnern.

Ich muß Rachel belügen. Erstens, weil ich ohne sie in den Pub muß. Zweitens, weil ich nach Deptford und herausfinden muß, was dort los ist. Das könnte die ganze Nacht dauern. Als ich in unser Zimmer zurückkehre, liegt sie immer noch im Bett, nackt auf dem Bauch unter dem Laken. Ich schließe die Tür, und sie wälzt sich herum, um sich mit mir zu unterhalten. Sie hält sich nicht das Laken vor. Ihre Brüste schwingen auf eine Art, wie ich sie gerne einmal von einem Künstler in einem Bild festgehalten sähe. Der Anblick raubt mir den Atem, also kommt sie zuerst zu Wort, obwohl sie noch im Halbschlaf ist. »Bist du durchgekommen?«

»Ja.« Mein Hals ist ganz trocken.

»Hast du Bericht erstattet?«

»In gewisser Weise.«

»Auftrag erfüllt?«

Ich versuche ins Lächerliche zu ziehen, worauf sie hinauswill, und beuge mich vor, um ihr mit dem Zeigefinger in den Bauch zu stupsen. »Du stirbst vor Neugier, habe ich recht, Pussykätzchen?«

Sie hält meinen Arm fest. »Natürlich tue ich das. Ich mache mir etwas aus dir, du Dummkopf – was du auch tust.« Ihre Augen halten mich fest wie Magneten. »Sprich mit mir.«

Sogar mein Zögern gehört zu dieser offenen und ehrlichen Art, die ich normalerweise aufsetze, wenn ich lüge. Ich hasse mich dafür, aber es ist mir schon so in Fleisch und Blut übergegangen, daß ich kaum noch eine Wahl habe. »Als ich letzte Nacht weg war, bin ich in etwas hineingeraten. Das hat sich zu einem fernsehwürdigen Nachrichtenbeitrag ausgeweitet, also höre ich mir besser die Nachrichten an. Vielleicht finde ich Erwähnung.«

»O Gott«, sagt sie leise. »Was hast du getan – eine Bank ausgeraubt?«

»Ich sagte doch schon – so extravagant bin ich nicht.«

»In zehn Minuten kommen die Fünf-Uhr-Nachrichten. Komm wieder ins Bett, dann hören wir sie uns gemeinsam an.«

»Ich ziehe mich nicht wieder aus.«

Ich bleibe angezogen, um mein Programm einhalten zu können. Wir schalten zwischen BBC und LBC hin und her, und hören ein paar Live-Berichte aus Dem-Von-Krawallen-Geplagten-Deptford. Es ist ein greller Beitrag. In ganz London werden die Leute behaglich in ihren gemütlichen kleinen Nestern hocken, weit genug von Deptford entfernt, um sich sicher zu fühlen, aber doch so nah, um einen Schauder der Erregung zu verspüren.

Kleinere Unruhen halten an. Vor-Ort-Reporter passen den Zeitpunkt ihrer Berichterstattung so ab, daß Polizeisirenen und Geschrei zu hören sind. Vor dieser Geräuschkulisse sprechen sie mit erhobener Stimme eindringlich in ihre Mikrofone, um die Wirkung zu verstärken. Die Vorfälle sind noch keinen halben Tag alt und heißen bereits die »Deptford-Krawalle«.

Dies ist die offizielle Version: Die Unruhen hätten in den frühen Morgenstunden begonnen, als die Polizei gerufen worden sei, um Beschwerden über Kämpfe zwischen Jugendlichen nachzugehen, in deren Verlauf auch geschossen worden sein sollte. Bei dem Versuch, eine Verhaftung vorzunehmen, sei die Polizei auf heftigen, zum Teil gewaltsamen Widerstand gestoßen. Verstärkung sei herbeigerufen worden, der man sich auf der Straße ebenfalls widersetzt habe. Dann, behauptet die Polizei, habe jemand auf sie geschossen, und sie hätten sich um ihrer eigenen Sicherheit willen zurückziehen müssen. Der Schuß werde von Anwohnern angezweifelt. Die Polizei behaupte eisern, den Schuß gehört zu haben. Niemand sonst habe ihn gehört. Niemand sei erschossen worden. Im Laufe des restlichen Vormittags habe in ganz Deptford ein Zustand der Gesetzlosigkeit geherrscht. Banden schwarzer Jugendlicher seien ungehindert umhergestreift.

»Hörst du das, Rachel? Plötzlich werden aus ›Anwohnern‹ ›schwarze Jugendliche‹. Nur weil sie durch ihre eigenen Straßen laufen.«

Die Pubs seien über Mittag geöffnet geblieben, und die Auseinandersetzungen hätten an Schärfe zugenommen. Kurz nach zwei Uhr sei die Polizei in großer Zahl zurückgekehrt. Sie sei auf wenig Widerstand gestoßen und habe die Ordnung binnen einer Stunde wiederhergestellt.

»Weil gar nichts vorgefallen ist.«

Es habe mehrere Verhaftungen gegeben.

»Ein paar Leute sind aus einem dieser Pubs getorkelt, von denen wir gehört haben.« Untersuchungen seien im Gange.

Nach den Berichten werfen ein paar politische Größen mit denselben alten Phrasen um sich, die sie beim letztenmal nachgeplappert haben, als die Eingeborenen irgendwo unruhig wurden. Ich sitze auf der Bettkante und überlege mir, daß Rachel wahrscheinlich recht hat: Unter dem Bettlaken wäre ich besser aufgehoben, als mir diesen Unfug anzuhören.

Sie bringt ein wesentliches Argument vor, um mir bei der Entscheidungsfindung zu helfen: »Die Fernsehnachrichten fangen erst in einer halben Stunde an«, sagt sie. Und grinst dabei.

Wir verpassen die Schlagzeilen, da wir erst fünf Minuten nach dem Beginn der Nachrichten ins Fernsehzimmer marschieren. Die Sprecherin erzählt gerade etwas von einem unbedeutenden Austritt radioaktiven Abfalls in Sellafield. Sie liest eine offizielle Stellungnahme von ihrem Teleprompter ab. Diese ist ebenso nichtssagend und unverbindlich wie diejenige, welche sie letzten Monat verlesen hat: Es bestehe keine Gefahr für die Öffentlichkeit, die freigesetzte radioaktive Strahlung bewege sich innerhalb der erlaubten Sicherheitsgrenzen, die drei Arbeiter seien vollkommen wohlauf und unterzögen sich einigen Routineuntersuchungen. Die Welt kehrt wieder zum Normalzustand zurück, und ich frage mich, wie weit Deptford in den Nachrichten nach hinten gerutscht ist.

Aber es ist immer noch der Hauptbeitrag. Wir sehen einen Haufen Vor-Ort-Reporter, die alle die Kragen ihrer Mäntel hochgeschlagen haben und ihre Mikrofone halten, als seien sie Schokoladenlutscher. Sie rasseln ihre vorbereiteten Texte vor der Kamera herunter und sehen wie Fußballreporter aus, die sich nach dem großen Spiel auf den Platz geschlichen haben.

Die Geschichte hat sich nicht verändert, seitdem wir sie im Radio gehört haben. Ich achte angestrengt auf Hinweise darauf, warum die Bullen so schnell da waren. Normalerweise würde man nicht glauben, daß sie überhaupt wissen, wo Deptford liegt. Mir kommt langsam der Verdacht, daß die schweren Jungens, die in meine Wohnung eindringen wollten, ihre Kumpel sind. Vielleicht haben die Alarmglocken geläutet, als sie nicht nach Hause telefonierten. Schließlich gibt es viele Abteilungen bei der Polizei – nicht alle tragen Uniformen, und manche rasieren sich nicht einmal. Diese Kerle könnten jeder von ihnen angehören.

Jedenfalls sieht es so aus, als habe die Polizei eine Geschichte, die im großen und ganzen zusammenpaßt. Sie sind nach Deptford gekommen, weil jemand einen Schuß gehört und sie angerufen hat. Ich persönlich bin eher der Ansicht, wenn jemand bei uns in der Gegend einen Schuß hört, geht er vom Fenster weg und zieht den Kopf ein, aber ich muß die Möglichkeit in Betracht ziehen, daß tatsächlich jemand angerufen haben könnte. Schließlich sind wir in Deptford mit dem Telefonnetz verbunden. Und ein Schuß ist auch gefallen. Sie erinnern sich vielleicht, daß die Wildlederjacke noch einen Schuß aus der Schrotflinte abgab, bevor der Mann zum Wagen lief und wir uns alle zu Boden warfen.

Vielleicht hat jemand das tatsächlich für etwas zu starken Tobak gehalten und die Schmiere angerufen. Es klingt unwahrscheinlich, ist aber möglich. Normalerweise ignorieren deine Freunde und Helfer, was wir unten in Deptford treiben, aber bei Schüssen aus einer Schrotflinte ist es ihre Pflicht zu reagieren. Das gibt ihnen einen Vorwand, die Einsatzwagen zu benutzen – und es ist besser, als Autofahrern Strafzettel wegen Geschwindigkeitsübertretung zu verpassen. Sie können Frauen mit Wasserwerfern naßspritzen und Krausköpfe mit Schlagstöcken niederknüppeln. Aber sie kamen in Massen. Welch eine Reaktion auf einen Schuß.

Auf dem Fernsehschirm latscht ein Bursche vor meinem Häuserblock auf und ab und erläutert die Szenerie. Ich erröte fast vor Verlegenheit, als sei ich im Bild. Er sagt, dies sei der Ort, von dem die Schützen geflohen seien. Strenggenommen stimmt das nicht, kommt der Wahrheit für die Nachrichten jedoch nah genug. Er zeigt uns, wo die erste Konfrontation stattgefunden hat. Doch die

Fernsehkamera scheint mehr Interesse an meinem Haus zu haben. Sie bleibt auf die Vorderseite gerichtet, als rechne sie damit, daß jeden Augenblick etwas passiert, während wir ein aufgezeichnetes Interview mit einem Polizisten hören, der wahrscheinlich nie hinter seinem Schreibtisch hervorgekommen ist. Er sagt, es sei gut möglich, daß einer der Bewohner mehr darüber wisse und die Untersuchungen im Gange seien.

Also das war das. Er weiß und ich weiß, sie haben lange vor dem Beginn der Sechs-Uhr-Nachrichten herausgefunden, daß eine der Wohnungen leer ist, und sie werden gefragt haben, wer der Bursche ist, der darin wohnt. Jancey dürfte gesagt haben, er komme bald zurück. Ich starre auf das Fernsehbild und gebe mir alle Mühe zu erkennen, ob sich jemand in meiner Wohnung bewegt.

Nein. Aber das Licht brennt.

Sie werden weder von Jancey noch sonst jemandem Hilfe bekommen. Sie wird sagen, ich sei ein Vertreter, der viel auf Reisen und daher öfter mal eine Nacht nicht zu Hause sei. Die Nachbarn werden sagen, er sei ein netter junger Mann, na ja, eigentlich nicht mehr so jung. Er bliebe für sich, er möge Kinder, und er sei nett zu Tieren.

Jancey. Wie kommt sie wohl mit allem zurecht? Sie ist diese Art Druck nicht gewöhnt. Sie hat nur ein paar Freunde dazu gebracht, einem Freund zu helfen, und jetzt seht nur, was passiert ist. Sie haben das große Licht eingeschaltet.

Ihr wird nichts geschehen, wenn niemand etwas ausplaudert. Von ihrem handverlesenen halben Dutzend wird keiner auch nur ein Sterbenswörtchen sagen. Also gibt es keinen Grund, warum die Polizei sich für sie interessieren sollte. Aber wenn irgendein naseweiser Nachbar ausplaudert, daß sie oft viel Zeit mit mir verbringt, werden sich die Polizisten in sie verbeißen wie Zähne in einen Pfirsich.

14

Um zwanzig vor sieben flitze ich so herausgeputzt und fesch in den Pub wie ein Porsche nach der 20 000-Kilometer-Inspektion. Ich trage einen Hauch von Aftershave und ein sauberes Hemd. Rachel hat mir gesagt, falls ich nicht binnen einer Stunde wieder zurück sei, fände ich meinen Koffer draußen auf dem Gehsteig wieder.

Victor sitzt an einem dunklen kleinen Tisch in einer düsteren Ecke. Er stößt genug Zigarrenrauch für einen Rangierbahnhof aus, und er hockt hinter seinem Guinness wie ein Gärtner, der Laub verbrennt. Ich wedele ein wenig Rauch beiseite und frage, ob er geröstete Kastanien verkaufe. Er antwortet nicht. Er starrt mich nur an und zieht an seinem Stumpen, als rauche er Marihuana. Sein Kopf versinkt beinahe im hochgestellten Kragen seines schwarzen Wollmantels.

»Guinness«, sage ich freundlich. »Ich wußte gar nicht, daß du das trinkst. Was machst du – für die nächste Reise nach Irland üben?«

»Ich wußte, du würdest dich verspäten, mein Lieber. An diesem Schabengesöff kann ich stundenlang nuckeln.«

»Verspätet – ich?«

»Ich dachte, du wärst möglicherweise anderweitig beschäftigt – mit der Vertragsunterzeichnung für eine Fernsehserie zum Beispiel.«

»Fernsehserie?«

»Hast du die Nachrichten gesehen? Ach so, natürlich, ich vergaß. Du *bist* die Nachrichten.«

»Ich habe die Nachrichten gesehen. Die um sechs Uhr. Da war nichts über mich.«

»Ist nur eine Frage der Zeit, mein Lieber. Ich sehe mir schon den ganzen Tag die Nachrichten an. Kaum hatte ich das Wort ›Deptford‹ gehört, stellten sich meine Ohren auf. Das ist ein Ort, der sonst nicht sehr oft in den Nachrichten erwähnt wird.«

»Jeder Hund hat irgendwann mal seinen großen Tag.«

»Es läuft darauf hinaus, daß ein verantwortungsloser, gelangweilter Wahnsinniger in Deptford umgeht und ich ihn in einen Käfig einsperren sollte, bis ich ihn brauche.«

»Victor…«

»Also habe ich mit einem Gefühl auf den Bildschirm gestarrt, das die Programmgestalter wachsendes Entsetzen nennen, da ich wußte, daß irgendwo hinter dieser Rauchbombe von wegen Schüssen und Krawallen ein kleines quietschvergnügtes Gesicht steckte, das ich kenne …«

»Da wir gerade von Rauchbomben reden, Victor –« Aber er bläst mir nur einen Mundvoll Qualm entgegen und rammt das Ende seiner Zigarre in den Mief. »Bis zum Mittag hatten sie eine Fernsehkamera vor deinem Haus zementiert. Was, zum Teufel, hast du dort unten getrieben?«

»Das ist eine lange Geschichte …«

»Gib mir eine Zusammenfassung. Den Klappentext, nicht das ganze Buch.«

»Schön. Du erinnerst dich doch noch an die Burschen, die dir gefolgt sind – die wir abgeschüttelt haben? Und du erinnerst dich auch noch, daß sie *dir* gefolgt sind, nicht mir, ja, also gib mir nicht allein die Schuld an allem, jedenfalls sind sie in meiner Bude aufgetaucht.«

»Das weiß ich. Das hast du mir bereits erzählt. Und ich sagte dir, du solltest dich von ihnen fernhalten.«

»Das stimmt. Und das habe ich auch getan. Ich bin nach Brighton gefahren.«

»Für wie lange?«

»Zwei Tage.«

»Du bist in den zwei Tagen nicht aus Brighton herausgekommen?«

»Nein.«

»Wieso das? War dir nach etwas erfrischender Seeluft?«

»Etwas in der Art.«

»Du verschweigst mir irgendwas.«

»Ja.«

»Ach, natürlich. Deine Strandromanze.«

»Sie hat mich beruhigt.«

»Aber nach zwei Tagen leidenschaftlichen Keuchens hast du dich losgerissen und bist wieder in die Stadt gefahren?«

»Wir sind die ganze Zeit im Bett geblieben, und zwar in diesem netten kleinen Hotel gegenüber.«

»Warum ist dann ein Krawall in Deptford?«

»Weil ich zwar in der ersten Nacht in Earls Court geblieben bin, letzte Nacht aber in Deptford war.«

Victor seufzt und bläst einen Luftschwall durch seinen Zigarrenrauch. »Und waren diese Leute immer noch in deiner Bude?«

»Nein. Aber ich habe die Flagge gehißt – sie sehen lassen, daß ich wieder da war. Dann wartete ich auf ihren Besuch.«

»Den sie dir vermutlich auch abgestattet haben?«

»Ich wußte, sie würden es tun.«

»Ich nehme an, du hast nicht abgewartet, was sie zu sagen hatten?«

Ich schnaube verächtlich. »Sie wollten nicht zu mir, um ein Schwätzchen zu halten, um Himmels willen. Sie wollten zu mir, um mich umzubringen.«

Er nippt argwöhnisch an seinem Guinness und scheint es nicht zu mögen. »Bist du sicher, daß sie dich umbringen wollten?«

Er überrascht mich. »Natürlich bin ich sicher. Sie hatten Kanonen.«

»Du auch.«

»Und ich wollte sie benutzen.«

»Und hast du?«

»Nein. Wir hatten beide unsere Pläne gemacht, und beide wurden vereitelt. Ich bekam unerwartet Hilfe von den Nachbarn.« Ich erzähle ihm den Rest der Geschichte. Er sitzt in Rauch gehüllt da und hört sich meine Beichte an wie ein katholischer Priester. Als ich mich bis zum Ende durchgemurmelt habe, starrt er mit der bedrückten Geduld eines Schulleiters in sein Guinness, der sich dem Ruhestand nähert. Er schüttelt bedächtig den Kopf, als habe er soeben mein Schulzeugnis gelesen. »Man kann dir wirklich nicht vertrauen, oder?«

»Verdammt, Victor, was hätte ich denn tun sollen? Sie hatten mich in die Enge getrieben. Sollte ich warten, bis sie mich wegputzen? Das ist nicht meine Art.«

»Das stimmt. Also hast du sie frontal angegriffen.«

»Das ist die beste Methode.«

»Und jetzt halten deine ... Nachbarn sie als Gefangene.«

»Das war in meinem Plan nicht vorgesehen.«

»Mal angenommen, deine Besucher gehörten der Sondereinheit an. Kein Wunder, daß es in Deptford von Streifenwagen nur so gewimmelt hat.«

»Glaubst du etwa, das sind Bullen? Ich wette, sie gehören zum anderen Verein. Du weißt, daß wir Konkurrenz haben.«

»Hältst du den anderen Verein für clever genug, deine Bude aufzuspüren, Posten in Zwei-Mann-Schichten aufzustellen und die halbe Polizei Londons zu mobilisieren, um sie zu retten? Diesmal, mein Lieber, muß ich darauf bestehen: Du mußt verschwinden.«

»Ich kann nicht. Ich komme mir vor wie ein Verurteilter, der gerade auf Bewährung entlassen wurde. Du kannst mich nicht wieder einsperren.«

»Stell dir vor, daß du eine Kur machst. Um Gottes willen, morgen abend geht es los. Es ist praktisch vorbei. Aber die nächsten vierundzwanzig Stunden mußt du von der Bildfläche verschwunden sein.«

»Wohin soll ich denn?« Als ob ich das nicht wüßte.

»Meine Wohnung reicht.«

»Was ist mit Rachel? Es wird ihr nicht gefallen, wenn ich schon wieder verschwinde.«

»Erzähl ihr eine romantische Geschichte. Darin warst du schon immer gut.«

»Sie wird mir keine Geschichte glauben, wie romantisch sie auch sein mag. Vergiß nicht, daß ich die ganze letzte Nacht fort war. Einmal wird sie es akzeptieren, zweimal ist zuviel.«

»Sag ihr, daß du in Schichten arbeitest.«

»Hältst du sie für bescheuert oder was?«

»Vielleicht – immerhin läßt sie sich mit *dir* ein. Deine Rachel ist mir völlig egal, mein Lieber. Häng sie ab. Wir arbeiten jetzt.«

Ich weiß, daß er recht hat. Was denke ich mir nur dabei, mich ausgerechnet jetzt mit einem Mädchen einzulassen? Es ist nicht vernünftig. Es ist nicht erlaubt. Aber ich habe Regeln schon immer gehaßt. »Ich werde sie nicht einfach sitzenlassen, Victor.«

»Was willst du damit sagen – hast du dich verliebt?«

»Mit Liebe kenne ich mich nicht aus, aber ich mag sie. Ich werde sie nicht wegwerfen wie die Zeitung von gestern. Mir ist nicht egal, was sie denkt.«

»Das ist dumm. Es ist gefährlich.«

»Ich weiß. Das ist die Geschichte meines Lebens.«

»Ist sie nicht. Du lebst nur deshalb schon so lange, weil du nicht dumm bist. Wir kannten viele Dummköpfe, und sie sind alle tot.«

»Das gilt auch für einige schlaue Burschen. Man muß nicht dumm sein, um zu sterben.«

»Es hilft.«

»Ich gebe sie nicht auf. Laß uns das Thema wechseln: Wann fangen wir an?«

»Wir fangen jetzt an. Und du gibst sie auf.«

»Du bringst den Esel in mir zum Vorschein, Victor. Gib mir Befehle, die ich befolgen kann.«

»Hör zu: Morgen abend fahren wir aus der Stadt. Ich werde einen Wagen und die Ausrüstung haben. Sobald wir aus London heraus sind, *mußt* du Rachel verlassen. Das ist dir doch klar, oder?«

»Ja, aber das ist erst morgen. Bis dahin wird sie es verstehen, und sie wird auf mich warten.«

»Was meinst du mit, ›bis dahin wird sie es verstehen‹?«

»Ich habe Zeit, ihr etwas zu erzählen.«

»Die Wahrheit?«

»Nein, aber ...«

»Und sie wird auf dich warten?«

»Ja.«

»Was führt dich zu der Annahme, daß wir zurückkommen? Wir könnten geschnappt werden, wir könnten getötet werden, wir könnten verschwinden müssen.«

»Ich sage ihr, sie soll eine Kerze ins Fenster stellen.«

Er denkt eine Zeitlang nach. Er bläst auf die Oberfläche seines verschalten Guinness, so daß sie sich kräuselt. Er hat im Grunde keine Wahl. Er sagt: »Versprich mir etwas. Geh zurück ins Hotel, steig mit deiner Rachel ins Bett und verlaß das Zimmer nicht vor neun Uhr morgend abend. Ich fahre den Wagen vor das Hotel. Um neun Uhr verläßt du das Zimmer, kommst nach draußen und steigst direkt in den Wagen, ohne dich unterwegs irgendwo aufzuhalten. Ist das klar?«

»Ja. Was für einen Wagen fährst du?«

»Irgendeinen Lieferwagen.«

»Kannst du nicht etwas präziser sein.«

»Noch nicht. Also, ich meine es ernst: Versprichst du es?«

»Ich verspreche es.«

Nun ja, man muß schließlich irgendwas sagen. Mein ganzes Leben ist eine Reihe gebrochener Versprechen. Aber ich meinte es ernst, als ich es ihm gab. Ist das bei Versprechen nicht immer so?

Das Problem besteht natürlich darin, daß Rachel Hunger hat. Ich kann sie kaum hinausschicken, um ein paar Sandwiches zu holen, und nach allem, was Victor gesagt hat, könnte dies unser letztes anständiges Essen zusammen sein. Mit Sicherheit ist es das letzte, was wir beliebig hinauszögern können.

Ich deute ihr gegenüber nichts dergleichen an. Eigentlich stehe ich nur mitten im Schlafzimmer, sehe aus wie ein reicher Lieblingsonkel aus Südamerika auf Besuch und fordere sie auf, sich auszusuchen, wo sie gerne essen würde, und sich keine Gedanken wegen der Kosten zu machen.

»Das hört sich an, als hättest du mit dem, was du letzte Nacht getan hast, einen ziemlichen Gewinn gemacht«, sagt sie schelmisch. Was zeigt, wie wenig sie darüber weiß, was ich in den frühen Morgenstunden treibe.

»Such etwas Romantisches aus«, gurre ich.

Zwei Stunden später wanken wir die Treppe eines Restaurants im West End herunter und fühlen uns dabei wie zwei Plumpuddings auf Beinen. Irgendwie schaffen wir es in die Charing Cross Road, wo wir wie Pinguine schwankend auf dem Gehsteig stehen und die Flossen schwenken, um ein Taxi anzuhalten. Als wir auf die weiche Rückbank sinken, rülpsen wir beide, und wir kichern den ganzen Piccadilly. Bis er uns schließlich in Earls Court absetzt, riecht es hinten im Taxi, als hätten wir eine Flasche Brandy auslaufen lassen.

Wir winken ihm nach, als würden wir ihn kennen, dann schwanken wir Arm in Arm zum Hotel. Ich spiele den Betrunkenen so gut, wie mir das überhaupt möglich ist, doch als jemand meinen Namen aus dem Schatten ruft, fahre ich zu dem Fleckchen Dunkelheit herum, aus dem die Stimme kommt. Ich bin wieder nüchtern. Hätte ich meine Kanone bei mir, würde ich sie jetzt ziehen.

Ich kann nur einen leeren Gehsteig sehen. Die nächste Deckung ist der Hoteleingang zehn Meter entfernt. Die Stimme spricht wieder, und etwas rührt sich in der Düsternis. »Wo bist du gewesen, Mann? Ich warte schon eine Ewigkeit.«

Klein Darius tritt vor. Er sieht müde und durchgefroren aus, jünger als seine zwölf Jahre. Seiner Miene kann ich entnehmen, daß er keine Ahnung hat, was für einen Schreck er mir eingejagt hat.

Seine Hauptsorge gilt der Nachricht. Seine nächste Sorge gilt Rachel. Er hat sie noch nie zuvor gesehen, und vielleicht ist die einzige Frau, mit der er mich bisher gesehen hat, seine Mutter. Er mustert Rachel mit demselben nichtssagenden Blick, den er bei der Schulaufsicht aufsetzen würde. »Ich muß mit dir reden, Mann. Allein.« Ich lächle, um zu zeigen, daß Rachel okay ist, aber sie geht bereits. Sie sagt, sie verstehe und werde drinnen auf mich warten.

Darius schaut ihr nach, bis ihr Rücken in der Tür verschwunden ist. »Tja, das ist deine Sache«, zuckt er die Achseln. »Hör mal, was sollen wir mit diesen beiden Gefangenen machen?«

»Habt ihr sie immer noch?«

»Was glaubst du denn – daß wir ihnen Busgeld geben und sie laufen lassen?«

»Wo haltet ihr sie fest?«

»Rufus hat einen Ort für sie gefunden. Er läßt fragen, ob du mit ihnen reden willst.«

Ich habe sie völlig vergessen. Sie waren nicht mehr mein Problem. Rufus und seine Jungens hatten sie übernommen. Ich will nicht mit ihnen reden. Was hätte es für einen Sinn? Sie wären so mitteilsam wie der Direktor einer Schweizer Bank. Doch Rufus hat sie in Gewahrsam, und ich kann ihm nicht sagen, daß er seine Zeit verschwendet. So revanchiert man sich nicht für einen Gefallen. Also vergesse ich das Versprechen, das ich Victor gegeben habe, und sage Darius, ich käme mit ihm. »Mußt du dich noch von ihr verabschieden?« fragt er.

Das wird nicht leicht. Rachel ist in der Hotelhalle und wartet darauf, daß ich sie nach oben bringe und unser Abendessen abrunde. Sie ist bereits um die letzte Nacht gebracht worden, und sie weiß es zwar noch nicht, aber sie wird auch die morgige Nacht verlieren. Ich mag nicht sonderlich gut in lange anhaltenden Beziehungen sein, aber sogar ich kann erkennen, daß dies nicht die Art und Weise ist, wie man diese »Leute auf dem Hügel«, Darby und Joan, wird, die einmal Jack und Jill waren …

Ich lasse Darius draußen im Abfall herumwaten, während ich in unser Zimmer gehe und ein Lächeln aufsetze, als sei der Rosarote Panther gerade in Schwulitäten geraten. Es ist ungefähr genauso hilfreich. »Wenn du mir jetzt sagen willst, daß du noch geschäftlich weg mußt«, schnauzt sie, »werde ich erst mal deine Sekretärin genauer unter die Lupe nehmen.«

Ich packe ein paar Sachen in meine Reisetasche und sage auf fünf verschiedene Arten, daß es mir leid tue, aber: »Wie kommt es, daß du nur nachts arbeitest?« will sie wissen.

»Ich mache Schichtdienst.«

Das mag der von Victor empfohlene Spruch sein, bei Rachel hat er dieselbe Wirkung, als würde das Glutende eines seiner Stumpen in Paraffin getaucht. Ich weiche zur Tür zurück und versuche sie zu beruhigen, bis sie lange genug aufhört zu schreien, um zu fragen: »Was für Geschäfte sind das eigentlich, bei denen Kinder als Botenjungen benutzt werden?«

Die Kinnlade fällt mir herunter, und sie sagt, wenn ich tatsächlich gehen wolle, werde sie entweder mitkommen oder sie bleibe da, um zu packen.

Das ist der Augenblick, wann ein Profi weiß, daß er sentimentale Verbindungen lösen und enge Freunde und Frauen wieder in die Welt der Angestellten und Ladenbesitzer zurückscheuchen muß. Sie binden einen immer an. Man muß ihnen ins Gesicht schlagen und gehen, ohne auf Wiedersehen zu sagen.

Und als ich aus dem Hotel stürze, um mich Darius auf der

Straße zu stellen, ist Rachel direkt neben mir. Was *sie* vielleicht glücklich macht, aber bedeutet, daß ich nicht mehr alle Tassen im Schrank haben muß, Darius glaubt, ich hätte ihn betrogen und Victor seine Zigarre verschlucken würde.

15

Um von Earls Court zur Southwark Park Road zu gelangen, nimmt man die Distrikt-Linie bis Embankment. Dort steigt man in die Bakerloo um und fährt bis Elephant. Da wartet man dann gegenüber vom Coronet-Kino, bis ein Bus kommt. Damit fährt man, während man nach draußen in die Dunkelheit starrt, bis man halb in Deptford ist. Was um zehn Uhr abends so viel Spaß macht, wie ein Feuer mit nassem Holz anzuzünden. Was der Grund dafür ist, warum die Londoner nördlich der Themse glauben, auf die Südseite des Flusses zu gehen, sei dasselbe, wie über irgendwelche vergessenen Dienstbotenzimmer im Keller zu stolpern, wohin anständige Leute nicht gehen. Was wiederum der Grund dafür ist, warum wir ein Taxi nehmen.

Darius sagt, ich solle in einen irischen Pub außerhalb von Deptford kommen, der sich The Colleen Bawn nennt. Das war sehr aufmerksam von Rufus, weil er an der Busstrecke liegt. Doch statt dessen sitzen wir hier alle gemütlich auf der Rückbank eines Taxis: ich links, Rachel rechts und Darius mit leuchtenden Augen dazwischen. Er erzählt uns, was seit dem Morgen in Deptford los war, und es hört sich an, als sei ich sieben Monate fort gewesen.

Die Polizei ist den ganzen Tag in den Vorort geströmt. Jedesmal, wenn der nächste Mannschaftswagen seine Ladung rosafarbener, großspuriger Würstchen ausspie, entflammte der allgemeine Zorn neu, als gieße man Wasser auf heißes Öl. Also mußten sie noch einen Mannschaftswagen rufen. Aber bis zum Nachmittag hatten die Feindseligkeiten das vertraute Schema von »Rassenunruhen« angenommen, wo Polizisten Bimbos niederknüppeln und Schwarze Mannschaftswagen steinigen. Unsere Straßen wurden von zwei- bis dreihundert Bullen überfallen, die normalerweise nicht einmal dazu in der Lage wären, Deptford auf dem Stadtplan zu finden. Sie durchkämmten lärmend und verängstigt in ihren Aufruhrunterdrückungsmonturen die Parks und schlugen auf alles ein, was dunklere Haut als ein Ingwerplätzchen hat. Es war schlimmer als bei Ausschreitungen von Fußballhooligans. Hinter ihnen kamen Reporter in Taxis, Fernsehteams und schwarze Selbstschutzgruppen. Außerdem kam der übliche Kübel voll Anhänger der Nationalen Front und ähnlicher weißhäutiger Müll, denen in ihren West-Ham- und Millwall-Schals angenehm warm war.

Ausgewählte Höhepunkte dieses »Spiel des Tages« beherrschten die Nachrichten.

»Wir werden regelrecht belagert, Mann. Wir haben mehr Bullen bei uns als Fenster. In deiner Bude geht es zu wie in der Polizeikantine.«

»Ich hoffe, sie haben ihren eigenen Zucker mitgebracht.« Rachel sitzt still in ihrer Ecke und setzt die Teile des Puzzles zusammen. Noch fehlt ihr der größte Teil des blauen Himmels.

»Mittlerweile ist es ruhiger geworden«, fährt Darius fort. »Aber was soll's? Die Leute sind noch im Pub oder in ihrer Bude und bringen die Kinder ins Bett. Bald wird es wieder losgehen. Vielleicht so gegen halb zwölf.« Ich nehme an, er hat recht. Obwohl solche Erkenntnisse einem Kind eigentlich nicht kommen sollten.

Ich bezahle das Taxi, und wir drei quetschen uns in The Colleen Bawn. Drinnen ist es lauter als auf der Hunderennbahn. Die letzte halbe Stunde, in der noch Getränke ausgeschenkt werden dürfen, hat gerade begonnen, und das Personal zapft Guinness aus allen Hähnen. Die Gäste stehen in mehreren Reihen am Tresen und schreien und toben, als würden Freifahrkarten nach Dublin verteilt. Die Iren, die mit ganzen Batterien voller überschwappender Biergläser vor der Brust von der Bar zurückkehren, werfen uns durchdringende Blicke zu. Wir sehen nicht so aus, als gehörten wir hierher. Da Darius' krauses Haar mir nur bis zur Brust reicht, verstehe ich auch, warum. Wir sehen aus, als seien wir zur falschen Party gekommen – als hätten wir unseren Adoptivsohn zur Geburtstagsfeier seines Freundes bringen wollen und an der falschen Tür geklingelt.

Bevor meine Hirnwindungen sich genug entwirren, um eine Möglichkeit zu finden, die Situation zu retten, taucht Des auf und schreit mir ins Ohr. »Wir gehen besser nach draußen. Heute ist ein besonderer irischer Feiertag – einer ihrer Heiligen hat geheiratet oder irgendwas. Wenn der Wirt den Zapfenstreich verkündet, leiert er damit garantiert eine neue Rassenunruhe an.«

Wir quetschen uns wieder durch die Pubtür auf das kalte Pflaster und stehen schwankend da, als habe uns ein betrunkener Riese angerülpst. Des geht mit uns ein Stück die Hauptstraße entlang und dann durch mehrere kleine Gassen mit interessanter Graffiti an den Häusermauern bis zu der Stelle, wo sein gelber Capri unter einer Straßenlaterne verreckt ist. »Wir hätten einen ruhigeren Treffpunkt aussuchen sollen«, kichert er. »Was für eine Meute. Aber du warst noch nicht berühmt, als Darius geschickt wurde, um dich zu holen.«

»Berühmt?«

»Du meine Güte, ja, Mann. Hast du nicht ferngesehen?«

Er gibt uns eine Zusammenfassung, während wir in seinem Capri durch die dunklen Straßen fahren. Ich sitze vorn und Rachel hinten mit Darius. Ich hoffe, sie freunden sich an. Als ich einen Blick in den Rückspiegel werfe, sehe ich, daß er zu ihr herüberblinzelt. Sie lächelt ihn an.

Im Fernsehen wurde mein Name in den Neun-Uhr-Nachrichten genannt, und um zehn haben sie sogar ein Bild von mir gezeigt. Ich wüßte gern, welches Bild das war und woher sie es bekommen haben.

Es heißt, ich sei der Rädelsführer der Deptforder Krawalle. Nun ja, es war meine Bude, in die eingebrochen wurde, und ich war der Bursche, der umgebracht werden sollte. Aber die Geschichte schießt weit am Ziel vorbei, wenn sie behauptet, ich sei der Bursche, der mit der Schießerei angefangen habe. Jemand hat gesagt, ich sei eine wohlbekannte Unterweltgröße und wahrscheinlich in einen Hinterhalt geraten, als ich in meine Wohnung wollte. Wer, ich? Und dann lebe ich in so einem Loch in Deptford? Und wie das zu Rassenunruhen und offenen Straßenschlachten geführt haben soll, versucht gar nicht erst jemand zu erklären. »Aber du machst echt Schlagzeilen, Mann. Bewaffnet und gefährlich.«

»Und in einem gelben Capri herumkutschiert.«

»Ist besser als Laufen. Und privater.«

Er fragt nicht nach, was die Geschichte mit der Unterweltgröße betrifft. Doch Rufus wird es tun. Als Jancey ihn gebeten hat, mir zu helfen, dachte er, es handele sich nur um einen bedrohten Nachbarn. Er sagte, es sei ihm ein Vergnügen, einem Freund zu helfen, aber er wird nicht Partei in einem Bandenkrieg ergreifen wollen. Glaubt er also die Fernsehberichte oder nicht?

Als wir in eine pechschwarze Gasse mit Steinmauern rechts und links fahren, frage ich mich, wie er reagieren wird. Er ist ein harter Bursche. Ich kämpfe gegen harte Burschen, wenn es sein muß, aber nicht gegen meine Freunde. Das habe ich einmal in meinem Leben getan, und es hat einen Nachgeschmack hinterlassen, den ich nie vergessen werde. Victor und ich haben einen Monat in der Sonne verbracht und versucht, es uns von der Seele zu trinken, aber die Kater haben alles nur noch verschlimmert.

Wir steigen aus dem Wagen. Rachel sieht auf ruhige Weise aufgeregt aus und schaut sich in der dunklen Gasse um, als sei sie der Eingang zu einem neuen Nachtclub. Darius fängt an zu gähnen.

Wir stehen an der Basis einer Eisenbahnüberführung aus grauem Backstein. Jeder der Rundbögen ist mit einer primitiven Holztür verschlossen. Kleine Geschäfte und Garagen kleben daran wie Schnecken an einer Höhlenwand. Am anderen Ende hat jemand ein Neonschild angebracht, aber die übrigen Einrichtungen sind anonym in der Nacht. Während Des an eine Tür mit abgeblättertem grünen Lackanstrich klopft, rattert oben ein Zug nach Süden vorbei, und ich frage mich, ob sie sein Klopfen drinnen überhaupt gehört haben. Dann öffnet sich wie in einer Zellentür eine fünfzehn Zentimeter große quadratische Klappe, und ein Teil eines Gesichts schaut hinaus. Ich bin überrascht: In weniger als einer halben Sekunde könnte man eine Schrotflinte durch das Loch rammen. Sie hätten einen von diesen Glasperlen-Spionen in die Tür einsetzen sollen. Aber mir fällt wieder ein, daß das geborgter Grund ist. Man muß nehmen, was man bekommen kann.

Die Holztür öffnet sich quietschend und kratzt über den Zementboden. Wir treten ein. Ich kenne den Burschen nicht, der uns einläßt. Wir befinden uns auf einer Art Innenbauplatz: An einer Wand sind Zementsäcke gestapelt, an einer anderen Bauholz, und auf dem Boden stehen ein Betonmischer, eine Drehbank, zwei Motorsägen und ein ramponierter Lieferwagen, der aussieht wie am Boden festgeschweißt. In einer Ecke steht eine uralte McAlpine Aufzugskabine für Baugerüste, die vor zwanzig Jahren von irgendeinem Bauplatz gestohlen worden ist. Von dort kommt auch das einzige Licht. Hier im Hauptraum, wo wir stehen, hängen nackte Glühbirnen an Verlängerungskabeln. Keine ist eingeschaltet worden.

Zwei Weiße und ein Schwarzer sitzen in der Aufzugskabine und beobachten uns. Wir gehen in die Ecke, erklimmen drei Stufen und betreten den Verschlag. Unsere zwei weißen Einbrecher sind zu groß für die geradlehnigen Stühle, auf die sie gefesselt worden sind. Sie sehen aus wie übergroße Kinder, die zur Strafe an ihre Stühle gebunden wurden. Der Bursche, der uns eingelassen hat, pflanzt sich auf ein altes Sofa. Der andere nickt mir aus der Behaglichkeit seines Sessels aus rissigem Leder zu. »Wer ist sie?«

Ich wende mich an Rachel. »Ich glaube, du solltest Darius nach Hause bringen. Es ist schon weit nach Bettzeit.«

Er mischt sich rasch ein. »Ich bin nicht müde.«

»Wir werden etwas Ruhe und Abgeschiedenheit brauchen«, sage ich.

Des berührt sanft meinen Ellbogen. »Sie kann nicht gehen. Nur Leute, die dort wohnen, können jetzt noch in die Nähe deiner Bude kommen. Bei dir wimmelt es von Bullen.«

»Was soll sie dann tun?«

»Ich nehme sie mit zu mir. Wir warten, bis ihr fertig seid. Darius kann von dort aus allein nach Hause gehen.«

Ich denke darüber nach. Es gibt nicht viele Möglichkeiten. »Okay?« frage ich Rachel, und sie nickt. Ich wende mich wieder an den Burschen in dem Sessel. »Das ist Rachel«, sage ich. »Sie ist eine Freundin.«

»Hallo, Rachel. Willkommen.« Er stammt aus Trinidad. Sie lächelt. Der andere Bursche schaut von seinem Diwan auf. Hinter der Ausgabe des *Gleaner*, die er liest, liegt eine Pistole auf seinem

Schoß. Er lächelt tückisch. »Kommst du oft hierher? In dem Laden hier ist heute abend echt was los.« Er stammt aus Jamaika.

»Die Musik bringt mich nicht gerade zur Raserei«, erwidert sie. Doch bevor diese Antwort sich zu einem ausgewachsenen Geplänkel entwickelt, wendet sie sich wieder an mich und zuckt die Achseln. »Hier arbeitest du also. Was die Sekretärin angeht, bin ich beruhigt. Komm, Darius.« Sie geht zur Tür. Darius öffnet den Mund, um zu wiedersprechen, aber Des nimmt seinen Arm und führt ihn weg. »Wir sehen uns später«, sage ich.

»Bleib nicht zu lange«, ruft sie über die Schulter. Darius stürmt die drei Schritte hinter ihr her, ohne ein Wort zu sagen. Der Jamaikaner mit der Kanone folgt ihnen über den düsteren Zementboden. Er öffnet die Tür und entläßt sie in die Nacht. Dann schließt er sie wieder und kommt zurück. Wir lassen alle drei das Schweigen in der Luft hängen.

Es liegt an mir, es zu brechen, also frage ich: »Haben sie schon irgendwas gesagt?«

»Nein.«

»Ein Jammer.«

Wir sitzen da und sehen einander an. »Tja«, sage ich, »wir können nicht ewig hier bleiben. Wenn Des zurückkehrt, machen wir eine Spazierfahrt mit den beiden.«

Der Jamaikaner auf dem Sofa lacht wie Dracula: »Ihre letzte Spazierfahrt.«

Einer der Gefangenen spricht. Er redet klar und deutlich wie der Held in einem Cowboyfilm. »Es *muß* unsere letzte Spazierfahrt werden, nicht wahr, Sambo? Weil wir bereits *deinen* Namen kennen, und diesen Knaben hier haben wir auch schon getroffen. Jetzt kennen wir seinen Freund Des und seine Freundin Rachel und einen niedlichen kleinen Negerbubi, den ich auf jedem Schulhof leicht wiedererkennen würde. Sieht so aus, als *müßtet* ihr uns umlegen und hoffen, daß ihr dabei nicht geschnappt werdet. Wenn ihr den Mumm dazu habt.«

Also das nenne ich, jemanden dazu zwingen wollen, Farbe zu bekennen. Er muß es eilig haben, wieder nach Hause zu kommen. Vielleicht ist seine Schicht vorbei.

Wenn jemand Sie dazu zwingen will, Farbe zu bekennen, ignorieren Sie ihn am besten. Sehen Sie ihn nicht an. Tun Sie so, als existiere er bereits nicht mehr.

Machen Sie sich das Schweigen zunutze. Zuerst ist er zuversichtlich: Sie sagen nichts, weil Sie nichts zu sagen haben – er hat Sie besiegt. Dann kommt er ins Grübeln. Er will, daß Sie etwas sagen. Er will einen Dialog.

Höchstwahrscheinlich wird er Sie reizen. Um eine Antwort zu bekommen. Die Antwort ist wichtig für ihn: Sie haben dieses Spiel begonnen, Sie haben die Regeln festgelegt, also muß er Sie dabei besiegen.

Ich versuche es jetzt mit der Schweigemethode. Doch einer von ihnen versucht immer wieder, uns zu einer Reaktion zu reizen. Als über uns ein Zug vorbeirattert, wendet er sich an den Burschen aus Trinidad und höhnt: »Hey, Sambo, hörst du das? Der fährt zur Küste und bringt Abschaum wie dich dahin zurück, wo ihr hergekommen seid.« Einstweilen folgen die beiden Schwarzen meinem Beispiel. Sie sagen gar nichts. Sie starren ihn nur an. Aber es wird nicht lange dauern, bis einer der beiden sich vergißt. »Die verdammten Schwarzen verdienen es sowieso nicht, hier zu sein. Das sind nur halbe Menschen. Können nicht mal wie Weiße scheißen. Haben keine richtigen Scheißhäuser in Wogga-Wogga-Land.«

Ich muß das beenden. Es ist ohnehin alles sinnlos. Sie werden nicht singen, und wir werden sie nicht töten. Wir ziehen hier eine Farce ab. Aber ich werde herausfinden, wer sie geschickt hat.

Ich erhebe mich abrupt. »Okay. Wir schaffen sie in den Wagen, machen eine Spazierfahrt und lassen sie irgendwo mit durchschnittener Kehle liegen. Wer will sie sich vorher noch mal vorknöpfen?«

Die beiden Schwarzen mögen diese Männer nicht. Aber sie sind auch nicht versessen darauf, zwei hilflose Strohmänner zusammenzuschlagen, die an einen Stuhl gefesselt sind. Ich muß das selbst regeln: »Sagt uns, wer euch geschickt hat, und wir können uns das alles schenken.«

»Verpiß dich. Ihr werdet uns nicht umlegen.«

»Nein? Tja, zuerst werden wir euch mal ordentlich zusammenschlagen. Oder glaubst du das auch nicht?« Er hält meinem Blick stand. Ich sage: »Du wirst reichlich Schmerzen ertragen, nur um jemand anders zu schützen. Ist es das wert?« Er sieht gelangweilt aus.

»Bringt einen von ihnen nach draußen«, sage ich. »Es spielt keine Rolle, wen. Aber laßt ihn an den Stuhl gefesselt.«

Der Jamaikaner erhebt sich von dem Sofa. Er steckt sich die Pistole in den Hosenbund, kippt den Stuhl eines der beiden schweren Jungens nach hinten und zieht ihn auf zwei Beinen durch die Tür und die drei Stufen herunter in die Düsternis draußen. Ich folge ihm hinaus. Der Bursche aus Trinidad bleibt.

Wir ziehen den Burschen, der immer noch an den Stuhl gefesselt ist, auf die Rückseite der Aufzugkabine in eine meterbreite Lücke zwischen Wand und Kabine. Es stinkt nach Urin. Ich leihe mir die Kanone und halte sie dem Burschen an den Kopf. Wir können in diesem dunklen Loch nicht viel sehen, aber er kann den Lauf spüren. »Sag mir, wer euch geschickt hat«, knurre ich ihm ins Ohr, »oder zähl' bis drei.«

Das einzige Geräusch kommt von unserem Atem. »Also gut«, sage ich. Ich hebe die Kanone von seinem Kopf weg und lasse sie über dem Ohr auf seinen Schädel niedersausen. Ich trete den Stuhl unter ihm weg, und als er fällt, schieße ich in den Boden. In der Aufzugskabine müßte sich das ziemlich eindrucksvoll angehört haben.

Ich gehe die Treppe hinauf und bleibe in der Tür stehen, wobei ich die rauchende Kanone an der Seite herunterhängen lasse. Hinter mir atmet der Jamaikaner schwer, was die Wirkung noch verstärkt. »Du bist dran, Kumpel.«

Er sitzt auf seinem Stuhl und sieht mich an, als hätte er keine Angst. Aber ich kann eine gewisse Angespanntheit um die Augen erkennen. Seine Wangen sind weiß geworden. »Auf die Beine.«

Der Bursche aus Trinidad hat eine gehetzte Miene aufgesetzt. Er sieht, wie der Bursche mühsam hochkommt. Er muß die Beine spreizen und sich mit einem Ruck aufhieven. Dann steht er gebeugt da und tastet sich vorwärts, während die Stuhlbeine hinter ihm abstehen, wie bei einer alten Bauersfrau, die Feuerholz trägt. Er sollte Schwarz tragen.

»Befreit ihn von dem Stuhl«, sage ich. »Wir wollen nicht noch einen zertrümmern.« Sie sehen mich beide mit Weltuntergangsblicken an. Gonzo glaubt, er wird sterben, und der Mann aus Trinidad will nicht in einen Mord verwickelt werden. Er zögert, als er die Fesseln löst. »Hey, Mann, bist du sicher, daß das cool ist?«

Der Jamaikaner hinter mir tritt knurrend vor, um die Fesseln zu lösen. Er weiß, daß ich bluffe. Der große Weiße richtet sich ächzend auf und spannt und entspannt seine Hände. Mit der geborgten Kanone halte ich ihn in Schach, während ich zur Kabinentür zurückweiche und sie öffne. »Kommt schon. Bringen wir's hinter uns.«

Ich warte zwei Meter vom Fuß der Treppe entfernt, als sie ihn herausbringen. Aus dem Augenwinkel kann ich seinen Partner sehen, der mit seinem Stuhl im Dreck hinter der Kabine liegt. Er ist noch bewußtlos. Ich drehe seinen Kumpel um, so daß er einen raschen Blick auf ihn werfen kann, dann ziehe ich ihn wieder zurück, bevor er sieht, daß der Bursche noch atmet oder irgendwas. »Ich gebe dir fünf Sekunden«, sage ich. »Wer hat euch geschickt?«

Es scheinen lange fünf Sekunden zu sein. Er steht stumm da und wartet darauf, daß die Kanone losgeht. Der Bursche aus Trinidad sieht verängstigter aus als er. Der Jamaikaner läßt sich nichts anmerken, und ich hoffe, die »Leiche« bewegt sich nicht. Ich zähle nur bis vier, dann trete ich näher und bohre ihm den Lauf der Waffe in den Hals. »An die Kabinenwand«, sage ich. »Du kannst es kommen sehen oder mir den Rücken zudrehen. Ist mir egal.« Eine feindselige Sekunde lang begegnen sich unsere Blicke. Dann schaue ich mit einem Lächeln weg. Ich weiche mit der Kanone etwas zurück, damit er Bewegungsspielraum hat.

Und er bewegt sich. Seine linke Hand zuckt aufwärts, und er schlägt meine Kanone mit dem Unterarm beiseite. Er folgt mit einer Rechten, wobei er keine Zeit mit Geraden oder Haken verschwendet, sondern nur nach der Kanone greift. Seine rechte Schulter rammt vorwärts, da er herumfährt, um mich aus dem Gleichgewicht zu bringen und ihn näher herankommen zu lassen. Es ist ein gut ausgeführtes Entwaffnungsmanöver direkt aus dem Lehrbuch, wie ich es erwartet habe.

Weil ich das Lehrbuch auch gelesen habe. Als er meine Kanone zur Seite schlägt, bleibe ich nicht einfach überrascht stehen. Sein

Schlag dreht mich nach rechts, und ich gehe mit und hechte zu Boden. Einen Augenblick könnte man meinen, seine Faust hätte mich durch den Raum geschleudert, aber ich beende meinen Hecht mit einer Rolle und lande drei Meter entfernt in geduckter Haltung auf den Füßen, wobei die Kanone direkt auf seinen Bauch zeigt. Ich richte mich auf und tue so, als sei ich wütend. »Du willst es also auf die harte Tour? Also gut. Prügeln wir dir noch etwas Scheiße aus dem Leib, bevor du den Abgang machst. Nehmt ihn auseinander, Jungens, während ich ihn in Schach halte.«

Jetzt frage ich Sie: Würden Sie der Aufforderung folgen? Wenn dort ein einsfünfundneunzig großes Muskelpaket stünde, wütend und gereizt in den letzten Minuten seines Lebens, und Ihr einziger Schutz wäre ein verrückter Ganove, der eine geladene Pistole in die ungefähre Richtung des Kampfes richtete, würden Sie es tun?

Sie tun es auch nicht.

Also werfe ich dem Jamaikaner die Kanone zu und nähere mich dem Muskelpaket mit den Händen in den Taschen. Er verfolgt mit einem Auge, wohin die Kanone wandert. Ein geladener Revolver, der durch die Luft fliegt, bringt zusätzliche Instabilität in eine ohnehin explosive Situation.

Ich nehme die Hände aus der Tasche und trete den letzten Schritt vor. Ich sage, »Willst du es noch mal versuchen?« und versetze ihm dabei einen Handkantenschlag gegen den Hals. Dieser Schlag ist schwer zu parieren. Er ist schnell, und ich habe ihn von tief unten und ohne Vorwarnung angesetzt. Er krümmt sich und würgt, wie man es erwarten würde. Ich packe ihn an den Jackenaufschlägen, und während meine Finger einen Halt suchen, lasse ich meinen Mikrosender in seine Brusttasche gleiten.

Jetzt wissen Sie, warum ich die Hände in der Tasche hatte. Während ich ihn an den Aufschlägen halte, verpasse ich ihm einen Kopfstoß ins Gesicht, um ihm etwas anderes zum Nachdenken zu geben. Er sollte ein paar Zähne lockern – und es fühlt sich an, als hätte ich einen mitten in der Stirn stecken. Weil mein Kopf auf seinen Zähnen landete, ist der Schlag schmerzhafter für mich, als hätte ich ihn auf dem Nasenrücken getroffen. Aber das Blut, das aus seinem Mund tropft, ist ein Anblick, der mich für die Schmerzen entschädigt. Und er atmet nicht gut.

Ich sorge bei dem Burschen aus Trinidad für Erleichterung. »Sobald Des wieder da ist, machen wir mit diesem Burschen hier eine Spazierfahrt. Der andere hinter der Kabine ist nicht tot. Er kommt gleich wieder zu sich. Schafft ihn wieder in die Kabine und behaltet ihn im Auge. Laßt ihn an den Stuhl gefesselt, weil er hier bleibt. Okay?«

Er nickt ausgiebig. Er weiß nicht, was, zum Teufel, eigentlich vorgeht. »Genau«, sagt er. »Genau.«

Des sitzt vorne in dem gelben Capri, als sei er wieder ein Chauffeur. Hinten sitzen Gonzo und ich. Er hat einen blutverkrusteten Mund und eine Binde über den Augen, und seine Schultern sind eingefallen. Ich glaube, er hat abgeschaltet. Er weiß, wir werden ihn nicht umbringen, da wir es noch nicht getan haben. Aus demselben Grund kann er hoffen, daß wir ihm nicht einmal mehr weh tun. Es heißt, in der Gegend herumfahren, ein paar Spielchen spielen, abgesetzt werden, langer Heimweg. Er kann nichts dagegen tun. Also lehnt er sich zurück, schaltet ab, spart seine Kräfte. Das gehört zur professionellen Ausbildung. Man muß mit dem Strom schwimmen. In jeder Kampfsituation hat man die meiste Zeit keine Wahl, jedenfalls keine, die etwas bedeutet, also entspannt man sich. Gelegentlich kann man die Initiative ergreifen und etwas Unerwartetes tun, um das ganze Bild zu verändern. Gonzo hat das Gefühl, er hat seinen Auftritt dort vor der Aufzugkabine gehabt, als meine Kanone für einen Augenblick schwankte. Er hat es versucht, aber Pech gehabt. Er glaubt, ich hätte einfach zu schnell reagiert. Er weiß nicht, daß ich ihn aus der Reserve gelockt habe, als wolle ich einer Biene den Stachel rauben, indem ich ihm die Anspannung genommen und ihn ins Leere habe laufen lassen. Alles, was ihm das eingebracht hat, ist ein geschwollenes Gesicht. Es hätte andere Möglichkeiten gegeben, ihn zu verwanzen. Aber ich wollte den Mann so, wie er jetzt ist: müde, fix und fertig, unaufmerksam. Er versucht nicht einmal, den Kopf zu neigen und trotz der Augenbinde etwas zu sehen.

Wir fahren durch Teile von Brixton, die aussehen, als hätten sie nie Tageslicht erlebt. Dann quälen wir uns durch endlose Straßen mit Edwardianischen Reihenhäusern, die in Wohnungen und Apartments umgewandelt wurden. Die Einförmigkeit setzt sich fort. Man könnte meinen, wir fahren im Kreis, aber das tun wir nicht.

Im Dunkeln erkenne ich Clapham Common zuerst nicht. Ich bin nur sicher, weil die U-Bahn-Station so heißt. Ich lasse noch zwei Minuten verstreichen, dann klopfe ich Des auf die Schulter. Er wird langsamer. Ich sage zu ihm, er solle links abbiegen. Wir fahren noch hundert Meter, dann lasse ich ihn anhalten.

Er steigt aus und hält unsere Tür auf. Ich dirigiere unseren blinden Strohmann hinaus. Er findet es unangenehm, sich nur auf den Tastsinn verlassen zu müssen. Auf dem Gehsteig bleibt er wachsam stehen. Er wartet, um festzustellen, ob dies noch einmal sein Auftritt werden könnte.

Ich ramme ihm die Pistole in die Rippen und sage: »Laß dir nichts einfallen. Wenn du Glück hast, überlebst du die Sache vielleicht.«

Ich lasse Des seine Fesseln lösen und ihn dann wieder einsteigen. Ich bedeute ihm, daß er fahren soll, und er fährt zwanzig Meter vorwärts und um die nächste Ecke. Es ist jetzt so ruhig, wie es in Balham je werden kann. »Nur du und ich«, sage ich leise. »Willst du über irgendwas reden?« Er reagiert nicht.

»Du wirst diesem Gehsteig folgen, und zwar in die Richtung, in der du jetzt stehst. Ich halte die Kanone auf dich gerichtet. Du kannst dich zwanzig Schritte weit an der niedrigen Mauer rechts von dir entlangtasten. Danach kannst du die Binde abnehmen. Nicht vorher. Verstanden?«

Er sagt immer noch nichts, also füge ich hinzu: »Der einzige Grund, warum du noch am Leben bist, ist der, daß ich diese Burschen nicht in einen Mord verwickeln will. Sie haben nichts mit unserer Auseinandersetzung zu tun. Sie sind sauber und in diesem Geschäft nicht zu Hause. Wenn du zurückkehrst, kannst du deinem Boß zwei Dinge von mir ausrichten: Erstens, ich behalte deinen Freund als Geisel, zweitens, ich will Timmy zurück. Gebt mir Timmy, dann lasse ich deinen Freund frei. Hast du diesmal verstanden?«

Wiederum keine Reaktion. Also verliere ich die Geduld und beschließe, den ganzen Kram mit den zwanzig Schritten überflüssig zu machen. Ich versetze ihm einen Genickschlag, und er bricht zusammen wie ein getöteter Stier in der Arena. Dann mache ich kehrt und laufe dem Wagen nach.

Wir fahren nicht weit. Wir biegen zweimal scharf nach links ab und halten dann fünfzig Meter von der Straße entfernt, in der wir ihn abgesetzt haben. Auf dem Beifahrersitz neben Des fummle ich mit meinem Empfänger herum, bis ich das Signal von dem Mikrofon in seiner Tasche empfange. Wir hören ihn beim Gehen japsen. »Das ist nicht richtig«, sagt Des. »Hört sich an wie ein obszöner Anrufer.«

»Muß 'ne falsche Nummer sein«, sage ich.

Meine Vermutung ist, Gonzo könnte einen halbherzigen Versuch unternehmen, den Wagen zu verfolgen, aber wahrscheinlicher ist, daß er es nicht tut. So oder so wird er schließlich diese Hauptstraße ansteuern. Er wird sich glücklich schätzen, daß der Genickschlag ihn nur benommen gemacht, ihm aber nicht das Bewußtsein geraubt hat. Es ist nicht leicht, einem Burschen, der größer ist als man selbst, einen wirkungsvollen Genickschlag zu verpassen. Man kann sein Gewicht nicht in den Schlag legen. Aber ich mußte ihn aufhalten, damit wir verschwinden konnten.

Jetzt werden wir sehen, wie er sich verhält. Über das Mikro hören wir ihn herumschnaufen, und der Empfänger übermittelt zu viele Kratzgeräusche, wenn sich der Jackenstoff am Mikro reibt, aber nach kaum einer halben Minute taucht er auf der Hauptstraße auf. Er sieht aus wie ein Nachtschichtarbeiter, der gerade aufgewacht ist. Unser Wagen steht ohne Licht am Straßenrand und ist einer von vielen. Gonzo schaut nach links und rechts und fragt sich, was er tun soll, bevor sein müder Blick schließlich dort verweilt, wo ich es gehofft habe, und schon schlägt er die Richtung zur Telefonzelle ein.

Ich sage: »Ich hoffe, die Jungens haben ihm sein Kleingeld gelassen.«

»Wofür hältst du sie – Verbrecher?«

Gonzo betritt die Telefonzelle. Gonzo rüttelt am Telefon. Gonzo flucht und schlägt den Apparat. Gonzo verläßt die Telefonzelle.

Ich sage: »Ich hoffe, der andere Apparat funktioniert.«

»In Balham? Das sind hier nur Kunstwerke, Mann, Straßenmöbel, keine funktionierenden Maschinen.«

Wir lauschen dem Empfänger. Diesmal können wir ihn nicht sehen. Das Rattern und Scheppern gibt wenig Aufschluß darüber, was vorgeht, aber ich schalte für alle Fälle den Cassettenrecorder ein. Wir hören ihn wählen: sieben Ziffern – eine Londoner Nummer.

Er seufzt, dann hören wir, wie sein Geld herunterfällt. »Hi. Hier ist Casey.« Wir können die Stimme am anderen Ende nicht hören. Er fährt fort: »Ja, Casey. Ich bin frei.« Pause. »Das ist eine lange Geschichte, aber –« Pause. »Was soll das heißen? Ich bin gerade freigekommen. Ich war den ganzen Tag da.« Pause. »Ich *weiß*, daß ich nicht anrufen sollte, aber es ist wichtig, oder nicht?« Pause. »Na, vielen Dank.« Schnauben. »Hören Sie, schicken Sie jetzt jemanden hin oder was?« Kurze Pause. »Ich weiß nicht, wo es war. Aber ich bin jetzt in der Balham High Street.« Pause. »Ich *muß* wohl damit zurechtkommen, oder? Hören Sie: er weiß von Tiemens. Er sagte, er will ihn zurück. Und das ist noch nicht alles: Er hält Patterson fest, bis wir Tiemens freilassen.« Pause. »Ich berichte Ihnen nur, was er gesagt hat.« Pause. »Ich dachte, es ist wichtig.« Schniefen. »Ja, aber das ist irgendwie außergewöhnlich, oder nicht?« Pause. »Ja.« Kürzere Pause. »Ja.« Keine Pause. Der Hörer scheppert auf die Gabel. »Und vielen Dank auch. Willkommen zu Hause.«

Der Bursche, von dem wir jetzt wissen, daß er Casey heißt, stürmt aus der Telefonzelle und funkelt so wütend in unsere Richtung, daß man schwören könnte, er hat uns gesehen. Er flucht wieder und trottet über den Gehsteig auf uns zu. Ich gleite außer Sicht. »Bleibst du oben, Des?«

»Ja, wahrscheinlich wird er mich nicht wiedererkennen. In der Nacht sind alle Schwarzen schwarz.« Ich ducke mich auf den Boden, während Des seine Bemerkung flüstert. Die Mühe hätte ich mir sparen können. Casey überquert die Straße, bevor er bei uns ist. Er passiert uns auf der anderen Straßenseite, und als er ein Stück weit weg ist, komme ich wieder hoch und beobachte ihn durch das Rückfenster. Das Mikrofon überträgt sein Atmen laut und deutlich. »Ziemlich langweiliger Sender«, sagt Des. »Wie geht es weiter?«

»Das Signal hat eine Reichweite von gut einer halben Meile, aber bei diesen vielen Häusern haben wir Glück, wenn wir es auf zweihundert Meter empfangen. Laß ihm noch ein paar Sekunden und wende dann den Wagen. Ich will wissen, wohin er geht.«

Des erkennt es zuerst. »Der Mann will die U-Bahn nehmen. Wir werden ihn verlieren.«

Er hat recht. Casey ist noch zwanzig Schritte von der U-Bahn-Station Balham entfernt. Wenn er einmal dort unten ist, verliere ich den Funkkontakt. Ich muß ihm zu Fuß folgen. »Warte noch«, warnt Des. Casey ist vor der Treppe stehengeblieben und schaut sich um. Als er zufrieden ist, geht er die Treppe herunter. Ich öffne die Tür, aber Des sagt, »Mit dem Wagen sind wir schneller«, und gibt Gas.

Er vollführt die Hundertachtzig-Grad-Kehre, die er schon immer ausprobieren wollte, seit er sie in *Polzeirevier Hill Street* gesehen hat, und rast zum Eingang. Ich bin aus dem Wagen, bevor er steht, und Des ist hinter mir, ohne sich die Mühe zu machen, den Motor abzustellen.

Ein Fahrkartenkontrolleur erwacht aus seinem Schlummer, und Des schießt an mir vorbei und schwenkt seinen U-Bahn-Ausweis.

Ich folge ihm hindurch und rufe dabei etwas von wegen letzter Bahn. Der Mann ruft zurück: »Sie brauchen sich nicht zu beeilen, sie haben noch zehn Minuten Zeit.« Aber da stürmen wir bereits die Rolltreppe hinunter. Es geht lange geradeaus. Unten angekommen, biegen wir links ab und stürmen japsend auf den Bahnsteig, wo nur ein alter Mann in seinem großväterlichen Mantel sitzt, und er sieht so aus, als richte er sich auf eine Übernachtung ein.

Des läuft weiter zum anderen Bahnsteig, während ich Schleim aushuste. Also bin ich noch da, als Casey plötzlich aus einem Durchgang am anderen Ende des Bahnsteigs auftaucht. Mein Anblick läßt ihn augenblicklich umkehren.

Ich laufe den Bahnsteig entlang hinter ihm her in dem Wissen, daß Des ihm auf der anderen Seite den Weg versperren kann. Bis ich dort angekommen und durch den Verbindungsgang geschlittert bin, ist Casey bereits in einen Kampf verwickelt. Er ist ein großer Mann. Er muß volle fünf Sekunden gebraucht haben, um Des zu Boden zu schicken, aber er braucht weitere drei, um wieder in die Gänge zu kommen, und bis dahin bin ich bei ihm.

Ich ziehe die Kanone und richte sie auf ihn, aber er grinst nur. »Komm und hol mich.«

»Du kommst mit zurück, Casey. Du hast uns verraten, was wir wissen wollten.«

»Woher kennst du meinen Namen?«

»Ich weiß alles über dich. Stell dich an die Wand.«

»Verpiß dich.«

»Wohin willst du sie, Casey, in den Kopf oder ins Herz?«

Er zuckt die Achseln. »Die kannst du hier nicht benutzen.«

Des nähert sich stöhnend und stark hinkend. Er hört sich an, als hätte er echte Schmerzen. Ich nehme an, daß er übertreibt. Aber

Casey ist seiner Sache sicher: »Siehst du deinen Freund hier?« Casey neigt den Kopf in seine Richtung, dreht sich mühelos auf dem Fußballen und zielt einen kräftigen Tritt auf Des' Gesicht.

Das war nicht sehr klug. Des ist nicht schwer verletzt. Er sieht den Tritt kommen, weicht zur Seite aus und packt Caseys Fuß. Er bekommt ihn auch zu fassen, kann ihn jedoch nicht festhalten. In der nächsten Sekunde geht alles drunter und drüber, als ich vorwärts hechte, um Casey aus dem Gleichgewicht zu bringen, und er gegen die Wand taumelt, sich aber auf den Beinen hält, während Des sich aufrappelt. Ich werde durch die Kanone behindert. Es ist, als sei ein Arm außer Gefecht. Casey landet einen doppelhändigen Hieb in meinem Nacken, der zwar nicht richtig trifft, aber ausreicht, um mich in einer Woge tauber roter Übelkeit zu Boden gehen zu lassen. Er reißt mich an den Haaren hoch. Während seine Faust vorzuckt, springt Des ihn an. Ich bekomme trotzdem noch den halben Schlag ab – und ein halber Schlag von Casey ist wie zehn von einem anderen. Wieder rudere ich mit den Armen, als ertrinke ich, und Casey greift nach der Kanone und windet sie mir aus der Hand. Ich lasse das verdammte Ding los und werfe mich blindlings auf ihn, aber er springt zurück, und als sich der Nebel verzieht, sehe ich, daß seine Augen funkeln, seine Zähne gebleckt sind und er die Kanone in der Hand hält und auf mich gerichtet hat. »Das ist schon besser«, schnauzt er großspurig, was er sich auch verdient hat. »Jetzt nehme *ich dich* mit, mein Sonnenschein, wie man mir aufgetragen hat.«

Ich erstarre und denke, daß ich es versaut habe. Dann habe ich den Eindruck, als flattere eine Fledermaus in einer Höhle, und Des' Schuh wirbelt durch die Luft direkt auf Caseys Kopf zu. Als er sich duckt, hechtet Des nach seinem Bein, und ich springe ebenfalls vor, und in diesem Augenblick entdecken wir alle die Vorzüge meiner Ausbildung, weil ich wie ein vielversprechender Kadett die Kanone nicht entsichert habe.

Na ja, ich wollte sie nicht benutzen, oder? Es war mir in den letzten schrecklichen Sekunden vollkommen entfallen, aber all das zeigt nur den Wert einer guten Ausbildung. Ich muß Victor ein Dankesschreiben schicken.

Casey schlägt um sich, während er seine Beine freistrampelt. Ich ducke mich und rücke ihm auf die Pelle. Er versucht es mit einem Kopfstoß, dem ich ausweiche, und ich lande einen ordentlichen Schwinger an seinem Kinn, der ihn erschüttert, aber nicht fällt. Von irgendwo ganz unten in Höhe seiner Knöchel holt er zu einem gewaltigen Haken aus, wobei er die unbrauchbare Pistole als Schlagring benutzt. Hätte er mich getroffen, wäre mein Kopf wie eine überreife Kokosnuß davongeflogen. Doch ich winde mich zur Seite und lande einen weiteren zufriedenstellenden Schwinger auf seinem Ohr, der ihn seinem Haken hinterhertaumeln läßt, und als er herumfährt, um sich wieder auf mich zu stürzen, ist er so weit offen wie die Arme einer Mutter beim Willkommensgruß. Der Haken, den ich auf sein Kinn pflanze, trifft ihn mit der vollen Wucht meines Körpers und reißt seinen Kopf zurück, als sei er an einem Gummiband befestigt. Er wird mit ausgebreiteten Armen und Beinen zurückgeschleudert und segelt vom Bahnsteig auf die Stromschiene.

Es ist ein Anblick, wie ich ihn noch nie zuvor erlebt habe. Er fällt darauf und zuckt, als sei sein Rückgrat gebrochen, und dabei ertönt ein Knistern wie von brutzelndem Fett. Er starrt mich an, als er stirbt, und mein Gesicht wird das letzte Bild sein, das sich in sein Hirn einbrennt. Der Körper zuckt noch eine Weile, nachdem er längst tot ist.

Des mustert mich ausdruckslos, während er sich seinen Schuh anzieht. Ich hebe die Kanone auf und stecke sie ein. »Nett von ihm, so ordentlich zu sterben«, sage ich.

Am Fuß der Rolltreppe begegnen wir dem Fahrkartenkontrolleur, der sie herunterfährt, und er runzelt die Stirn, als er sich uns nähert. »Was ist passiert?« fragt er.

»Ein Mann auf den Schienen«, sage ich. »Selbstmord, glaube ich.«

»Du meine Güte, um diese Zeit? Um Gottes willen. Kommen Sie mit und helfen Sie, ja?« sagt er im Vorbeifahren. Doch wir eilen bereits die Stufen empor.

In Des' Bude verhalten wir uns den geschlechtsspezifischen Rollen entsprechend, über die sich die Brent-Bibliothekare immer beklagt haben. Rachel kocht Kaffee, ich fummle an meinem Cassettenrecorder herum und Des räkelt sich auf seinem Sessel, als gehöre ihm die Bude. Nun ja, immerhin zahlt er die Miete.

Bevor wir Balham verließen, ließ ich Des an der Telefonzelle anhalten, um die Wählgeräusche von null bis neun aufzunehmen. Dabei starrte er die ganze Zeit aus dem Wagenfenster, als sei er eine Katze, die einen Teller zerbrochen hat. Als ich schließlich wieder in den Wagen sprang, sah er aus, als liege er mit Grippe danieder.

Es tut seinen Nerven jetzt nicht gut, mich auf seinem Teppich sitzen und Caseys gewählte Ziffern mit meiner Stoppuhr vergleichen zu sehen, um die Nummer herauszubekommen, die er gewählt hat. Obwohl ich das Gerät mit halber Geschwindigkeit laufen lassen kann, muß ich äußerst sorgfältig mit der Zeitnahme sein. Ich spiele jedes Surren, das die Wählscheibe beim Zurücklaufen erzeugt hat, ich drücke auf die Tasten des Recorders, ich fummle mit meiner Stoppuhr herum, und es macht ihn ziemlich rappelig. Sogar das Kratzen meines Bleistifts auf dem Papier läßt ihn mit den Zähnen knirschen.

Rachel weiß nichts von alledem. Sie fragt, ob wir gern Whisky oder Rum in unserem Kaffee hätten, und die Spannung läßt ein wenig nach. Ich sage Whisky, und Des sagt Rum. Sie setzt sich zu mir auf den Teppich, und wir sitzen alle da, pusten in unseren Kaffee und wärmen uns die Hände an den Tassen. »Ich bin froh, wenn du endlich mit dieser Nummer fertig bist«, sagt Des. Seine Augen bleiben geschlossen.

Wir haben unsere Tasse etwa zur Hälfte geleert, als wir die Haustür und jemand die Treppe erklimmen hören. »Wie spät ist es, zum Teufel?« fragt Des. Die Schritte enden vor seiner Tür.

Das Klopfen ist leise, kaum mehr als eine rasche Folge von leichtem Pochen, als trommle jemand mit den Fingernägeln auf den Tisch, um sich Aufmerksamkeit zu verschaffen. Wer dort draußen auch steht, hat unser Licht brennen sehen und weiß, daß wir wach sind. Ich gleite neben die Tür, Des steht auf, und Rachel sitzt zwischen den Kaffeetassen und fragt sich, was sie tun soll. Ich ziehe die Waffe und halte sie unter meiner Jacke verborgen. Diesmal ist sie entsichert.

Bevor er die Tür öffnet, leckt Des sich die Lippen. »Wer ist da?«

»Hier ist Jancey. Mach auf, Mann.«

Ich unterbreche sie. »Wer ist das bei dir?«

»Nur Darius. Komm schon, laß mich rein.«

Sie kommt in das Zimmer wie eine schüchterne Schauspielerin, die einen schlechten Auftritt hat, und findet uns rings um die Tür versammelt wie Schauspieler am Drehort. Sogar die Kaffeetassen sehen arrangiert aus. Sie starrt Rachel an, als sei es ihr Stichwort. Darius sieht aus, als habe er sich Streichhölzer unter die Augenlider geschoben, um sie offenzuhalten, und weil er zu müde ist, um in der Tür zu warten, schleicht er herein und sagt, »Hi«. Des schließt die Tür.

Jancey und Rachel hören auf, einander anzustarren. Rachel schaut mich an, und Jancey schaut alle an außer mir. Wir warten alle darauf, daß jemand anders etwas sagt. Ich stecke die Kanone ein, gehe zu Darius und pflanze ihm sanft die Faust auf die Brust. »Bist du auf Nachtschicht oder was?«

»Die Schmiere hat mich erwischt.«

Wir fahren alle ein wenig zusammen, und Jancey erklärt. »Sie sehen ihn spät nachts auf der Straße. Er ist allein. Nach diesem schlimmen Tag macht sie jeder mißtrauisch, der nicht im Bett liegt. Besonders, wenn er in seinem Alter ist.«

»Ich bin kein Kind mehr.«

Ich lege ihm eine Hand auf jede Schulter, schaue ihm in die Augen und frage, ob alles in Ordnung sei. »Klar.«

»Was haben sie getan?«

»Nur einen Haufen Zeit verschwendet. Ständig Fragen gestellt. Wo ich wohne. Wo ich gewesen bin.«

»Was hast du gesagt?«

Er zuckt die Achseln. »Nichts, was sie hören wollen. Ich sage ihnen, wo ich wohne. Ich sage, ich wohne *hier*. Ich kann's nicht ändern. Ich sage, ich bin spazierengegangen, weil ich nicht schlafen kann. Dagegen gibt es kein Gesetz.«

»Dann fragen sie ihn wieder«, fährt Jancey fort. »Und wieder. Stellen ihm ständig dieselben Fragen. Sie sagen ihm, er lügt und hält irgendwas zurück.«

»Verbale Belästigung«, sagt Des in schleppendem Tonfall von seinem Sessel aus.

»Also halte ich den Mund«, sagt Darius. »Ich sage ihnen, daß ich jetzt müde bin. Reif fürs Bett.«

»Klar«, sagt Des. »Ist auch vernünftig. Deswegen warst du ja auch draußen. Weil du nicht schlafen konntest.«

»Aber sie haben ihn nicht rausgehen sehen«, unterbricht Jancey. »Sie haben Leute vor unserem Wohnblock postiert. Die passen auf, wer kommt und wer geht. Aber Darius haben sie nicht gesehen, weil er seit fünf Uhr nicht mehr zu Hause war. Ich hatte mir schon Sorgen gemacht.«

»Ich sagte, sie hätten mich nicht bemerkt«, sagt Darius. »Ich frage sie, ob ich mich demnächst abmelden und ihnen den Schlüssel geben soll, wie in einem Hotel.« Des lacht.

»Sie hören nur auf, ihn zu belästigen, weil er noch ein Kind ist«, verkündet Jancey. »Sie wissen, daß er lügt, aber was soll's? Er hat irgendwas gemacht, das nicht astrein ist, aber bestimmt nicht das, was sie interessiert.«

»Ich bin nicht bloß ein Kind.«

»Ja, aber du bist auch nicht, was sie suchen.« Zum erstenmal sieht sie mich an. Nur ein flüchtiger Blick, aber ich habe Zeit genug, um die Anklage und den Kummer darin zu sehen. Ich kann sie nicht weiter so tun lassen, als sei ich nicht im Zimmer. Ich gehe zu ihr und halte sie so bei den Schultern wie zuvor Darius. »Es tut mir leid, Jancey. Ich weiß, daß es meine Schuld ist, aber daß ich mich schuldig fühle, hilft keinem. Die Polizei glaubt, ich hätte mit diesem ganzen Ärger angefangen.«

»Ich wüßte nicht, wer sonst. Waren das Polizisten, die letzte Nacht in deine Wohnung gekommen sind, oder Halunken?«

»Ich bin nicht sicher.«

»Nicht sicher! Du weißt nicht, wer deine Feinde sind? Was hast du angestellt?«

Ich versuche sie an meine Brust zu ziehen, doch sie wendet sich ab. »Und du hast mich deiner neuen Freundin noch nicht vorgestellt.«

Sie speit dies förmlich aus wie die linke Gerade eines Boxers. Ich zucke zusammen, und Rachel springt förmlich vom Boden auf, während ich mich durch eine Art Vorstellung stottere. Was soll ich groß sagen? Mir fällt nicht mehr ein als: »Ja, das ist Rachel. Rachel, Jancey. Ja.«

Nicht, daß es eine Rolle spielte, was ich sage, weil die beiden sich immer noch beäugen wie Weltergewichtler beim Wiegen, und Darius steht zwischen ihnen wie ein Ringrichter. Jancey schnüffelt über den Kaffeetassen auf dem Teppich. »Feiert ihr hier alle 'ne Party? Sieht echt gemütlich aus, muß ich sagen.«

Des bietet ihr einen Kaffee an, aber damit läuft er nur in einen weiteren Konter: »Nein, ich mache mir selbst welchen, danke. Ist das da drüben die Küche?« Und sie stürmt hinaus. Oder, wenn Sie so wollen, sie stapft am Ende von Runde eins lächelnd in ihre Ecke.

Darius, der mitten im Raum steht, grinst. »Sie ist sauer, weil sie kommen und mich aus dem Polizeirevier abholen mußte. Ihr hättet sehen sollen, wie sie da 'reingeschneit ist.«

»*Darius!*« Janceys Ruf schneidet förmlich durch das Zimmer und muß die Leute über uns aufgeweckt haben. »Willst du deine Mama hier alles ganz allein machen lassen?«

16

Ich gewöhne mich an zwei Uhr morgens. Man braucht nur einen Grund, um wach zu sein. Nehmen Sie nur Wachposten – sie sitzen blinzelnd im Dunkeln und warten darauf, daß sie eine Bewegung sehen, und natürlich werden ihnen die Lider schwer. Aber wenn man Aufregung hat – und das ist alles von einem Flirt bis zum Anschleichen in der Dunkelheit –, dann ist man auch in diesen frühen Morgenstunden hellwach. Niemand ist unterwegs. Die Straße glänzt im nächtlichen Regen. Die Schatten sind undeutlich im Licht der Straßenlaternen. Bewegungen finden eine nach der anderen statt, so daß man jede einzelne mitbekommt: das Flattern von Papierfetzen auf leeren Gehsteigen, eine plötzlich weglaufende Katze, ein einsamer Wagen, der sein Mantra summt.

Des' Capri summt nicht, er gurgelt. Er steuert ihn durch Southwark zu Old Vic, überquert die Waterloo Bridge, fährt nach Westen über The Strand zum Trafalgar Square – auf dem in dem grauen Licht keine Tauben zu sehen sind –, kreuzt durch das West End, umrundet Hyde Park Corner, als sei dort nie Verkehr, und setzt uns am Earls Court ab, als sei es die Straße nebenan.

Er ist verschwunden, bevor Rachel ihren Schlüssel in die Hoteltür gesteckt hat. Wir gehen vorsichtig die Treppe hinauf und mit weniger Lärm in unser Zimmer als zwei Fassadenkletterer. Ich öffne den Vorhang, um die Nacht einzulassen. Aber da ist kein Himmel, keine Sterne, nur die undurchsichtige leere Wand neben der Tür.

Ich setze mich auf das Bett und ziehe ein paar Sachen aus. Rachel kniet sich hinter mich und flüstert mir ins Ohr: »Du hast mir nie von Jancey erzählt«, und ich sage, sie sei nur meine Nachbarin, und Rachel sagt: »Ach ja?«, und ich werfe sie auf den Rücken und setze mich im Dunkeln auf sie. Sie fährt mit den Fingern durch die Haare auf meiner Brust, und ihre Augen funkeln in der Düsternis. Geistesabwesend streichle ich ihren Körper, und die Farbe ihrer Haut versickert im Grau des Lakens. Nur das Weiß ihres Büstenhalters tritt hervor.

Ich verhätschle sie wie eine Erinnerung, so, wie man eine Katze streichelt: Man weiß, daß sie da ist, freut sich, daß sie schnurrt, läßt seine Gedanken aber umherstreifen, während die Finger das Fell kraulen.

Selbst als sie die Innenseite meiner Oberschenkel streichelt, hin und her, als schaukle sie eine Wiege, bemerke ich kaum, was sie tut. Die träge Wärme eines tropischen Abends durchflutet meine Glieder. Erst, als sie am winzigen Metallhaken meines Reißverschlusses herumfummelt, kehren meine Gedanken zur Gegenwart zurück. Ich denke, ich sollte etwas tun, so etwas wie männliche Initiative ergreifen. Aber sie fühlt sich wohl auf dem Rücken. Es würde ihre Stimmung stören, etwas zu ändern. Also hocke ich untätig auf ihr, aufrecht und männlich, widerstandlos, während sie mit ihrer Hand forscht.

Dann bewegen wir uns gleichzeitig. Ich gleite seitlich von ihr herunter, während sie sich aufsetzt und nach mir greift, um mich daran zu hindern wegzugehen. Wir umarmen einander und küssen uns. Ich fühle die genaue Form jedes Wirbels, die Vertiefung zwischen den Schultern, den rauhen Saum am Verschluß ihres Büstenhalters. Ich öffne den Verschluß und ziehe sie zu mir, und ihre Brüste verschmelzen mit meiner Brust. Dann beugt sie sich vor. Ihre stacheligen Haare kratzen über meine Vorderseite.

Als ich sie sanft hochnehme, fragt sie, ob es mir nicht gefalle und warum sie aufhören solle? Als ich sie von mir schiebe und umdrehe, flüstert sie, sie habe gedacht, ich müsse um diese Zeit müde sein.

Aber ich platze wie ein übermäßig vollgestopftes Würstchen, und jeder Stoß, den ich in ihr mache, ist so, als sei ich vierzig Zentimeter groß und wüchse mit jeder Bewegung. Plötzlich sind wir keine Menschen mehr, wir sind eine verzweifelte Maschine, die stampft und pumpt, bevor sie durch das ganze Zimmer explodiert.

Der Nachhall im Raum wird schwächer, bis das einzige Geräusch im Zimmer unser sich langsam beruhigender Atem ist.

Ich stand hinten in einem kleinen Boot, trieb auf einem englischen Fluß, den ich nie gesehen habe – wo sich buntgescheckte, überhängende Blätter im Wasser spiegeln –, und hatte eine Stake in den Händen, mit der ich das Boot vorwärts trieb, als hätte ich jahrelange Übung darin. Farbe sickerte in die Szenerie ein, als habe jemand den Regler am Fernseher aufgedreht.

Das Wasser war waffenmetallblau, und auf der Oberfläche kräuselten sich Grün- und Blautöne. Meine Stake war lackiert, und ich trug Weiß. Vogelgezwitscher blendete sich ein, als habe ich einen weiteren Regler am Fernseher gefunden. Kleine Wellen klatschten gegen das Boot wie Wein, der aus einer Flasche gluckert.

Ich schaute in das Boot und sah Rachel, die unter einem breitkrempigen Strohhut zu mir aufsah. Auf dem Sitz rings um sie bauschten sich Lagen aus Musselin und weichem Stoff. Dann erschien ein langes Glas mit einem Strohhalm in ihrer Hand, und sie trank von einer bernsteinfarbenen Flüssigkeit, und Eiswürfel klirrten.

Ich schaute weg, hinter mich und flußaufwärts, woher wir gekommen waren. Der Fluß war breit, von Bäumen gesäumt und leer und wand sich unter einem strahlenden Himmel außer Sicht. Eine riesige Sonne brannte herunter. Eine afrikanische Sonne. Die

Wärme war nicht englisch. Sie beraubte mich meiner Kraft und ließ mir Schweiß in die Augen rinnen.

Als die Leiche vorbeitrieb, war sie so wenig bemerkenswert wie ein Zweig im Wasser, und als wir sie einmal passiert hatten, blieb sie schaukelnd auf gleicher Höhe, als sei sie an unser Heck gebunden. Ich stocherte mit meiner Stake, aber irgendwie ließ die Strömung sie am Boot haften, und ich mußte feststellen, daß ich Casey nicht abschütteln konnte.

Er lag grinsend im Wasser, auf dem Rücken, Arme und Beine ausgebreitet. Ich wartete darauf, daß er etwas sagte. Doch er starrte nur. Da war keine Boshaftigkeit, kein Drang zur Vergeltung. Seine Augen glänzten, als sei er froh, tot zu sein. Dann wurde mir klar, daß er sich auf etwas freute. Er lag im Wasser und wartete auf etwas, von dem er wußte, daß es passieren würde.

Ich wandte mich wieder an Rachel, die immer noch friedlich auf ihrem Sitz hockte und an ihrem Strohhalm sog. Sie lächelte, und ihre Augen leuchteten, und ihre Lippen teilten sich in einer Nachahmung von Caseys Lächeln.

Hinter mir schlug seine Leiche jetzt gegen das Heck des Bootes, und als ich mich zu ihm umdrehte, sah ich aus dem Augenwinkel, wie Rachel sich von ihrem Sitz erhob, und ich rief ihr zu, sie solle sitzen bleiben und nicht aufstehen, aber sie lachte vergnügt und warf den Kopf in den Nacken, und ich spürte, wie Casey hinter mir ins Boot kletterte. In den letzten hektischen Sekunden, als das Boot kenterte, glaubte ich zu sehen, daß Rachel eine Pistole hielt, die sie auf mich richtete, aber dann erkannte ich, daß es nur ihr Glas war. Die Flüssigkeit war hellrot geworden.

Wir schaukelten wild auf dem Wasser und fielen dann geräuschlos in den Strom. Das Wasser war nicht kalt. Es war tropisches Wasser – warm, verführerisch, tödlich gefährlich. Auf der Suche nach Rachel schwamm ich um das Boot, aber sowohl sie als auch Casey waren verschwunden.

Ich kroch aus dem englischen Strom auf das sandige Ufer. Für vielleicht eine Sekunde blieb es ein Flußufer, aber dann verwandelte es sich in den Kies- und Sandstrand fünfzig Meter vom Heim meiner Kindheit entfernt.

Vielleicht schlief ich nicht richtig – Sie kennen diesen Zustand des Halbschlafs, in dem man versucht, den Verlauf eines Traums zu beeinflussen? Ich wußte, daß ich an diesem Strand nicht entlanggehen wollte. Ich versuchte mit aller Macht, mich abzuwenden. Aber ich hatte keine Wahl. Ich mußte den üblichen Horror erleben. Der Traum schleppte sich durch die endlosen Augenblicke, während ich durch den klebrigen Sand marschierte und unser kleines Cottage immer größer und unheilverkündender werden sah, bis es plötzlich so war, als sei der Regisseur des Films der Sache überdrüssig geworden, da er zur nächsten Szene schnitt, in der ich die Schranktür öffnete und hinauslugte.

Es war dasselbe schreckliche Durcheinander. Vertrautes chaotisches Terrain. Der Küchentisch war umgestürzt, Partyessen lag auf dem Boden, überall zerbrochene Gläser und Teller, gekrümmte Leiber, Blut. Tropf, tropf, tropfender Wein. Ein Rascheln in der Ecke. Zwei Personen, zwei Leiber, die sich auf zersplittertem Geschirr wälzten, zwei Tiere, die im Dreck kopulierten.

Rachels Gesicht glänzte in der Düsternis, da sie sich zum Höhepunkt trieb – schwitzend und mit starrem Blick, die Zunge zwischen den trockenen Lippen, der Atem keuchend. Und er, selbst als er mir sein klammes Gesicht zuwandte, rosa und dumm in seiner aufgeknöpften Uniform, konnte nur Casey sein, der jetzt in meinen

Träumen verwurzelt war und dessen höhnisches Grinsen mich noch jahrelang verfolgen wird.

Ich war wieder ein Kind, und Casey wandte sich ab. Er war seiner Sache so sicher, daß er sich umdrehen und mir die beiden widerlichen Halbmonde seines Hinterteils zeigen konnte, das auf und nieder stieß, da er sie in den Boden rammte.

Als ich das Messer aus den Trümmern am Tisch hob, erwachte ich langsam. Ich weiß noch, daß ich dachte, der Soldat habe jetzt ein Gesicht, und obwohl sein Kopf weiterhin zwischen ihren Brüsten lag und sie vollsabberte, als ich die Klinge durch den dicken Khakistoff trieb, sah ich doch das jähe Aufzucken von Schmerz in seinen Augen.

Ich trat ihn beiseite, während der Traum verblaßte. Er rollte weg und gab den Blick auf den blutverschmierten, entstellten Leib meiner armen toten Schwester frei, und als ich mir die Hand vor den Mund hielt, um den Aufschrei zu unterdrücken, sah ich die ekelhafte grüne Eidechse in ihr Haar huschen.

Wärme.

Nähe.

Rachel, die mich umarmt. Wirklich, lebendig, Rachel, die mich festhält. Nackte Leiber wie Mutter und Kind. Sie streicht mir über das Haar und tröstet mich wie ein Baby. Vielleicht habe ich gewimmert.

Ich bin sicher, daß ich nicht geschrien habe. Ich schreie nicht, wenn ich aufwache. Vielleicht habe ich gestöhnt.

Rachel hält mich, während die Minuten in der Dunkelheit verstreichen. Meine Atmung verlangsamt sich auf normal. »Es ist alles in Ordnung. Ich bin ja bei dir. Es ist alles gut. Nur ein Traum.«

Ich frage, wie spät es ist, um etwas zu sagen. Sie lehnt sich zum Nachttisch herüber. »Vier Uhr. Am Morgen. Gut, daß heute Samstag ist.«

Samstag. Das Wort hallt in meinem Schädel nach. Samstag. Das ist der Tag. Victor sagte, Samstag sei es so weit. »Wie spät ist es?«

»Das sagte ich doch gerade. Vier Uhr.«

Ich lege mich hin, und sie deckt mich sorgfältig zu. Sie kuschelt sich näher an mich, bleibt aber auf ihrer Seite, um mich anzusehen und zu fragen: »Geht es dir jetzt wieder besser? Willst du darüber reden?« Ich schüttle den Kopf. »Solche Träume sind die schlimmsten. Was hast du gemacht? Du hast Unsinn geredet.«

Mein Mund ist völlig ausgetrocknet. Ich brauche zwei Versuche, um zu krächzen: »Die Leute reden viel Unsinn im Traum.«

»Es klang mehr wie eine fremde Sprache.«

Ich zittere jetzt, und sie kommt näher, um mich zu wärmen. Ich kann das Bild nicht abschütteln, wie sie sich begierig Caseys Stößen entgegengeworfen hat, und ich bin deswegen beinahe wütend auf sie, als sei es tatsächlich passiert.

»Ich bin nicht überrascht, daß du einen Alptraum hattest. Das war ein furchtbarer Tag für dich.«

Ich schnaube abfällig.

»Ich weiß, daß das nicht sehr überzeugend klingt.«

Ich tätschle ihren Arm. Sie holt tief Luft, benutzt sie jedoch nicht. Sie will reden, weiß aber nicht, wie sie anfangen soll. Ich werde ihr nicht helfen. Ich werde so tun, als schliefe ich wieder ein, oder vielleicht stehe ich auch auf und tue irgendwas. Reden ist das letzte, was ich will.

Also tut sie es für mich. Ihr Tonfall ist beruhigend, ihr Flüstern sanft wie Seufzer, aber ganz sacht, und allmählich kommt der Vorwurf zum Vorschein, mit dem sie seit Tagen hinter dem Berg hält. Wenn ein Bursche wie ich, sagt sie, mitten in der Nacht aus einem Alptraum aufwache, bedeute das, ihm mache irgend etwas zu schaffen. Schrecken des alltäglichen Lebens sickerten in sein Unterbewußtsein wie Flecken in ein Laken. Er käme nicht zur Ruhe. Er schnipple an dem herum, was ihm Sorgen bereite, und versuche unwillkommene Gedanken abzuschütteln. Sie vermeidet das Wort Gewissen. »Kannst du dieses Leben nicht aufgeben?« fragt sie, und ich starre gegen die unsichtbare Decke.

»Welches Leben?« murmle ich, und mein Mund fühlt sich immer noch verkleistert an. Wenn ich mich katatonisch verhalte, schläft sie vielleicht wieder ein.

»Diese Bande, der du angehörst. Diese Männer in der Wohnung.«

»Das ist keine Bande.«

»Als du gegangen bist, hast du da die Gefangenen mitgenommen?«

»Die Gefangenen?«

»Aus der Garage oder was das war. Aus diesem Verschlag unter den Brückenbögen.«

»Ach, die. Denen geht es jetzt wieder gut.«

»Was ist mit ihnen passiert? Wer waren sie?« Die Inquisition hat begonnen. Die langen zähen Morgenstunden gegen vier Uhr, wenn ein Mann und eine Frau wach im Dunkeln liegen und einer der beiden immer weiterredet, während der andere sich abwendet und nach Schlaf sehnt.

»Gehören sie einer anderen Bande an?«

»Wir sind keine Bande. Das sind nur ein paar Freunde.«

»Du hattest eine Pistole. Warum weichst du mir aus?«

»Das tue ich gar nicht.«

»Doch, das tust du. Was ist heute – gestern – in Deptford passiert? Es gab einen Krawall.« Ich grunze. »Warst du darin verwikkelt? Das warst du doch, oder? Hast du ihn vielleicht sogar angezettelt?«

Ich muß etwas sagen. »Die Situation ist einfach außer Kontrolle geraten. Ich war nur zufällig da, als es losging.«

Sie macht Anstalten, etwas zu sagen, und hält dann inne. Wir liegen auf dem Rücken und starren mit trockenen Augen und Kehlen nach oben. Darum hasse ich es, mich mit Frauen einzulassen. Wenn man es andauern läßt, wenn man zuläßt, daß man regelmäßig zusammen schläft – in der Bedeutung des Zusammenlebens und nicht nur im sexuellen Sinn –, endet das irgendwann damit, daß man eine dieser Foltersitzungen um vier Uhr morgens hat, in denen einem die Haut abgeschält werden und man sich entblößen soll. Frauen geben sich nicht mit Kameradschaft und Sex zufrieden, sie müssen einen mit Gefühlen und Tränen quälen. Für sie ist Weinen angenehm, therapeutisch, etwas, worauf man sich freuen kann, wenn die Beziehung reift.

Das Stocken in ihrer Atmung verrät mir, daß sie in der Dunkelheit weint. Es ist dieses feuchte Schniefen, das besagt: Ich versuche meine Tränen zu unterdrücken ... Ich will dich nicht damit belästigen ... Schlaf einfach wieder ein ... Ignoriere mich, dann kann ich in der Nacht einsam vor mich hin weinen.

Also muß ich mich umdrehen und sie in die Arme nehmen. Ich streiche über ihre Haare und murmle liebe Worte, während sie ihre Fragen und Beschuldigungen herausschluchzt. Bevor ich weiß, was ich sage, habe ich bereits hoch und heilig gelobt, daß ich kein Verbrecher sei, daß es eine andere Art Auftrag sei. Sie zieht sich an dem Wort hoch: »Auftrag? Was – bist du dann so eine Art Terrorist?«

Ich schnaube verächtlich und verziehe das Gesicht zu einer Miene, die besagt, mach dich nicht lächerlich. Aber es ist so dunkel, daß sie meine Miene nicht sehen kann, und außerdem hat sie den Kopf an meiner Brust vergraben. »Was tust du dann wirklich? Warum bist du hier?«

»Aus keinem besonderen Grund.«

Sie zupft an den Haaren auf meiner Brust. »Du mußt es mir sagen.«

Meine Gedanken rasen zurück zu unserer ersten Begegnung. Ich frage mich sogar, ob sie auf mich angesetzt worden sein kann. Aber ich erinnere mich an den Zug und den Burschen mit dem Walkman, und ich weiß, daß unsere Begegnung nur ein Zufall war.

Sie kratzt mich und wiederholt ihre Bitte. Sie ist wie eine Lieblingstochter, die ihren Vater bekniet. Ich sage: »Du hörst dich an wie meine Schwester.«

»Ich wußte nicht, daß du eine Schwester hast.«

»Sie ist jetzt tot.«

»Oh. Oh, das tut mir leid. Wann ist sie – willst du nicht darüber reden?«

»Ich will eigentlich nur schlafen. Es ist verdammt spät.«

Aber ich kann spüren, wie sie jener Zustand entspannter Wachheit, der sich in solchen Situationen manchmal einstellt, immer mehr überkommt. Sie hat etwas gefunden, wo sie nachhaken kann. Es hat ihre Tränen versiegen lassen, und ich wette, ihre Augen leuchten im Dunkeln.

»War es vor kurzem?«

»Nein. Es war vor langer Zeit. Ich war noch ein Kind.«

»Aber du hast sie nie vergessen?«

»Nein.«

»Natürlich nicht. Wie ist sie gestorben. War es ein Unfall?«

Ich sollte ihr sagen, ich wolle nicht darüber reden: es sei zu schmerzlich. Sie würde das verstehen. Aber was soll's, in dieser schlafenden Welt ist sonst niemand wach. »Sie wurde von einem Haufen Soldaten so lange vergewaltigt, bis sie tot war.«

Man sollte meinen, daß sie das schockieren müsse, und das tut es auch. Sie stammelt eine Art Entschuldigung und windet sich ein Stück nach oben, so daß ihr Gesicht meines berührt. Wir können einander jetzt sehen. Sie legt die Hände auf meine Wangen und starrt mir in die Augen. Ich schaue weg. »Ja. Tja, ich lebe noch. Mich haben sie nicht erwischt.«

»Warst du denn dort?«

Jesus, bin ich müde. Jedes Wort hält mich davon ab, mich abzuwenden und die Augen zu schließen, es zu verdrängen, mich in den Schlaf zurückzuziehen. Ich winde mich, als versuchte ich, einen Moskito abzuschütteln.

»Du warst nicht dort, oder? Du hast es nicht mitangesehen?«

»Ich habe es gesehen. Jedenfalls das Ende.«

Sie küßt mich sanft auf die Stirn und nimmt mich so fürsorglich in die Arme, daß ich an meine Mutter erinnert werde. Mein Adamsapfel schwillt mir in der Kehle an, und einen Augenblick glaube ich, daß ich ihr bei den Tränen Gesellschaft leisten werde. Aber ich tue es nicht. Man führt nicht meine Art Leben, wenn man Gefühle nicht unterdrücken kann. Ich bewege mich und denke daran aufzustehen.

»Ich nehme an, das war, bevor du nach England gekommen bist?«

Die Frage versetzt mir einen Schock, und ich versteife mich. »Was willst du damit sagen?«

»Na, du bist doch kein Engländer, oder?«

»Natürlich bin ich Engländer.«

»Nicht wirklich. Ich meine, du wurdest nicht hier geboren.«

»Wie kommst du darauf?«

»Ich kenne dich mittlerweile. Du bist … kein geborener Engländer, nicht wahr?«

»Wir sind oft umgezogen, als ich noch klein war. Das hat meinen Dialekt verwischt.«

Es müssen volle zwanzig Sekunden vergangen sein, bis sie wieder etwas sagt, und sie wird nicht schlafen, soviel ist sicher. Ich werde nervös. Das ist eine mächtige Waffe, Schweigen. »Wenn du tatsächlich vorgibst, Engländer zu sein, dann *mußt* du wohl ein Terrorist sein. Bist du hierhergekommen, um Bomben zu legen?«

»Ich bitte dich!«

»Weswegen dann?«

»Es hat nichts mit Bombenlegen zu tun. Ich bin eher Pazifist.«

Und sie lacht mich aus. Ich sage Ihnen, sie lacht mich tatsächlich aus – unterbricht ihre Inquisition, um bei dem Gedanken, ich sei Pazifist, lauthals zu lachen. Ich will deswegen mit ihr streiten, aber dann wird mir klar, daß es tatsächlich ziemlich lächerlich klingt, also lächle ich ebenfalls. Ich lache nicht, aber ich lächle. »Okay. Dann bin ich eben kein Pazifist.«

»Was bist du dann?«

Wie sagt man es dem Mädchen? Ich liege um halb fünf Uhr morgens leicht benommen im Bett und weiß, daß es fast vorbei ist, daß wir es morgen um diese Zeit erledigt haben und ich übermorgen um diese Zeit außer Landes sein werde. Rachels Gesicht wird zu der unbestimmten Silhouette verblassen, die es jetzt im Dunkeln ist. Ich werde auf Gott weiß was für einem Flughafen gelandet sein oder auf einem Schiff schlafen, das langsam durch den Kanal dampft, oder ich werde irgendwo auf einem einsamen Fleckchen Erde steif und tot daliegen.

Rachel, das ist unsere letzte gemeinsame Nacht. Diese dunklen schleichenden Minuten sind der Höhepunkt unseres gemeinsamen Spiels. Wir werden in gegenseitiger Umarmung einschlafen, aufwachen, uns ein letztes Mal lieben und uns dann so sanft und zärtlich voneinander verabschieden, daß du nicht wissen wirst, daß es ein Lebewohl war.

Weil es vorbei ist, Rachel, mein Liebling. In diesen letzten paar Tagen haben wir jeweils eine andere Zukunft für uns gesehen. Du wußtest, ich würde mit dir zusammenziehen – vielleicht konntest du schon unser Kind in deinem Bauch spüren –, und du hast gesehen, wie wir es in die Schule bringen. Aber ich habe dich betrogen. Während du dir die ganze Zeit diese Zukunft ausgemalt hast, wußte ich, daß ein Morgen wie dieser kommen würde, wo ich traurig gelächelt haben würde, da ich dich verließ, wo ich dir noch einmal an der Ecke zugewunken haben würde, um mich dann der Realität der ernsten Arbeit zu stellen, die vor mir liegt.

17

Ich steche die Gabel in mein Spiegelei, und es blutet gelb über den Schinken. Das Ei hat mich angefunkelt, kalt und glitschig wie eine Auster und mich herausgefordert, es doch zu essen. Daneben glänzt eine schmierige Wurst wie ein Hundehaufen auf einer Seite des Tellers. Der Kaffee ist lauwarm.

»Willst du noch Kaffee?« Ich lächle Rachel auf eine zögernde, traurige Art an, die sie einfach falsch interpretieren muß. Wir sehen uns über das Frühstück hinweg an wie ein altes verheiratetes Paar, und ich wische einen Marmeladenklecks vom Tischtuch. Ich warte, bis sie zu Ende gefrühstückt hat und nach oben geht. Dann rufe ich Victor an. Es ist ganz gut so, daß zwei Meilen Telefonkabel zwischen uns liegen, weil er es mir um den Hals legen würde, wenn er mich erreichen könnte.

»Du hast alles in Gefahr gebracht, ist dir das klar?«

»Ich weiß.«

»Hat es noch nicht gereicht, einen größeren Rassenkrawall anzuzetteln? Mußtest du auch noch einen verdammten Polizisten umlegen?«

»Polizist?«

»Was hast du dir dabei gedacht, in Gottes Namen?«

»Was für einen Polizisten?«

»Der Mann in der U-Bahn. Du hast doch gewußt, daß er Polizist war?«

»Casey?«

»Detective Sergeant Casey, du Idiot. Für wen hast du ihn denn gehalten?«

»Ich habe es nicht gewußt. Er war einer von den Burschen, die mir auf die Bude gerückt sind. Er hatte eine Kanone.«

»Was wollte er in Balham in der U-Bahn-Station?«

»Das ist eine lange Geschichte.«

Victor will sie nicht hören. Er sagt mir, ich solle bleiben, wo ich sei, weil er komme, um mich abzuholen.

»Was mache ich mit Caseys Freund?«

Auch das gefällt ihm nicht. »Mit welchem Freund?«

»Haben sie Patterson nicht erwähnt?«

»Patterson?«

»Caseys Freund. Sie waren zu zweit, schon vergessen?«

»Und wo ist er?«

»Ich halte ihn gefangen. Was soll ich mit ihm machen?«

»Jesus.«

»Es tut mir leid, Victor.«

»Leid!« Er hört sich an, als habe sich seine Zigarre aufgelöst.

»Ich lasse ihn wohl besser frei.«

»Du kommst besser hierher.«

»Ich kann ihn nicht einfach dort lassen, wo er ist. Die Jungens werden wissen wollen, was sie mit ihm anfangen sollen.«

»Welche Jungens?«

»Ich habe zwei Leute, die ihn bewachen.«

Ich stehe da und halte den Hörer umklammert, während er einen so langen Seufzer ausstößt, daß ich noch ein weiteres Zehn-Pence-Stück nachwerfen muß. Als das Tuten aufhört, sagt er immer noch nichts. Also breche ich das Schweigen. »Ich regle das. Mach dir keine Sorgen deswegen.«

Er setzt zu einer Antwort an, während ich den Hörer auflege. Ich kann mir seine müde Stimme vorstellen, wie sie ungehört fortfährt. Ich starre trübsinnig auf den Münzeinwurf. Vergeudete zehn Pence, wirklich.

Anruf Nummer zwei: die Nummer, die ich selten benutze. Eine nichtssagende Stimme – männlich – sagt: »Hallo.«

»Ich bin's. Ich rufe von einem Münzapparat an. Tut mir leid.«

»Ist wahrscheinlich sicherer als die meisten anderen. Wie geht es Ihnen?«

»Haben Sie die Nachrichten gesehen?«

Natürlich hat er. Manchmal glaube ich, der Große Mann läßt den Fernseher ständig laufen. Vielleicht hat er vier Stück, und über jeden Bildschirm flackern lautlos die Bilder eines anderen Senders. Vier stumme Fenster zu einer fremdartigen Welt. Er sagt: »Niemand scheint viel über Sie zu wissen.«

»Das will ich auch hoffen. Jedenfalls, was diese ganze Angelegenheit betrifft: ich konnte nichts dagegen tun. Zwei Burschen haben um drei Uhr morgens einzubrechen versucht und die Nachbarn geweckt.«

»Ihre Nachbarn haben wohl einen ziemlich leichten Schlaf?«

»Sie waren bereits wach. Sie warteten auf sie. Das Problem ist, sie haben mir nichts davon gesagt.«

»Und Sie wußten es nicht?«

»Ich bin nicht stolz darauf.«

»Nein. Was war das für eine Schießerei auf der Straße?«

»Die ersten beiden Burschen hatten Freunde. Die haben sie gesucht, als sie nicht wieder auftauchten.«

»Und wer waren diese Leute?«

»Gott weiß, wer. Ich dachte, sie könnten zum anderen Verein gehören oder … Aber dann hieß es, dieser Casey sei ein Bulle.«

»Ein Ex-Bulle. Ein ganz anderes Kaliber.«

Darüber denke ich kurz nach. »Was will uns das sagen?«

»Er ist kein Bulle mehr, er arbeitet in einer ähnlichen Branche.«

»Ein korrupter Bulle?«

»Das bezweifle ich. Er ist ein Ex-Bulle. Ich vermute, er ist zu einer privaten Sicherheitsfirma gewechselt – zu der Art, wie sie für unvermittelbare Jobs wie diesen benutzt werden. Aber jemand ist Ihnen auf die Spur gekommen. Das bedeutet nichts Gutes.«

»Zuerst sind sie Timmy auf die Spur gekommen. Aber ich bin jetzt abgetaucht. Ich krieche bei Victor unter. Aber hören Sie, ich habe noch einen ihrer Männer: Caseys Freund. Wollen Sie ihn haben?«

»Wo ist er?« Ich erzähle ihm von der alten Garage unter der Eisenbahnbrücke. Er sagt: »Sehen Sie einfach zu, daß Sie ihn loswerden. Lassen Sie ihn laufen, erschießen Sie ihn, irgendwas.«

»Ja, was denn nun?«

Er schnauft. »Weiß er, wo er ist?«

»Nein.«

»Weiß er *irgendwas*?«

»Nein.«

»Dann lassen Sie ihn am Leben. Machen Sie irgendeine Frau glücklich.«

»Warum nicht? Hören Sie, dieser Casey: bevor er starb, hat er noch eine Nummer angerufen. Ich habe die Nummer. Können Sie herausfinden, zu welchem Anschluß sie gehört?«

»Eine Nummer? Haben Sie sie richtig mitbekommen?«

»Sicher. Er hat zu Hause angerufen. Ich hörte, was er sagte.«

»Irgend etwas Interessantes?«

»Eigentlich nicht. Er hat bestätigt, daß sie Timmy haben. Sonst nichts. Wollen Sie die Nummer?«

Ich habe mir dieses Juwel bis zuletzt verwahrt. Nach einer ganzen Nacht, in der ich eine Belastung allererster Güte war, habe ich eine große saftige Rosine aus dem Hut gezaubert und sie ihm gegeben. Eigentlich ist es weniger eine Rosine, sondern mehr ein Apfel – ein Apfel für den Lehrer, um ihn bei Laune zu halten, falls er wütend auf mich sein sollte. Er ist entzückt. Er sagt, er werde die Adresse binnen einer halben Stunde haben. Also sage ich, daß ich ihn wieder anrufe. Ich will wissen, aus welcher Ecke diese Burschen auf mich losgehen.

Als ich den Kopf zur Tür hereinstecke und Rachel sage, ich müsse noch mal weggehen, setzt sie sich wortlos aufs Bett. Ich werfe ihr noch ein paar heitere Sätze an den Kopf, aber sie hat sich wieder in ihren Panzer zurückgezogen, so daß sie von ihr abprallen. Ich sage, daß ich zum Mittagessen wieder zurück sei, aber ich weiß nicht, ob sie mir glaubt, weil sie kein Wort von dem, was ich gesagt habe, gehört zu haben scheint.

Also verlasse ich sie. Ich hoffe nur, sie fängt nicht wieder an, sich die Haare zu schneiden.

Ich schaue immer wieder aus dem Fenster der Linie 188, um zu erkennen, wo wir Patterson versteckt haben. Als ich an der Southwark Park Road aussteige, bin ich immer noch nicht sicher. Doch ich gehe durch ein paar Nebenstraßen und finde die Stelle kurz darauf.

Ich klopfe an die Holztür, und das Klopfen klingt so hohl und leer wie das Versprechen eines Politikers. Man würde meinen, der letzte Besitzer sei schon vor Jahren Bankrott gegangen und ausgezogen. Dann lugt jemand durch die kleine quadratische Klappe, und endlich werden Riegel zurückgeschoben, und ein Rasta, den ich noch nie zuvor gesehen habe, winkt mich herein. »Ich dachte, du wärst in Urlaub gefahren«, sagt er.

Wir gehen über den Zementboden und in die ramponierte Fahrstuhlkabine. Patterson ist immer noch da, immer noch an den Stuhl gefesselt, und starrt auf den Boden. Er sieht viel schlechter aus. Er sieht aus, wie ich mich an einem besonders schlimmen Morgen fühle. »Mach dir einen Kaffee«, sagt der Rasta und schnappt sich das Telefon.

Rufus und Des treffen binnen zehn Minuten ein. Ich bleibe in der Kabine und trinke heißen Kaffee, während der Rasta zur Tür schlendert, um sie zu öffnen. Für einen Augenblick sehen sie wie in einem Aufblitzen von Tageslicht fotografiert aus. Dann sind sie drinnen und warten, während der Rasta die Riegel vorschiebt.

Rufus sagt etwas, und der Rasta kommt allein in die Kabine. »Er will dich draußen sprechen.«

Ich lasse ihn und Patterson allein. Die beiden sind so gesprächig wie zwei Säcke Zement. Ich gehe in den Hauptraum, wo Rufus wartet. Des tritt von einem Fuß auf den anderen, als sei er nur der Fahrer und als solle er eigentlich gar nicht hier sein. Ich versuche ein Lächeln, aber es flackert und erlischt dann wie eine Kerzenflamme im Wind.

»Du hast 'ne Menge zu erklären«, sagt Rufus. Er sieht müde aus.

»Ja.« Ich zucke hilflos die Achseln. »Tut mir leid, Rufus, wirklich. Ich hab das alles nicht gewollt. Es ist einfach außer Kontrolle geraten.«

»Das ist wahr. Sehr wahr.«

»Was soll ich sagen? Paß auf – übergib mir diesen Burschen, dann kümmere ich mich um ihn. Ich lasse ihn frei. Dann verlasse ich die Gegend. Nach ein, zwei Wochen werden sich die Dinge wieder beruhigen.«

»Glaubst du? Die Polizei wird das nicht vergessen. Die wird stinksauer auf uns sein. Und uns dafür büßen lassen.«

Ich seufze, weil er recht hat. »Okay. Ich kann die Uhr nicht zurückstellen. Aber laß mich die Sache von hier aus übernehmen. Es ist jetzt mein Job.«

»Dafür ist es zu spät. Wir hängen da mit drin, ob es uns paßt oder nicht. Aber *wo* hängen wir mit drin? Du warst auf dem Balkon nicht ehrlich zu mir.«

»Ehrlicher, als du glaubst. Ich wußte da noch nicht, wer die Burschen waren.«

»Jetzt hören wir, daß sie Polizisten sind. Das hast du nicht gewußt? Du bist nicht dämlich.«

»Doch, vielleicht bin ich das. Und glaub bloß nicht diesen Scheiß, daß sie Polizisten sind. Sie haben sich nicht wie Polizisten verhalten, oder?«

»Es gibt solche und solche Polizisten. Diese trugen keine Uniform, aber dafür Kanonen. Was hast du verbrochen?«

»Nicht viel. Hör mal, dieser andere Bursche, der umgekommen ist, das war kein Polizist, er war ein *Ex*-Bulle. Er ist bei der Polizei ausgeschieden. Und noch eines muß mal gesagt werden: Ich habe nicht darum gebeten, daß ihr alle mitmischt. Ich wollte das ganz allein für mich regeln. Ohne all das hier wäre ich auch damit fertiggeworden. Es war mein Kampf.«

»Und das ist hier unsere Gegend. Ich hab dir schon mal gesagt: Wir halten unsere Straßen rein. Also frage ich dich noch mal, worum geht es dabei? Sind es Drogen, Banden oder was?«

»Eine Art Bandenkrieg. Es gibt da ein paar Leute, die mich aus dem Weg haben wollen.«

»Warum ist dann die Polizei gekommen?«

Ich könnte Rufus sagen, daß er sich seine Fragen irgendwohin stecken kann, aber ich mag den Burschen. Viele Leute hier aus der Gegend haben sich für mich in Schwierigkeiten gebracht. Sie haben ein Recht auf das Gefühl, ich sei ihnen etwas schuldig. Das Problem ist nur, ich kann nicht bezahlen. »Ich habe selbst keine Ahnung«, sage ich zu ihm. »Laß mich diesen Burschen mitnehmen – ich lasse ihn frei –, und dann verschwinde ich. Und wenn ich alles auf der Reihe habe …« Ich gerate ins Stocken.

»Wirst du was tun? Dich bei allen Leuten revanchieren, die für dich verhaftet worden sind? Verhaftete aus dem Gefängnis holen? Die Strafen zahlen und das zerschlagene Glas reparieren? Du kannst überhaupt nichts tun, Mann. Du sagst mir, das ist alles deine Sache und du regelst alles selbst. Ich sage dir, das ist alles *unsere* Sache – richtig? Wir regeln alles selbst – richtig? Wir brauchen deine Hilfe nicht, weil du nichts tun kannst und wir dich auch überhaupt nicht hier in der Gegend haben wollen. Du wohnst hier nicht mehr. Also verpiß dich und laß dich hier nie wieder blicken. Du hast uns belogen, Mann, und du hast Ärger gebracht. Du eignest dich nicht dazu, mit anständigen Leuten in einer Gegend zu wohnen. Geh und such dir eine Gosse für dich allein.«

Die Stille fällt herab wie eine Guillotine. Wir stehen wie drei alte Bäume im Winter da und beben im Dämmerlicht. Dann atme ich langsam und tief ein, weil es an mir ist, etwas zu tun. »Dann nehme ich ihn mit und gehe«, sage ich. Rufus schüttelt den Kopf. Er starrt in meine Augen. Ich suche verzweifelt nach ein paar Worten, die besser sind als »es tut mir leid«, aber mein Gehirn ist ausgetrocknet. Ich habe ein Klingeln in den Ohren, als hätte ich einen Schlag an den Kopf bekommen.

Als ich zur Tür gehe, geht nur Des mit, um mir die Tür zu öffnen. Ich will ihn anfassen, ihm eine Hand auf die Schulter legen oder irgendwas, aber er weicht meinem Blick aus. Als er die Riegel zurückzieht, zucke ich zusammen.

Dann bin ich draußen auf der Straße, wo das Tageslicht schmerzt und der Wind Dreck und Papier aus dem Rinnstein aufwirbelt. Ich glaube, mir ist etwas ins Auge geflogen.

Ich sitze bei Victor und sehe durch abgestandene, rauchgeschwängerte Luft fern. Er zieht verdrießlich an seinem Stumpen, während wir darauf warten, daß die ziemlich junge Nachrichtensprecherin zum Ende ihres Vortrags der neuesten Phrasen der Regierung zu den selbstmitleidigen Arbeitslosen kommt. Es seien genug Jobs da, sie müßten nur angenommen werden, sage der Minister. Trotz der vielen Millionen, die keine Arbeit haben. Sie müßten nur Vertrauen haben.

»Kannst du mal ein Fenster öffnen?« frage ich.

»Jetzt kommt es«, nickt er zum Bildschirm.

»Die Deptford-Krawalle«, sagt die Nachrichtensprecherin, indem sie einen eigenständigen Satz daraus macht. Sie hat uns das Etikett gezeigt, damit wir das Nachrichtenpaket wiedererkennen können, als sei es ein bekanntes Waschmittel. Die Deptford-Krawalle, das ist die Gutenachtgeschichte über dreckige Schwarze, die unschuldige Polizisten zusammenschlagen. Verdammte Einwanderer. Undankbares Pack, das zu weit geht. Anarchie und Gefahr auf der Straße. Irgendwo gleich bei Ihnen zu Hause um die Ecke.

Ich starre auf den Schirm, während sie ein körniges altes Schwarzweißfoto von mir zeigen, jünger und mit längeren Haaren. Ich sehe schmierig aus, schlechtgelaunt, genau wie die Sorte, von der man erwarten würde, sie hinter einem Holzstapel versteckt in Deptford zu finden, wenn sich Ärger zusammenbraut.

»War das Foto in deiner Wohnung?« fragt Victor.

»Ich bitte dich. Sie müssen es in irgend jemandes Akte gefunden haben.«

»Es sieht dir gar nicht ähnlich.«

»Danke.«

Sie erzählt den Zuschauern, die Bullen würden gern mit mir reden, und zwar »im Zusammenhang mit dem Tod von Ex-Detective Sergeant Casey in der U-Bahn-Station Balham in der gestrigen Nacht. Man hält es für möglich, daß zwischen diesem Vorfall und den gestrigen Krawallen in Deptford eine Verbindung bestehen könnte.«

Sie schneiden um zu einem Quatschkopf in Uniform mit einem Gesicht wie stehengelassener Haferbrei. Er läßt sich großspurig über den Zusammenbruch von Gesetz und Ordnung aus. Ein männlicher Fragesteller mit eingegelten Haaren sitzt unbeholfen auf einem HiTech-Stuhl und pflichtet ihm bei. Die Krawatte des jungen Angebers sitzt schief, und ich rechne jeden Augenblick damit, daß der Polizist sich vorbeugt und sie zurechtrückt. Jemand sollte es tun. Dann schneiden wir wieder zurück zur Nachrichtensprecherin. Sie gönnt uns ihren speziellen Trauerblick für die Kamera, damit wir alle sehen können, daß entweder die Gesellschaft vor dem Zusammenbruch steht oder ihre Hämorrhoiden schmerzen, und dann sind wir schon beim nächsten Thema.

Victor dreht den Ton ab, und ich fordere ihn zum Widerspruch heraus: »Also ist alles meine Schuld?«

»Du bist mit Sicherheit ein nützlicher Sündenbock. Das gibt ihnen einen Vorwand, in Deptford einzufallen und eine landesweite Großfahndung nach dir zu starten.«

»Glaubst du, die Leute erkennen mich anhand dieses alten Fotos?«

»Ich selbst habe dich kaum wiedererkannt.«

Ich nehme meinen Kaffee und starre in die kalten Reste. Ich habe Victor im Stich gelassen. Selbst wenn all das nicht ausschließlich meine Schuld war, so habe ich doch dazu beigetragen. Ich habe mich nicht still und heimlich davongemacht. Ich bin mit dem Kopf voran losgeprescht wie ein junger Boxer, der nie Erfolg haben wird. Ich war nicht professionell. »Es tut mir leid«, sage ich zu ihm.

»Entschuldige dich nicht andauernd, mein Lieber. Das sieht dir überhaupt nicht ähnlich. Jedenfalls kannst du jetzt, wo du dich innerlich eingestimmt hast, auch gleich hier bleiben. Es bleiben nur noch ein paar Stunden.«

»Was sollen wir bis dahin tun?«

»Hier bleiben. Ich verschwinde heute nachmittag für eine Stunde, um den Lieferwagen und noch ein paar andere Dinge zu besorgen. Du mußt hier bleiben. Wenn wir dann aufbrechen, ist es bereits dunkel.«

Ich stelle meine leere Tasse klirrend auf den Tisch. »Wieder ein Nachtjob. Ich habe schon Gott weiß wie lange keine Nacht mehr richtig geschlafen. Ich schätze, ich lege mich ein paar Stunden aufs Ohr.«

»Das klingt sehr weise.« Er sagt das mit jener Art trockener Stimme, die bedeuten soll, daß er lächelt. Doch als ich aufsehe, marschiert er mit gespitzten Lippen im Kreis um seinen alten Sessel herum. Im Vorbeigehen trommelt er mit den Fingern auf die Sessellehne. Er wirft mir einen Blick zu und geht weiter. Ich warte. Er geht weiter. Ich sage: »Nun erzähl schon«, und er bleibt stehen.

»Bevor du gekommen bist, habe ich einen Anruf erhalten. Es war der Große Mann.«

»Ich habe mit ihm geredet. Er hat mich in der Glotze gesehen.«

»Deshalb hat er nicht angerufen. Das war nicht der Hauptgrund.« Er scheint den Atem anzuhalten und hört auf zu reden. Er will mir nicht in die Augen schauen. Als die Pause langsam ins Lächerliche abgleitet, greift er in seine Jacke, um das Päckchen Stumpen herauszuholen. Ich beobachte ihn dabei, wie er sich darauf konzentriert, das Ende der kleinen Zigarre anzulecken. Er nimmt sie in den Mund, holt ein Streichholz heraus und reibt es an der Schachtel an. Nachdem er hinter einem sicheren Vorhang aus blauem Dunst verschwunden ist, setzt er an, etwas zu sagen, verschluckt sich aber am Rauch und muß husten. Sein Gesicht taucht wieder hinter den Qualmwolken auf, und seine Augen blicken traurig. Er nimmt noch einen kräftigen Zug, dann reißt er sich die Zigarre förmlich aus dem Mund und läßt den Arm sinken. »Er hat mich angerufen, um mir zu sagen, daß Timmy gefunden wurde.«

Ein langer Rauchtentakel kitzelt meine Nase. »Von wem wurde er gefunden?«

»Ach … von der Polizei oder sonstwem. Natürlich ist er tot.«

»Ja.« Ich starre auf Victors Teppich und nehme zum erstenmal das Muster wahr. Es hat etwas mit Trauben zu tun. »Wo wurde er gefunden?«

»In der U-Bahn. Er ist heute früh am Morgen unter einen Zug gefallen. Auf der Northern-Linie. Wie es scheint, hatte er getrunken.«

Ich sage nichts. Victor marschiert wieder auf und ab. »Natürlich haben sie ihn umgelegt.«

Ich denke darüber nach. »Wie hat der Große Mann das so schnell erfahren?«

»Offenbar trug Timmy seinen Ausweis bei sich in der Brieftasche.«

»Das hätte er niemals getan. Sie haben ihm den Ausweis untergeschoben.«

»Natürlich. Sie haben uns damit eine Nachricht geschickt.«

»Es war nicht wieder Balham?«

»Nein. Irgendwo nördlich des Flusses. Aber auf derselben Linie, der Northern.«

»Auf dem Netzplan ist die Northern schwarz eingefärbt.«

»Ich bin lange genug hier, um die Farben der einzelnen U-Bahn-Linien zu kennen, mein Lieber.«

»Schwarz ist die Farbe des Todes.«

»Rede nicht wie eine alte Frau in irgendeinem Dorf. Die Farbe ist unwichtig. Aber vielleicht haben sie die Northern gewählt, um ganz sicherzugehen, daß wir die Botschaft verstehen.«

»Ja. Tja, ich verstehe sie. Glaubst du, Timmy hat geredet?«

Victor saugt einen Staubsaugervoll Zigarrenqualm ein und läßt ihn dann durch zusammengekniffene Lippen ausströmen. »Wer weiß? Vielleicht waren sie mit ihm fertig. Vielleicht waren sie auch der Ansicht, er hätte nichts Nützliches zu sagen – was nicht so weit von der Wahrheit entfernt ist. Er hätte ihnen lediglich sagen können, wir warteten darauf, daß irgend etwas passiert.«

»Typisch für uns – im Dunkeln warten.«

»Bis jetzt.«

»Gutes Timing von ihnen.«

Er starrt das Ende seiner Zigarre an wie einen abgebrochenen Fingernagel. »Zufall, mein Lieber. Sie sind Timmy auf die Spur gekommen, gerade als die Dinge ins Rollen kamen. Aber das wußten sie nicht.«

»Glaubst du, sie wissen es jetzt?«

»Ich wüßte nicht, woher. Sie wußten genausowenig, wonach sie Ausschau halten mußten wie wir. Sie haben nur abgewartet, sich umgehört, beobachtet. Timmy muß einen falschen Zug gemacht und Aufmerksamkeit auf sich gezogen haben.« Victor hält inne und hebt den Blick, um meinem zu begegnen. Dann lächelt er zögernd und traurig. »Er ist dir damit zuvorgekommen, nicht wahr?«

Ich erwidere das Lächeln. Darin liegt kein Humor. Unser Lächeln zeigt nur, daß wir einander noch mögen. Wir sind alles, was wir jetzt noch haben. »Ja, es hätte genausogut mich treffen können«, sage ich.

»Auf der Stromschiene der U-Bahn verbrannt. Wie dein Freund Casey.«

Ich kaue auf meiner Unterlippe. »Meine Mutter ist auch verbrannt, damals im Cottage.«

Victor seufzt und schaut weg. Er will das Thema wechseln. »Timmy wird längst tot gewesen sein, bevor er auf die Schienen geworfen wurde. Jedenfalls ist es passiert.« Er bohrt das glühende Ende der Zigarre in einen Glasaschenbecher, der von den Überresten zuvor gerauchter und ähnlich zerquetschter Zigarrenstummel überquellt. Eine schwache Tabaksüße in der Luft wird durch den stechenden Gestank nach abgestandenem Teer zerstört. »Hast du diese Telefonnummer überprüft?« fragt er mich.

»Ja.«

»Hast du eine Adresse bekommen?«

»Ja.«

»Kennen wir sie?«

»Nein.«

»Wie lautet sie?«

Ich sage es ihm. Es ist ein Haus in North Finchley, Woodside Park. Die Adresse hat sich in meinen Verstand eingebrannt. Sie gehört zu den Leuten, die Timmy erwischt haben.

»Woodside Park liegt an der Northern-Linie«, stellt Victor fest.

»Ich weiß. Wofür hältst du sie – Zivilbullen?«

»Kaum.«

»Warum nicht?«

»Die Polizei lädt keine Leichen in der U-Bahn ab.«

»Ach, nein?«

»Mein Lieber, woher nimmst du nur solche Ideen? Wenn die Polizei Timmy hätte, säße er in einer Zelle. Selbst wenn er dort gestorben wäre, würden sie seine Leiche nicht einfach so wegwerfen können. Er wäre eingetragen. Es gäbe eine Akte über ihn. Das hier ist England, mein Lieber. Hier ist es nicht wie zu Hause.«

»Das sind keine Bobbys auf Fahrrädern, Victor. Ich bin ihnen begegnet.«

»Welche meinst du?«

»Casey, Patterson und die gottverdammten Aufruhrbekämpfungseinheiten in Deptford.«

»Andere Kaliber. Glaubst du wirklich, daß es die Polizei ist, die uns jagt? Hast du denn überhaupt nicht über die ganze Sache nachgedacht?« Ich fange einen durchdringenden Blick auf, mit dem er auch schon andere bedacht hat: Gregory, als er nicht über einen zwei Meter breiten Häuserspalt im vierzehnten Stock springen wollte; Nick, als wir von seiner Trinkerei erfuhren. Es ist ein Blick, von dem ich niemals gedacht hätte, daß er mich einmal treffen würde. Er bewirkt, daß ich mich in der muffigen Polsterung des ramponierten Sessels verkriechen will. Es ist so, als blinzle er mich über Kimme und Korn eines Gewehrs an. Ich habe ein Gefühl, als habe ich einen Kühlschrank betreten.

Dann entspannt er sich zu einem kummervollen Lächeln, wie wenn man sich an eine geliebte Person erinnert, die schon lange tot ist. Und vielleicht tut er das gerade. Oder vielleicht hat er sich auch an eine andere Zeit der Hitze, des Drecks und der Wut erinnert, als es nur uns beide gab und die Welt in Flammen aufgegangen war.

Als er in seine Jackentasche nach dem unvermeidlichen Päckchen billiger Zigarren greift, beobachte ich ihn so sorgfältig wie ein Hund seinen betrunkenen Herrn: unsicher, ob er einen Tritt oder einen vollen Futternapf bekommt. Victors Gesicht hat im Licht des vor ihm aufflackernden Streichholzes den entrückt konzentrierten Ausdruck eines Mannes, der eine Zündschnur in Brand setzt. Aber die Qualmwolke scheint ihn zu beruhigen, und als er aufschaut, glaube ich, daß dies der Blick sein muß, mit dem ein Vater seinen Sohn jedes Jahr nur ein paarmal ansieht.

18

Wir hören uns die Zehn-Uhr-Nachrichten im Autoradio des japanischen Lieferwagens an, den er gemietet hat, und starren bedrückt durch die Windschutzscheibe auf eine Million Autos, die Abgase in einen nassen Abend in Hammersmith Broadway absondern.

Victor zufolge gibt es zwei Möglichkeiten. Sie könnten eine andere Zelle sein, die hinter derselben Sache her sind wie wir, oder sie könnten zu den Briten gehören und darauf aus sein, uns auszuschalten, bevor wir die Ware in die Finger bekommen. »Es muß die zweite Möglichkeit sein«, sinniert er. Wir sind uns einig, daß die Wahrscheinlichkeit dafür, daß eine andere Gruppe für diese Ware herüberkommt, verschwindend gering ist. Den meisten Leuten ist überhaupt nicht klar, daß Großbritannien überhaupt über solche Dinge verfügt, und niemand weiß, wo sie sind. Die wenigsten wissen überhaupt von ihrer Existenz, um Himmels willen. Aber das wird sich noch ändern.

Also muß es sich um einen Haufen legalisierter Söldner handeln, die im Untergrund der kriminellen Gesellschaft lauern und nach Witterungen schnüffeln, die fremd und bizarr sind. Sie suchen Leute, von denen man glauben sollte, daß sie einem auf eine Meile Entfernung auffallen: Terroristen, Attentäter, Strohmänner und Spione. Aber das sind die Burschen, die niemals auffallen. Das ist der Witz. Die einzigen, die je auffallen, sind die Eintagsfliegen, die nur für einen einzigen plötzlichen eiligen Job kommen. Schnell rein und schnell wieder raus. Sie warten nicht, um sich anzupassen. Sie haben die Rückfahrkarte schon gelöst und halten sich nicht lange auf. Wenn man sie nicht gleich bei der Ankunft schnappt, ist es bereits zu spät, weil sie kurz darauf schon wieder weg sind.

Sie können sich damit trösten, daß der Kampf, den sie austragen, in der Regel ihr eigener ist. Er betrifft Sie überhaupt nicht. Sie kommen nur deshalb, weil sie aus einer Gegend stammen, die sich selbst zerfleischt, und Jagd auf einen Landsmann machen. Vielleicht ist er geflohen, vielleicht will er auch blutig und ruhmreich zurückkehren, aber sie haben die Absicht, seinem Leben in einem fremden Land ein Ende zu setzen.

Nur ganz selten hat es so eine Eintagsfliege auf *Sie* abgesehen. Der Betreffende ist gekommen, weil Sie hier leben. Er sucht nicht Sie persönlich – falls Sie nicht gerade zufällig im falschen Laden einkaufen oder am falschen geparkten Wagen vorbeigehen. Er sucht ein Symbol oder auch einen symbolischen Ort, wo die Leute, die sterben, weniger zählen als das Schild über der Tür.

Sie ist schwer aufzuhalten, diese Eintagsfliege. Diese Leute sind wie ein Schnellzug, der durch die Schranken rast, jäh und dramatisch, tragisch und selten. Sie sehen sie nicht kommen, weil sie genauso aussehen wie alle anderen. Sie kommen aus dem Einreiseterminal in zerknitterter Kleidung und mit einem gewöhnlichen Koffer voller gewöhnlicher Dinge. Sie reisen mit öffentlichen Transportmitteln, mieten sich ein Bett für die Nacht, gehen spazieren, um sich zu vergewissern, daß sie nicht verfolgt werden, und stellen schließlich den Kontakt zu ihren Verbindungsleuten her.

Victor und ich sind so angekommen. Wir kamen auf verschiedenen Schiffen – Fähren vom Kontinent –, wir sahen müde und ein wenig verletzlich aus, und wir gingen in der Menge unter. Es gab keinen Grund, uns eingehender zu betrachten, kein Grund zum Argwohn. Wir hatten nichts Ungewöhnliches dabei. Man hätte unsere Koffer zerfetzen können und nichts gefunden. Sogar unsere Pässe waren perfekt. Fast.

Aber wir waren nicht für einen Kurzaufenthalt gekommen. Wir waren gekommen, um zu bleiben. Es ist nicht leicht, in den Boden eines fremden Landes einzusickern, einer von vielen Gesichtslosen der Straße zu werden, der dieselbe Sprache spricht, dieselben Kennzeichen hat und denselben Geruch an sich hat wie alle anderen ringsumher. Wir ließen uns Zeit.

Wir zogen es vor, südlich der Themse zu leben, weil wir in London sein mußten und sich dort die Einwanderer versteckten. Die Hauptstadt wird durch unsichtbare Linien geteilt. Grenzen sind unklar. Die einzige klare Grenze in dieser ganzen dreckigen Hauptstadt ist die graue Themse. Wenn man neben ihr steht, kann man einen hundert Meter breiten Fluß sehen, der industriell genutzt wird. Man stützt sich auf ein schwarzes Eisengeländer, und man riecht den verwässerten Schweiß von acht Millionen Leuten, den Stahl des Handels, den Rauch der Barken, die warmen Dünste des städtischen Lebens – all das aufgelöst in dem grau-braunen Wasser.

Die Themse ist vielleicht nicht so breit wie viele andere Flüsse auf der Welt – es gibt sogar auf dieser kleinen grünen Insel größere –, und auf der Karte sieht sie vielleicht aus wie ein verrückt gewundenes Rinnsal im Sand. Aber wenn man daneben steht, weiß man, daß sie eine Schranke ist. Wenn man eine ihrer breiten, geschäftigen Brücken überquert, betritt man eine andere Welt. Eine kleine Brücke reißt einen heraus aus dem bemühten Überfluß Chelseas, wo jeder Ziegelstein mit einer Zehnpfundnote sauber geschrubbt und mit schwarzem Zement neu verfugt worden ist, wo die massiven Holztüren glänzen wie Banktresore, wo die Fenster aus Doppelglas, einbruchssicher und in Porzellan gerahmt sind – diese eine Brücke bringt einen von dort, wo das zur Schau gestellte Geld wie Fuchsien von den georgianischen Balkonen hängt, dorthin, wo erfolgreiche Geschäftsleute wohnen. Sie nennen sich jetzt Yuppies. Sie nennen sich sogar *selbst* Yuppies. Yuppies sind die Butler von gestern, die den Herren das Haus führen und zu diesem Zweck nett und adrett gekleidet sind.

Die Reise über Victors Brücke ist krasser. Sie bringt einen von The Strand und dem Savoy Hotel zu den verrußten Eisenbahnbrücken, wo die Heimatlosen zusammen mit den Pennern in den Slums von Waterloo schlafen.

Draußen in Deptford haben wir natürlich gar keine Brücke. Die letzte Brücke im Osten ist das beliebte Postkartenmotiv, die Tower Bridge, ein ganzes Stück jenseits der Jamaica Road. Sie trennt die schwarzen Pinkel und das schwarze Geld der selbstzufriedenen Innenstadt von den ehrlichen schwarzen Häuten Bermondseys. Die blühenden Finanziers im Nadelstreifen mit Nelke im Knopfloch würden es sich nicht im Traum einfallen lassen, die schlammigen Fluten zu überqueren, um einen kurzen Blick auf die wirkliche Welt und die arbeitende Bevölkerung zu werfen, die ihr Casinoland aus Spiegelglas und Chrom stützt. Sie würden sich die Hosenumschläge nicht schmutzig machen wollen. Und da sich niemand von der Südseite den Preis für ein Glas Bier jenseits der Themse leisten kann – vorausgesetzt, man kann dort zwischen all den blutfarbenen Bordeauxs, doppelten Brandys und schicken, sprudelnden, Blähungen hervorrufenden Perriers überhaupt ein Bier kaufen –, verstehe ich nicht, wofür die Tower Bridge eigentlich gut sein soll, vielleicht abgesehen davon, daß sie den Touristen gefällt oder den Motorschiffern sagt, die vom Meer hereinkommen, »Ihr habt es geschafft«. Man hätte die Brücke an jenen Amerikaner verkaufen sollen, der damals in den Siebzigern tatsächlich dachte, er hätte sie gekauft. Man ließ ihn das Geld ausspucken, alle Papiere unterschreiben, ihn mit all seinen Abrißspezialisten kommen – und sagte ihm dann, er habe die London Bridge gekauft, nicht die Tower Bridge, und daß die London Bridge zwar die langweiligste Brücke überhaupt sei, sie nun aber ihm gehöre und er sie Stein für Stein mit nach Amerika nehmen und sich dorthin stecken könne, wo es ihm beliebte. Die Stadt war froh, sie los zu sein – langweilig, grau utilitaristisch. Von Buchhaltern entworfen und billig gebaut. Es war nur natürlich, sie zu verkaufen und das Geld einzusacken.

Und nicht ein krummer Penny hat den Weg auf die Südseite gefunden. All die namenlosen gewöhnlichen Leute, die in den überfüllten Häusern und Hintergassen von Deptford, New Cross, Peckham, Catford und Charlton wohnen, wir sind keine lumpige kleine Brücke wert. Wir müssen uns in dunklen deprimierenden Tunnels unter dem stinkenden Fluß hindurchquetschen wie Ratten durch die Kanalisation – die Unterschicht in den Untergrund. Dorthin, wohin wir gehören.

Ist Ihnen aufgefallen, daß ich dazu übergegangen bin, »wir« zu sagen? Sehen Sie, wie ich mich mit diesen Leuten identifiziere? Vielleicht liegt das daran, daß so viele von uns dort Ausländer sind. Wir wissen, daß wir nicht dazugehören, weil Sie uns das ständig sagen. Aber wir graben uns trotzdem ein.

Millionen von Ihnen in dieser riesigen knirschenden Metropole hassen den bloßen Gedanken an uns. Sie gönnen uns nicht die Luft zum Atmen. Wir können nicht einmal den dreckigen Fluß in der frischen Luft überqueren: wir könnten ja die Skyline verunstalten. Also stopfen Sie uns in die Rattenlöcher, stoßen uns in den Abfluß, quetschen uns alle gemeinsam in den dunklen, feuchten Untergrund.

Tja, jedesmal, wenn Sie im Radio von einem Stau hören, jedesmal, wenn Sie hören, daß in den Tunnels Blackwall oder Rotherhithe mit mindestens einer Stunde Verzögerung gerechnet werden müsse, dann denken Sie einfach an Folgendes: Es gibt eine meilenlange Schlange wütender, mißbrauchter, harter Männer, die nichts zu verlieren haben, und sie alle funkeln bösartig, und sie funkeln alle in dieselbe Richtung, und diese Richtung führt direkt zu IHNEN.

All das beschäftigt mich ganz angenehm, bis wir aus dem Londoner Verkehr heraus sind und auf der M4 nach Westen fahren. Es ist jetzt dunkel. Eine Zeitlang hält uns die Hauptstadt noch gefangen und beleuchtet die Autobahn mit einer Million verschwenderisch kostspieliger Straßenlaternen. Dann hören sie plötzlich auf, und wir fahren im Dunkeln weiter und verlassen uns nur noch auf unsere Scheinwerfer. Plötzlich ist es viel friedlicher, als habe jemand den Ton abgestellt. Ich komme zu dem Schluß, daß der Zeitpunkt gekommen ist, Victor ganz genau zu sagen, wohin wir fahren.

Wir müssen der M4 etwa eine Stunde lang nach Westen folgen, durch Buckinghamshire und Berkshire bis nach Wiltshire. Dann folgen wir für ein paar Meilen einer Fernverkehrsstraße, und dann sind die normalen Straßen an der Reihe.

Jetzt gebe ich ihm detaillierte Anweisungen. Wir entfernen uns vom gelegentlichen Verkehr der Hauptstraßen und fahren in die Abgeschiedenheit ländlicher Umgebung. Nach weniger als zehn Minuten ist es an der Zeit, den Wagen an den Straßenrand zu fahren und abzustellen. Ich öffne meine Tür und steige aus. Während meine Augen sich noch an die Dunkelheit gewöhnen, vervollständigt die Erinnerung bereits das Bild. Ein Monat ist vergangen, seit ich hier war.

Die kühle Brise erfrischt mich. Ich recke mich, um die Verkrampfung der zweistündigen Fahrt zu lösen, und ich gehe zum Tor in der Hecke und öffne es. Als ich das Tor durch den massiven Bogen schiebe, versinken meine Füße in nassem Schlamm. Victor fährt den Lieferwagen hindurch. Er manövriert ihn vorsichtig durch die matschige Einfahrt auf den festeren Boden des Feldes. Ich schließe das Tor und winke ihn weiter. Er kann mich im Dunkeln nicht sehen und wartet mit laufendem Motor. Ich tauche neben seinem Fenster auf und sage ihm, er solle weiterfahren, ich käme zu Fuß nach. Meine Füße sind schwer vom Matsch, der daran klebt. Der Lieferwagen holpert über die Wiese, während ich ihm durch das nasse, knöchelhohe Gras folge. Im Wind liegt ein Hauch von Regen. Ein oder zwei Sterne funkeln durch Löcher in der Wolkendecke. Auf einem Feld in der Nähe muht eine Kuh.

Als er das kleine dunkle Wäldchen erreicht, schaltet Victor den Motor und die Scheinwerfer aus. Die Bäume wachsen auf dem Hang eines kleinen Hügels, der nicht höher als ein Haus ist. Als ich das Tor öffnete, war er nicht mehr als ein schwarzer Fleck im Dunkeln. Mit viel gutem Willen konnte man vielleicht gerade noch etwas Massives auf der Kuppe wie zum Beispiel einen Wasserturm ausmachen. Doch nun, da wir auf dem Feld am Fuß des Hügels stehen, versperren uns die Bäume die Sicht. Victor sitzt bei heruntergekurbeltem Fenster auf dem Fahrersitz, und bevor er aussteigt, zündet er sich einen Stumpen an. Dann springt er zu mir nach draußen in das nasse Gras. »Es gibt keinen eigentlichen Weg durch die Bäume«, sage ich. »Aber abgesehen von den Brennesseln und dem Dornengestrüpp ist es ein leichter Aufstieg. Bei Tageslicht ist er noch leichter.«

»Du warst mit Timmy hier?«

»Wir sind auf den Hügel gestiegen.«

»Niemand hat euch gesehen?«

»Niemand interessiert sich dafür. Es gibt keine Wachen – nichts in der Art. Nicht einmal einen Zaun.«

»Und das ist ganz sicher die Stelle?«

»Das ist sie.«

Sie wird nur durch die Tatsache geschützt, daß sich niemand dafür interessiert. Es ist nur eine Ansammlung von Bäumen auf einem kleinen Hügel mitten auf einem Acker im tiefsten Nirgendwo. Ein alter Turm steht auf dem Hügel, aber bis man hierher gefahren ist, das Feld überquert und sich durch ein Gewirr aus Dornengestrüpp und Zweigen gekämpft hat, muß man sich fragen, welchen Sinn hat das? Es ist nicht unbedingt ein Ort architektonischen Interesses, und falls Sie wirklich nach archäologischen Fundstellen in Wiltshire Ausschau halten, muß ich Ihnen sagen, daß diese Gegend damit überzogen ist wie die Haut eines Kindes mit roten Flecken, wenn es die Masern hat, und diese hier hätte so etwa die Nummer vierhundertneunundneunzig auf Ihrer Liste.

»Ruhige Nacht«, sage ich, als hätte ich gerade etwas Poetisches ersonnen.

»Gut«, murmelt Victor und zieht an seinem Stumpen. Ich rieche den Tabak und nasses Gras. »Wir sind früh dran«, sagt er. »Wir müssen noch fast eine Stunde totschlagen.«

»Ich hätte mir ein Buch mitbringen sollen.«

»Das wäre mal was Neues.«

Ich funkle ihn im Dunkeln an. »Vielleicht sollte ich noch mal den Plan mit dir durchgehen. Alles muß perfekt sitzen.« Victor nickt und nimmt noch einen letzten Zug von seiner Zigarre. Die Glut beleuchtet sein Gesicht so, daß es wie das eines pantomimischen

Teufels aussieht. Dann drückt er den Stummel an seiner Schuhsohle aus, runzelt die Stirn und bückt sich, um den zerquetschten Stummel aufzuheben.

»Glaubst du, jemand könnte ihn finden?« frage ich.

»Man kann nie wissen.«

»Und was ist mit den Reifenspuren?«

Er zögert, dann grinst er. »Ja. Dumm von mir, mein Lieber.« Er geht zurück zum Lieferwagen, aber ich sehe, daß er den Stummel trotzdem in seine Jackentasche gleiten läßt. Alte Gewohnheiten lassen sich eben nur schwer ablegen.

Nachdem wir eine Viertelstunde im Lieferwagen gesessen und dem leichten Rauschen des Windes in den Bäumen gelauscht haben, beschließen wir, uns bereit zu machen und früh anzufangen. In dem Wagen ist es kalt geworden, und wir langweilen uns. Wir schalten das Radio nicht ein, weil es jemand hören könnte. Was noch wichtiger ist: wir würden diesen Jemand nicht hören. Nicht, daß jemand in der Nähe wäre.

Also steigen wir aus und stellen uns neben den Wagen, strengen unsere Augen im Dunkeln an, da wir über die Felder schauen. Wir haben lange genug hier gesessen, um jeden Beobachter herauszulocken. Doch nichts rührt sich. Auf der kleinen Straße fährt nicht einmal ein Wagen vorbei.

Draußen in der kühlen Brise hören wir die Blätter in der Nacht rascheln. Gelegentlich erhellt sich der Horizont im Licht der Scheinwerfer eines weit entfernten Wagens. Es sieht genauso aus, wie wenn jemand eine unbeleuchtete Straße mit einer Taschenlampe überquert – die langen dünnen Strahlen tasten sich durch die Luft und lassen die Dunkelheit noch deutlicher hervortreten.

Wir öffnen die Hecktür des Lieferwagens und holen unsere Ausrüstung heraus. Wir haben eine Tasche mit ein paar Rollen und Krampen, wir haben eine andere Tasche mit Kletterausrüstung, wir haben zwei Holzbretter, und wir haben massenhaft Nylonseil. Victor schlägt die Tür zu, und ein aufgescheuchter Vogel läßt irgendwo in den Bäumen ein paar Zweige rascheln. Wir schultern unsere Taschen und marschieren in das Wäldchen.

Das dichte Unterholz war schon bei Tageslicht schlimm genug, aber jetzt ist es unter den Ästen und Zweigen so dunkel wie in einem unbeleuchteten Zelt bei Nacht. Dornenranken bleiben an unseren Hosen hängen und wickeln sich um unsere Füße. Zweige zerkratzen unsere Gesichter. Wir landen mehrfach in Sackgassen und müssen kehrtmachen und den Weg zurückstolpern, den wir gekommen sind. Wir haben beide kleine Handtaschenlampen bei uns. Ab und zu schalten wir sie kurz ein, um uns bei der Suche nach einem gangbaren Weg besser orientieren zu können. Meine Tasche bleibt in einigen jungen Bäumen hängen. Als ich sie mit brutaler Gewalt losreiße, bricht bei einem dieser Bäume der Stamm. Zehn Jahre Wachstum für die Katz.

Aber ich finde die Lichtung. »Von hier aus ist es leichter«, flüstere ich. »Von der rechten Ecke geht eine Art Pfad ab.« Ich wechsle meine Last auf die andere Schulter und pflüge durch das Unterholz. Bei jedem Schritt verfängt sich eine neue Dornenranke in meiner Hose, und ich glaube, ich werde entweder mit einer zerfetzten Hose ankommen oder die Zweige und Ranken werden an mir herabhängen, als verliere eine Vogelscheuche ihre Füllung.

Plötzlich ertönt ein Kreischen wie von einer Sirene. Meine Hand fährt automatisch in die Jacke und tastet nach der Pistole. Doch es war nur ein alberner Fasan, der aus dem Schlaf geschreckt worden ist, um sich kreischend und flügelschlagend über die Bäume zu erheben. Ich schicke ihm einen bösen Blick hinterher.

Als wir die andere Lichtung oben auf der Kuppe erreichen, fluche ich wie eine Wespe im Marmeladenglas. Von mir aus können sie die freie Natur nehmen und in die Kellergewölbe eines Naturkundemuseums stopfen. Ich stelle meine schwere Tasche auf dem Boden ab und stehe keuchend da, als sei ich gerade eine Treppe emporgerannt.

Wir stehen auf einem flachen grasigen Stück, und der alte, von schmuddeligen, im Wind raschelnden Bäumen umringte Steinturm ragt schwarz vor uns auf. Es regnet noch nicht, und ein paar Sterne flackern klamm zwischen den Wolken wie Münzen auf dem Grund eines Brunnens. Der Ort sieht aus, als sei hier seit Jahren niemand mehr gewesen. »Ich sehe mich mal um«, sage ich.

Ich taste mich vorsichtig um den Turm. Er ist so interessant wie die Außenseite eines Lagerhauses: schwarze Steinmauern, keine Fenster, nur die eine Tür, vor der Victor wartet, bis ich zurückkomme. »Wie hoch ist er?« fragt er.

»Vielleicht zehn Meter. Bei Tageslicht kann man ihn von der Straße sehen, weil er die Bäume überragt wie ein Turm die Bauern auf einem Schachbrett.«

»Wie alt ist er?«

»Keine Ahnung. Vielleicht zwanzig Jahre. Vielleicht zweihundert Jahre.«

Dieser Turm dient keinem Zweck, er ist einfach nur da. Er könnte von einem exzentrischen Baron erbaut, aber auch erst vor einem Jahrzehnt errichtet worden sein. Die Holztür läßt sich nicht öffnen. Im Lichtstrahl der Taschenlampe sieht sie massiv und düster aus. Sie hat keine Klinke und kein Schlüsselloch. Sie ist nicht der Eingang.

Victor hockt sich neben seine Tasche und öffnet den Reißverschluß. Er reicht mir die Kletterhaken, einen nach dem anderen, und ich befestige sie an meinem Gürtel. Die Karabiner dazu bewahre ich separat in einem Segeltuchbeutel auf, und als er mir den Hammer gibt, stecke ich ihn in das dazugehörige Futteral an meinem Gürtel. Während Victor in der Dunkelheit hockt, nehme ich ein Ende des acht Millimeter dicken Seils und binde mich mit einem einfachen Palstek daran fest. Dann wende ich mich der kalten Steinmauer zu und schlage in Schulterhöhe den ersten Haken in den Spalt zwischen zwei Steinen. Ich befestige den Karabiner und ziehe mein Seil hindurch. Victor stützt mich, um mir den Start zu erleichtern, und ich bin unterwegs.

Es ist eine Technik des Aufstiegs, die jeder eingefleischte Bergsteiger verachtet. Ich verlasse mich vollkommen auf Seil, Kletterhaken und Karabiner und mache keinerlei Versuch, mir die natürlichen Gegebenheiten zunutze zu machen. Kletterhaken bohren sich knirschend in den Mörtel zwischen den Steinen, die drehbaren Karabiner schnappen in die Haken ein, das Seil wird hindurchgezogen, und ich ziehe mich einen weiteren Meter empor. Ich trage nicht einmal meine alten Nagelstiefel von Carter, weil ich in meinen gummibesohlten Tretern mehr Gefühl und einen besseren Halt habe.

Es ist ein einsamer Job, obwohl nur ein paar Meter unter mir Victor ist. Dunkelheit legt sich um mich, der Wind läßt meine Finger gefrieren, ich konzentriere mich ganz auf das Einschlagen der Haken und das Klettern. Das Klopfen des Hammers wird vom Wind verweht. Der Turm liegt zu hoch über der Gegend, als daß es Anwohner mit leichtem Schlaf stören würde, und obgleich die Schläge innerhalb des Turms laut hallen, ist niemand darin, der sie hören würde. Ich könnte Radio hören, wenn ich wollte, und nur Victor würde sich beschweren.

Aber ich pfeife nur tonlos vor mich hin und klopfe dazu einen Rhythmus an der Mauer. Ich zähle die Haken nicht. Ich schaue nicht nach oben oder unten. Ich gehe bei jedem Haken nach derselben Routine vor: Zuerst schlage ich ihn ein, dann teste ich ihn auf seine Belastbarkeit, lasse den Karabiner einschnappen, ziehe das Seil hindurch und stramm und ziehe mich dann wieder ein Stück höher in die Dunkelheit.

Der Turm ist nur etwa zehn Meter hoch. Es dauert nicht lange, bis ich oben ankomme. Ich ziehe mich über die Kante auf das flache Betondach hinter der Brustwehr-Attrappe und bleibe eine Minute still sitzen, um mich zu entspannen.

Es ist seltsam, wie die Temperatur zehn Meter über dem Boden fällt. Der Wind ist schärfer. Die Luft scheint frischer zu sein. Diese zehn Meter sind das Dach eines Turms auf der Kuppe eines Hügels, also bin ich alles in allem vielleicht fünfundzwanzig Meter über der Erde. Die Aussicht ist unglaublich. Lichtperlen von Dörfern und Bauernhöfen glitzern im gesamten Umkreis. Teile des Horizonts sind in Orange gehüllt, wo die massierten Lichter kleinerer Städte den Himmel erwärmen. Weit entfernte Ketten von Straßenlaternen sehen wie Landebahnen noch weiter entfernter Flughäfen Hunderte von Metern tiefer aus. Ich kann fahrende Autos sehen, deren Scheinwerfer durch die Nacht tröpfeln. Wenn ich angestrengt lausche, kann ich das Dröhnen ihrer Motoren hören.

Und da ist das unterschwellige Summen, das aus dem Turm dringt – ein schwaches Vibrieren, wie wenn man mitten in der Nacht aufwacht und hört, wie der Kühlschrank sich in der Küche einschaltet. Ich trete vom Rand des Daches zurück und zu den großen Flanschen, die den Mittelschacht bedecken. Meine Augen haben sich längst an die Dunkelheit gewöhnt, und ich kann so gut sehen wie eine Katze.

Die Flansche sind von oben getarnt. Von unten kann man sie nicht sehen, und wenn man sie überflöge, würde man meinen, nur ein solides flaches Dach zu sehen. Man müßte schon wirklich sehr tief und sehr langsam fliegen, um den Irrtum zu erkennen. Doch hier am Rand des Schachts kann man eine meterhohe Lücke sehen, wo die erhöhten Flansche über die Betonkante ragen. Ich spüre, wie warme Luft von unten herausweht.

Ich kehre zum Außenrand zurück und versetze dem letzten Haken zur Sicherheit noch ein paar Hammerschläge. Dann streife ich mir die zweite Rolle Seil über den Kopf, befestige das Ende an dem Haken und werfe es zu Victor herunter. Ich hoffe, er steht nicht zu dicht am Turm.

Nach kaum einer halben Minute zuckt das Seil, und ich hole es ein. Victors Tasche quetscht sich durch eine Öffnung der Brustwehr und landet auf dem Betondach. Ich frage mich, ob es sich lohnt, seine Rollen zu benutzen, werfe statt dessen aber einfach das Seil wieder herunter. Wiederum zuckt es, und wiederum ziehe ich es hoch. Der Lärm, den die beiden Bretter verursachen, wenn sie gegen die Steinmauer stoßen, ist so, als habe sich uns ein unter Schlaflosigkeit leidender Tischler angeschlossen.

Als die Bretter oben sind, werfe ich das Seil noch ein letztesmal herunter, damit Victor daran hochklettern kann. Er hievt sich japsend auf das Dach, während ich die Flaschenzüge und die Bretter zusammensetze. Er holt das Nylonseil ein und wickelt es um eine Rolle. Dann transportieren wir die Einzelteile der Konstruktion bis zum Rand des großen Schutzflansches und befestigen den primitiven Flaschenzug daran. Wir ziehen beide daran, schrauben ihn fest, ziehen noch einmal, schrauben ihn noch fester und rucken dann daran herum, um uns zu vergewissern, daß er bombensicher sitzt.

Victor setzt sich auf den Beton und lehnt sich gegen eine der Flanschbefestigungen. Er sieht auf die Uhr. »Wir sind immer noch zu früh dran«, sage ich zu ihm. »Wir müssen noch fast eine halbe Stunde warten.«

Wenn Sie jemals herausfinden wollen, was sie zuerst betäubt – Langeweile oder Kälte –, versuchen Sie mal, zwischen Mitternacht und halb eins, wenn es zu regnen versucht, auf dem Dach eines zehn Meter hohen, auf einem Hügel gelegenen Turms zu sitzen. Kein Wunder, daß die Wachen in Elsinore glaubten, sie sähen einen Geist.

Sie hatten nicht einmal Victors widerliche Stumpen, um sich zu wärmen. Er sitzt zusammengekauert in seinem mit Kapok gefütterten Anorak da und füllt sich die Wangen mit blauem Dunst, während ich mich förmlich um den Belüftungsschacht wickle, um möglichst viel von der nach außen dringenden warmen Luft abzubekommen. Alle fünf Minuten mache ich ein paar Bewegungsübungen. Bis wir uns dort hinunterlassen, bin ich entweder so fit wie ein Fußballspieler oder eingeschlafen.

Victor drückt einen weiteren Stumpen aus und läßt auch diesen Stummel in seiner Jackentasche verschwinden. Er steht auf. Ich bücke mich und berühre meine Zehen. In dieser Haltung bleibe ich, wobei ich zu ihm aufschaue. »Es ist halb eins«, sagt er, und ich komme wieder hoch. Er reckt sich träge, als sei er gerade an einem Sonntagmorgen aufgestanden – was es seit dreißig Minuten auch ist. Er strahlt mich an.

»Ich zuerst?« frage ich.

»Wenn es dir nichts ausmacht, mein Lieber.« Ich bücke mich unter den Flansch. Es wird dunkler. Rings um meinen Kopf ist es so stickig wie in der U-Bahn. In der Umgebung meiner Füße spüre ich einen Zug. Ich winde mich über den Rand des Belüftungsschachts, wo eine niedrige Stützmauer gute zwanzig Zentimeter hoch aufragt. Ich hocke mich so darauf, daß ein Fuß von mir draußen auf dem Beton liegt und der andere auf dem Gitter innen.

Der Wartungsdeckel in dem Gitter ist mit Kette und Vorhängeschloß gesichert. Glauben sie wirklich, daß uns das jetzt noch aufhält, wo wir so weit gekommen sind? Ich ziehe mein kleines Stemmeisen durch die Haspe des Schlosses, drehe es, um es festzuklemmen, und schlage dann mit dem Hammer auf die Kante des Schlosses, wo die Haspe innen einhakt. Das Schloß springt auf wie ein kaputtes Spielzeug. Ich hebe den Wartungsdeckel hoch, schiebe ihn beiseite, setze mich auf die Kante und lasse die Füße in die Leere baumeln.

Wir haben das Ende des Flaschenzugseils mit der Halterung des Flansches verbunden, und ich lasse sechs Meter Seil in den Schacht hinab. Wenn ich das Ende dieser sechs Meter erreicht habe, wird Victor das Seil lösen und mich langsam herunterlassen. Vielleicht habe ich bis dahin Glück gehabt und eine an der Wand befestigte Handwerkerleiter gefunden. Aber da ich mein Glück kenne, werde ich mich darauf nicht verlassen. Ich ergreife das Seil dort, wo es die Rolle verläßt, und ziehe es stramm. Dann wickle ich das Seil so um mich, daß es mir Halt gibt. Es läuft durch meine linke Hand um meinen linken Oberschenkel, dann von rechts über die Brust und hinten über meinen hochgeschlagenen Kragen wieder zurück zur linken Hand. So kann ich auf der Schlinge sitzen und sie mit der linken Hand kontrollieren. Meine rechte Hand bleibt frei. Wir haben eine separate dünne Signalleine, deren Ende ich mir um den Gürtel wickle. Der Instinkt rät mir, tief Luft zu holen, bevor ich mich herunterlasse, aber die Luft stinkt derartig, daß ich meinem Instinkt nicht gehorche, sondern mich einfach durch die Öffnung gleiten lasse.

Das Seil strafft sich um meinen Oberschenkel, und ich setze mich fünf Sekunden darauf, um die Belastung zu prüfen. Nachdem ich mich die ersten sechs Meter herabgelassen habe, kehren all die alten Fähigkeiten zurück. Jetzt ist es wirklich dunkel. Ein Strom warmer, abgestandener Luft umgibt mich. Es ist, als schwimme man in der Nähe eines ins Meer mündenden Abwasserrohrs. Während ich an meinem kurzen Seil hänge, reibe ich mich immer wieder an der Schachtwand. Ich schalte die Taschenlampe ein, und ihr dünner Lichtstrahl fällt auf die Wand. In kurzen Abständen ist die Schachtwand durch Betonringe verstärkt, die eine Art Rahmen für den Zylinder bilden. Jeder Ring ist breit genug, um mir als Sims zu dienen, auf dem ich die Füße abstellen kann, so daß die Spannung in meinen Armen ein wenig nachläßt. Letzten Endes wird es doch kein so schwerer Abstieg.

Bei meiner Abstiegsmethode wird man zunächst langsam herabgelassen. Doch je tiefer man kommt, desto schneller wird man durch den Zug des eigenen Gewichts, bis man in einem plötzlichen Anfall von Panik erkennt, daß man nicht bremsen kann. Auf diese Weise kann ich mich höchstens dreißig Meter tief hinunterlassen. Einmal habe ich es im Schnee auf dem Campanile de Val Montanaio in den Dolomiten getan, aber jetzt habe ich keine Lust dazu.

Ich schwenke beständig meine Taschenlampe in dem Schacht herum. Nach etwa zwanzig Metern sehe ich das Ende einer eisernen Sprossenleiter. Sagte ich Ihnen nicht, daß so etwas da sein müsse? Sie mußten für eine Möglichkeit sorgen, wo Ingenieure hochklettern konnten. Ich arbeite mich langsam die mit rußigem Staub bedeckte Wand hinab, bis ich die Hände an der ersten Stufe habe. Von hier aus wird es leicht.

Nun, da ich so tief unten bin, kann ich Licht aus dem Tunnel unten auf dem Grund sehen. Zwischen diesem Licht und mir scheint die Luft zu zittern. Das sind die Blätter des riesigen Ventilators, der für den Austausch der verbrauchten Luft sorgt.

Ich klettere die Leiter herab, Hand über Hand, und arbeite mich auf diese Weise langsam zu den wirbelnden Blättern vor, wobei ich den Luftzug immer stärker in den Haaren spüre. Der Gedanke an die wirbelnden Blätter hilft mir dabei, die Leiter gut festzuhalten. Kurz vor dem Ende der Leiter halte ich inne, um Luft zu holen. Von hier aus beruht die Möglichkeit unseres Weiterkommens doch sehr stark auf gutem Glauben.

Wir müssen uns darauf verlassen, was uns unser Maulwurf gesagt hat. Angemessen, einen Maulwurf zu haben, der unter der Erde für einen arbeitet. Irgendwo dort unten zwischen wer weiß wie vielen Diensthabenden reißt auch unser kleiner Maulwurf seine Schicht ab. Ich frage mich, wie er aussieht. Vielleicht trägt er eine Brille mit zentimeterdicken Gläsern.

Timmy hat ein Jahr gebraucht, um ihn zu finden, und fast ein weiteres, um ihn umzudrehen. Aber jetzt ist Timmy tot – von den U-Bahn-Schienen gekratzt wie verbranntes Fleisch. Ich frage mich, ob der Maulwurf das weiß. Ich frage mich, was die Sicherheitsleute aus Timmy herausgequetscht haben, bevor er starb. Ich frage mich, ob der ganze Schwindel nicht längst aufgeflogen ist. Doch wie der Große Mann Victor heute morgen gesagt hat, wir müssen es riskieren. Wir müssen auf den einzigen Plan setzen, den wir hatten: diesen Schacht zu benutzen in dieser Samstagnacht und zwischen null Uhr dreißig und ein Uhr einzusteigen. Der Große Mann hat mit dem Maulwurf gesprochen. Der Maulwurf sagt, es sei okay.

Ich stehe auf der Wartungsplattform. Sie besteht aus zwei Quadratmetern verstärktem Beton und ragt etwa einen Meter über dem Ventilator aus der Schachtwand. Die Blätter drehen sich so langsam, daß ich jedes einzelne erkennen kann.

Drei Züge am Signalseil verraten Victor, daß ich angekommen bin.

Er läßt mehr Seil herunter, das ich zu meinen Füßen aufwickle. Als genug da ist, um den Boden zu erreichen, gebe ich ihm ein Zeichen, und er hört auf. Dann setze ich mich auf die Betonplattform und warte, während er nach unten klettert.

Ich brüte über Timmy, während ich warte. Hier sind noch zwei von uns, denke ich, die sich dreißig Meter unter der Erde von Wiltshire begraben. Vielleicht steigen wir in unser eigenes Grab. Die Routine verändere sich nie, sagt der Maulwurf, und heute zwischen halb eins und eins werde die Videokamera am Fuß dieses Schachts ausgeschaltet sein. Dafür werde er sorgen. Das hat er gesagt. In dieser Geisterstunde, sagt er, komme niemand in diesen speziellen Tunnel. Niemand werde sich während der Geisterstunde rühren. Der Ort werde verlassen sein. Von Leuten.

Das sagt er. Oder jedenfalls sagt der Große Mann, daß er es sagt.

Ich kann das leise Quietschen von Victors Stiefeln hören, wie sie über die Eisensprossen rutschen.

Als er wieder zu Atem gekommen ist, stehen wir beide auf. »Die Zeit wird knapp«, sage ich. Ich greife hinter uns und drücke auf den roten Knopf. Der Lärm läßt nach, und die riesigen Blätter werden langsamer. Wir sehen zu, wie sie sich noch oft genug drehen, um jeden, der zwischen sie geriete, zu Scheiben roter Salami zu verarbeiten. Erst, als sie vollkommen stillstehen, lasse ich mich durch sie auf das abschließende Metallgitter herab. Meine Rippen beben.

Diesmal gibt es kein Vorhängeschloß. Ich ziehe die eiserne Luke auf und schaue hindurch nach unten. Victor landet hinter mir auf dem Gitter, was mich zusammenfahren läßt, und als ich zurückzucke, stoße ich mir den Kopf am Lukenrand.

Er grinst, als sei das komisch. Ich verziehe das Gesicht und stecke den Kopf wieder durch die Luke, um einen Blick in den Tunnel zu werfen. Er wird von düsterem Neon erhellt. Zu meiner Rechten setzt sich der Tunnel etwa hundert Meter weit fort, bevor er eine Biegung beschreibt. Zu meiner Linken ist die Ecke nur zwanzig Meter entfernt. Das gefällt mir nicht. Der Boden ist aus Beton, und in der Mitte sind dünne Bahngleise eingelassen. Auf beiden Seiten sind Kisten an den Wänden gestapelt. Manche stehen in Regalen, andere einfach nur auf dem nackten Beton. Hier und da liegt auch Zeug herum, das nicht in Kisten gepackt ist.

So liege ich eine Minute da und halte nach Bewegung Ausschau. Alles ist ruhig. Fünfzig Meter rechts von mir hängt eine einsame Videokamera schwarz wie eine Fledermaus an der Decke. Der Maulwurf sagte, sie würde nicht funktionieren.

Wenn er sich irrt, hat sie mich bereits entdeckt. In diesem Fall werden bereits irgendwo rote Lichter aufleuchten und Männer aus ihren Betten springen, sich ihre Gewehre schnappen und leise durch die Betonkorridore laufen. Jetzt ist es zu spät für einen Rückzug.

Also lasse ich die letzten Meter Seil durch die Luke und auf den Boden fallen, wo es sich zu einem kleinen Haufen zusammenrollt, der wie ein augenfälliger Kuhfladen aussieht. Dann packe ich das

Seil, wo es neben mir herabhängt, ziehe einmal kräftig daran und klettere rasch die letzten drei Meter herunter.

Allein in dem stillen Tunnel zu stehen, ist wie ein Vorsprechen auf der Bühne. Kalte, unsichtbare Augen könnten mich beobachten. Ich schaue nach oben, und ich hoffe, es ist kein Bildschirmtest.

Victor schwingt sich mit einem leeren Segeltuchsack über der Schulter an dem Seil herab und grinst dabei, als sei er der Weihnachtsmann. Er läßt keinerlei Anzeichen von Bühnenangst erkennen. Kaum ist er gelandet, ignoriert er alles ringsumher und neigt den Kopf in die Richtung, die wir nehmen sollen. Er latscht durch den Tunnel, als habe er gerade seine Pantoffeln angezogen, um mitten in der Nacht pinkeln zu gehen.

Ich hole ein paarmal tief Luft, bevor ich ihm folge. Wir sind also endlich da, dreißig Meter unter der Erde im größten Munitionslager der britischen Armee. Das hat jedenfalls der Maulwurf gesagt, und er müßte es wissen. Diese Tunnel erstrecken sich meilenweit – und das meine ich buchstäblich – von Wiltshire wieder zurück nach Hampshire, und sie sind bis zur Decke mit Feuerkraft vollgestopft: Gewehre, Munition, Raketen und Bomben. Ich könnte hier den ganzen Tag vertrödeln wie ein eifriger Student in einem Museum. Aber es ist kein Museum, sondern echt. Für mich ist es wie eine Kunstgalerie.

Während ich das denke, schreitet Victor munter voran. Er war schon immer ein Philister. Respektlos.

Die Belüftungsschächte sind in Abständen von etwa einer halben Meile angebracht. Jeder ist an der Oberfläche durch eine Gebäudeattrappe getarnt: ein Cottage, eine Scheune, ein unbenutzter Hangar ... ein alter Turm, der wie eine Burg geformt ist. Die meisten stehen auf Militärgelände: schwer zu erreichen, harmlos aussehend auf einer Luftaufnahme. Nur ganz wenige sind wie dieser:

abgelegen, aber zugänglich, nur durch ihre unschuldige Tarnung geschützt. Aber sie ist nicht gut genug, General. Ihr hochentwickeltes Radar mag eine Rakete entdecken, wenn sie in ihrem Silo zuckt, aber es ist kein Schutz vor Männern wie mir. Wir gehören zu der Sorte, die die Yankees aus Vietnam vertrieben haben.

Ich gehe weiter.

Wir wissen, daß die Kisten, die wir suchen, jenseits der hängenden Kamera stehen müßten, aber mich interessiert auch das andere Zeug, das vor den Wänden gestapelt ist. Sie waren schon einmal in einem Lagerhaus, nehme ich an, also wissen Sie, wie gewöhnlich Dinge aussehen, wenn sie in Kisten gestapelt sind und nicht in eine Schaufensterdekoration eingebettet sind. Ich sage das für die kapitalistische Gesellschaft: dort weiß man mit Sicherheit, wie man Dinge verschönen kann, um Begehrlichkeiten zu wecken, um es so aussehen zu lassen, als sei der Kram mehr als nur Kram.

Doch hier unten sieht es aus wie im hintersten Lagerraum, den der Kunde nie zu Gesicht bekommt. Bomben und Kugeln warten in Kisten, auf deren Außenseiten Namen und Artikelnummern aufgestempelt sind. Die Granaten sehen aus wie Seemuscheln, die in einem alten Pappkarton vor sich hin schimmeln, nach Beendigung des Urlaubs in der hereinbrechenden Dunkelheit vergessen. Ich lese die aufgestempelten Namen, leiere sie lautlos herunter wie eine religiöse Litanei. TOW, Swingfire, Milan. Dragons, die wie Ofenrohre auf dem Boden liegen. Waffen mit Nummern anstatt Namen: britische LAW80, die matt glänzend an der linken Wand liegen, eine Abordnung amerikanischer M72, sogar ein paar französische AC300.

An die kann ich mich gut erinnern: eine der wenigen tragbaren Panzerabwehrwaffen, die man auch bei Häuserkämpfen benutzen kann. Die meisten anderen entwickeln einen derartigen Rückschub, daß alle Anwesenden betäubt werden, wenn man damit aus einem Gebäude schießt. Aber die AC300 – damit kann man im Wohnzimmer stehen und aus dem Fenster schießen. Das ist besser, als sich ein Rebhuhn zum Mittagessen zu schießen.

Ja, da sind viele alte Freunde und andere Zahlen, die ich nicht kenne, und alles ist in Kisten gestapelt, als sei dies ein großer Billigmarkt dreißig Meter unter der Erde. Bei einigen Kisten ist der Deckel geöffnet. Ich kann die Hände ausstrecken und die Granaten und Waffen berühren.

Wir passieren die Videokamera, als ich ein anderes Geräusch vor dem Hintergrund des beständigen leisen Summens höre. Ein Poltern. Ich erstarre. Das ratternde, scheppernde Geräusch kommt rasch näher. Es ist das Geräusch von etwas, das uns auf den Bahngleisen entgegenfährt.

Wir sehen einander nicht einmal an, bevor wir in eine Lücke zwischen den Kisten an der Wand zurückweichen. Ich versuche ein Teil der Schatten zu werden. Bevor ich jede Bewegung einstelle, greife ich in meine Jacke und nach der kleinen Beruhigung meiner Smith & Wesson 38.

Als der Zug eintrifft, presse ich mich noch enger an die Wand. Drei niedrige Plattformwagen kreischen schaukelnd mit stetigen zehn Meilen in der Stunde durch den Tunnel. Zwei der Wagen sind beladen, der letzte ist leer. Es gibt keinen Fahrer, keine Wache, kein Begleitpersonal. Es ist nur ein kleiner Transport, der ein paar Kisten von einem Ort zum anderen bringt. Um diese Uhrzeit ist es die Geisterbahn, die immer noch fährt, nachdem der Rummelplatz längst geschlossen hat.

Man sollte meinen, daß jemand den Zug begleiten müßte, daß

man ihn nicht ohne Aufsicht fahren läßt wie ein Kinderspielzeug im Keller. Sie müssen glauben, daß nur die eine Bahn und keine andere unterwegs ist, daß keine Kühe auf den Gleisen stehen – also warum sollten sie Wachen brauchen?

Doch es hätte jemand da sein sollen. Ein junger Soldat, der müde auf dem letzten Wagen sitzt. Ein junger Sohn einer Mutter, der sich fragt, warum um alles in der Welt er seine Jugend verschwendet, indem er einen kleinen Zug in einem unterirdischen Lager begleitet. Doch es ist niemand da. Nur die Geisterbahn, die in der Ferne hinter der nächsten Kurve verschwindet.

Wir warten beide im Schatten darauf, daß die Stille wiedereinkehrt. Ich sichere meine Waffe wieder und stecke sie weg. Ich wollte nie unschuldige junge Soldaten erschießen. Nicht mehr. Jedenfalls wäre eine Schießerei hier unten gleichbedeutend mit einem letzten Aufbäumen, mit dem verzweifelten Hämmern gegen die Mauern der eigenen Gruft.

Als die Stille zurückkehrt, wird mir klar, daß ich zwischen Kisten mit Schockgranaten stehe. Die Kisten haben keinen Deckel. Die Granaten liegen wie Birnen in der Auslage des Obsthändlers, und ich lächle. Meine Hand bewegt sich, um eine zu nehmen, dann halte ich inne? Bin ich ein Ladendieb? Wir sind nicht gekommen, um Granaten zu stehlen, vor uns liegt eine Menge Arbeit. Aber ich hätte gern ein Andenken.

Jetzt treten wir zurück in die Mitte, wieder ins Licht. Victor verzieht das Gesicht, dann wendet er sich ab, um die letzten paar Meter zu der Stelle zu gehen, wo sie lagern sollten. Unter dieser Kamera hindurchzugehen, ist wie das Überqueren einer Grenze. An der rechten Wand haben wir jetzt anstelle der Kistenstapel unverpackte Artillerie, die lose an der Wand lehnt. Lange dünne Raketen, die so angeordnet sind, daß sie wie Wigwams aussehen, wie riesige Kugelschreiber in einem Becher.

Mit denen bin ich nicht vertraut. Die Bewaffnung, die ich kenne, beschränkt sich auf das Kleinzeug: Gewehre und Handfeuerwaffen, Bajonette und Messer. Zeug, das man mit sich herumschleppen kann. Zeug, das man benutzen kann. Ich habe noch nie mit einer großen Feldkanone geschossen. Das ist der Kram, den die andere Seite hat, außer Sicht und weit entfernt, der jähe und gewaltige Zerstörung aus dem Himmel bringt.

Aber einiges erkenne ich doch wieder. Victor bleibt direkt hinter einem Stapel mit AIM9 Sidewinders stehen – explodierende Zigarren haben wir sie genannt. Die Sidewinders nehmen die nächsten zwanzig Meter Wand ein, dann kommt laut Stempelaufdruck ein Abschnitt mit AIM7. Das sind Anti-Radar-Raketen. Was will Victor mit denen?

Doch es sind die Kisten auf der anderen Seite, die ihn interessieren. Primitive Holzkisten aus Amerika – grob zusammengezimmert, wenn man bedenkt, was in den Kisten lagert. Sie haben etwas Cowboyhaftes wie die Munitionskisten, die die Kavallerie in den alten Schwarzweiß-Western immer hat und von einem Planwagen abgeladen und ausgegeben werden, wenn auf den umliegenden Hügeln Indianer auftauchen.

Also ist alles so wie erwartet. Die Kisten stehen da, wo er sagte, daß sie stehen würden.

»Da sind wir, mein Lieber«, sagt Victor. »Wie viele sollen wir mitnehmen?«

»Das werden wir gleich sehen«, sage ich, und ich hebe eine Kiste hoch, um ihr Gewicht zu prüfen. Sie ist schwer. »Wir werden kaum mehr als eine schaffen.«

»Das scheint kaum den Aufwand zu lohnen.«

»Überzeug dich selbst, wie schwer die Kisten sind. Wir müssen sie den Schacht heraufziehen und dann zurück durch das Dornengestrüpp tragen. Und für jede Kiste mit Sprengköpfen brauchen wir eine Kiste mit Trägern.«

Er sieht mein Argument ein – auch deshalb, weil wir unsere Seile und Ausrüstung ebenfalls tragen müssen. Wie auch immer, eine Kiste reicht aus. Völlig.

Die Granaten, die wir uns holen wollen, sind etwas Besonderes – es sind W79. In Amerika hergestellt, aber an Briten, Franzosen und Gott weiß wen noch in der NATO verkauft. Vielleicht haben Sie noch nicht sonderlich viel über diese Schönheiten gehört, weil die meisten Regierungen bestreiten, daß sie überhaupt existieren. Wenn man sie ihnen dann auf den Seiten der weltweiten Waffenkataloge zeigt, räumen sie ein, ja, sie existierten, aber ihr Land besitze keine. Die Regierungen sind empfindlich, weil die W79 keine gewöhnliche Waffe, sondern eine Atomwaffe ist. Was der Grund dafür ist, warum Regierungen ihre Existenz bestreiten.

Und auch dafür, daß wir hier sind.

Aber das werden Sie bereits wissen. Sie werden wissen, daß die W79 eine taktische nukleare Gefechtsfeldwaffe ist. Und Sie werden wissen, daß das bedeutet, sie ist massiv. Hinterläßt ein Loch wie der Grand Canyon. Und eine Wolke wie die Beulenpest. Sie wird wie jede beliebige Panzerabwehrgranate aus einem tragbaren Werfer abgeschossen, und zwar von einem gewöhnlichen Soldaten eines Zuges. Doch anstatt einen Panzer hochgehen zu lassen, kann er ein ganzes Dorf auslöschen. Oder ein paar Regimenter. Mit einer Granate. Was nicht schlecht ist.

Die Rakete besteht aus zwei Teilen. Da ist zum einen die eigentliche W79 – das ist der kleine nukleare Sprengkopf –, und da ist zum anderen der Träger, das AFAP (Artillery Fired Atom Projectile oder Artilleriegefeuertes Atomprojektil), das es einem ermöglicht, sie aus einer Kanone abzuschießen. Wie bei jeder Waffe mit derart massiver Vernichtungskraft will man nicht zu dicht am Ziel sein, wenn man sie abschießt. Man will nicht abdrücken und dabei singen: »Wir gehen alle zusammen, wenn wir gehen.« Also ist es tröstlich zu wissen, daß das Baby eine Reichweite von achtzehn Meilen hat, was so weit entfernt ist, daß man sich gemütlich zurücklehnen und sich die Schau ansehen kann. Wie der Pilz wächst. Und dann der Knall kommt. Vielleicht.

Sie ist außerdem sehr zielgenau.

Stellen Sie sich die Situation vor. Sie sind ein kleines Land in einem unbedeutenden Winkel der Welt und führen einen langen und kostspieligen Krieg gegen einen Feind, der größer und stärker ist als Sie und Sie allmählich in die Knie zwingt. Sie töten seine Soldaten, und er tötet Ihre. Aber die hundert Soldaten, die auf Ihrer Seite fallen, schwächen Sie weit mehr, als die hundert, die auf der anderen Seite fallen, den Feind schwächen. Die Zeit wird knapp.

Das Geld in der Staatskasse wird auch immer weniger, da die Anzahl der dezimierten Familien steigt. Ihre Staatsbürger sind wütend über die Niederlage. Ihr Feind konsolidiert seine Eroberungen. Ihre Verbündeten schauen in die andere Richtung. Was Sie jetzt brauchen, ist eine Vitaminspritze, etwas, um das Blatt noch zu wenden. Sie brauchen etwas, das den Feind aus Ihrem Land vertreibt. Etwas, das ihn einfach wegfegt.

Wissen Sie, was ich meine?

Victor und ich, wir stammen aus einem Land, das lange genug gewartet hat. Unser schönes Land ist in den Boden gestampft worden. Es liegt auf dem Bauch und hat den Mund voller Sand, während die Horde ausländischer Soldaten es zermalmt, vergewaltigt und tiefer in den Sand bohrt. Entweder wir finden uns mit dem Schmerz und dem Elend ab oder wir warten auf die Pause, nachdem sich der eine Lump von uns heruntergewälzt hat und bevor der nächste über uns herfällt, richten uns auf und packen ihn an den Eiern.

Ich lege die Hände auf die rauhe Holzkiste mit den W79 und hebe sie hüfthoch. Victor schnappt sich die oberste Kiste mit AFAPs. »Das reicht völlig«, sage ich.

Jesus, wenn man bedenkt, wie diese Dinger durch die Luft fliegen, würde man nie glauben, wie schwer sie auf der Erde sind. Wir schaffen es ohne Pause bis zum Belüftungsschacht, aber als wir dort ankommen, kann ich jeden Zentimeter der Sehne spüren, die in meinen Handgelenken beginnt und wie ein gespanntes Gummiband um eine verrostete Rolle in meinem Ellbogen und durch schmerzende Bizeps läuft, um in meinen protestierenden Schultergelenken zu enden. Zwei weitere stromführende Kabel sitzen in meinem Rücken. Mein Magen ist zusammengekrampft, und meine Hände verlieren den Halt.

Wir stellen die Kisten auf den Betonboden und starren mit weit aufgerissenen Augen ins Leere, als sei gerade in der letzten Minute der Verlängerung ein Tor gegen uns erzielt worden. Die Kisten sind zu schwer, um sie einfach durch die Luke hochzureichen, also klettert Victor an dem herabhängenden Seil empor und durch die Luke zurück auf das Metallgitter. Ich binde die Kiste mit den AFAPs sicher in das Seil ein, lasse sie auf dem Boden liegen und folge Victor dann durch die Luke. Gemeinsam hieven wir das tote Gewicht hoch. Die Kiste ruckelt durch die Luke wie ein Betrunkener, der nach Hause torkelt. »Es muß einen leichteren Weg geben«, sage ich, aber uns fällt keiner ein. Ich gleite wieder zurück in den Tunnel und verschnüre auch die andere Kiste mit den W79 zu einem Paket. Ich weiß, daß es eine Kiste mit niedlichen kleinen Atomsprengköpfen ist, aber von mir aus könnte es auch eine Kiste mit Kies sein. Ich traktiere sie, als arbeitete ich halbtags im Schlachthaus. Dann heißt es wieder, das Seil hinauf und durch die Luke in die Finsternis darüber.

Ein totes Gewicht drei Meter hoch und durch eine kleine Luke zu hieven, mag Ihnen wie ein Kinderspiel vorkommen, aber ich kann Ihnen sagen, daß es eine Qual ist. Sie haben die Kiste halb hoch gezogen, und dann hängt sie da oben in der Luft, und jeder Muskel ist so stark angespannt, daß Sie glauben, sie platzten Ihnen gleich durch die Haut. Aber wir zwingen sie durch das Loch und auf den sicheren Boden des schwarzen Metallgitters.

Dann schließe ich die eiserne Luke, und wir können uns ausruhen. »Fünf Minuten Pause«, keucht Victor, und die machen wir. Wir sitzen mit den beiden Kisten vor uns auf dem Metallgitter. Durch die kleinen Löcher im Gitter können wir den Betonboden des Tunnels sehen. Über uns erstreckt sich das schwarze Loch des Belüftungsschachts. Die Ventilatorblätter stehen noch still, und die Schwärze verschwindet dahinter.

In unserem Geheimversteck über dem Tunnel der Armee sitzen wir wortlos da: Victor und ich, dazu eine Kiste mit den W79 und eine andere mit AFAPs, die darauf warten, von uns weggeschafft zu werden. Abgesehen von unseren Atemgeräuschen entsteht langsam wieder das Bild des Friedens und versucht uns davon zu überzeugen, daß sich nichts verändert hat. Der Tunnel sieht genauso aus wie vorher. Ordentliche Kistenstapel mit Waffen stehen stumm an den Wänden.

Ich schätze, man hätte mit einer Stoppuhr genau dreihundert Sekunden abmessen können, während wir uns ausruhen. Dann steht Victor wortlos auf und ergreift eine Sprosse der Eisenleiter, die in den Schacht herunterhängt. Methodisch beginnt er zu klettern, während ich auf dem Gitter sitzenbleibe und ihn in der Dunkelheit verschwinden sehe. Ich bleibe allein auf dem harten Gitter zurück, und nur das Seil vor meinen Füßen bebt ein wenig.

Die AFAPs sind den Schacht emporgehievt worden, die W79 wiederholen die Reise, und ich frage mich, wer den leichteren Job hat: Victor am Flaschenzug oder ich auf dem Metallgitter. Die W79 sind in der Dunkelheit verschwunden. Ich stelle mir Victor vor, wie er im Licht der Sterne auf dem Dach der Turmattrappe hockt und sich mit dem Flaschenzug abmüht. Ich frage mich, ob es regnet.

Plötzlich höre ich Stimmen und das Knirschen von Nagelstiefeln auf dem Betonboden unter mir. Ich hocke völlig reglos auf dem löchrigen Gitter. Mein Blickfeld ist eingeschränkt. Ich höre die Soldaten lange, bevor ich sie sehe. Als sie unter mir auftauchen, prahlt der eine gerade vor dem anderen mit dem Mädchen, das er letzte Nacht abgeschleppt hat. Der andere Bursche ist skeptisch: »Aber was macht sie *heute* nacht? Heute ist Samstag, richtig?«

»Und?«

»Du weißt doch, wie diese Schnepfen samstags sind. Die treiben's doch mit jedem.«

»Die nicht mehr, so, wie ich's ihr letzte Nacht besorgt habe.«

»Sie steht auf Soldaten, oder?«

»Nicht allgemein. Sie steht nur auf mich.«

»Auf alles in Khaki. Sie wird gerade in diesem Augenblick auf dem Rücken liegen.«

»Am Arsch!«

»Und ob!«

»Fick dich doch selbst!«

»Ich wünschte, das könnte ich.«

Sie trotten unter mir vorbei und der Stelle entgegen, wo wir die W79 gestohlen haben. Ich versuche mir einen Grund vorzustellen, warum ihnen irgend etwas auffallen sollte. Dann ertönt ein plötzliches Klirren wie von der ersten Münze in der Schale eines blinden Bettlers, und ein kleiner Dreckklumpen fällt neben mir auf das Gitter. Ich bewege keinen Muskel. Die Soldaten scheinen nichts gehört zu haben. Sie reden immer noch über die Mädchen von Wiltshire. Ich frage mich, wie es jungen Soldaten gefällt, die Samstagnacht dreißig Meter unter der Erde zu verbringen. Ich frage mich, wie sie wirklich mit den Mädchen aus Wiltshire zurechtkommen.

Ihre Stimmen verlieren sich in der Ferne entlang des Tunnels. Dann registriere ich eine Bewegung neben mir, als das Seilende wieder auf das Gitter fällt. Ich packe es und schlackere damit, um Victor ein Zeichen zu geben. Victor hört auf, Seil abzurollen, und die lange Nylonschnur hängt zitternd vor mir in der Dunkelheit. Ich stehe auf.

Ich klettere die fünf Meter durch die reglosen Ventilatorblätter und auf die kleine Wartungsplattform darüber. Ich verknote das herunterbaumelnde Seilende, so daß es nicht zwischen den Blättern hängt. Dann drücke ich auf den roten Knopf.

Der ganze Schacht scheint zusammenzuzucken, als sich der große Ventilator in Bewegung setzt, zwei-, dreimal langsam kreist, Geschwindigkeit aufnimmt und dann in ein stetes Surren übergeht.

Abgestandene Luft aus dem Tunnel weht an meinem Gesicht vorbei. Ich ziehe zweimal am Seil, stelle mich auf die unterste Sprosse der Eisenleiter und beginne mit dem Aufstieg an die frische Luft.

Wir müssen zweimal gehen, um das Zeug den Hügel herunterzuschaffen. Die Kisten zwingen uns dazu, weil wir uns unmöglich durch das Dornengestrüpp nach unten kämpfen können, wenn wir jeder unter der Last einer ganzen Kiste schwanken. Also nehmen wir jedesmal eine Kiste zwischen uns und tragen die Seile und die Kletterausrüstung in der anderen Hand. Bis wir schließlich unseren zweiten Abstieg bewältigt haben, will ich nie mehr einen Wald im Mondlicht sehen. Mir würde es völlig ausreichen, den Rest meiner Tage im Betondschungel Deptfords zu verbringen. Doch als wir die Beute hinten in unseren Lieferwagen laden, weiß ich genau, daß ich Deptford nie wiedersehen werde. Victor und ich sind wieder heimatlose Wanderer. Ich könnte die englische Nachtluft zum letztenmal in meinem Leben atmen. Als ich mich auf den Beifahrersitz des Lieferwagens fallen lasse, kämpfe ich mit einem vertrauten Verlustgefühl.

Der Motor springt an, und Victor setzt in langsamem Bogen über nachtkaltes Gras zurück. Ich schaue zu dem bewaldeten Hügel hoch und bilde mir ein, den Schachbrett-Turm trügerisch auf der Kuppe thronen zu sehen. Ich denke an den Augenblick auf dem Dach, als wir das Außengitter wieder schlossen und ich über dem dreißig Meter tiefen Schacht hockte und mir vorstellte, die Schockgranate hineinzuwerfen, die ich unten gestohlen hatte, so daß sie inmitten der Regale und Kisten in den stummen Korridormeilen hochgehen würde. Angenommen, ich hätte eine Handgranate mitgenommen: Könnte diese eine kleine Bombe all die anderen explodieren lassen, die dort unten lauern?

Wenn ja, und es flögen noch andere mit einem größeren Knall in die Luft, würde die Kettenreaktion durch die Meilen um Meilen explosiver Korridore jagen, bis halb Südengland im größten Feuerwerk seit der Explosion der Vulkaninsel Krakatoa im Jahre 1883 ausbräche. Der Ruß dieses Vulkanausbruchs ging seinerzeit in der ganzen Welt nieder – sogar auf die saftigen Felder des weit entfernten Englands. Die Staubwolken verdunkelten die Sonne und hüllten die südliche Hemisphäre drei lange Tage in ununterbrochene Nacht. Die Explosion war noch im über dreitausend Meilen entfernten Hiroshima zu spüren. Dreißigtausend Menschen starben. Es geschah weniger als sechshundert Meilen vor der australischen Küste, doch die Welt vergaß den Vorfall binnen weniger kurzer Jahre.

Wir könnten auch ohne dich leben, England.

19

»Du brütest, mein Lieber.«

Wir fahren auf der leeren Autobahn durch die Nacht zurück. Ich zögere eine Idee zu lange, bevor ich sage, ich sei nur müde. »Ich kenne dich besser«, sagt er. »Du denkst an Rachel.«

»Ich beobachte nur die Straße.«

»Wirst du sie vermissen?«

»Ich vermisse sie alle.«

Jetzt hat er mich ins Grübeln gebracht. Er hat sie zurück in meine Gedanken gedrängt. Sie wird jetzt in der Pension am Earls Court schlafen, einsam und frierend in einem unfreundlichen Hotel. Sie wird sich in den Schlaf geweint und sich dabei gefragt haben, wo, zum Teufel, ich bleibe.

Ich hoffe, niemand von denen, die uns dort gesehen haben, erkennt mein Gesicht anhand des verkratzten Fernsehfotos wieder. Ich will nicht, daß jemand ihr meinetwegen Fragen stellt. Sie hat genug eigene Fragen, die sie sich stellen wird. Ich habe das jähe Bedürfnis, sie an mich zu drücken. Das Wissen, sie verlassen zu haben, veranlaßt mich, traurig durch die Windschutzscheibe in die Nacht zu starren. Müdigkeit breitet sich in meinen Knochen aus. Es ist nicht die späte Stunde, es ist der alte Jäger, der sich nach einem Ort sehnt, an dem er sich niederlassen kann.

Victor redet wieder. Wahrscheinlich will er sich wach halten. Er hat Rachel vergessen und stellt Nachbetrachtungen über unser Projekt und die Zeit an, die wir in England verbracht haben. »Ich glaube, wir haben es gerade noch rechtzeitig getan. In diesen letzten paar Tagen sind sie uns immer näher gerückt.«

»Die Polizei? Oder ihr Geheimdienst?«

»Irgendwelche Hengste aus der Verwaltung. Die Gegenspionage, die langsam verschiedene Einzelteile zu einem vollständigen Bild zusammensetzt und seltsamen losen Enden nachgeht. Wir sind schon zu lange hier. Der Große Mann hat uns damit keinen Gefallen getan.«

»Wir haben den Kopf unten gehalten.«

»Bis zum Schluß. Aber denk nur an Timmy: Er hat seinen über die Mauer gehoben, und jemand hat ihn gesehen.«

»Wer?«

»Du kennst doch die Briten, mein Lieber. Sie haben MI5, MI6, die MOD-Polizei, die Anti-Terror-Abteilung, den SAS – so viele separate Einheiten, daß sie mehr Zeit damit verbringen, einander zu bekämpfen, als uns zu verfolgen. Natürlich immer vorausgesetzt, es waren tatsächlich die Briten.«

»Wer sonst?«

»Jemand anders, der auch hinter den W79 her ist. Wir sind nicht die einzigen.«

»Nein, wahrscheinlich nicht.«

»Ehrlich, wir sind eher kleine Fische. Wir hatten einfach Glück, daß wir einen Kontaktmann gefunden haben. Der schlaue Timmy. Es gibt andere, die ein kleines Vermögen für unsere Wagenladung ausgeben würden.«

»Ja. Das gilt auch für die Briten.«

»Viel zu armselig, mein Lieber. Nein, es gibt andere. Wir könnten es hier mit dem ganz großen Geld zu tun haben – genug, um sich von all dem hier zurückzuziehen und sich zur Ruhe zu setzen. Auf der anderen Seite der Welt mit neuer Identität … das wäre eine Überlegung wert.«

»Ich habe das nicht des Geldes wegen getan.«

»Natürlich nicht, mein Lieber. Wer schon? Aber wirst du es

nie leid – dich in einem Krieg abzuplagen, der niemals enden wird?«

»Irgendwann werden wir es alle mal leid.«

»Ohne einen Ort, den man Zuhause nennen kann? Immer nach ihrer Pfeife tanzen?«

»Ich habe mich hier ziemlich gut eingelebt. In Deptford hat es mir gefallen, so merkwürdig das auch klingen mag.«

»Aber wir können keine Wurzeln schlagen. Sie werden uns nicht aussteigen lassen.«

»Es gibt zu viel zu tun.«

»Der Krieg ist endlos.«

Die alte Litanei. Müde Phrasen, nachgeplappert wie Kinderreime – Wörter, die halb wach von der Zunge perlen wie die oberflächlichen Gebete eines vom Glauben abgefallenen Priesters. Eines Tages geben wir das alles auf. Eines Tages leben wir ein anständiges Leben. Eines Tages.

Wir fahren schweigend weiter. Deptford, Jancey, meine Wohnung, Rachel: Sie sind bereits nur noch Erinnerungen, die im Dunkeln verschwimmen, ein Teil der Nacht, ein Teil von letzter Nacht, als ich mit einem Geständnis begann. Rachel – sie muß etwas Besonderes an sich gehabt haben. Es war das erste Mal, daß ich je aus der Schule geplaudert habe. Ich war während meines gesamten Aufenthalts in England sauber. Sauber in Deutschland, sauber überall. Ein sauberer Zivilist, leicht zu identifizieren: gewöhnlich, nicht dumm, ein wenig abgebrüht, einer aus der Masse. Sie muß irgend etwas an sich gehabt haben, daß sie mich dazu bringen konnte, mich so vor ihr zu öffnen. Ich habe nicht viel gesagt. Aber trotzdem.

Natürlich, vier Uhr morgens. Die schlimmste Zeit. Und gleich nach dem Traum: der dunkle Schrank, meine Mutter, meine arme

Schwester, die Eidechse. Ja, die schlimmste Zeit. Rachel hielt den Schlüssel zu dem Geheimfach in der Hand – die stärkste Waffe der Frauen seit Delilah, seit Eva: weiches feminines Mitgefühl. Ein sanftes Streichen über die Stirn. Eine Umarmung, ein Drücken an den Busen. Ein warmes Flüstern leise im Ohr: »Rede mit mir. Sag es mir. Laß alles raus.«

Ich hätte es beinahe getan.

Ich hatte Monate der Langeweile hinter mir, die mich zermürbt haben. Plötzlich stelle ich fest, daß ein anderer Verein hinter uns her ist. Timmy wird für Casey getötet. Casey stirbt für Deptford. Deptford explodiert – Jesus, was ist nur passiert? Was habe ich getan, um das zu verdienen? Kein Wunder, daß ich so ein leichtes Opfer für Rachel war.

Nun, das liegt jetzt alles hinter mir. Schluß damit. Wir brauchen das Zeug nur noch loszuwerden und zu verschwinden. Es wird Zeit, den sauberen Zivilisten zu vergessen, der in der Masse untergeht. Es wird Zeit, wieder auf Reisen zu gehen.

Sieben Uhr an einem Sonntagmorgen, und rings um Elephant ist es fast so ruhig wie auf den Feldern Wiltshires. Wir stellen den Lieferwagen am Ende von Victors Straße ab, und ich frage ihn, wie lange er braucht, um seine Sachen zusammenzupacken. Er sagt, etwa eine Stunde. »Komm auf einen Kaffee mit rein«, sagt er. »Ich mache, so schnell ich kann.«

»Warum sollten wir uns so beeilen? Die Übergabe ist erst um elf.«

»Dann haben wir ja noch massenhaft Zeit. Komm und trink einen Kaffee. Der wird dich wach halten.«

»Ich habe noch etwas zu erledigen.«

Er dreht sich zu mir um, den Ellbogen auf das Lenkrad gestützt. »Was hast du noch zu erledigen?«

»Ich will mich verabschieden.«

Er sieht mich nur an. Seine Stimme klingt müde. »Das ist viel zu gefährlich. Du wirst gesucht. Sie zeigen dein Gesicht im Fernsehen.«

»Ich bin vorsichtig.«

»Wir können das nicht riskieren.«

»Es ist mein Leben.«

Als er langsam ausatmet, beschlägt sein Atem die Windschutzscheibe. »Du kannst nicht in London herumgondeln, wenn hinten in deinem Lieferwagen eine Kiste mit W79 liegt.«

»Wer sollte sich dafür interessieren?«

Ein paar kalte Sekunden schaut er mir in die Augen und erkennt die Sturheit, die hinter ihnen liegt. Dann zuckt er die Achseln, wendet sich ab und öffnet die Fahrertür. »Wie du schon sagtest, es ist dein Leben.« Er steigt aus, schließt leise die Tür und hebt dann andeutungsweise einen Arm zu einer Geste müden Abwinkens.

Ich gleite auf seinen noch warmen Sitz und kichere im stillen. Er wäre eine großartige Mutter. Als ich den Motor anlasse, sehe ich, wie er in seine Jacke greift und eine seiner kleinen Zigarren herausholt. Auf der Rückfahrt hat er sich beherrscht, um den Wagen nicht einzunebeln, aber nun, da er an der frischen Luft ist, braucht er etwas, um den Geschmack zu überdecken. Ich beobachte ihn im Spiegel, während ich losfahre. Er zündet sich den Stumpen im Gehen an und wirft das Streichholz in hohem Bogen davon, bevor er die Straße überquert.

Dies ist das erste Mal, daß ich seit mehreren Wochen wieder hinter einem Lenkrad sitze. Ich streichle die Gänge hoch und benutze den Spiegel so oft wie ein junges Mädchen vor einer neuen Verabredung. Was der Grund dafür ist, daß mir der grüne Sierra auffällt.

Er hängt vielleicht fünfzig Meter hinter mir. Es ist ein unbedeutender Wagen und zieht keine Aufmerksamkeit auf sich. Vielleicht würde ich keinen Gedanken an ihn verschwenden, wenn es nicht gerade sieben Uhr an einem Sonntagmorgen wäre. Ich fahre mit fünfundsechzig durch die Borough High Street. Er bleibt hinter mir. Zwei Kerle sitzen darin.

Die einfachste Art und Weise, sich über einen Wagen hinter einem Gewißheit zu verschaffen, besteht darin, einfach am Straßenrand anzuhalten. Was soll der andere dann tun? Entweder er hält ebenfalls an und verrät sich damit oder er fährt vorbei und verliert einen. Das ist alles schön und gut, wenn es sich um einen Wagen handelt, der einem folgt, um festzustellen, wohin man fährt, jedoch nicht will, daß man es mitbekommt. Doch wenn der Wagen einem folgt, weil die Insassen einen schnappen wollen, dann braucht man eine Menge Mumm, um so zu verfahren. Denn wenn er tatsächlich anhält, geht es um die Wurst. Er wird nicht in höflichem Abstand hinter einem parken. Er stellt sich quer vor einen. Dann zieht man entweder ein Schießeisen und benutzt es durch das Fenster, oder man legt den Rückwärtsgang ein und gibt Vollgas. Und was, glauben Sie, wird der andere in der Zwischenzeit tun? Wie ich schon sagte, man braucht Mumm.

Ich könnte Seitenstraßen benutzen, aber die Gassen hier in der Gegend sind schmal und gewunden, und die Hälfte sind Sackgassen. Man könnte um zwei Ecken fahren und plötzlich vor einer Reihe Poller stehen. Dann würde man in den Spiegel schauen und ihn dicht hinter einem sehen.

Also bin ich auf der Hauptstraße sicherer. Ich wäre lieber auf vertrautem Gelände in Deptford. Aber das ist zu weit weg. Als ich umkehre und in die Union Street einbiege, sind wir immer noch die einzigen Autos auf der Straße. Nur die leere, schmutzige Union Street, ein Sierra und mein Lieferwagen.

Ich fahre nett und ordentlich, weil er auch auf dem Heimweg von einer ausgiebigen Party sein und nur auf eine Gelegenheit zum Überholen warten könnte, um endlich nach Hause zu kommen. Aber er überholt nicht.

Ich komme über The Cut nach Westen zurück. An der Ecke Old Vic begrüßen uns die Lichter, und wir fahren beide über die Waterloo Road, als seien wir alte Freunde. Als wir in die Lower Marsh einbiegen, schalte ich in den zweiten Gang herunter, trete aufs Gas und biege scharf nach rechts auf den Platz hinter dem Waterloo-Bahnhof ab. Ich würde nicht unbedingt behaupten, daß der Lieferwagen beschleunigt, aber er gibt sein Bestes. Ich donnere über die Betonrampe, nehme mit quietschenden Reifen die Hundertachtzig-Grad-Kurve und stürze mich in das Gewühl schwarzer Taxis, die auf der oberen Ebene friedlich schlafen. Die Rampe hat derart hohe Mauern, daß ich nicht weiß, ob der Sierra noch hinter mir ist. Ich wedele rasch durch die Taxis und halte den Fuß auf dem Gas, während ich in dem Gewirr von Durchfahrten und Verbindungswegen vor dem Bahnhof verschwinde.

Drei Monate nach meiner Ankunft in diesem Land nahm ich eine Nachtarbeit als Taxifahrer an. Niemand stellte Fragen, ich brauchte rasch Geld, und es war der richtige Job, um die falschen Leute zu treffen. Die meisten Fahrer waren aus dem einen oder anderen Grund verzweifelt. Vielleicht waren sie im Gefängnis gewesen und fanden jetzt keine Arbeit. Vielleicht arbeiteten sie tagsüber schwarz. Vielleicht brauchten sie einfach das Geld. Jedenfalls vermittelte mir dieser Job neben anderen Dingen noch Grundkenntnisse über die verschachtelte Geografie der Londoner Hintergassen. Ich fuhr in jeder Schicht mehrmals durch dieses Vogelnest um den Waterloo-Bahnhof, also überrascht es mich nicht, daß kein grüner Sierra mehr hinter mir ist, als ich aus dem Gewirr herauskomme und in die gegenüberliegende Sandell Street fahre.

Auf meiner Fahrt nach Bermondsey singe ich leise eine Art Shanty vor mich hin. Es ist kein glücklicher Anlaß, weil ich komme, um mich zu verabschieden, aber ich bin hochzufrieden, diesen anderen Wagen abgeschüttelt zu haben. Immer vorausgesetzt natürlich, daß er mich tatsächlich verfolgt hat. Bei genauerem Nachdenken ist es eigentlich unwahrscheinlich. Bei noch genauerem Nachdenken kann es eigentlich gar nicht sein. Also denke ich nicht darüber nach.

Trotzdem, als ich in Bermondsey ankomme, verlasse ich die Hauptstraße, fahre um einen ruhigen Block und stelle den Lieferwagen im Schatten einer unbeleuchteten Gasse ab. Ich schalte den Motor aus und lausche der Stille.

Stille ist relativ in London. Seit einer Stunde ist es hell, und jähe, unregelmäßige Belebungen des Sonntagmorgenverkehrs wirbeln Staub in den Straßen auf. Ein Bus mit vier Insassen fährt vorbei, die in orangenes Licht getaucht sind. Sie tragen alle Mäntel. Als der Bus verschwunden ist, bleibt der Platz wieder leer und still zurück. Der Platz ist für den Stoßverkehr in der Woche angelegt worden. Jetzt ist er wie ein Pub, nachdem der letzte Gast nach Hause gegangen ist.

Ich beobachte all das etwa zwanzig Minuten lang durch die Windschutzscheibe, bevor ein Wagen auf dem Platz anhält, drei

Leute aussteigen läßt und dann weiterfährt. Sie bleiben auf dem Gehsteig stehen und unterhalten sich. Nach weiteren zwei Minuten kommt noch ein Wagen. Er setzt zwei Frauen in dicken Wollkostümen und zwei kleine Mädchen in Sonntagsgarderobe ab. Sie begrüßen einander noch, als ein älteres Paar zu Fuß um eine Ecke biegt, während gleichzeitig ein adretter Bursche Mitte Zwanzig und ein Mann in einem schicken blauen Anzug hinter einer anderen auftauchen. Alle fangen an, sich die Hände zu schütteln und sich auf die Schulter zu klopfen, als ein weiterer großer Wagen vorfährt und mir die Sicht versperrt.

Es vergehen keine zwei Minuten, und auf dem Gehsteig wimmelt es von schwarzen Kirchgängern. Kinder haben damit begonnen, einander die Treppe hinauf und herunter zu jagen. Jemand öffnet die Holztür in der kahlen Ziegelfront, aber alle bleiben draußen, begrüßen einander und lachen, als hätten sie gerade eine Hochzeit hinter sich gebracht, anstatt darauf zu warten hineinzugehen. Dann erscheint der Priester in der Tür, und ich rechne damit, daß er in die Hände klatscht, um für Ordnung zu sorgen, aber er wird von zwei gewaltigen Matronen gepackt und die Treppe heruntergeführt. Er steht in einem Schwarm bunter Wollkostüme und langer weißer Kleider, als sei er Jesus und verteile Fischsandwiches an die Massen.

Ich steige aus dem Lieferwagen, gehe bedächtig über den Platz und halte mich unaufdringlich auf dem Gehsteig an der Mauer. Eine halbe Minute warte ich einfach am Rande der Menge und versuche ihre Aufmerksamkeit auf mich zu lenken. Doch natürlich sind es die wacheren Augen von Klein Darius, die mich zuerst erspähen. Er will zu mir rennen, erinnert sich dann jedoch daran, was sich gehört, und schlendert die letzten paar Schritte, als habe er kein bestimmtes Ziel. »Wie steht's Mann?« fragt er mich. »Alles okay?«

»Klar. Was gibt's Neues?«

»Tja. Bei uns ist immer noch einiges los. Die Bullen beruhigen sich langsam wieder. Journalisten und Fotografen kreuzen ab und zu auf, wenn sie nichts zu tun haben. Du weißt schon.«

»Deptford ist immer noch in den Nachrichten, richtig?«

»Nicht mehr lange, schätze ich. Morgen früh wird man große Schilder in den Schaufenstern der Läden sehen: Endgültig – Letzter Tag – Letzte Gelegenheit – Morgen wieder alles normal.«

Ich grinse ihn an, und er fügt hinzu: »Aber sie suchen dich immer noch. Sind immer noch in deiner Bude. Ist echt ätzend, die Schmiere nebenan zu haben, Mann.«

»Tut mir leid, Darius. Ehrlich.«

Ich spüre Jancey kommen, bevor sie etwas sagt, und ich schaue mit einem Lächeln auf den Lippen auf. Aber sie geht auf mich los wie eine wütende Mutter. Sie scheint größer zu werden, als wolle sie mich entweder angreifen oder vor den Blicken der anderen abschirmen. »Was tust du hier, Mann, bist du verrückt, oder was? Was denkst du dir – daß du jetzt unsichtbar bist?«

Ich versuche etwas Entwaffnendes, aber es wird im Ansatz abgewürgt.

»Du bist der dämlichste Mann, von dem ich je gehört habe. Was haben sie dir anstelle deines Gehirns gegeben? Hat jemand dein altes rausgenommen und dir den Kopf mit Mango gefüllt? Weißt du denn nicht, daß alle Welt dich sucht? Die Schmiere ist in ganz Deptford. Die Bullen waren zweimal in meinem Schlafzimmer.«

»Das ist öfter, als ich es je war.«

»Sei nicht so frech. Du bist nur eine Belastung – ein Idiot. Du läßt dich mit schlimmen Leuten ein, du tauchst mit einer schicken Frau auf, du kommst hier anspaziert, als seist du irgendein x-beliebiger …«

Sie hat eine Träne im Auge, und die Stimme versagt ihr. Darius zupft an ihrer Jacke, und die Leute in der Nähe drehen sich zu ihr um. Ich trete vor und umarme ihren zitternden, widerstrebenden Körper, und ich wische mit dem Daumen ihre Wange trocken. »Ist ja gut, Jancey, alles, was du sagst, stimmt. Aber ich bin gekommen, um mich zu verabschieden.« Ich lasse die Worte einwirken.

Sie wirft den Kopf zurück und schnieft, aber sie befreit sich nicht aus meinen Armen. Blinzelnd fragt sie: »Wohin gehst du?«

»Das kann ich dir nicht sagen, oder? Ich muß einfach verschwinden, aber zuerst mußte ich euch noch mal sehen. Deswegen bin ich hier.«

Darius unterbricht: »Warum nimmst du uns nicht mit?«

Er starrt mich mit derartiger Konzentration an, daß sein normaler Instinkt ihn nicht rettet. Er bekommt eine schallende Ohrfeige von Jancey, während sie ihm sagt: »Kümmere du dich um deine Angelegenheiten, du Kind, du.« Dann dreht sie sich wieder zu mir um, und irgendwie fehlen ihr die Worte, und ich lächle hilflos, ohne ihrem Blick zu begegnen, und ich küsse sie sanft und sage: »Leb wohl, Jancey. Behalt mich in guter Erinnerung.« Dann lasse ich ihre Arme los und halte noch einen schmerzhaften Augenblick inne, bevor ich mich abwende.

Darius baut sich vor mir auf. Ich schüttle den Kopf. »Du weißt, daß ich nicht bleiben kann. Paß gut auf deine Mutter auf, und …« Ich weiß nicht mehr, was ich sagen soll. Ich schiebe mich an ihm vorbei, und er läßt mich gehen.

»Ich weiß, daß du diese Sachen nicht getan hast!« ruft er mir nach. Aber ich antworte nicht. Er will in mir eine Art Held sehen, und ich bin nicht die Art echter Held, die ihm sagen würde, daß ich ein schlechtes Beispiel bin und er ehrlich aufwachsen muß.

Ich gehe mit dem Gefühl über den Platz zurück, daß aller Augen mir folgen, und als ich mich am Lieferwagen umdrehe, sehe ich, daß ich recht habe. Die meisten von diesen Leuten werden wissen, wer ich bin – Jesus, ich erkenne sie, und sie waren nicht im Fernsehen –, aber keiner von ihnen wird mich verraten.

Vielleicht liegt es daran, daß sie niemanden an den Feind verraten. Oder vielleicht liegt es auch daran, daß sie wissen, ich bin gekommen, um mich zu verabschieden, und daß sie Jancey zu sehr respektieren, um sich einzumischen. Oder vielleicht haben sie auch nur einen instinktiven moralischen Anstand, den ein Einzelgänger wie ich nie verstehen wird. Der etwas mit Gemeinschaft und Loyalität zu tun hat. Etwas, das ich verloren habe, als mein Zuhause niederbrannte. Ich weiß es nicht. Fürs Denken und Philosophieren werde ich nicht bezahlt.

Ich lasse den Motor des Lieferwagens an, umfahre den Platz an zwei Seiten und nehme dann die nächste Abfahrt. Die ganze Szene sieht wie eine Bühnenkulisse aus, all die Leute und die Kirche sind nur Attrappen aus Pappe, und mein alter gemieteter Lieferwagen ist das einzige Teil, was sich bewegt.

20

Ich fahre auf Autopilot und bin mir kaum der Straßen bewußt, durch die ich fahre. Also ist es nicht weiter überraschend, daß ich den Spiegel nicht benutze. Und daher weiß ich nicht, wie lange der grüne Sierra mir schon im Nacken sitzt.

Es ist derselbe Wagen. Eine halbe Stunde ist vergangen, und es sind jetzt mehr Autos auf der Straße. Ein grüner Sierra muß einem nicht auffallen. Doch mir schon. Woher ist er also gekommen? Hat er mich zur Kirche verfolgt, oder ist er auf gut Glück in der Gegend herumgefahren und hat mich zufällig wiedergefunden? Jedenfalls ist er jetzt da – mitten in meinem Rückspiegel. Mit denselben beiden Kerlen darin, die starr nach vorn sehen.

Ich lenke den Lieferwagen in Richtung Deptford und frage mich, wie ich sie abschütteln soll. Diesmal kann kein Zweifel mehr bestehen: zwei Profis in einem schnellen Wagen gegen mich in einem Lieferwagen. Ich frage mich, ob sie wissen, was ich hinten auf der Ladefläche habe. Ich frage mich, ob sie Lust auf eine halsbrecherische Verfolgungsjagd haben, wenn nur drei Meter zwischen ihnen und einer klappernden Kiste mit Atomsprengköpfen liegen. Wach auf, London, dein letztes Stündlein hat geschlagen.

Ich fahre die Jamaica Road entlang in Richtung Rotherhithe Tunnel und trete dann aufs Gas. Wir kleben eine halbe Meile zusammen. Am Tunneleingang endet die zweispurige Jamaica Road in einem großen Kreisverkehr. Man kann durch den Tunnel fahren oder rechts nach Deptford abbiegen. Ich fahre einmal um den Kreisverkehr und auf der anderen Seite der Jamaica Road wieder in die Richtung zurück, aus der ich gekommen bin. Der Sierra tut dasselbe.

Während ich über den leeren Asphalt heize und mich von Rotherhithe entferne, rasen meine Gedanken schneller als der Lieferwagen. Ich habe zwei schwere Jungens in einem schnellen Sierra hinter mir, und ich sitze in einem gemieteten Schrotthaufen, der sämtliche Meilen von hier bis Catford braucht, um seine Höchstgeschwindigkeit zu erreichen. Auch wenn ich mich an die Nebenstraßen halte, mein Lieferwagen hat nicht unbedingt eine überragende Kurvenlage. Sie werden sich mühelos an meine hintere Stoßstange heften können. An irgendeiner ruhigen Stelle, vielleicht unter einer dunklen Eisenbahnbrücke, wird der Bursche, der den Sierra fährt, einmal Gas geben und sich neben mich setzen.

Und dann fällt der Vorhang, wie es so schön heißt.

Die Jamaica Road ist nicht unendlich lang, und ehe ich mich versehe, habe ich kehrtgemacht, und wir fahren wieder auf der anderen Seite nach Rotherhithe. Wir können nicht den ganzen Morgen so weitermachen. Aber ich habe keine Lust, durch den Tunnel zu fahren. Was ich auf dieser großen, sicheren Hauptstraße brauche, ist die richtige Art Fahrzeug, um eine Art Ablenkung zu schaffen. Etwas, um das Kräfteverhältnis zwischen einem Sierra und einem Lieferwagen auszugleichen.

Aber sie ist so leer wie ein Friedhof.

Am Rotherhithe-Kreisverkehr fahre ich diesmal nur einen Dreiviertelkreis und biege rechts nach Deptford ab. Das Gaspedal durchzutreten, ist glatte Zeitverschwendung. Jede Geschwindigkeit, die ich aus dieser Klapperkiste herauskitzeln könnte, würde der Sierra mühelos im zweiten Gang erreichen. Er hängt dicht hinter mir. Die beiden schweren Jungens starren durch die Windschutzscheibe, und sie sehen gelangweilt aus. Sie könnten direkt aus Madame Tussauds Wachsfigurenkabinett verpflichtet worden sein.

Da niemand eine Kanone gezogen hat und sie auch nicht versucht haben, mich zu überholen, nehme ich an, daß sie entweder auf

Freunde warten oder mich zu zermürben hoffen. Sie brauchen nur zu warten, bis mir das Benzin ausgeht oder ich etwas Dummes tue oder ihre Freunde kommen.

Nun, ich habe reichlich Benzin, und ihre Freunde würden mir nicht gefallen, also bleibt nur noch etwas Dummes. Womit ich, wie Sie mittlerweile vermutlich begriffen haben, normalerweise überhaupt keine Schwierigkeiten habe, aber gerade jetzt sind mir die Ideen ausgegangen.

Doch wenn ich lange genug fahre, wird irgendwann etwas passieren. Ich meine, man kann nicht die ganze Nacht pokern, ohne wenigstens einen mickrigen Flush zu bekommen.

Und was habe ich Ihnen gesagt?

Aus welchem Hut der eherne Gott der Sünder ihn gezogen hat, weiß ich nicht. Aber direkt vor mir, mitten auf der Evelyn Street, ganz allein und fast leer, fährt ein toller, großer, warmer, roter, sinnlich schwankender Doppeldeckerbus. Ein Sonntagsbus, um Gottes willen, eine fast ausgestorbene Spezies. Er bahnt sich einen Weg durch den Müll wie eine gezierte, viktorianische alte Jungfer, die in den Slums den Rocksaum hebt. Baby, ich liebe dich!

Ich schere aus, um ihn zu überholen, und werde dann wieder langsamer, so daß ich neben ihm bleibe, als sei mir die Puste ausgegangen. Der Sierra hängt dich hinter mir. Der Busfahrer ruft mir etwas zu, aber ich höre nicht hin. Ich beobachte die Straße voraus. Ich sehe eine nette kleine Gasse auf der linken Seite kommen und gebe etwas mehr Gas. Zwischen dem Bus und meinem Heck ist keine Lücke. Dann schalte ich in den dritten Gang zurück, befehle dem ehernen Gott der Sünder, bei mir zu bleiben, und trete das Gaspedal bis zum Boden durch.

Der Lieferwagen versucht es. Man kann es nicht Beschleunigung nennen, aber verglichen mit dem Bus reicht es. Wir werden volle zehn Stundenkilometer schneller, wir schneiden den Bus und setzen uns vor ihn und wir reißen das Lenkrad herum, so daß wir uns schlingernd in die Kurve legen, über den Randstein holpern und in die Gasse schleudern. Ich höre verrostete Bremsen quietschen und Schreie äußersten Entsetzens, als der arme schockierte Bus seine wenigen Passagiere wieder zurück ins Land der schlechten Träume reißt.

Aber der grüne Sierra konnte mir nicht in die Gasse folgen. Er wird den Bus überholt und gesehen haben, wo ich abgebogen bin, und dann gebremst haben, um abzuwarten, bis der Bus an der Einmündung vorbeigekrochen ist. Danach wird er den Rückwärtsgang eingelegt haben, um mir in die Gasse zu folgen.

Und bis dahin bin ich längst verschwunden. Ich meine, das ist Deptford, fast. Diese Gassen sind meine Heimat. Ich könnte um ein paar Ecken fahren, wieder auf die Evelyn Street zurückkehren, sie überqueren und in den kleinen Seitenstraßen in Richtung Bermondsey verschwinden. Er würde mich nie erwischen. Es sei denn, er hätte Glück. Oder es sei denn, er würde einfach auf der Evelyn Street warten.

Doch ich verschwinde in einer schmalen Einfahrt, schalte Motor und Licht aus und warte im Dämmerlicht. Ich kann den Sierra röhren und fauchen hören, als er an jeder Ecke nachsieht, wo ich geblieben bin. Sie werden damit rechnen, daß ich über kurz oder lang wieder auf die Hauptstraße zurückkehre. Sie sollten sich dort auf die Lauer legen. Das würde ich tun. Aber sie beschließen, gründlich zu sein. Sie nehmen sich jede Ecke vor.

Das Knirschen eines Getriebes an der Mündung meiner Einfahrt verrät mir, daß sie den Lieferwagen entdeckt haben. Sie setzen ein paar Meter zurück, um Platz zum Wenden zu haben, und parken nicht weit dahinter.

Als sie aus dem Wagen springen, dämmert ihnen ihr Fehler. Sie haben jeder ein Schießeisen gezogen, aber im Licht ihrer eigenen Scheinwerfer sehen sie, daß ich nicht in dem Lieferwagen bin. Oder vielleicht sehen sie es auch nicht. Vielleicht können sie durch die spiegelnde Windschutzscheibe gar nichts erkennen. Weil sie sich beiderseits des Lieferwagens an die Hausmauern drücken und sich zentimeterweise vorwärts tasten. Ihre Kanonen sind auf einer Linie mit ihrem Kinn. Sollte sich eine Katze rühren, werden sie sie damit in portionsgerechte Stücke zerlegen.

Doch ich bin direkt hinter ihnen in einem dunklen Hauseingang, und meine Smith & Wesson erhebt sich langsam ins Licht. Ich nehme das schwierigere Ziel zuerst – den Burschen, der sich halb verborgen auf der anderen Seite des Lieferwagens befindet. Als ich abdrücke, hallt der Knall von den Hausmauern wider, und er bricht zusammen. Mein zweiter Schuß trifft den anderen in den Rücken. Er fällt wie ein Kadaver von einem Fleischtransporter aus Smithfield, während der Nachhall des Schusses durch die Gasse tost wie Brandung am Strand. Wie lange hält er sich im Ohr eines Toten?

Ich muß über seine Leiche steigen, um zum Lieferwagen zurückzukehren. Als ich die Tür öffne, höre ich jemanden ein Fenster aufstoßen und etwas rufen. Ich lasse den Motor an, lege den ersten Gang ein und fahre los. Der Sierra steht mit brennenden Scheinwerfern da. Rechts und links an der Hausmauer liegt jeweils ein unförmiger Haufen.

21

Bis ich den Fluß überquert und die graue Innenstadt hinter mir habe, bin ich so trostlos wie der Fluß im Licht des Sonntagmorgens. Der grüne Sierra hat sich an mich gehängt, kurz nachdem ich Victors Straße verlassen hatte. Also haben sie gewartet. Also wird jemand anders auf Victor gewartet haben. Er wird keine Chance gehabt haben. Sie haben ihn entweder erschossen oder mitgenommen.

Ich sage es schon seit Tagen. Wir sind zu lange in diesem verdammten Land geblieben. Letzte Woche waren wir noch anonym. In diesen letzten paar Tagen nähern sie sich uns von allen Seiten.

Vielleicht haben sie sich schon seit Monaten allmählich genähert. Vielleicht haben wir auch schon die ganze Zeit unter Beobachtung gestanden – seit unserer Landung. Doch es war Timmy. Entweder war er zu selbstsicher oder sein Maulwurf war zu nachlässig, und die Gegenspionage hat sich auf ihn gestürzt. Jetzt räumen sie mit uns auf, wie ein Staubsauger Fusseln verschluckt.

Das Wissen, daß Victor sich in ihren Händen befindet, verwandelt meinen Magen in einen kalten Matschklumpen. Sie haben Timmy als Rache für Casey getötet. Was werden sie also tun, nun, da ich zwei weitere Caseys umgelegt habe? Man kann Bücher über dieses Spiel lesen, in denen es heißt, es sei wie ein Schachspiel: listig, vorsichtig, gut durchdacht. Ja, das ist die Phantasie. In der Wirklichkeit ist es brutal und unmittelbar. Ich töte einen von ihren, also erledigen sie einen von meinen. Ich erschieße noch zwei, also töten sie Victor. Auf der Anzeigetafel bin ich einen im Vorteil. Schönes Schach.

Victor hat immer gesagt, ich hätte den falschen Verstand für Schach. Ich halte niemals inne und denke nach. Ich räume nur ein paar Bauern aus dem Weg und schicke die schweren Waffen ins Getümmel. Der einzige Spaß bei diesem Spiel besteht darin, die Dame und ihre Springer hinter die feindlichen Linien zu bekommen und dann in alle Richtungen auszuteilen. Ich kann mir vorstellen, wie diese Springer, Reiter auf ihren Pferden, durch Zeltreihen fegen und die Zeltleinwand mit ihren Hufen zerfetzen. Verängstigte Soldaten laufen überallhin, Lärm und Verwirrung überall – und mitten unter ihnen wütet der furchterregendste Krieger, den sie je gesehen haben, und mäht sie nieder wie schläfrige Fliegen.

Victor sagt, darum ginge es nicht.

Ich benutze den Stadtplan für die letzten zweihundert Meter und nähere mich dem Haus versteckt, ohne an der Vorderseite vorbeizufahren. In einer ruhigen Vorstadtseitenstraße parke ich den Lieferwagen nicht weit von der Rückseite, stelle den Motor ab und sehe mir das Haus, das zu der Telefonnummer in Woodside Park gehört, erst einmal genauer an.

Es ist ruhig. Ein schlichtes Ziegelhaus in einem staubigen alten Garten, das teilweise im Schatten einiger Bäume steht. Man würde sich nicht danach umdrehen. Es gibt Tausende wie das: drei Schlafzimmer und Badezimmer oben, zwei andere Zimmer und eine Küche unten. Vielleicht ein kleiner Keller. Vielleicht ein ausgebauter Dachboden oder ein Durchbruch, um die Küche zu vergrößern. Individualität, die sich durch die Form des Rasens oder die Farbe der Garagentür ausdrückt.

Ich schätze, dies ist das Haus. Es sieht so finster wie eine Butterdose aus, aber ich muß mich an das halten, was ich weiß. Zwei Stunden sind vergangen, seit ich Victor abgesetzt und ihm in Elephant & Castle nachgeschaut habe. Also haben sie ihn vor fast zwei Stunden geschnappt. Entweder haben sie ihn auf der Stelle getötet, dann ist es völlig egal, was ich tue. Oder sie haben ihn am Leben gelassen, um ihn zu verhören. Das würden sie nicht in seinem möblierten Zimmer in Elephant tun.

Vielleicht – obwohl ich das bezweifle – sind es echte Bullen und haben ihn in irgendeinen Knast gesperrt. Oder vielleicht haben sie ihn auch irgendwohin gebracht, wo es ruhig ist. Mein einziger Anhaltspunkt ist dieses Haus.

Auf der Habenseite: Hier haben sie ein Telefon, es könnte der einzige Platz sein, den sie haben, und sie wissen nicht, daß ich ihn kenne. Auf der Sollseite: Was soll ich unternehmen?

Ich lasse den Motor an und lege den Rückwärtsgang ein. Eines weiß ich ganz genau: Wenn sie Victor hierherbringen wollten, haben sie das bereits getan. Ich habe mich in Bermondsey aufgehalten und bin dann in einem Lieferwagen hierhergefahren. Sie müßten lange vor mir eingetroffen sein.

Während ich mich in einer Art weitem Halbkreis durch die Seitenstraßen arbeite, beunruhigt mich das Fehlen jeglichen Lebenszeichens auf der Vorderseite des Hauses. Ich hoffe, ich begehe hier keinen groben Fehler.

Das Problem mit dem Stadtplan ist, der Maßstab ist nicht groß genug, um einem zu zeigen, wie man in die Gärten hinter dem Haus der Leute kommt. Er gibt lediglich den Straßenverlauf wieder und überläßt es einem selbst, die Einzelheiten in Erfahrung zu bringen.

Doch ich parke den Lieferwagen wieder in einer halbmondförmigen Reihe neuerer Häuser und sehe mich nach einem Fußweg um, der an den hinteren Gärten vorbeiführt. Es gibt keinen. Aber das Haus nebenan läßt ebenfalls kein Lebenszeichen erkennen. Sein Garten grenzt an ein Gebüsch zwischen dem Halbmond und der Hauptstraße. Ich treibe mich in der Nähe des Gebüschs herum, bis ich mich vergewissert habe, daß niemand auf der Straße ist, und springe dann zwischen einer wild wuchernden Ligusterhecke und den Überresten eines Zauns hindurch und in den Garten. Ein paar Meter weiter steht ein alter Schuppen, und ich husche dorthin und verstecke mich dahinter, während ich darüber nachdenke, was ich als nächstes tun soll.

Der Garten scheint ziemlich abgelegen zu sein. Da es sich um das Endhaus handelt, steht er kaum im Blickpunkt. Er ist ungepflegt, und die Zäune sind hoch. Eine Weile luge ich hinter dem Schuppen hervor, um mich davon zu überzeugen, daß sich in dem Endhaus nichts rührt und mich von anderswo niemand sehen kann.

Jemand, der aus einem Fenster schauen würde, das nach hinten herausgeht, würde mich sehen, wenn ich mich bewegte. Von nebenan – dem Haus, zu dem ich will – kann man mich nur sehen, wenn sie die Stelle aus dem ersten Stock beobachten. Alle anderen Häuser sind zu weit entfernt. Der größte Teil des Halbmonds steht hinter Bäumen.

Hier hinter dem Schuppen kann ich Sonntagmorgengeräusche aus der Nachbarschaft hören. Jemand schlägt Nägel ein, eine Mutter schreit und in der Ferne scheint der Motor eines Wagens probezulaufen. Weiter die Straße entlang arbeiten Männer in ihrem Garten. Irgendwo brät Schinken in einer Pfanne. Ein schwacher Nieselregen setzt ein. Er wird dafür sorgen, daß die Leute in ihren Häusern bleiben.

Ich bin davon überzeugt, daß in diesem Endhaus niemand zu Hause ist. Es könnte schon eine Weile leerstehen. Das Haus nebenan sieht genauso aus. Nichts rührt sich auf der Vorderseite, und jetzt kann ich auch die obere Etage auf der Rückseite sehen, und auch dort rührt sich nichts. Keiner der Vorhänge ist geschlossen. Wenn sie also Victor in dem Haus festhalten, sind sie in keinem der Zimmer auf der Vorderseite – was nicht überraschend ist –, aber sie sind auch nicht oben. Bleiben noch die Rückseite des Erdgeschosses – das Eßzimmer, nehme ich an – und der Keller. Doch wenn diese Häuser überhaupt einen Keller haben, ist er gewöhnlich ziemlich klein: sehr gut als Verlies, aber zu beengt für ein Verhör.

Das Haus hat natürlich eine Garage. Aber Garagen haben in der Regel sehr dünne Wände – Geräusche tragen sehr weit. Die wenigen Möglichkeiten scheinen sich auf den Keller zu reduzieren.

Ich schleiche vorsichtig durch diesen Endgarten, wobei ich mich dicht am Innenzaun halte, so daß mich von nebenan niemand sehen kann. Als ich mich den Häusern nähere, passiere ich eine Stelle im Zaun, die nicht bewachsen ist, und ich schaue hindurch.

In der Küche brennt Licht.

Ich schleiche mich weiter zu einem umgebauten Kohlenschuppen und bleibe in seinem Schutz stehen, während ich eine Bestandsaufnahme mache. Das Haus in diesem Garten sieht zeitweilig unbewohnt aus. Das Haus nebenan ist es nicht. Jemand ist unten in der Küche.

Konventionelle Methoden funktionieren am besten, finde ich. Also klettere ich auf den Kohlenschuppen und von dort aus auf das Dach der Garage des anderen Vereins. Von hier aus gelingt es mir vielleicht, das Haus auf dem empfohlenen Weg zu betreten – durch das Fenster des hinteren Schlafzimmers im oberen Stock. Direkt aus dem Lehrbuch. Wenn jemand von innen ein Haus bewacht, ist dies der Punkt, der normalerweise ungeschützt bleibt. Die Vorderseite wird gut geschützt, und vielleicht wird hinten in der unteren Etage auch noch jemand postiert. Also sollte man oben auf der

Rückseite eindringen. Man hat den Vorteil der Höhe und der Überraschung. Sie wissen erst, daß sie angegriffen werden, wenn man im Haus ist und die obere Etage sichert. Dann bezieht man Stellung am Ende der Treppe, und die anderen sitzen in den unteren Räumen fest. Wenn sie die Zimmer verlassen, erschießt man sie. Wenn man so weit ist, kann man die Treppe heruntergehen und sich ein Zimmer nach dem anderen vornehmen.

Ich hocke auf ihrem Garagendach und blinzle zum nächsten Fenster hoch. Sie sind nur selten leicht zu erreichen, und dieses ist keine Ausnahme. Ohne Leiter wird es ziemlich anstrengend.

Bevor ich meinen nächsten Zug mache, beuge ich mich vor und schaue durch das Küchenfenster, um zu sehen, worauf ich mich einlasse. Im Hinterkopf hält sich hartnäckig der Verdacht, daß der Große Mann die falsche Adresse zu der Telefonnummer bekommen hat. Ich muß mehrmals hinschauen, um überhaupt etwas Interessantes zu sehen, weil der Blickwinkel vom Garagendach nicht ideal ist. Beim erstenmal sehe ich überhaupt nichts. Beim nächstenmal geht jemand durch das Zimmer. Dann starre ich auf den Rücken eines Mannes. Dann taste ich mich zum hinteren Ende des Garagendachs vor, um besser sehen zu können. In meinen Hautfalten bildet sich Schweiß. Bei Tageslicht fühle ich mich hier oben so exponiert wie ein Schmetterling auf einer Nadel.

Ich beobachte weiterhin die Fenster im oberen Stock. Die Vorhänge sind geöffnet, und nichts rührt sich. Unten bleibt alles ruhig, und einzig und allein in der Küche ist etwas los. Ich habe Männer gesehen, aber keine Frauen und Kinder. Es ist kein Familienfrühstück. Dann bewegt sich ein Bursche, der bis jetzt an der Spüle gelehnt und mir die Sicht versperrt hat. Ich kann in den Raum hineinschauen. Sie haben Victor.

Ich zucke zurück und außer Sicht und plane meinen nächsten Zug. Nach allem, woran ich mich aus dem Lehrbuch noch erinnern kann, sollte ich nun durch das hintere obere Schlafzimmerfenster in das Haus eindringen. Das würde ich auch tun, wenn ich drei Meter groß wäre. Aber das bin ich nicht. Ich brauche eine Leiter, um den Höhenunterschied zu überwinden. Und dort oben ist ohnehin niemand. Die ganze Jagdgesellschaft hält sich in ein und demselben Raum auf.

Wo die Garage mit der Hausmauer zusammentrifft, verläuft eine eiserne Regenrinne. Sie ist verrostet, sieht aber stark genug aus, um mir nach unten zu helfen. Ich überprüfe noch einmal, daß in meinen Taschen nichts klirrt oder klappert und lasse mich über den Rand gleiten. Ich lande mit nicht mehr Lärm auf dem Betonweg unten als ein vom Baum fallendes Blatt.

Ich drücke mich gegen die hintere Hausmauer und taste mich langsam zum Küchenfenster vor. Als ich dort angelangt bin, halte ich inne, um zu lauschen, was sie dort drinnen sagen. Ich ziehe die Pistole aus meiner Jacke und entsichere sie. Aus meiner Jacke hole ich das nützliche kleine Spielzeug, das ich letzte Nacht dreißig Meter unter der Erde gefunden habe, und mache es einsatzbereit.

Ich zähle bis zwei und schlage mit dem linken Arm zu. Der Revolver zerschmettert das Fenster, und durch das gezackte Loch werfe ich die Schockgranate. Ich zucke zurück und presse mich gegen die Außenmauer. Ein Schrei ertönt, noch einer, dann ein ohrenbetäubender Knall. Sofort wirble ich herum und ziele durch das Fenster.

Zwischen zerbrochenen Möbeln und umgestürzten Stühlen schwanken vier Männer – einer davon Victor. In den wenigen Sekunden, die ich habe, bevor sie ihre Benommenheit überwinden, drücke ich dreimal ab. Dann öffne ich das gesplitterte Fenster und rufe Victors Namen. Er tastet auf dem Boden herum, und ich rufe noch einmal: »Beeil dich, Victor, ich bin's. Wir müssen von hier verschwinden.«

Er sieht betrunken aus, als er zum Fenster taumelt. Ich verstaue die Kanone und helfe ihm hindurch. Er ist in einem furchtbaren Zustand: benebelt, desorientiert, schockiert. Seine Augen sind starr, und sein Atem geht keuchend, als sei er soeben vor dem Ertrinken gerettet worden. Irgendwie ziehe ich ihn durch das Fenster, helfe ihm auf die Beine und versuche ihn dazu zu bringen, mit mir wegzulaufen, weg von dem Haus.

Jetzt kann ich Stimmen hören, die aus Häusern in der Nähe rufen. Ich ignoriere sie und taumle mit Victor vorwärts, bis wir die Stelle erreichen, wo der Zaun offen und unbewachsen ist. Wir reißen ihn nieder und trotten durch den überwucherten, ungepflegten Garten zu der Stelle, wo ich hereingekommen bin.

Als wir auf der Straße auftauchen, könnte man meinen, Victor sei blind und im Delirium. Ein Bursche in einer Strickjacke taucht vor mir auf, versperrt mir den Weg, fragt, was passiert sei. Ich schiebe ihn beiseite. Es ist keine Zeit für schlagfertige Antworten – sollen sie denken, was sie wollen. Vielleicht denken sie, ich helfe einem Opfer. Vielleicht denken sie, sie sollten mich aufhalten. Was sie auch denken, ich weiß, daß sie nichts tun werden.

Wir steigen in den Lieferwagen, und ich fahre los.

Bis ich in ein kleines, verlassenes Industriegebiet einbiege, hat Victor sich erholt. Er sagt nicht viel. Ich fahre hinter ein Lagerhaus, wo es ruhig ist, stelle den Motor ab und wende mich ihm zu. »Also, was ist passiert?«

Er zuckt die Achseln. »Als ich in meine Bude kam, warteten sie auf mich.«

»Und?«

»Sie überrumpelten mich, nahmen mich mit in ihr Haus, stellten mir Fragen.«

»Was hast du ihnen erzählt?«

»Nichts. Ich versuchte, mir zusammenzureimen, was sie bereits wußten, und sie hinzuhalten. Sie sind etwas grob geworden.«

Ich denke darüber nach. »Wie kommt es, daß sie dich nicht umgelegt haben?«

»Ich hatte ihnen nichts gesagt. Sie warteten noch ab.«

»Wie kommt es, daß du nicht gefesselt warst oder irgendwas?«

»Ich weiß es nicht. Vielleicht meinten sie, das sei nicht nötig. Sie hatten Kanonen. Ich konnte überhaupt nichts tun.«

»Victor«, sage ich, während ich ihm die Waffe zeige, die ich in der Hand halte, »ich habe vor dem Fenster gestanden und gelauscht.«

Er registriert den Revolver, reagiert aber nicht. »Und was hast du gehört?«

»Ihr wart alle ziemlich freundlich miteinander.«

Er nickt zögernd. »Ja, sie waren sehr höflich.«

Ich bitte ihn freundlich, mir zu sagen, warum er für sie gearbeitet hat. Er sieht mich ausdruckslos an, blinzelt ein paarmal und runzelt die Stirn, als habe er mich nicht richtig verstanden.

»Wann hast du die Seiten gewechselt?« frage ich ihn. »In den letzten paar Tagen oder noch vor unserer Landung? Hast du schon die ganze Zeit zu ihnen gehört?«

Er seufzt. »Wir kämpfen alle denselben Krieg, mein Lieber. Es ist eine andere politische Partei, das ist alles. Die Ziele sind dieselben.«

»Alle haben dieselben Ziele. Der Unterschied besteht darin, wen man umbringt, um sie zu erreichen. Sie haben zum Beispiel Timmy umgebracht.«

»Sie haben versucht, ihn zu bekehren. Er ist nur gestorben, weil du Casey getötet hast. Es war unnötig.«

»Ja. Er war ein guter Freund – weißt du noch?«

»Ich war auch außer mir, mein Lieber. Was ist mit dir und mir? Wir waren auch gute Freunde.«

Ich lächle traurig und schüttle den Kopf. »Du hast mich bereits betrogen und verraten, Victor. Als Casey kam, um mich zu töten, konnte er das nur, weil du ihm gesagt hattest, wo ich wohne.«

»Sie wissen schon seit Monaten, wo du wohnst. Casey ist nicht gekommen, um dich zu töten. Er und Patterson sind gekommen, um dich auf ihre Seite zu ziehen.«

»Von wegen.«

»Es stimmt. Sie rechneten damit, dich ein wenig bearbeiten zu müssen, aber sie dachten, du könntest bekehrt werden. Schließlich sind wir nur Söldner – das haben sie jedenfalls gedacht. Ich sagte ihnen, es sei hoffnungslos.«

»Was hast du ihnen sonst noch gesagt, Victor – er ist zu dämlich, um die Gelegenheit zu erkennen? Er ist zu blöd, die Gewinnerseite auszumachen?«

»Ich sagte, du seist zu loyal, mein Lieber, zu engagiert. Sie verschwendeten ihre Zeit.« Seine Augen haben den feuchten Ausdruck eines treuen Welpen. Man könnte glauben, er meine diesen Quatsch ernst.

»Aha, und wie hat also der Plan ausgesehen? Ich führe dich zum Waffenlager, wir klauen die Waffen, dann fangen deine Freunde uns ab, und … ich bekomme als Dank eine Kugel in den Kopf.«

»Keineswegs. Ich dachte, wenn wir die W79 einmal hätten, könnte ich dich überzeugen – ich wollte dich einfach mit den Fakten konfrontieren.«

»Aber du brauchtest mich, um dich dorthin zu führen?«

»Du warst der einzige, der den Ort kannte.«

»Timmy kannte ihn.«

Zuerst antwortet er nicht. Wir wissen jetzt beide, daß Timmy nichts verraten hat. Er ist stumm geblieben, bis er starb. Er hat sein Geheimnis bewahrt und mir vererbt.

Victor fängt wieder an zu reden, leise und ohne Nachdruck. »Die Sache ist immer noch dieselbe: derselbe Feind, derselbe Auftrag. Die exakte Schattierung der politischen Partei ist anders – na und? Es sind trotzdem unsere Landsleute. Der Name des Regiments spielt keine Rolle. Er ist für den eigentlichen Kampf nicht mehr von Bedeutung als die Farbe einer Generalsmütze.«

»Es ist die Farbe dieser Mütze, die zeigt, auf wessen Seite er steht.«

Vielleicht zehn Sekunden lang sagt keiner von uns etwas. Dann fragt er immer noch mit dieser leisen, unbeteiligten Stimme: »Was passiert jetzt? Wirst du diese Kanone benutzen?«

Ich höre mich antworten, als lausche ich einem Tonband. »Du hast die Sache verraten. Du hast Timmy verraten. Nachdem ich dich zu den Waffen geführt habe, hast du mich auch verraten. Du hast es deinen neuen Freunden überlassen, mich zu töten. Du konntest es nicht selbst tun.«

Er sieht müde aus, und er klingt verbittert. »Warum hätten wir dich töten sollen? Und mittlerweile mußt du doch wissen, daß ich niemals zuließe, daß dir etwas passiert.«

»Blödsinn, Victor, du willst nur Zeit gewinnen.«

»Es ist die Wahrheit, mein Lieber.«

Er deutet ein kaum merkliches resigniertes Achselzucken an und sieht mir direkt in die Augen. Jeden Augenblick wird er mich daran erinnern, was für Kameraden wir gewesen sind, er wird mir erzählen, ich sei der einzige wirkliche Freund, den er habe, und er wird mich darum bitten, ihn am Leben zu lassen. Und weil er mich so gut kennt, kann er mir am Gesicht ablesen, daß genau das die Gründe sind, warum ich nach Woodside Park gekommen bin. Daß ich ihn entweder aus dem Haus herausgeholt haben oder bei dem Versuch gestorben sein würde. Aber daß, als ich das Glas mit meiner Waffe einschlug, ich wußte, daß ich völlig allein bin.

Ich weiß, daß er das in meinen Augen liest. Wir kennen einander sehr lange. Er zeigt mir sein entwaffnendes Lächeln, von dem ich weiß, wie gefährlich es ist, und ich spanne mich innerlich und warte ab, was er tun wird. Als seine Hand weich auf seine Tasche fällt, bin ich wie das Kaninchen vor der Schlange, von der geschmeidigen Bewegung hypnotisiert. Meine Finger sind starr um der Kanone. Ich werde nicht abdrücken können. Er hebt eine Augenbraue, als seine Hand in der Tasche verschwindet, und er lächelt, und das Weiße seiner Hand taucht wieder aus der Tasche auf, und er beugt einen Ellbogen, hebt den Arm, und ich sehe etwas glitzern und schieße – einmal. Während der Schuß knallt, zuckt er zusammen und schlägt gegen die Tür. Dann sackt er zusammen und blinzelt mich dabei an. Seine Hand zuckt und öffnet sich, und eine Schachtel mit billigen Zigarren fällt in seinen Schoß. Er zeigt seine braunen Zähne in einer letzten Grimasse – oder vielleicht ist es auch ein Lächeln –, und ich starre auf den dunklen Fleck, der sich auf seiner Brust ausbreitet, und als ich in sein Gesicht schaue, sehe ich, daß seine Augen tot sind.

22

Ich fahre durch die leere Innenstadt Londons wie ein Zombie in Trance. Die Straßen rauschen ohne Bedeutung vorbei. Zweimal erwische ich mich dabei, wie ich bei Grün vor Ampeln stehe und nicht weiß, wie lange schon. Einmal hänge ich hinter einem Wagen und folge ihm gedankenlos mehrere Straßen lang wie ein Hund, bevor ich bemerke, daß ich in die falsche Richtung fahre. Ich reiße mich zusammen und fahre mit der übertriebenen Achtsamkeit eines Betrunkenen, der vorsichtig nach Hause tuckert.

Ich habe Victor im Staub und Müll hinter dem Lagerhaus zurückgelassen. Vielleicht hätte ich seine Leiche an einen sichereren Ort fahren sollen. Vielleicht hätte ich ihn auch im Lieferwagen lassen sollen. Aber ich konnte nicht fahren, während er zusammengesunken neben mir saß. Als ich seine Leiche aus dem Lieferwagen zog, mag mir die Idee gekommen sein, ihn hinten bei den Sprengköpfen zu verstauen, aber ich habe ihn im Dreck liegenlassen. Ich versuchte so zu tun, als existiere er nicht.

Ich verlasse die Innenstadt im Osten und fahre in die verlassenen Überreste von Londons Hafenviertel. Die Hälfte dieser Gegend ist saniert und in schicke Büros für Finanzhaie umgewandelt worden, aber am Sonntag sind alle draußen in ihren Häusern in den Vororten. Der Rest der Gegend ist immer noch eine Müllkippe. Es ist so leer wie auf einem Friedhof, und ich bin der Bursche in Schwarz, der den Leichenwagen fährt. Auf dem Sitz neben mir, wo Victor gesessen hat, liegt aufgeschlagen der Stadtplan. Die Seiten werden langsam wellig. Für diese letzten paar hundert Meter meiner Fahrt ist der Stadtplan vage und wenig hilfreich, und ich schleiche zwischen leeren Schuppen und zerfallenden Mauern umher und versuche den richtigen Weg zu finden.

Doch ich finde mein Ziel. Ich halte den Lieferwagen an und bleibe mit laufendem Motor auf dem angegebenen Fleckchen abblätternden Betons stehen. Ich betrachte die kahlen Gebäude in dieser Hafengegend, die dunkel und leer sind. Das einzige, was sich bewegt, ist eine Möwe, die so schmutzig wie eine Taube ist, da sie im Staub herumläuft und an etwas zwischen ihren Klauen herumpickt. Mir dreht sich der Magen um, weil ich zu sehen glaube, wie die Möwe mit dem Schnabel eine zappelnde Eidechse vom Boden aufhebt und in der Luft schüttelt. Doch es ist nur ein Stück toter Fisch. Die Eidechse ist eine Illusion aus meinem sich ständig wiederholenden Traum. Und ich weiß, daß ich Victors Gesicht sehen werde, wenn ich ihn wieder träume. Er wird mich nie verlassen. Wenn ich den Soldaten ersteche, während er meine tote Schwester schändet, wird er sich zu mir umdrehen und mich mit Victors gequältem Gesicht anstarren.

Meine Anweisungen besagen, daß ich im Wagen warten soll, und ich sitze zitternd hinter dem Lenkrad. Das Tuckern des leerlaufenden Motors hallt von den Mauern wider. Irgendwo in einem dieser Schuppen wird der Große Mann warten. Er wird den Lieferwagen beobachten, sich vergewissern, daß er okay aussieht, und sich fragen, warum nur einer von uns vorn sitzt.

Er wird wissen, daß ich es bin. Er wird wissen, wer ich bin. Wir sind uns noch nie begegnet und tun es auch jetzt nur, weil ich das Land verlasse. Ansonsten halten wir unsere Verbindungslinien sehr kurz.

Und jetzt sind sie in der Tat sehr kurz: nur wir zwei sind von unserer britischen Zelle noch übrig. Die letzten beiden, kurz davor, sich zum erstenmal zu begegnen. Ich sehe mich so erwartungsvoll in den leeren Docks um, als hätte mich eine Heiratsvermittlung geschickt und mir aufgetragen, mit einer roten Nelke unter der Bahnhofsuhr zu warten.

Er läßt mich einen ausgiebigen Blick auf sich werfen. Aus einer alten Eisentür, die aussieht, als sei sie an der Wand festgerostet, kommt ein unordentlicher schlaksiger Mann, der wie ein Wanderer mittleren Alters gekleidet ist. Sein ergrauendes Haar ist dünn und drahtig. Dasselbe gilt für seinen Körper. Er hat die schmächtige Statur eines Langstreckenläufers, und er muß an die einsfünfundneunzig sein. Ich beobachte ihn, wie er sich dem Lieferwagen nähert.

»*Teie olete üksi?*« fragt er.

Ich antworte ihm, ja, ich sei allein.

»*Kus on karp?*«

»Hinten.«

Nun, da wir uns vorgestellt haben, stelle ich den Motor ab und steige aus. »Ich habe schlechte Nachrichten«, sage ich.

Er hält vor der hinteren Tür inne und sieht mich an. Seine Augen haben einen kalten Ausdruck angenommen. Ich erzähle ihm von Victor in einer kurzen Zusammenfassung. Die Schilderung fällt so knapp aus, daß man sie in Stein meißeln könnte. Er schaut zum Dach des Lieferwagens, als inspiziere er es auf Staub. »Niemand hat sich später an Sie gehängt?«

»Nein. Die Straßen sind leer. Sollen wir das Zeug ausladen?«

Es dauert nicht lange. In dem geschlossenen Bootshaus öffnet der Große Mann die Kisten und schnurrt angesichts des Inhalts vor Behagen. Er nimmt einen Raketenwerfer und zwei Sprengköpfe heraus und legt sie zusammen auf den Boden. »Ich behalte einen«, sagt er. »Der Rest kann auf das Schiff.«

»Denken Sie daran, ihn in London einzusetzen?«

Er grinst wehmütig, als habe ich ihn gefragt, ob er mit der Mannschaftsheuer durchbrennen wolle. »Nein, das glaube ich nicht. Sie werden mich nicht auffordern, das zu tun.« Sein Lächeln erlischt. Er ist nicht so sicher. Dann trägt er seine W79 zu einem alten Fiat in der Ecke. Er holt eine Decke heraus und wickelt die Waffe darin ein. Dann packt er alles in den Kofferraum und schließt den Deckel. »Ich habe ein nettes Versteck. Machen Sie sich keine Sorgen«, sagt er.

Ich bin nur froh, daß ich das Land verlasse. Der Anblick, wie er mit der Waffe umgeht, als handle es sich um eine neue elektrische Heckenschere, weckt in mir die Ungeduld, endlich auf das grüne, schleimige Meer zu kommen.

Wir schließen meine Kisten wieder und schleppen sie zum Wasser, wo das Schlauchboot festgemacht ist. Ich vergewissere mich, daß es von innen trocken ist, bevor ich die Kisten unter einer Persenning verstaue. Es sieht nach nichts aus, jedenfalls nicht nach genug, um dafür zu sterben, aber was macht das?

»Das war's«, sagt der Große Mann. Er steigt in das Schlauchboot, so daß es auf dem Wasser schaukelt. »Ich begleite Sie noch zum Schiff.«

»Sie kommen nicht mit?«

»Ich bin nur der Fährmann. Mir sind sie noch nicht auf der Spur.«

»Halten Sie es für sicher zu bleiben?«

»Ich halte den Kopf unten.«

»Das habe ich auch gesagt.«

Ich betrachte das Schlauchboot, das im Treibgut schaukelt, und atme den vertrauten metallischen Geruch der Themse ein. Auf der anderen Seite sieht die Küstenlinie von Südost-London wie jedes x-beliebige Flußufer einer europäischen Großstadt aus. Hinter jenen Gebäuden liegt ein Ort, den Heimat zu nennen ich gelernt habe, aber von hier aus kann ich ihn nicht sehen. Er könnte überall sein. Ich ziehe die Nase hoch, spucke in den Fluß und folge ihm ins Boot. »Sie können nicht bleiben«, sage ich zu ihm. »Victor sagte, sie wüßten alles über uns.«

»Sie wissen nur, was er ihnen erzählt hat.« Der Große Mann zieht an einer kurzen Kordel, und der Außenbordmotor erwacht dröhnend zum Leben. Er manövriert uns von der Mauer weg und hinaus auf das schmutzige Wasser. »Machen Sie sich um mich keine Sorgen«, sagt er. »Ich brauche nur zu einer anderen zeitweiligen Adresse umzuziehen, nur für alle Fälle, und man wird mich nie finden. Ich komme schon klar.«

Wir sind jetzt mitten auf der Themse und fahren mit der Strömung nach Osten in Richtung Meer. Der Fluß verbreitert sich, und das Land scheint bereits wenig mehr zu sein als eine zurückweichende Küstenlinie. Der Große Mann lächelt zufrieden. »Ich muß hier bleiben, um den Boden für die nächste Zelle zu bereiten«, sagt er. »Ich bin der revolutionäre Bauer. Ich sorge dafür, daß der Boden fruchtbar bleibt, und bestelle ihn. Ich pflanze Samen und bewässere sie. Ich sehe zu, wie die Saat aufgeht, und ich helfe ihr dabei, ihre Wurzeln in gute Erde auszubreiten.«

Ich lache über ihn und lehne mich in dem Schlauchboot zurück, während ich zusehe, wie Londons Gebäude hinter mir zurückbleiben. Falls uns jemand auf dem Fluß bemerkt, sieht er nur zwei Männer, die an einem grauen Sonntagmorgen mit ihrem Schlauchboot spazierenfahren. Niemand würde genauer hinsehen. Doch ich werfe jedesmal, wenn ich das Wasser gegen die Seite klatschen höre, einen Blick auf die Persenning, um mich zu vergewissern, daß sie noch trocken ist. Diese Kisten haben mich drei Jahre meines Lebens gekostet, in denen ich in einem englischen Ghetto auf den richtigen Augenblick gewartet habe. Aber was ist das schon, wenn acht Personen gestorben sind? Ich hatte es leicht.

Ich werfe einen Blick zurück auf die entfernten Flußufer. Nichts als Gebäude. Sehr wenige Leute. Aber ich kann Autos hören, den beständigen Hintergrundlärm des Stadtlebens. Also sind abseits vom Wasser doch Leute da, die Gesichter starr auf einen weiteren Betontag ausgerichtet. Der Fluß und ich lassen sie zurück. All diese wimmelnden verborgenen Leute, die es darauf abgesehen haben, ein Routineleben zu führen. Wenn sie in ihren überfüllten Straßen unterwegs sind, schauen sie weg, wenn sie aneinander vorbeigehen. Sie glauben, jeder müsse so sein wie sie und nach denselben Regeln leben. Sie würden nicht akzeptieren, daß manche von uns nach ganz anderen Regeln mit ihnen zusammenleben, in fremdartigen Kulturen unter der Oberfläche ihrer regulären Welt.

Nur ganz selten hebt jemand einen Stein auf und sieht uns, wie wir in die Sicherheit der Dunkelheit huschen. Nur ganz selten dringt jemand von uns in die Welt oben vor. Nur ganz selten bebt die Erde.

Finden Sie Polizisten tatsächlich interessant?
Anmerkungen zu Russell James und der Tradition des britischen Gangsterromans – von Martin Compart

1

»Nachdem mein drittes Buch erschienen war und ich am vierten arbeitete, merkte ich, was kein Kritiker bisher bemerkt hatte: Niemand außer mir schrieb in Großbritannien *crime stories*. Man schrieb Detektivromane, Privatdetektivgeschichten, Polizeiromane. Alle schrieben *anti-crime-stories* – Gesetzeshütergeschichten. Warum? Finden Sie Polizisten tatsächlich interessant?« James scheint sich der Aussage des Philosophen Peter Sloterdijk nahe zu fühlen, der bemerkte, daß in einer nihilistischen Gesellschaft der Gangster der einzige ist, der weiß, was er will. Inzwischen sind die Gangsterromane – soweit dieser etwas angestaubte Terminus wirklich zutrifft – von Russell James auch in England kein Geheimtip mehr, obwohl das *GQ-Magazine* vor ein paar Jahren noch behauptete: »Er ist das große unbekannte Talent der britischen Kriminalliteratur«, die *Times* von ihm als »einem Kult« sprach und John Williams, der Reich-Ranicki der britischen Kriminalliteraturkritik, ihn in *The Face* als »unheilige Allianz aus Len Deighton und David Goodis« bezeichnete. Mit etwa einem halben Dutzend Romanen hat sich James als führender Stilist der British Fresh Blood-School etabliert. James konzentriert sich auf die Gangster und ihre Opfer. Die Polizei kommt nur am Rande vor und hat kaum Zugang zu dieser geschlossenen Unterwelt. Es sind die eindrucksvollen Charaktere und die stimmungsvollen, wenn auch düsteren Schauplätze, die den Reiz seiner Romane ausmachen. Was man über Chandler sagte, gilt auch für James: Man würde seine Bücher weiterlesen, auch wenn das letzte Kapitel fehlte. »Ich mochte die meisten zeitgenössischen britischen Thriller nicht, als ich mit meinen Noir-Romanen begann. Die meisten neuen Autoren änderten lediglich Details: Statt eines Mannes nahm man eine Frau als Helden und ähnliches. Ich dachte, man müsse auch konzeptionell mehr wagen. Der durchschnittliche Protagonist ist rechts, ein Verteidiger von Ordnung und Autorität. Nicht bei mir. Mein Held in UNDERGROUND ist anders. Er ist links, antiautoritär und gegen die Gesellschaft eingestellt. Er ist gegen alles, woran durchschnittliche Leser und Helden glauben.«

Russell James wurde als Russell Logan am 5. Oktober 1942 in Gillingham, Kent geboren. Er war ein intelligentes Kind, hatte aber eine unglückliche Kindheit: Sein Vater beging Selbstmord. Nachdem seine Mutter erneut geheiratet hatte, schickte man Russell auf eine Kadettenschule. Aber statt sich auf eine militärische Karriere zu stürzen, brach er aus, um sich durch die 60er Jahre treiben zu lassen. Ohne feste Jobs zog er herum und arbeitete unter anderem für einen Radiosender auf Zypern. Dann entdeckte er seine Liebe zum Theater und machte bei einer britischen Theatergruppe so ziemlich alles: Lichtsetzer, Schauspieler, Regisseur. Er schrieb auch Sketche und kleine Stücke, die »heute zum Glück vergessen sind«. In den 70ern wurde er respektabel, heiratete und arbeitete als Manager für IBM. Den Job hielt er sieben Jahre durch, bevor er ihn 1979 hinschmiß und sich selbständig machte. Er sieht sich als einen einsamen Wolf, der nicht in Organisationen arbeiten kann. Das hat er mit seinen Helden gemeinsam. Als Consulting Manager arbeitet er erfolgreich im *direct marketing* und hat eine gutgehende Firma in Cheltenham. Als er Ende der 80er Jahre zu schreiben begann, wußte er genau, daß er nicht gängige Thriller schreiben wollte. Ihn interessierten die Außenseiter und die wenig bekannten Londoner Milieus. »Der größte Teil der Kriminalliteratur langweilt mich. Ich mag keine Polizeiromane (*police procedurals*), Detektivgeschichten oder Amateurdetektive. Ich bin mehr interessiert am Stil als am Plot. Was für ein Bekenntnis! Der erste Kriminalliterat, der mich begeisterte – ich war damals allerdings erst zwölf Jahre alt – war Peter Cheyney, besonders die Lemmy Caution-Romane. Als Erwachsener beeinflußten mich besonders David Goodis und Cornell Woolrich. Von den jüngeren Autoren mag ich James Sallis. Derek Raymond ist mir manchmal zu deftig – aber ich habe 1989 eine denkwürdige Nacht mit ihm durchgezecht.« Seine ersten drei Romane sind von Filmproduktionen unter Option genommen. Sein genauer, filmischer Stil hat die Branche natürlich sofort auf ihn aufmerksam werden lassen. »Portobello Pictures hat ein so entsetzliches Drehbuch aus PAYBACK gemacht, daß es mich nicht wundert, daß das Projekt auf Eis liegt. Elmgate will aus UNDERGROUND eine dreiteilige TV-Serie machen.

Tracy Hoffman von Screenage Pictures hat DAYLIGHT unter Vertrag und – das Buch spielt 1990 in Leningrad – wollte es mit einer russischen Firma und russischem Kapital machen. Aber leider ist der Rubel ziemlich abgestürzt. John Malkovich scheint sich für SLAUGHTER MUSIC zu interessieren. Also nichts Greifbares bisher. Ich liebe Noir-Filme, jedenfalls die guten. Ich finde es nicht schlimm, wenn sich Romane wie Filme lesen. Das heißt natürlich nicht, daß ich Bücher schätze, die nur auf eine Verfilmung hin geschrieben wurden. Aber ich liebe visuelle Prosa.«

2

Wenn man an britische Kriminalliteratur denkt, meint man meistens die klassischen Detektivgeschichten. Übermächtig überschatten Sherlock Holmes, Agatha Christie oder Dorothy L. Sayers dieses Genre und verstellen den Blick auf unabhängige Strömungen, die als Subgenre mit diesen Klassikern nichts zu tun haben. Trotz verschiedener »Revolutionen«, von Francis Iles Transformation der *inverted story* bis hin zum Psychothriller der *angry young men* Anfang der 50er Jahre, wird die britische Kriminalliteratur entweder mit klassischen Detektivromanen oder bestenfalls noch Spionageromanen gleichgesetzt. Diese Betrachtungsweise war immer schon verkürzt und ist heute besonders unzutreffend: Um 1990 begannen neue britische Autoren die kriminalliterarische Landschaft ihrer Heimat zu verändern. Der Schock, den Derek Raymond in den 80er Jahren der britischen Kriminalliteratur verpaßt hatte, zeigte Wirkung und rüttelte das Genre aus der Lethargie – eine zweifellos kommerziell erfolgreiche Lethargie, wie die Auflagen von P.D. James, Martha Grimes, Ruth Rendell, Len Deighton oder John LeCarré zeigten. Aber die neuen Autoren wollten jenseits von klassischen Detektivromanen, Psychothrillern oder Polit-Thrillern die Mean Streets Britanniens wiederentdecken. Derek Raymond hatte mit seiner Factory-Serie an eine Tradition erinnert, die trotz gelegentlicher Einzelleistungen keine Bedeutung zu haben schien: an die höchst eigenwillige britische Noir-Tradition, die zwar einige Meisterwerke hervorgebracht hatte, aber nie so stilprägende Autoren wie die amerikanischen Vettern mit Dashiell Hammett, James M. Cain, Raymond Chandler, W.R. Burnett, Mickey Spillane, Jim Thompson, David Goodis oder Ross Macdonald. Der britische Noir-Roman, wenn nicht einfach nur kommerzieller Epigone der Amerikaner, war ein im Schatten blühendes Pflänzchen, das von wenigen Autoren gepflegt wurde und von wenigen Lesern, die sich damit als wahre Afficionados erwiesen, in eine Tradition eingeordnet wurde. Selbst der große Kriminalliteraturtheoretiker Julian Symons hat in seinem verdienstvollen Standardwerk BLOODY MURDER diesen Teil der britischen Kriminalliteratur unterschlagen oder einzelne Autoren nur isoliert betrachtet. Folgerichtig waren es weniger die eigenen Traditionen, die die Fresh-Blood-Autoren Ende der 80er Jahre inspirierten. Es waren die zeitgenössischen Amerikaner wie Elmore Leonard, Carl Hiaasen, Charles Willeford, James Crumley oder James Ellroy, die den Wunsch auslösten, eine ähnliche Literatur zu produzieren.

Ursprünge der britischen Noir-Literatur lassen sich auf die Thriller von Autoren wie Leslie Chateris, Sidney Horler oder Peter Cheyney zurückführen, die alle bezeichnenderweise in dem englischen Pulp-Magazin *The Thriller* in den 20er- und 30er Jahren Geschichten um gesellschaftliche Außenseiter veröffentlichten. Natürlich waren diese Autoren keine Noir-Autoren im heutigen Sinne. Aber ihre atmosphärische Darstellung der Vorkriegszeit hatte etwas Beklemmendes und Düsteres. Robin Cook alias Derek Raymond sieht die Urväter des Noir-Romans durchaus in Autoren wie Shakespeare, der wie kein anderer die dunklen Gefilde der Seele ausleuchtete, William Godwin, dessen CALEB WILLIAMS wohl die erste *hard-boiled novel* ist und die Pulp- oder Black-Mask-Revolution vorwegnahm, Henry Fielding mit seiner Gangsterbiographie JONATHAN WILDE und natürlich Charles Dickens, der den Horror der urbanen Industriegesellschaft wie kein anderer einfing. Interessierten sei Derek Raymonds autobiographisches Buch, das gleichzeitig eine brillante Betrachtung der Noir-Literatur ist, empfohlen: DIE VERDECKTEN DATEIEN ist deshalb als erster Band der DUMONT NOIR-Reihe erschienen.

Das Geburtsjahr des modernen britischen Noir-Romans war 1939. In diesem Jahr debutierte Rene Raymond alias James Hadley Chase (1906–85) mit seinem ultrabrutalen, in einem mythischen Amerika angesiedelten Roman NO ORCHIDS FOR MISS BLANDISH (KEINE ORCHIDEEN FÜR MISS BLANDISH; zuletzt im Ullstein Verlag 1989).

Obwohl er später harte Geschichten aus der Londoner Unter- und Halbwelt erzählte, kehrte er immer wieder in sein fiktionales Amerika zurück. Wie andere große Autoren schuf sich Chase einen eigenen Kosmos um die fiktive Stadt Paradise City. Chase, der die USA nur von einem einzigen Kurztrip kannte, ließ seine besten Romane in Chase County spielen, in dem er den Sozialdarwinismus der kapitalistischen Gesellschaft ungeschminkt vorführen konnte. Chase erzählte schmutzige, schnelle Geschichten über wenig sympathische Menschen, die für Sex, Macht und Geld alle gesellschaftlichen Normen brechen. Er zeichnete ein düsteres Bild der westlichen Zivilisation, in der jeder der Wolf des Mitmenschen ist, wenn er nicht untergehen will. Initialzündung für seinen Kosmos war James M. Cains THE POSTMAN ALWAYS RINGS TWICE (WENN DER POSTMANN ZWEIMAL KLINGELT; Heyne 1987). Später schrieb Chase manch besseren Cain-Romane als Cain selbst. Autoren wie Jackson Budd, Gerald Kersh, David Craig, James Barlow, Jack Monmouth und andere schrieben finstere London-Novels über die Unterwelten der Metropole bis in die 60er Jahre hinein.

1941 erschien ein weiterer Meilenstein: A CONVICT HAS ESCAPED von Jackson Budd, einem Pseudonym von William John Budd. Der Roman zeigt ein beeindruckendes Bild der Londoner Eastend-Unterwelt während des Krieges. Dem Helden werden Schiebereien und Schwarzmarktgeschäfte zum Verhängnis. Das Buch wurde 1947 von Alberto Cavalcanti mit Trevor Howard unter dem Titel THEY MADE ME A FUGITIVE verfilmt. Ein harter und düsterer Film ohne Happy End, der die Handlung in die Nachkriegszeit verlegte. Budd hatte bereits in den frühen 30er Jahren Kriminalromane zu schreiben begonnen, aber keines seiner Bücher übertraf diesen Noir-Klassiker.

Anfang der 60er Jahre nahm die Öffentlichkeit stärker davon Notiz, daß es Gangster oder zumindest eine Halbwelt in London gab. Immer öfter tauchten Geschichten über die Krays-Zwillinge in den Zeitungen auf, die vom Eastend aufgebrochen waren, um auch im Nachtklubgeschäft des Westends Fuß zu fassen. Der 1962 veröffentlichte Roman DEATH OF A BOGEY (TOD EINES GREIFERS; Heyne 1963) von Douglas Warner ist wohl der erste Kriminalroman, der den Krays-Mythos thematisiert. Die Informationen über die Krays-Gang, hier Lane-Bande genannt, die indirekt in den Roman einfließen, sind zwar aus heutigem Kenntnisstand manchmal naiv, scheinen aber nicht nur aus der Zeitungslektüre zu stammen. Gut beschrieben ist vor allem die Mauer des Schweigens im Eastend, die die Krays so lange schützte und deren Zerstörung erst ihre Festnahme ermöglichte. Douglas Warner war ein Pseudonym für Desmond Currie und Elizabeth Warner, die bis 1968 sechs harte Krimis über die Schattenseiten Londons veröffentlichten.

Eine besondere Position kommt dem 1921 in Leeds geborenen Ex-Polizisten John William Wainwright zu. Gemeinhin gilt er seit seinem ersten Buch, das 1965 erschien, als ein herausragender Autor des britischen Polizeiromans. Im Gegensatz zu den *police procedural*-Autoren und seinem Lieblingsautor Ed McBain behandelt Wainwright in seinen Polizeiromanen immer nur einen einzigen Fall. Bemerkenswert ist auch die frühe Betonung des Organisierten Verbrechens. Seine Helden stehen in ihren Extremsituationen den schwarzen Thrillern näher als den durchschnittlichen Polizeiheroen. Beispielsweise scheut sich einer seiner Serienhelden, der ein Anhänger der Todesstrafe ist, nicht, einen jugendlichen Mörder sofort hinzurichten. Die Methoden der Polizei und die der Gangster sind bei Wainwright fast identisch. Er treibt die erstmals bei John Bingham auftauchende Negativdarstellung der britischen Polizei noch weiter. Das scheint angesichts der beruflichen Vergangenheit des Autors noch beängstigender. Seine bisher überzeugendste Leistung im Schwarzen Roman ist seine Tetralogie um den Ex-Polizisten Davis, der die Fronten wechselt. Stilistisch überzeugend zeigt Wainwright Intimes aus der Unterwelt und Charaktere, die der Leser so schnell nicht vergißt.

Mitte der 50er Jahre erschien James Henry Stanley Barlow (1921–73) auf der kriminalliterarischen Bühne und wurde mit einer Handvoll bösartiger, schwarzer Romane zum Geheimtip. Die Kritik haßte (oder ignorierte) Barlow mit ebensolcher Vehemenz wie schon zuvor Chase. Sein großer Wurf war der 1968 erschienene Roman THE BURDEN OF PROOF, der gleichzeitig sein letztes Buch blieb. In diesem Roman befaßte sich Barlow auf ganz eigene Art mit dem Krays-Mythos, indem er Ronnie Kray in der Figur des psychopathischen Gangsterboßes Vic Dakin ein Denkmal setzte (in der Verfilmung wurde er von einem umwerfenden Richard Burton gespielt). Nicht von ungefähr erschien der Roman in dem Jahr, als sich die Schlinge des Gesetzes um die Terrible Twins zuzog. Auch Barlow zeigt ein realistisches Bild der Londoner Unterwelt. Dem Sadisten Dakin gelingt es dank der herrschenden Korruption, genau wie den Krays, lange Zeit vom Gesetz unangetastet seine Terrorherrschaft über das Eastend auszuüben.

Der 1929 geborene Allan James Tucker schrieb unter dem Pseudonym David Craig einige Kriminalromane mit großer thematischer Spannbreite. In Erinnerung geblieben sind den Thriller-Fans vor allem seine Spionageromane. Aber er unternahm 1974 auch einen gelungenen Ausflug in den Noir-Roman mit WHOSE LITTLE GIRL ARE YOU? (JILL UND DIE BOYS; Goldmann 1974) und schuf einen englischen Klassiker des Genres. Die Geschichte um die entführte Tochter und die Ex-Frau eines geschiedenen Ex-Kriminalbeamten und Alkoholikers, der sich mit der Londoner Unterwelt und dem neuen Gatten seiner Frau anlegt, wurde 1977 erfolgreich von Michael Apted mit Stacy Keach und David Hemmings als THE SQUEEZE (DER AUS DER HÖLLE KAM) verfilmt. Die Adaption gehört zusammen mit GET CARTER und VILLAIN (DIE ALLES ZUR SAU MACHEN), der Verfilmung von THE BURDEN OF PROOF, zu den drei großen britischen Noir-Filmen des Jahrzehnts und zu den Klassikern des Noir-Kinos überhaupt. Natürlich hatte auch Craig die Prozesse gegen die Krays-Zwillinge und die Südlondoner Richardson-Gang verfolgt. Spätestens nach dem großen Gerichtsverfahren gegen die Krays-Zwillinge und ihre »Firma«, die als Gangsterimperium das Eastend Londons und mehrere Klubs im Westend umspannte, wußte man, daß diese Autoren keine Spinner waren, sondern daß Großbritannien über eine organisierte und funktionstüchtige Unterwelt verfügte. Was Al Capone für Autoren wie W. R. Burnett, Armitage Trail und den amerikanischen Gangsterroman war, sind die Krays für den britischen Noir-Roman: Seit den Romanen von Douglas Warner aus den frühen 60er Jahren beeinflußt ihr Mythos bis heute die Literatur.

Die Krays waren bereits ein Jahr hinter Gittern, als ein Mann im schwarzen Roman debutierte, der heute zu Recht als einer der Giganten gefeiert wird: Ted Lewis (1940–80). Der geniale Trinkkumpan von Derek Raymond griff auf eigene Erfahrungen zurück, als er 1970 in dem all-time-classic JACK'S RETURN HOME (JACK CARTERS HEIMKEHR; Bastei 1987) seinen Unterweltstroubleshooter Jack Carter in eine völlig verrottete nordenglische Industriestadt, der Lewis' Heimatort Newcastle als Vorbild diente, schickte, um für richtigen Ärger zu sorgen. Derek Raymond billigte dem Meisterwerk eine Schlüsselstellung zu und weist darauf hin, daß in »dem Buch kein falsches Wort steht«. Darüberhinaus meinte Raymond, daß jede Episode des Romans authentisch ist und nichts von Lewis erfunden wurde. Mike Hodges verfilmte den Roman mit Michael Caine unter dem Titel GET CARTER; ein Kultfilm, der in den letzten Jahren in England wiederentdeckt und geradezu hysterisch gefeiert wird. Russell James' dritter Roman PAYBACK – FLOYD CARTERS RÜCKKEHR (DUMONT NOIR 9) ist eine direkte Reminiszenz an diesen Klassiker. Aber James wäre natürlich nicht James, wenn er nicht seine eigene Stimme im Roman unverwechselbar erklingen ließe. »Meine Bücher spielen unter den armen Schluckern im Südosten Londons. Ich schreibe über Punks und Außenseiter, über harte Burschen und miese Geschäftemacher. Diejenigen, die das Verbrechen bekämpfen – Polizisten und Detektive – kommen so gut wie nicht in meinen Büchern vor – auch wenn sie peripher natürlich existent sind.« Eine detaillierte Bestandsaufnahme des britischen Noir-Romans und seiner verzweigten Traditionen (etwa zur *London Novel* oder zum britischen Privatdetektivroman) kann hier nicht stattfinden, wird aber Bestandteil des ersten DUMONT NOIR-READERS sein, der in dieser Reihe folgen wird. Aber die genannten Autoren und Werke machen deutlich, daß Russell James der Erbe eines faszinierenden Subgenres der Noir-Literatur ist.

3

James ist unter den neuen britischen Autoren der schärfste Beobachter der gesellschaftlichen Verhältnisse. Er beschreibt genau den sozialen Niedergang Englands und die Hörigkeit der politischen Klasse gegenüber dem Großkapital. UNDERGROUND, entstanden noch in der Ära John Major, führt den Alptraum vor, den die Schwachen und sozial an den Rand Gestellten durchleben. Der Horrortrip durch die weiten Maschen des sozialen Netzes scheint dem Ich-Erzähler mehr zuzusetzen als die lebensgefährlichen Auseinandersetzungen mit seinen professionellen Gegnern. »Ich gehe nicht soweit zu sagen, daß Kriminalität verschwindet, wenn man das Big Business säubert. Aber durch Wirtschaftskriminalität werden mehr Werte zerstört als durch alle anderen Verbrechen zusammen«, sagt der Autor, der den Gangstermythos wiederbelebt hat, und weiter: »Gangster sind soziale Anarchisten. Sie teilen nicht unser kleinbürgerliches Wertesystem. Sie haben nicht denselben Gesellschaftsvertrag unterschrieben, der uns braven Bürgern bindend erscheint. Sie glauben an andere Regeln. Und es gibt diese Regeln. Die wichtigste lautet: Betrüge nie einen anderen professionellen Gangster. In der vermeintlich nicht-kriminellen Welt unserer Gesellschaft gibt es jeden Tag Beweise für gnadenlose Brutalität und Betrug: Familien verlieren ihre Wohnungen, kleine Geschäfte müssen schließen, weil sie von großen Konzernen fertiggemacht werden, den Menschen werden ihre Jobs gestohlen usw. Gleichzeitig werden riesige Summen verteilt, freiwillig oder als Bestechungsgelder, nur um die sogenannte legale Macht zu festigen oder zu erobern.« Russell James glorifiziert dasselbe Wertesystem einer mythischen Unterwelt, das auch schon der genialste Noir-Filmer, Jean-Pierre Melville, in seinen Kultstreifen von BOB LE FLAMBEUR (DREI UHR NACHTS) bis UN FLIC (DER CHEF) ausgebreitet hat. Zweifellos wären Russell James' Romane ganz weit oben auf Melvilles Adaptionsliste, wenn er noch leben würde. Bevor James mit seinem dritten Roman PAYBACK wieder nach Deptford zurückkehrte, schrieb er DAYLIGHT. In diesem Buch zeigte er scharfsinnig die unterschiedlichen Unterweltskonzepte von russischen und westlichen Kriminellen. »Die Art Bücher, die ich schreibe, sind das Äquivalent zu den Warner Brothers-Filmen der 30er Jahre. Schwarzweißfilme, die das ganze Gegenteil der Hollywood-Musicals waren. Noir-Themen sind so erfrischend wie ein gutgesungener Blues.«